KB043579

미치게
탐나는

I

미치게 탐나는

Crazy Love

서혜은 장편소설

I

가하

미치게 탐나는 I

지은이 서혜은
펴낸이 이형기
펴낸곳 도서출판 가하

초판인쇄 2017년 11월 9일
1판 2쇄 2017년 12월 22일
출판등록 2008년 10월 15일 제 318-2008-00100호

주소 서울 영등포구 양평로 67, 1209 (당산동5가, 한강포스빌)
전화 02-2631-2846 **팩스** 02-2631-1846

www.ixbook.co.kr

ISBN 979-11-300-2459-2 04810
979-11-300-2458-5 04810(set)

값 10,800원

1

7쪽 • "혹시 나, 기억해요?"
그가 물었다. 이전과는 다른 조금
낮은 목소리에
주은의 시선이 그에게 닿았다.

/

2

111쪽 • "……왜 걱정되는데요?"
주은이 한 박자 늦게 물었다.
해선 안 되는 질문 같은데,
해버렸다. 이 질문이
선을 넘은 것임을 알고 있었다.

/

3

240쪽 • 좋아해?
그 말을 물으려다가
주은이 입을 다물었다. 그럴 리가
없다. 매사에 이렇게 가볍게
예쁘다는 말을 하는 남자에게,
사랑은 깃털처럼 가벼운 것일 거다.

/

4

327쪽 • 주은은 알아채지 못했다.
자신의 상냥함과 다정함이
그녀에게만
한정적이라는 사실을.

1

어둠이 암막커튼처럼 짙게 내린 사무실 안. 운동장 위를 쓸쓸히 돌고 나가는 바람이 그의 옷자락을 펄럭였다.

닫히지 않은 창문에서 이른 초가을 바람이 불어들었다. 얼마 전 단정하게 자른 앞머리가 날리었다. 한 박자 늦게 그녀의 얇은 셔츠가 흔들렸다. 평소라면 시원한 바람이라며 좋아했을 주은이 창백한 얼굴로 한곳을 바라보았다.

늦은 시간까지 야근을 하게 되었다던 남자였다. 조금 피곤한 목소리로 웅얼거리듯 "그러니까 먼저 자요."라고 말했었다. 주은은 그런 그가 안타까우면서도, 그의 책임감을 대단하다 생각했다. 요즘 부쩍 일 권태기가 찾아온 그녀로선 더욱 그런 생각이 들었다. 그게 이유였을까, 평소라면 하지 않았을 일을 한 것은.

친구와의 식사를 마친 후, 간단히 요깃거리를 사서 사무실에 들렀다. 일을 하느라 식사를 건너뛰었을 것 같아 신경 쓰였다. 그에게 봉투만 건네주고 돌아올 생각이었다. 이런 광경을 보기 전까지만 해도.

남자와 여자의 몸이 겹쳐 있었다. 여자는 의자에 앉아 있는 남자의 다리에 앉아 그의 목을 끌어안고 있었다. 여자의 셔츠 단추가 몇 개 풀어져 풍만한 가슴이 드러났다. 그사이, 남자의 입술이 여자의 입술을 강하게 탐했다. 벌어진 입술 사이로 오가는 혀가 보였다. 남자의 손이 더듬거리며 여자의 가슴을 거머쥐었다. 그들의 행위는 자주 해온 듯 자연스러웠다. 이 자리에서 자연스럽지 않은 건, 주은뿐이었다. 주은은 마른침을 삼키며 시선을 내리깔았다.

자신이 지금 무엇을 본 걸까.

스스로에게 물었으나, 어떤 답도 떠오르지 않았다. 사무실에서 대담하게 저런 짓을 할 수 있다는 것도 이상하게 느껴졌다. 그저 이 자리를 한시라도 빨리 피하고 싶어 주은이 다급하게 몸을 돌려세웠다.

툭!

몸을 홱 돌리던 주은이 움찔했다. 손에 쥐고 있던 비닐봉지를 잊고 있었다. 비닐봉지가 문에 부딪쳤다. 다급하게 비닐봉지를 움켜쥐었지만, 이미 문 너머에서 들리던 끈적한 소리는 멈추었다.

"거기, 누굽니까?"

주은이 도망치기 전, 익숙한 목소리가 그녀의 뒷덜미를 잡아챘다. 뒷덜미에 자잘한 소름이 돋았다. 남자는 이런 상황을 들켰음에도 크게 당황하는 기색이 없었다. 잘 숨기는 건지, 이런 상황에 태연한 건지 알 길이 없었다.

"누구냐고 물었습니다."

남자가 다시 한 번 물었다. 주은은 태현이 자신을 발견하지 못했다고 확신했다. 그녀는 짧은 시간 갈등했다. 도망칠까. 그게 옳았다. 주은이 발끝에 힘을 주어 발을 내딛을 때였다. 그 순간, 스윽 하며 문이 열렸다.

훅 하고 바람이 끼치며 익숙한 향수가 코끝을 자극했다. 향이 참 좋다고 생각했었는데, 지금 이 순간 어떤 냄새보다 역하게 느껴졌다.

"……주은 씨?"

그가 의아한 듯 그녀를 불렀다.

도망쳤으면 달랐을까.

주은이 짧은 순간 생각했다. 달라지는 건 없었을 거다. 이 남자는 어떻게든 자신을 잡아냈을 것 같으니까.

주은이 느릿하게 몸을 돌려세웠다. 역광이라 태현의 얼굴이 자세히 보이지 않았으나, 평소보다 헝클어진 모습만큼은 또렷하게 보였다. 그는 늘 자신에게 단정한 모습만 보였는데, 이런 모습을 이런 곳에서 볼 줄이야.

"네."

주은이 가까스로 대답했다. 멍청하다고 생각했지만 이것 말곤 뭐라고 대답해야 할지 감이 잡히지 않았다.

"여긴 어쩐 일이에요?"

마치 일하다가 나온 사람처럼 그가 평연하게 물었다. 그가 지독하게 태연하니, 되레 당황하고 놀란 자신이 이상한 사람이 된 것 같았다.

"그냥, 잠시 들렀어요."

"아, 그래요?"

"네."

주은이 입을 다물며 시선을 내리깔았다. 그의 얼굴을 마주할 자신이 없었다. 다시금 무거운 침묵이 흘렀다. 사무실 안에서 부스럭거리는 소리가 들렸다. 아무래도 여자가 옷을 추스르는 모양이었다. 그러고 보니 여자의 몸매만 봤지, 얼굴을 보지 못했다는 것이 떠올랐다.

어떤 여자일까, 자신의 연인과 진한 스킨십을 하고 있던 여자는.

"다 봤죠?"

태현이 나지막한 목소리로 물었다. 주은은 어떻게 대답해야 하는지 알 수 없었다. 그도 대답을 바란 건 아니었는지 마저 말을 이었다.

"잠시 이야기 좀 하죠. 기다려줘요. 준비하고 나올 테니까요."

태현이 돌아섰다. 주은은 고개를 숙인 채 아무 말도 하지 않았다. 문 너머로 두런두런 말소리가 들렸다. 자세히 들을 생각이 없었음에도, 여자의 마지막 한마디가 잔인하게 귀에 꽂혔다.

"잘 다녀와요, 태현 씨."

늦은 시각 회사 근처의 카페는 한산했다. 주은은 따뜻한 커피잔을 쥐고서야 태현과 회사 근처 카페에 마주 앉은 것이 처음이라는 사실을 깨달았다.

그는 부모님의 소개로 연애 아닌 연애를 시작하면서 몸을 사렸다. 드러내놓고 '비밀연애를 합시다.'라고 하진 않았지만, 회사에서 그녀에게 따로 아는 척하지 않았고 데이트 장소도 언제나 회사에서 가장 먼 외곽 지역이었다. 주은은 그런 그의 태도를 한 번도 문제 삼지 않았다. 그녀 또한 회사 사람들에게 사내연애가 밝혀져봤자 입방아에만 오를 뿐, 좋을 일이 없다는 걸 잘 알고 있었다. 다만, 이렇게 또 다른 연애를 하고 있어서일 거라곤 생각지도 못했다.

"어디부터 봤어요?"

태현이 무심한 목소리로 물었다.

"한 3분 전쯤부터 그곳에 있었어요."

입을 맞추고, 여자의 가슴을 거머쥘 때부터요, 라고 말할 수 없어서 주은이 돌려 대답했다.

"아, 그럼 대부분 다 봤겠네요."

태현이 무심한 목소리로 말했다.

"네."

주은이 작게 고개를 끄덕였다. 안 봤다고도 할 수 없고, 또 침묵을 지킬 수도 없는 노릇이었다.

"그래요. 이왕 이렇게 된 거 편하게 말할게요."

그가 등받이에 몸을 기대며 입을 열었다. 주은이 고개를 들어 태현을 바라보았다. 반듯하게 고정된 앞머리에 시선이 갔다. 언제 여자와 헝클어진 모습을 보였냐는 듯 반듯했다.

"나는 우리 관계가 자유로웠으면 합니다."

태현이 한마디 던진 후 입을 다물었다. 마치 그녀의 반응을 보기 위해서라는 듯이. 주은이 아무 말 하지 않자, 그가 말을 이었다.

"부모님에 의해 교제를 하고 있긴 하지만, 정확히 말해 그건 우리 결정이 아니니까요. 전 각기 자유가 필요하다고 생각합니다."

"그러니까 헤어지지 않겠다는 말씀을 하시는 건가요?"

주은이 기가 막힌다는 표정으로 태현을 바라보았다.

"우리가 왜 헤어져야 하죠?"

"……."

그의 말에 기가 막혀 주은은 아무 말도 나오지 않았다. 다른 여자와 버젓이 짙은 스킨십을 해놓고, 약혼녀에게 우리가 왜 헤어져야 하냐고 묻다니. 뭐라고 대답해줘야 할지 모르겠다는 표정으로 그를 바라보았다.

"아까도 말했지만, 우린 부모님의 결정에 따라 만나는 사이입니다. 말 그대로 서로가 결혼했다는 증거가 필요할 뿐, 우리의 사랑과 지조까진 중요하지 않다는 겁니다. 그러니까 우리는 계획대로 결혼만 하면 되는 겁니다. 이제 제 말, 이해하겠어요?"

태현이 이것보다 더 구구절절하게 설명해야 하냐는 표정

으로 주은을 바라보았다. 그러니까 그는 결혼만 할 뿐, 지조 같은 건 집어치우자고 말하고 있었다.

"그러니까 쇼윈도 부부 말하는 건가요?"

주은의 목소리가 가늘게 떨렸다.

"잘 이해하셨네요."

"그럴 거면 처음부터 말하지 그랬어요? 여태껏 왜…… 말을 안 하셨냐고요."

주은이 태현을 바라보며 물었다. 그녀는 물으면서도, 이런 질문을 하는 스스로가 비참해 주먹을 꽉 쥐었다. 손바닥이 금세 축축해졌다. 기분 나쁜 땀 때문에 두 배로 기분이 상했다. 그러나 축축한 손바닥보다 더 기분이 나쁜 건, 그의 눈길이었다.

죄책감이나 미안함 따윈 일절 없는 뻔뻔한 눈.

"그러게요. 주은 씨가 이렇게 침착할 줄 알았으면 미리 말할걸 그랬군요. 유해 보여서 이런 건 감당 못 할 줄 알았어요."

"하."

주은의 입에서 날카로운 웃음이 새어나왔다. 주은이 태현을 똑바로 쳐다보았다. 이제야 조금씩 화가 치밀어 오르기 시작했다.

"그럼 들키지 않았으면 계속 비밀로 하실 생각이었나요?"

"글쎄요. 그것까진 고민해보지 않았네요."

이런 짓을 버젓이 저질러놓고도, 뒷일조차 생각하지 않았다는 말에 주은은 할 말을 잃었다.

"저는 이런 관계를 이어갈 생각이 없어요. 사람 잘못 보신 것 같네요."

주은이 차갑게 몸을 돌려 일어나려 할 때였다.

"주은 씨."

"……."

"생각이 왜 이렇게 짧아요?"

태현이 한쪽 입꼬리를 비죽이 올렸다.

"……네?"

"지금 우리 집안에서 주은 씨를 필요로 하는 것보다, 주은 씨 집안에서 날 더 필요로 하는 거 모르나 봐요?"

태현이 삐딱하게 앉아 그녀를 내려다보았다. 그 모습이 마치 다른 사람 같았다. 그녀가 알고 있던 젠틀하고 다정하며 예의 바른 남자는 오간 데 없었다. 가면을 벗은 날것의 얼굴은 냉정하고 한없이 잔인했다.

그저 바라보는 눈빛만으로도 사람의 가슴에 구멍 여러 개를 낼 수 있는 사람.

주은이 반박하려 입을 벌렸다가, 다물었다. 비참하게도 그의 말은 틀리지 않았다. 그녀의 아버지는 태현을 꼭 필요로 했다. 정확히 말해 태현 집안의 도움이 필요했다.

태현이 테이블 쪽으로 몸을 기울였다.

"그러니까 주은 씨도 잘 생각해요. 오히려 이게 더 좋을지도 몰라요. 한 남자만 바라보고 사는 거, 지겹지 않아요? 그러니까 주은 씨도 자유롭게 살아요. 착하게 살아봤자 힘든 건 주은 씨예요."

"……저는, 그런 거 못 해요."

주은이 단호한 표정을 지었다.

"왜요?"

"그야 결혼이란 서로에게 책임을 지는 일이라고 생각하니까요."

주은의 대답에 태현이 눈을 접으며 미소 지었다. 모범생이라고 써놓을 만큼 고리타분한 주은에게서 나올 법한 대답이었다.

"왜 웃으시죠?"

"예상한 대답이랑 한 치도 틀리지 않아서요."

"……."

"그러니까 한쪽이 책임을 지지 않으면 나쁜 거지만, 양쪽이 다 책임을 지지 않으면 상관없는 거 아닌가요?"

"아뇨. 태현 씨는 그럴지 몰라도 저는 아니에요."

주은이 강하게 고개를 가로저었다.

"처음엔 그럴 거예요."

태현이 그럴 줄 알았다는 듯 미소를 지었다. 그 얼굴은 마치 온화한 선생님이 학생을 어르고 달래듯 다정했다.

"하지만 하다 보면 별거 아니에요."

"……."

"그러니까 조금 더 생각해봐요."

태현이 자리에서 일어났다. 그사이 테이블 위에 놓인 휴대전화에서 긴 벨 소리가 흘러나왔다. 태현은 휴대전화를 힐끗 바라본 후, 벨 소리를 죽였다. 끝내 전화를 받지 않는 태현을 보며, 주은은 전화를 건 사람이 사무실에서 본 그 여자일 거라 예상했다.

태현이 자리에서 일어나 옷매무새를 가다듬었다.

"생각해보고 연락 줘요. 나는 주은 씨가 현명한 선택을 했으면 좋겠군요."

"……그럴 일 없을 거예요."

주은이 뒤따라 몸을 일으켰다. 그러고는 태현의 눈을 똑바로 쳐다보았다.

"아무리 생각해도 저는 그런 결혼생활은 할 수 없을 거 같네요."

"그럼 주은 씨가 주은 씨 아버님께 말씀드려요, 이 결혼은 못 하겠다고. 하지만 나는 오늘 일을 부인할 겁니다. 그리고 주은 씨와 결혼하고 싶다는 제 의사를 꼭 밝힐 겁니다. 나는 주은 씨랑 결혼하고 싶거든요."

태현의 말에 주은이 미간을 확 좁혔다.

"장난치는 건가요?"

"진심이에요."

"왜요?"

도무지 이 말도 안 되는 미친 짓을, 왜 굳이 자신과 하겠다는 건지 이해가 되지 않았다.

"왤까요?"

태현이 고개를 비스듬히 기울이며 물었다. 그의 눈이 뱀처럼 차가웠다. 손이 닿으면 쨍하고 얼어버릴 것만 같았다. 주은이 저도 모르게 주먹을 말아쥐었다.

"저는……."

이만 가보겠습니다.

그녀가 그런 말을 하려 할 때였다.

"주은 씨."

태현이 낮은 목소리로 그녀를 불렀다. 여전히 어린 학생을 달래는 듯한 다정한 목소리였다.

주은이 대답 대신 그의 눈을 바라보았다. 그가 입꼬리를 끌어올리며 미소를 지었다.

"주은 씨는 나랑 결혼하게 될 거예요."

"……."

"내가 그렇게 만들 거니까. 하지만 만약 주은 씨가 이 결혼을 일방적으로 파한다면……."

"……."

말하던 태현이 잠시 기분 나쁜 생각을 한 듯 미간을 좁혔다.

"주은 씨 아버지를 비롯해 가족들이 꽤 힘들어질 거예요. 이건 주은 씨 결정에 참고하라고 하는 말이에요. 그리고 한 가지 더 이야기하자면, 주은 씨도 나를 사랑하지 않잖아요?"

"그걸 어떻게 확신해요?"

주은이 몇 도는 낮아진 목소리로 물었다. 마치 자신의 속을 훤히 다 안다는 듯 꺼내는 그의 말이 거북했다. 그녀가 얼굴을 구기자, 태현이 허리를 숙였다. 그러고는 주은의 귓가에 나지막하게 속삭였다.

"사랑하는 남자가 다른 여자와 그러고 있는데, 이만큼 침착한 여자가 어디 있겠어요? 주은 씨는 아마 내가 다른 여자와 벗고 있었어도 이렇게 침착했을 거예요."

"……."

"왜냐면 주은 씨도 내가 꽤 적당한 신랑감이었을 뿐이니까."

"……."

"그러니까 상처받은 척하지 마요. 어차피 내가 먼저 행동으로 옮겼을 뿐, 주은 씨도 별다르지 않으니까요."

조용한 목소리로 말을 뱉은 태현이 허리를 곧게 세웠다. 그러고는 하얗게 얼어붙은 주은을 향해 근사한 미소를 지어 보였다.

"조심히 가요. 오늘은 바쁜 일이 있어서 데려다줄 수 없을 것 같네요. 다음엔 연락하고 와요."

태현이 웃는 얼굴로 그녀를 지나쳐갔다. 스윽, 옷자락이 스치며 바람이 불었다. 날카로운 바람이 그녀의 목덜미를 스쳤다. 시린 바람에 주은이 저도 모르게 목을 웅크렸다.

"하."

홀로 남은 주은이 짧은 웃음을 터트렸다.

정말 최악의 밤이었다.

주은은 누군가에게 얻어맞은 것처럼 머리가 멍했다. 한참을 멍하게 걷던 그녀는, 무의식중에 자신의 집으로 향하는 길이라는 걸 알아챘다. 멈춰 선 곳에서 고개를 돌려보니 편의점에서 환한 불빛이 새어나오고 있었다. 지나치던 그녀가 걸음을 돌려 편의점으로 들어섰다. 음료 진열대에서 평소 즐겨 마시는 맥주를 꺼내려고 할 때였다.

손가락이 유난히 길쭉하고 새하얀 손이 그녀가 집으려던 맥주를 거머쥐었다. 고개를 돌린 주은은 저를 바라보고 있는 남자와 눈이 마주쳤다. 가장 먼저 남자의 긴 속눈썹에 눈이 갔다.

남자도 긴 속눈썹이 잘 어울리는 사람이 있구나.

멍하게 생각하던 주은은 저도 모르게 피식 웃었다. 이런 와중에 남자의 속눈썹을 보고 감탄하는 자신이 우스웠다.

"드실 건가요?"

남자의 목소리는 주스만큼이나 달고 부드러웠다. 남자가 캔을 주은에게 내밀었다.

"괜찮아요. 먼저 가져가세요."

주은이 양보했다. 그러나 남자는 비켜서지 않은 채, 그녀를 주시했다. 다시 한 번 주은이 고개를 들자 그가 싱긋 웃어 보였다. 주은의 표정은 금세 굳었다. 아무리 미남이라고 한들, 처음 보는 자신에게 웃음을 짓는 게 정상처럼은 보이지 않았다.

“더 필요하신 거 있으신가요?”

주은의 물음에 남자는 웃음기 띤 얼굴로 “아뇨.”라고 대답했다.

“그럼 왜 그렇게 쳐다보세요?”

“제가 아는 사람이랑 닮아서요.”

“그래요?”

주은이 무심하게 대답했다. 그가 자신을 통해 어떤 여자를 보는지는 별 관심 없었다. 자신이 아닐 테니 말이었다. 자신이 아는 사람 중 저렇게 생긴 남자는 없었다. 아니, 아는 남자 자체가 별로 없었다. 그녀가 친구로 생각하던 남자들은 종국엔 그녀에게 ‘사실 널 오래전부터 좋아했어.’라는 구질구질한 멘트로 고백하곤 했다.

그래서 제 곁에 남자라곤 씨가 마른 와중에, 저렇게 키가 훤칠하고 깔끔한 마스크에 은은한 향기까지 흘리는 남자라니. 만약 저런 남자가 고백했더라면 달랐을까.

주은은 고개를 절레절레 흔들었다. 그럴 리가 없다. 고개를 든 주은은 다시 한 번 자신을 신기하게 바라보고 있는 남자와 눈이 마주쳤다. 그는 처음 본 사람의 얼굴을 뚫어져라 바라보는 데 별 부담이 없어 보였다. 유난히 까만 눈동자가 반짝반짝 빛이 나는 걸 보니 오히려 조금 즐거워 보였다.

“계속 그렇게 쳐다보실 건가요?”

주은이 차분하게 묻고서야, 남자가 “아, 죄송해요.”라며 한 걸음 물러섰다. 그러자 남자에게서 나는 부드러운 향기가 한 번 더 훅 끼쳤다. 좋은 향기였다. 스크래치가 잔뜩 난 마음을 아주 조금은 달래줄 정도로.

남자가 몸을 돌려세웠다. 주은은 남자가 계산대로 걸어가는 것을 확인하고 나서야, 선호하는 브랜드의 맥주 캔 두 개를 집어 들었다. 주은이 계산대로 걸어갔을 때, 종업원의 시선은 창밖을 향해 있었다. 여직원은 멀어지는 남자의 뒷모습을 멍하게 바라보고 있었다. 주은은 그런 여직원과 멀어져가는 남자의 뒷모습을 번갈아 보았다.

저렇게 넋이 나갈 만큼인가.

잠시 남자의 얼굴을 떠올렸다. 어디 가서 쉽게 볼 수 있는 외모는 아니었다.

주은이 무심하게 생각하며 계산대를 똑똑 두들겼다. 그제야 여직원의 시선이 그녀를 향했다.

"앗, 죄송해요."

어린 여직원이 붉어진 얼굴로 얼른 계산을 시작했다. 주은은 미리 준비해둔 신용카드를 내민 채, 창밖을 바라보았다. 어두컴컴한 창 너머로 가로등 불빛이 점점이 이어져 있었다. 그녀의 집으로 향하는 꺾이는 골목 가로등 불빛 아래에 남자가 서 있었다. 그가 이곳을 바라보고 있었다. 마치 그녀가 바라볼 줄 알고 있었던 것처럼.

눈이 마주친 기분이었다. 그럴 리가 없다는 걸 알면서도, 주은은 남자를 물끄러미 바라보았다. 남자가 싱긋 웃는 듯했다. 꽤 먼 거리라 확신할 수 없었지만, 왠지 그런 느낌이 들었다.

"이 카드로 계산하면 될까요?"

"네? 아, 네."

주은의 시선이 여직원에게 향했다. 여직원이 카드를 받으며 주은을 빤히 쳐다보았다. 그러더니 입꼬리를 삐죽거리며 웃었다. 마치 네가 뭘 했는지 안다는 듯 웃는 여직원의 얼굴에 그녀는 민망해서 입을 꽉 다물었다.

계산을 마친 후, 편의점 문을 밀고 나섰다. 자신도 모르게 남자가 서 있던 가로등 아래로 시선이 갔다. 남자는 사라지고 없었다. 왠지 싱거웠다. 어깨가 아래로 쳐진 주은은 고개를 절레절레 흔들었다.

그 남자가 있었으면 뭐 어쩔 건데.

주은은 맥주 캔을 든 채 공원으로 향했다.

주은의 집 근처에는 자그마한 공원이 있었다. 그녀가 이사 온 뒤에 찾은 아지트로, 집에서 술을 마실 수 없을 때면 곧잘 가는 곳이었다. 공원에는 다섯 개의 벤치가 띄엄띄엄 놓여 있었다. 거리가 제법 멀어 서로 나누는 이야기 소리가 들리지 않았다. 이런 개별적인 벤치도 마음에 들었지만, 가로수가 공원 주변을 빼곡하게 둘러싸고 있어서 마치 깊은 산속에 들어온 느낌이 들었다. 드문드문 켜진 가로등이 운치를 더했고, 고개를 들면 아주 가끔 별들도 볼 수 있었다.

그녀가 이곳을 즐긴다는 걸 아는 몇몇 친구들은, 늦은 시각에 위험하게 공원에서 술을 마신다며 걱정했다. 주은도 위험하다는 걸 인지하고 있었으나, 공원에서 혼자 마시는 술을 끊을 수 없었다.

이곳이 그녀가 유일하게 마음을 놓을 수 있는 곳이었다. 수많은 가면을 내려놓고 처진 어깨를 보여주어도 누구도 뭐라고 하지 않는 곳. 위험한 것보다 괜찮은 척하는 것이 더 고통스러운 날, 그녀는 이곳을 찾았다.

더군다나 몇 해간 어떤 일도 일어나지 않았으니 괜찮지 않을까 하는 생각이 들었다. 딱 1분 거리에 경찰서가 있기도 하고, 간간이 경찰들이 순찰을 돌기도 했으니까.

주은은 맥주 캔을 꺼내 풀 댑을 뜯었다. 탁, 소리와 함께 하얀 거품이 부글부글 솟아올랐다. 거품을 한입 마신 그녀는 긴 한숨을 내쉬었다.

쇄아아.

바람이 불자 가로등 불빛에 주홍빛으로 물든 나뭇잎들이 제멋대로 흔들렸다. 그 광경을 주은은 멍하니 바라보았다.

왜 그랬을까.

사위가 고요해지자, 한 시간 전 보았던 모습이 떠오르면서 의문이 들었다. 그는 왜 자신에게 그랬을까. 자신이 그토록 만만했을까. 그랬을지도 모른다. 주은의 아버지는 태현의 앞에서 설설 기었다. 마치 태현이 은행장이라도 되는 것처럼. 사업을 하는 남자는 늘 자금줄의 압박을 받기 마련이었다.

그런 그에게, 은행장의 뒷배는 세상 무엇보다 꼭 필요했으니까.

단지 그뿐이었을까.

아무리 고민해도 태현이 자신에게 왜 그랬는지 떠오르지 않았다. 아니, 생각할수록 점점 더 알 수 없을 것 같았다. 그러자 고민의 방향이 스스로에게 향했다. 자신은 왜 태현의 선택에 상처를 받았을까.

주은의 표정이 아득해졌다. 그러다 미간이 바짝 좁아지며 입술이 꽉 다물렸다. 인정하기 싫은 이유를 발견한 그녀는 아니라며 한사코 부인했다. 그러나 얼마 가지 않아 받아들일 수밖에 없었다.

태현의 행동이 단지 인간에 대한 예의가 아니라서 그런 게 아니었다. 무시당해서 그런 기분을 느낀 것만도 아니었다.

인정하기 싫지만 그를 믿었고, 아주 조금은 좋아했다. 그랬기에 자신은 도시락 핑계를 대서 그를 한 번 더 보러 간 것이었다.

⁂

태현을 안 건 1년 전이었다. 부모님과 식사를 하러 레스토랑을 찾았다가, 우연히 먼저 와서 식사하고 있던 태현의 가족들과 인사를 나누게 되었다. 그는 사교에 능해 보였다. 처음 본 그녀에게 먼저 말을 건네며 손을 내밀었다. 그땐 간단히 인사만 하며 지나갔다.

그러다 같은 회사에서 근무하고 있다는 걸 알게 되었다. 오며 가며 인사를 하게 되었고, 그는 휴게실에서든 식사 자리에서든 만나게 되면 꼭 식사 값이나 커피 값을 내고 갔다. 얼굴만 아는 사이에 번번이 얻어먹기가 불편하고 미안해서 그녀는 야근한다는 그에게 샌드위치와 커피를 들고 찾아갔다.

"이게 뭔가요?"

태현이 신기하다는 눈으로 샌드위치와 그녀를 번갈아 보며 물었다.

"번번이 신세를 지는 것 같아서요."

"신세요?"

그는 전혀 기억하지 못하는 얼굴이었다. 모든 사람에게 식사와 커피를 사는 것이 버릇인가 하는 생각이 들었다. 자신에게 특별한 호의를 가진 것이 아니라는 생각에 주은은 조금 안심했다.

"커피와 식사요."

"아아. 그거요?"

그가 기억해내더니 난처하다는 듯 웃었다.

"별 뜻 아니었어요. 아버지끼리 가깝게 지내시는데요."

"그렇지만 일방적으로 얻어먹을 필요는 없죠. 앞으로는 마음만 받겠습니다. 여태껏 얻어먹은 것에 비해 소박하지만, 받아주세요."

선을 긋는 주은의 말에, 태현이 꽤 오랜 시간 주은을 바라보았다. 신기한 듯, 조금 기분 나쁜 듯, 미묘한 표정이었다.

"이걸로 되겠어요? 부족한 거 같은데."

한참 만에 그가 말을 툭 뱉었다. 그 말에 주은의 표정이 구겨졌다.

일방적으로 식사를 대접해놓고, 이걸로 부족하다니. 더군다나 자신이 베푼 호의도 기억하지 못하고 있지 않았던가.

주은이 복잡한 감정을 무표정으로 얼른 감추었다.

"그럼 뭐가 더 필요할까요?"

"언제 시간 돼요? 식사 한번 하죠."

"굳이 식사까지는……."

"저는 식사가 좋을 것 같은데, 많이 곤란한가요?"

"솔직히 말씀드리자면 조금요."

"왜요?"

"회사 사람들 눈도 있고, 괜한 오해를 사고 싶지 않아요. 특히 대리님이라면요."

입사하자마자 누구보다 빠른 속도로 진급한 데다 인물이 훤칠한 미스터리의 미혼남에 대한 여직원들의 관심은 상당했다. 전혀 상관없는 팀에서 근무하는 주은조차 그의 이야기를 하루에 한 번씩 들을 정도였다.

그런 화제의 인물과 얽혀 두고두고 사람들의 입방아에 오를 생각은 없었다. 그녀는 자신의 아버지가 사업을 하는 것도, 태현의 아버지와 자신의 아버지가 아는 사이라는 사실도 밝히지 않을 정도로 조용한 생활을 원했다. 그래서 오늘 샌드위치와 커피도 그가 홀로 사무실에서 야근할 때 몰래 주러 온 게 아니었던가.

"그럼 몇 번이면 되겠어요?"

태현이 두 손을 모으고서 그녀를 보며 물었다. 오늘 얼굴을 마주한 이래 그의 눈동자가 가장 선명히 빛났다. 마치 먹잇감을 앞둔 포식자 같은 눈이었다. 그러나 주은은 그것이 조명 탓이라 생각했다. 조명 빛이 눈동자에 고여서 그런 거라고.

"네?"

"몇 번이나 내가 밥과 차를 더 사야 샌드위치가 식사로 둔갑할 수 있냐고요."

"……."

"그게 몇 번인지 모르겠지만, 한 번에 살게요. 그러니 식사하죠."

저돌적인 그의 발언에 주은은 난처했다. 이런 식으로 얽히려고 사온 샌드위치가 아니었다.

저걸 다시 가져갈까.

주은이 애꿎은 샌드위치를 뚫어져라 내려다볼 때였다. 태현이 그녀의 생각을 읽은 듯 샌드위치의 껍데기를 까서 한입 베어 물었다. 그러고는 보란 듯 커피까지 마셨다.

"이건 이미 회수하긴 늦었고……. 어떻게 할래요?"

그가 빙긋 웃으며 물었다.

"꼭 지금 당장 대답해야 하나요?"

"생각할 시간을 달라는 건가요?"

"네."

"그렇게 하죠."

태현이 즐거운 듯 미소를 지었다. 주은은 누가 볼세라 얼른 사무실을 벗어났다.

이럴 생각이 아니었는데. 누가 누구에게 밥을 사달라고 하는 건지 모르겠다.

주은은 빠르게 그 자리를 벗어나며 생각했다. 되도록 태현과 얽히지 않고, 그를 피해 다니자고. 그러면 그에게 더는 빚질 일도, 빚을 갚을 일도 없을 거라 생각했다. 그러나 그것이 얼마나 단순한 생각이었는지 알아채는 데에는 얼마 걸리지 않았다.

그녀가 소속된 팀의 팀장이 교통사고로 회사를 관두게 되었고, 이후 태현이 팀장으로 발령받아 왔다. 누가 봐도 나이에 비해 빠른 진급이었다. 낙하산이라는 둥, 누구의 아들이라는 둥 뜬소문이 파다하게 퍼졌다. 그러나 누구도 그에게 대놓고 묻거나 따지지 못했다. 모두가 앞으로의 태현이 나아갈 행보에 대해 궁금해하는 와중에, 주은은 다른 생각으로 골치가 아팠다. 여태껏 피해 다닌 그와 한 사무실을 쓰게 되었다. 계속 모르는 척하면 될 거라는 생각과 달리, 태현이 가장 먼저 팀장실로 부른 건 주은, 그녀였다.

팀장실로 불려간 주은은 팀장실 책상에 앉아 있는 그를 보았다. 다른 직원들의 1.5배쯤 되어 보이는 책상과, 별도로 마련되어 있는 책장, 방 안을 은은하게 채우고 있는 향기가 태현과 퍽 잘 어울린다는 생각을 했다.

"생각은 해봤어요? 이 정도면 생각 정리 다 됐을 것 같은데?"

태현이 미소를 지으며 주은에게 말을 건넸다. 웃는 얼굴과 달리 태현의 시선은 찌를 듯이 강렬했다. 주은은 더 이상은 피할 수 없겠구나 하고 직감했다. 그리고 이런 상황에 도달하게 되니 궁금해지기도 했다. 그가 왜 자신과 꼭 식사하고 싶어 하는지를.

"언제 시간 되세요? 제가 식사 대접할게요."

얻어먹는 건 싫었다. 무슨 꿍꿍이를 갖고 있는지 모르는 그에게 더 이상 빚을 지고 싶지 않았다. 주은의 허락에, 태현의 미소가 더욱 짙어졌다.

"오늘 저녁은 어때요?"

"오늘 저녁이요?"

"곤란해요?"

"아뇨. 그건 아니에요. 그럼 오늘 저녁에 뵙죠."

"그래요. 퇴근 후에 지하주차장 3층으로 와요. 거기에 내 차가 있거든요. 다른 사람들 눈에 띄지도 않고."

태현은 '다른 사람들 눈에 띄고 싶어 하지 않는 네 생각을 다 알고 있어.'라는 얼굴로 미소 짓고 있었다.

"더 하실 말씀 있으신가요?"

"아뇨. 주은 씨에게 용건은 이것뿐이라서요. 아, 굳이 한 가지 덧붙이자면 앞으로 잘 부탁해요. 여러모로 부족해서 도움을 많이 요청할 거예요."

"저야말로 잘 부탁드리겠습니다."

태현의 꼼꼼한 일처리는 익히 들어왔던 터라, 그녀는 그가 엄살을 떤다고 생각했다.

그날 저녁, 주은은 지하 3층 주차장으로 향하면서 그가 농담을 한 게 아닐까 생각했다. 마음은 반반이었다. 태현에게 식사 한 끼를 대접하고 이 관계를 어서 청산하자는 마음, 태현이 나타나지 않아 이 식사 자리조차 파투났으면 하는 마음. 어떤 식으로든 태현과 엮이고 싶지 않았다.

그러나 그녀가 도착한 지 5분도 채 되지 않아 주차장으로 온 태현을 보면서 자신의 바람이 산산조각 났음을 알았다.

"일찍 오셨네요."

주은의 말에 태현이 미소를 지었다.

"지켜보고 있었거든요. 주은 씨가 나가기를."

"……."

주은은 대답 대신 불편한 표정으로 그를 바라보았다.

그날 저녁, 태현은 회사에서 30분 정도 떨어진 레스토랑으로 향했다. 회사원이 한 끼 식사 값으로 지불하기엔 곤란한 정도의 꽤 비싼 식당이었다. 그녀가 태현을 처음 만난 곳이기도 했다.

식사를 하는 동안 별다른 이야기는 오가지 않았다. 주은은 그가 자신에게 곤란한 부탁을 하러 온 게 아닐까 하는 의심을 했는데 부질없는 생각이었다.

그는 일상적인 이야기를 했고, 아주 간간이 그녀에게 질문을 했다. 식사 막바지가 되자 편안해진 주은도 이전보다 누그러진 태도로 말을 이어갔다.

식사를 마친 후, 계산을 하러 간 주은은 계산대에 서 있던 직원의 말을 듣고는 미간을 찌푸렸다.

"네?"

주은이 제 귀를 의심하는 얼굴로 되물었다.

"방금 전 남자분께서 계산하셨습니다."

"……."

주은이 말없이 옆자리에 서 있는 태현을 바라보았다.

"돈 많은 부자가 우리 테이블까지 대신 계산해줬나 봅니다."

시치미를 뚝 떼고 어깨를 으쓱거리는 그를 보며 주은은 미간을 좁혔다. 어느새 그가 엘리베이터로 성큼성큼 걸어가고 있었다.

"팀장님."

"왜 여기서까지 내가 팀장님이 되어야 합니까?"

"그럼 뭐라고 불러야 하나요?"

"태현 씨."

"……."

"내 이름 꽤 괜찮은 이름이라고 생각했는데, 부르기 싫어요?"

"좋은 이름이라고 생각합니다만……."

내가 굳이 그 이름을 부를 이유는 없다, 라고 딱 잘라 말하려 할 때였다.

"그럼 불러요. 좋은 이름이라면서요."

그가 말을 자르고 들어왔다. 주은은 어이없는 눈으로 그를 바라보았다.

딩동.

엘리베이터 문이 열렸다.

"타요."

그가 고갯짓으로 엘리베이터 안을 가리켰다. 주은은 뭐라 한마디 하려다가 엘리베이터에 올라탔다. 뒤따라 태현이 들어왔다. 엘리베이터가 내려가는 동안 두 사람 사이엔 어떤 대화도 오가지 않았다. 지하주차장에 도착한 태현이 그녀를 바라보았다.

"데려다줄게요. 타요."

"아뇨. 집이 이 근처라서 택시 타고 가면 돼요. 그러니 팀장님 먼저 가세요."

"팀장님이 아니라 태현이라니까요, 내 이름은."

"다음에 사석에서 따로 뵙게 되면 그렇게 부를게요."

"다음 식사 자리는 없을 예정이란 말이군요."

"……."

주은이 들킨 속사정을 감출 생각 없다는 듯, 그를 물끄러미 바라보았다. 그녀는 더 이상 눈앞의 남자와 엮일 생각이 없었다. 좋고 멋있는 사람이지만 속내를 알 수 없는 사람이었다. 근사하게 웃고 있지만 눈동자는 간간이 무서울 정도로 차가워졌다.

그리고 굳이 자신에게 이렇게 접근할 이유가 없었다. 그의 집안이나, 외모, 학벌을 봤을 때 자신보다 더 좋은 조건의 여자를 만날 수 있었다. 그러니 이성적인 호감도 아닐 거라 생각했다.

"정말 그렇게 생각해요?"

불쑥 묻는 태현의 말에, 주은이 눈만 들어 그를 보았다. 꽤 거리가 멀리 떨어져 있는데도 불구하고 바로 코앞에서 얼굴을 마주한 것처럼 가깝게 느껴졌다. 조금 더 멀어지고 싶은 마음에 뒤로 한 발자국 물러섰으나, 등에 다른 차가 닿았다.

"난 우리가 곧 다시 만날 거라는 생각이 드는데요."

"……."

"아무 말 안 할 거예요?"

"그렇게 되면 인연이겠죠."

"그럼 그땐 이렇게 도망 안 칠래요?"

"왜 이러시는지 여쭤봐도 될까요?"

"그건 궁금해요?"

"네."

주은이 순순히 대답하자, 태현의 미소가 짙어졌다. 모처럼 반응하는 주은의 태도가 퍽 마음에 든 눈치였다.

"그건 다음에 만나면 이야기하죠. 오늘은 꼭 데려다주고 싶지만, 주은 씨가 많이 불편해하니까 먼저 갈게요. 오늘은 내가 밥을 샀으니, 다음엔 주은 씨가 사요. 시간 될 때 연락해요. 기다릴게요."

태현이 먼저 차를 출발시켜 떠났다. 홀로 주차장에 남은 주은은 그의 차가 완전히 시야에서 사라진 후에야 나지막한 한숨을 흘렸다. 피곤했다. 그런데 묘하게 기분 나쁘지 않은 것이 이상했다.

하지만 이게 끝이겠지.

주은은 태현과의 사적인 만남이 여기서 끝일 거라고 생각했다. 정확히 한 달 후, 부모님의 강요에 못 이겨 나간 선자리에서 그를 볼 때까지만 해도.

선자리에 앉아 있는 태현을 보고서 주은은 발이 바닥에 붙은 사람처럼 우두커니 서 있었다. 창가에서 환한 햇살이 새어 들어왔다. 그는 유난히 빛이 많이 쏟아지는 자리에 앉아 있었다. 그 때문인지 한층 반짝반짝 빛나 보였다.

"왜……."

주은이 말을 하다가 말문이 막힌 듯 입을 다물자, 태현이 미소 지었다.

"왜 여기 있냐고 물은 건가요?"

"……네."

"부모님이 말씀하신 선 상대가 하필이면 주은 씨더군요."

그럴 리가.

주은이 미심쩍은 눈으로 바라보았다.

"계속 거기 서 있을 건가요?"

태현이 묻고서야 그녀는 그의 맞은편 자리에 앉았다. 얼떨떨해하는 주은에게, 태현은 미소를 지어 보였다. 그는 말과 달리 그녀가 나올 걸 알고 있었던 사람 같았다.

"이렇게 사적인 자리에서 만나게 되었으니, 우리도 인연인가요?"

그가 물었다. 주은은 아무 말도 하지 않았다. 그와 사적인 자리에서 만날 일은 없을 거라 장담했는데, 일이 이렇게 되니 정말 인연이 아닐까 하는 생각이 들었다.

주은은 맞은편 자리에 있는 태현을 바라보았다. 그는 습관처럼 미소를 잘 지었다. 그 미소는 헤프다기보단, 어른스럽고 그를 한층 여유로워 보이게끔 만들었다. 무뚝뚝한 자신의 아버지와는 정반대의 이미지였다. 같이 있으면 덩달아 여유로워지고 편안해지는 느낌이었다.

이 정도의 남자라면 괜찮지 않을까.

주은은 아주 잠깐 마음이 흔들렸다. 동시에 어머니의 말이 떠올랐다.

「꼭 이번 선자리에선 잘해야 한다. 알잖니, 네 아버지 사업이 조금씩 어려워지고 있는 거. 이럴 때 자금줄이 막히면 큰

일이야. 이번에 나오는 남자는 네 아버지에게 꼭 필요한 사람이란다. 그러니까…… 엄마 말 알겠지?」

신신당부하던 어머니의 목소리가 절박했던 것이 떠올랐다.

기울어지는 아버지의 사업, 아버지의 사업에 꼭 필요한 남자, 그 남자는 자신의 팀장인 태현, 사랑하는 사람이 없는 자신…….

복잡하긴 하지만, 썩 나쁘진 않다고 생각했다. 어차피 결혼은 자신의 뜻과 상관없이 이루어지게 될 거라고 생각했다. 그러니까, 일이 이렇게 되어도 썩 나쁠 것이 없다는 생각이 들었다.

그 순간 마음의 빗장이 툭 소리를 내며 떨어졌다.

"인연인가 보죠."

주은이 무심한 목소리로 대답했다. 태현이 찻잔을 들다 말고 그녀를 바라보았다. 그녀의 말에 담긴 의미를 읽은 듯, 그가 반듯한 미소를 지었다.

"다행이군요. 나와 같은 생각을 해서."

태현의 말에 주은은 미소를 지었다. 그때까지만 해도 그녀는 꽤 괜찮은 상대를 만났다고 생각했다.

사무실에서 그 광경을 보기 전까지만 해도.

주은이 지그시 눈을 감았다. 머리가 멍한 이유가 술 때문인지, 피곤함 때문인지 구분이 가질 않았다. 그녀는 가을바람을 깊게 들이마셨다. 몸 한가운데가 구멍이라도 난 것처럼 시원했다. 후우, 길게 내뱉던 숨이 덜컥 걸렸다. 주은이 입술을 사리물었다. 갑자기 가슴 밑바닥에서 무언가가 울컥 치솟아 올랐다.

선을 볼 때까지만 해도 몰랐다. 아니, 이런 일을 겪기 직전이 되기 전까지 몰랐다. 자신이 태현을 꽤 좋아하게 되었음을.

왜, 하필 이런 순간에 깨닫게 된 걸까.

서러움, 비참함, 수치스러움, 서글픔이 한 번에 몰려들었다. 동시에 희미한 분노도 함께 치솟아 올랐다.

차라리 처음부터 그런 사람이라는 걸 말해줬더라면 마음을 주는 일도 없었을 텐데.

꽉 감고 있는 눈 사이로 눈물이 주르륵 흘러내렸다. 손등으로 눈두덩을 꽉 눌렀으나 자꾸만 눈물이 새어나갔다.

"아니, 그래서 말이야."

"어머."

지나가던 커플이 누가 있을 줄 몰랐다는 듯 깜짝 놀란 목소리를 뱉었다. 그 소리에 주은이 다급하게 손등으로 눈물을 닦아냈다.

"후우."

숨을 길게 내쉰 주은이 눈을 떴다. 눈이 마주친 커플이 다급하게 시선을 돌렸다. 벤치에 홀로 앉아 맥주를 마시는 여자와 얽혀서 좋을 게 없다고 판단한 듯했다. 커플이 다급히 사라진 후, 주은은 긴 한숨을 내쉬었다.

이게 무슨 청승이야.

주은이 비틀거리며 몸을 일으켰다. 머리가 빙글빙글 돌기 시작했다. 이러다가 벤치에서 잠들면 곤란했다. 다 마신 맥주 캔을 분리수거함에 버린 후, 집으로 향했다.

그녀의 집은 오래된 아파트였다. 방 두 칸에 거실과 부엌이 이어져 있는 이곳에서 주은은 남동생인 호성과 함께 지내고 있었다. 고등학교 졸업하자마자 독립하고 싶다고 날뛴 호성 때문에 골머리를 썩인 부모님이 내린 처방이었다.

「너 혼자서 살면 안 돼. 누나랑 같이 살아.」

처음에 반대하던 호성은 부모님이 고집을 꺾지 않자 마지못해 승낙했다. 주은의 회사와 호성의 대학교가 가까운 곳에 주은이 모은 돈으로 보증금을 지불하고 계약한 곳이 이곳이었다. 그래봤자 집에서 차로 20분 떨어진 곳에 불과했지만, 호성은 무척이나 만족했다.

그리고 스물의 혈기왕성한 남자가 그렇듯, 친구들 집을 전전하며 다니느라 집에 잘 들어오지 않았다. 덕분에 주은은 혼자 살다시피 했다.

삑, 삑, 삑.

도어록에 비밀번호를 입력한 주은이 집 안으로 들어섰다. 어두컴컴할 거라는 예상과 달리 거실 불이 환히 켜져 있었다.

"호성아, 왔어?"

퇴근할 때만 해도 호성은 오늘 늦게 귀가한다고 했었다. 그녀도 태현을 만나 함께 늦은 저녁식사를 할 거라 생각해, 늦게 귀가할 거라고 대답했었다.

주은이 호성의 방문을 두들겼다. 그러나 어떤 대답도 돌아오지 않았다. 돌아서던 주은이 혹시나 하는 마음에 다시 문고리를 잡았다.

"호성아."

주은이 호성의 방문을 열다가 걸음이 꼬여 휘청했다. 순간 머리가 어지러워 균형을 제대로 잡지 못했다. 이대로 방문이 열리면 넘어지겠구나 생각할 때였다.

탁!

방문이 멈췄다. 주은이 꽉 감고 있던 눈을 천천히 떴다.

툭, 툭.

무거운 물방울이 바닥으로 떨어지는 게 보였다. 주은이 천천히 고개를 들었다. 문을 잡고 있는 손이 보였다.

유난히 길고 새하얀 손가락. 어디선가 본 적 있는 아름다운 손.

주은이 느릿하게 고개를 들었다. 저를 향한 눈동자를 보았다. 고개를 비스듬히 기울인 그가 물었다.

"괜찮아요?"

취한 건가. 그렇지 않고서야 자신의 집에 상의를 벗은 남자가 있을 리가.

주은이 복잡한 표정으로 남자를 쳐다보았다.

"호성이는……."

주은이 뭔가 말을 하려다 입을 다물었다. 자신이 낯선 남자와 단둘이 있다는 사실이 뒤늦게 생각났다. 다급하게 한 발자국 물러서던 주은이 중심을 잡지 못하고 휘청거렸다. 그 사이 남자가 주은의 손목을 거머쥐었다. 깜짝 놀란 주은은 손을 밀어내려 했으나, 그의 힘이 강해서 뿌리치지 못했다.

"괜찮아요?"

남자가 걱정스러운 눈으로 물어왔다. 주은은 겁에 질렸지만 침착한 표정을 유지하며 남자를 바라보았다.

"괜찮아요."

"얼굴이 하얀데. 안 괜찮아 보여요."

남자가 허리를 굽힌 채 주은의 눈을 바라보았다. 깨끗하고 선량한 눈동자였다. 지나치게 맑아서 자신도 모르게 마음이 놓일 정도였다.

이 상황에서 차분하고 다정하며 깨끗하다니. 오히려 이게 더 이상하잖아.

주은의 어깨가 뻣뻣하게 굳었다.

"정말 괜찮아요. 그러니까 놔주세요."

주은이 차분하게 말하자, 그가 그녀의 손목을 순순히 놓아주었다. 주은이 남몰래 안도의 한숨을 내쉰 후 조용히 한 발자국 물러섰다. 그사이 그는 마치 자신의 집처럼 자연스럽게 침대로 향했다. 그가 침대에 걸쳐놓은 티셔츠를 입는 동안, 주은은 주머니에 있던 휴대전화를 꺼냈다. 112에 전화를 하려 할 때였다.

"놀랐죠?"

남자가 여전히 그녀를 등진 채 물어왔다. 목소리가 마치 오랫동안 알고 지내는 지인에게 건네는 양 다정했다. 주은은 저도 모르게 '네.'라고 대답하려다 입을 다물었다.

저 남자, 뭔가 위험하다. 오히려 멀쩡한 생김새의 미친놈이 많다는 걸 뒤늦게 깨닫고는 얼른 집 밖으로 뛰어나가려 할 때였다.

"전 호성이가 말한 줄 알았는데, 아니었나 봐요."

"호성이요?"

동생의 이름에 주은이 돌아서다 말고 멈췄다. 한 박자 늦게 남자가 고개를 비스듬히 돌렸다. 슬쩍 흘리는 눈길이 묘하게 사람의 시선을 끌어당겼다. 여자들의 호감을 살 법한 외모와 눈길을 갖고 있었다.

"네. 호성이요."

"내 동생을 알아요?"

"네. 호성이랑 친해요. 그러니까……."

남자가 말을 마저 이으려 할 때였다.

쿵, 쿠쿵!

문이 소란스러운 소리를 내며 열렸다.

"어? 누나! 일찍 왔네? 오늘 늦는다더니."

호성이 요란한 소리를 내며 등장했다.

짧은 노랑머리에 군대를 다녀온 게 믿기지 않을 만큼 하얀 피부, 얌전한 그녀가 보기엔 화려하다 못해 요란한 차림새.

호성은 TV에 나오는 여느 아이돌보다도 화려한 옷차림을 즐겼다. 오늘도 여느 때와 다름없이 찢어진 청바지와 계절에 어울리지 않는 하얀 민소매 티, 그 위에는 시멘트를 바른 야상점퍼를 입고 있었다.

이런 모습이 꽤 잘 어울렸지만, 주은은 동생인 호성이 조금 더 얌전한 옷차림을 하길 바랐다.

"너 옷차림이……."

주은이 머리 아프다는 표정으로 호성의 옷차림을 가리킬 때였다.

"이 누나가 또 고리타분하게 내 옷 스타일 가지고 지적하네? 어? 형, 아직 있었네."

호성이 시원하게 이를 드러내며 웃었다.

"일찍 씻고 나갔어야 했는데, 미안해."

옷을 다 챙겨 입은 남자가 젖은 머리를 수건으로 털며 말했다.

"뭘, 우리 사이에. 괜찮아."

"넌 괜찮은 거 같은데, 네 누나는 아닌 거 같아서."

남자가 말을 하며 주은을 바라보았다. 호성의 시선이 뒤따랐다.

"누나가 왜 놀라?"

"말을 안 해줬잖아."

주은이 당연한 거 아니냐는 듯 호성을 쳐다보았다.

"아, 그랬나? 그랬구나! 미안해!"

잠시 생각하던 호성은 자신이 주은에게 상황을 설명하지 않았다는 걸 깨닫고는 손을 들며 사과했다.

"무슨 일인지 설명이나 해줘."

주은이 호성을 똑바로 쳐다보며 말했다.

"아, 형이 아래층으로 이사 왔는데 수도가 고장 났다고 해서 우리 집에서 씻으라고 했지. 어차피 누나가 늦게 들어온다고 했으니까 상관없다고 생각했어."

그래서 타인에게 집의 비밀번호를 알려줬다고?

그 말이 목 끝까지 치고 올라왔으나, 주은은 남자의 시선 때문에 입을 다물었다. 모르는 사람 앞에서 동생과 언쟁하고 싶지 않았다.

"그래도 뭐, 이참에 이웃지간끼리 얼굴 트고 잘됐네! 좋은 일이야! 그치?"

호성이 이를 드러내며 시원하게 웃었다. 이목구비가 뚜렷한 호성은 조금만 웃어도 활짝 웃는 것처럼 보였다. 얼굴도 잘생긴 축에 속해서 꽤 많은 여자들이 따랐다. 호감형인 성격도 한몫했다.

그러나 그건 그를 따르는 여자들의 사정이고, 호성을 동생으로 둔 주은은 이런 그의 성격 때문에 번번이 머리 아팠다. 그는 지나치게 사람을 잘 믿었고, 따르기도 잘 따랐다. 이런 점을 번번이 지적했지만, 그때마다 호성은 귓등으로 들었다. 이전에도 처음 본 남자애가 호성의 방에서 나오는 바람에 핸드백을 집어 던질 뻔하지 않았던가.

그러나 오늘은 잔소리할 기분이 아닌지라 주은은 입을 다물었다.

"두 사람, 인사는 했어? 어차피 이웃지간이라 자주 볼 텐데 인사라도 하지그래?"

"아니, 인사는……."

차차 하도록 할게.

그 말을 하려 할 때였다. 머리 위로 그림자가 졌다. 어느새 호성의 방에서 나온 남자가 그녀에게 다가왔다. 멀리서 보던 것보다 키가 훨씬 컸다. 180이 넘는 호성에게 적응이 된 주은조차 놀랄 정도였다.

"안녕하세요. 저는 하시우라고 합니다."

남자가 손을 내밀었다.

하얗고 반듯한 손.

주은은 손을 바라보다 고개를 들어 남자를 보았다. 해사하게 웃고 있는 미소가 눈에 들어왔다. 웃느라 접힌 눈이 보기 좋았다. 막 씻고 나와 불그스름한 빛이 도는 입술과 하얀 뺨이 그를 소년처럼 보이게 만들었다. 하지만 마냥 어리게 보기가 힘들었다. 그의 눈빛이 묘하게 사람을 빨아당겼다. 조금 야하게 느껴질 만큼.

"누나, 뭐 해?"

주은이 시우의 얼굴을 물끄러미 바라보고 있자, 호성이 재촉했다. 그제야 주은이 시우가 내민 손을 맞잡았다. 하얀 손이 차가울 것 같은데, 의외로 따스했다. 동시에 부드러웠다. 마음이 편안해졌다.

"호성이 누나, 이주은이에요. 이렇게 다시 만나게 될 줄 몰랐네요."

사회생활을 오래 한 주은이 능숙하게 표정관리를 하며 자기소개를 했다.

"그러게요. 인연인가 봐요."

시우가 고개를 비스듬히 기울이며 웃었다. 꽤 가까운 거리라 부담스러울 만도 한데, 이상하리만치 아무렇지도 않았다. 주은은 자신에게 조금 얼굴을 내미는 시우를 똑바로 마주 보았다.

천성적으로 끼 부리는 타입이구나.

주은은 덤덤하게 생각했다. 그런 종류의 남자들이 있었다. 자신도 모르게 끼를 부리는 타입. 그래서 원치 않는 오해를 받는 타입.

"와, 두 사람 아이 콘택트를 뭐 그렇게 오래 해? 우리 누나, 시우 형한테 홀딱 반했구나? 이거 곤란한데? 시우 형 인기가 많아서 여자들이 끊이질 않거든. 하긴 우리 누나도 한 미모하지. 어디 가서 빠지지 않으니! 두 사람 잘 어울리네! 아, 맞다. 우리 누나, 애인 있지? 미안, 누나!"

홀로 떠벌떠벌 말하던 호성이 금세 씩 웃으며 사과했다.

"태현 형은 잘 지내? 오늘도 데이트하고 온 거야?"

호성이 주은에게 얼굴을 들이밀며 물었다.

데이트.

그 말을 듣자마자 돌이라도 든 것처럼 가슴이 묵직해졌다.

겨우 잊고 있었는데…….

동시에 사무실에서 봤던 광경이 떠올랐다.

문득 그 여자의 어떤 면이 그렇게 좋았을까, 라는 생각이 들었다. 오랫동안 만난 사이일까, 아니면 스쳐가는 바람 같은 사이일까. 그래서 이제 자신은 어떻게 해야 할까……. 집안이 얽혀 있으니 헤어지는 것조차 쉽지 않을 거다.

"그러고 보니 태현 형이랑 연락 안 한 지도 오래됐네. 조만간 밥 사달라고 해야겠다. 괜찮지?"

"……요즘 회사일 바빠. 그러니까 당분간 연락하지 마."

"그래? 그럼 언제 한가해지는데?"

눈치 없는 호성이 투정을 부리듯 말했다.

"……글쎄. 아마 계속 바쁠 것 같아. 나 피곤해서 그런데 좀 들어가서 쉴게."

주은이 어두워진 얼굴로 말했다.

"어? 그럴래?"

"응."

"누나, 그럼 거실에서 형이랑 술 한잔해도 돼? 이렇게 왔는데 보내기 아쉬워서."

"마음대로 해."

어차피 예의상 물어보는 것일 테니, 주은은 알아서 하라고 손을 내저었다.

"응. 조용히 놀게. 푹 쉬어! 내가 필요하면 언제든 부르고!"

호성의 다정한 인사에 주은이 손을 들어 보였다. 돌아서기 직전, 시우와 눈이 마주쳤다. 그는 오래전부터 자신을 바라보고 있었던 듯했다. 그녀는 그냥 지나칠 수가 없어 가볍게 목례했다. 그러자 시우가 조금 더 환하게 웃으며 고개를 까딱였다. 마치 눈이 마주치는 게 즐겁다는 듯이.

확실히 끼 부리는 타입이구나. 그게 아니라면 작정하고 끼를 부린다는 말인데, 자신에게 굳이 그래서 득이 될 건 없었다.

주은은 시우에 대한 정의를 내리며 돌아섰다.

'나는 너한테 여자다운 매력을 느낀 적 없어.'

태현이 입술을 비죽이 올리며 비웃었다. 마치 자신이 모르던 사람 같았다. 주은은 무언가 말을 하려고 입을 열었다가 꾹 다물었다. 자신도 모르게 왜요, 라고 물을 뻔했다. 그녀는 묻는 대신 입을 잠시 다물었다. 자신이 상처받았다는 것도 내색하고 싶지 않았다.

나도 마찬가지예요.

조금 시간이 지나 그 말을 하려 할 때였다.

삐리릭.

울리는 벨 소리에 주은이 눈을 떴다.

아, 꿈이었구나.

눈도 덜 뜬 채 손을 뻗어 협탁 위를 더듬었다. 꿈에서조차 아무 말을 하지 못했다는 게 조금 억울했다.

쿵!

스탠드 조명을 떨어뜨리고서야 휴대전화를 거머쥐었다. 휴대전화 액정을 확인하니 낯선 번호가 찍혀 있었다. 070으로 되어 있는 걸 봐선 스팸전화인 듯했다.

주은은 평소 잠들 때 전화를 무음으로 해놓곤 했다. 오늘은 정신이 없어서 깜빡했다. 혹시나 하는 마음에 주은은 부재중 전화 목록을 확인했다. 태현에게서 온 전화는 없었다.

"하."

주은은 그런 스스로가 한심해서 피식 웃었다. 그가 전화할 리 없다. 그는 자신의 행동이 잘못되었다고 생각하지 않았다. 오히려 들킨 걸 좋은 기회라고 여기고 있었다. 그러니 그가 잘못했다고 전화할 일은 절대 없었다. 물론 그가 만에 하나 사과를 한다고 하더라도, 받아줄 자신도 없지만.

눈을 뜨자마자 태현을 생각했더니 없던 두통이 생기는 기분이었다. 주은이 이마를 짚고서 시간을 확인했다. 새벽 2시가 넘어가고 있었다. 그녀가 비척거리며 몸을 일으켰다. 잠이 덜 깼는지 몸이 좌우로 휘청거렸다. 잠시 문을 잡고 선 주은이 감고 있던 눈을 떴다. 조금 정신이 들었다. 물을 마시려고 부엌으로 나오던 주은이 멈칫했다.

거실에 두 남자가 누워 있었다. 벽 쪽으로 술병이 길게 진열되어 있었다. 다 먹은 안주 봉지도 돌돌 말아 비닐 안에 잘 정리해두었다. 술병들 사이로 눈에 익은 맥주가 보였다. 그녀가 즐겨 마시는 맥주였다. 편의점에서 가져간 맥주 캔을 여기서 마신 모양이었다.

그때 시우는 집요하리만큼 그녀를 바라보았다. 아마 호성의 누나라는 걸 알아봐서 그런 듯했다.

주은은 소파에 잠들어 있는 시우와, 바닥에 누워 있는 호성을 번갈아 보다가 부엌으로 들어갔다. 물을 마신 후, 도로 방으로 들어가려던 주은의 걸음이 멎었다.

활짝 열려 있는 발코니 문과 웅크리고 잠든 호성의 모습이 눈에 걸렸다. 호성의 방으로 들어가 얇은 이불 두 개를 챙겨 나왔다. 하나는 호성의 몸 위에 덮어주고, 또 다른 하나를 챙겨 시우에게 다가갔다.

이래도 될까 잠시 고민했지만 주은은 이불을 반으로 접었다. 다음 날 일어나서 호성만 이불을 덮고 있는 꼴도 우스울 것 같았다. 그녀는 시우가 깨지 않도록 조심스럽게 이불을 덮어주었다. 그러곤 발소리를 죽여 돌아설 때였다.

"여태껏 안 잤어요?"

낮고 다정한 목소리가 그녀의 발목을 잡았다. 흠칫 놀란 주은이 커다래진 눈으로 시우를 내려다보았다.

"깼어요? 나 때문에? 미안해요."

당황한 주은이 물음과 동시에 대답도 듣지 않고 사과했다.

"깬 건 맞는데, 누나 때문은 아니니까 미안해하지 마요."

"아, 그래요? 다행이네요."

주은이 눈에 띄게 안도했다.

"누나는 안 잤어요?"

어느새 몸을 일으켜 소파에 걸터앉은 시우가 그녀에게 물었다. 잠이 완전히 달아난 얼굴이었다. 그러고 보니 방금 전 목소리도 잠에서 막 깬 목소리가 아니었다. 잠을 안 자고 있었던 건지, 잠에서 깨어난 게 티가 안 나는 스타일인지 구분이 되지 않았다.

"자다가 깼어요. 전화 소리 때문에."

"아, 그래요? 애인 전화?"

"……."

미미하게 예의상 짓고 있던 주은의 미소가 점차 사라졌다. 아직은 태현의 이야기에 평정을 유지하기 힘들었다. 어쩌면 꽤 오랜 시간 그럴지도 모른다는 생각이 들었다.

"……아뇨. 애인 전화 아니었어요. 스팸전화였어요. 그럼 푹 쉬어요."

주은이 금세 표정을 바꾸며 대답했다.

"누나."

그는 자연스럽게 그녀를 누나라고 불렀다. 마치 그녀가 몇 살인지 잘 안다는 듯이.

주은은 대답 대신 시우를 바라보았다. 발코니 밖에서 희미하게 들어오는 가로등 불빛에 그의 얼굴이 반쯤 보였다. 그의 눈이 불빛을 머금고서 반짝 빛났다. 그에게서 묘하게 야한 느낌이 났다. 몇 시간 전 보았던 선한 소년은 완전히 사라지고, 또 다른 사람이 앉아 있는 기분이었다.

그가 자리에서 일어났다. 저벅저벅. 낮은 발소리를 내며 그녀에게 다가왔다. 마침내 시우가 그녀의 앞에서 멈춰 섰다. 주은의 고개가 뒤로 젖혀졌다. 오늘 처음 본 남자와 불이 꺼진 거실에서 마주 보고 서 있는데, 이상하게 겁이 나지 않았다.

그가 그녀를 물끄러미 바라보았다. 어두워서 그런지, 그의 눈빛이 한결 짙게 느껴졌다. 눈앞의 남자는 사람의 시선을 사로잡는 데 타고난 듯했다. 그렇지 않고서야 머리로는 방으로 돌아가는 게 좋겠다는 걸 알면서도 발바닥은 바닥에 붙은 듯 움직이지 않을 리 없었다.

"할 말 있어요?"

주은이 그를 보며 무심한 목소리로 물었다. 그가 말없이 손을 뻗어 주은의 머리를 쓸어넘겨주었다.

"머리가 헝클어져서요."

고작 그것 때문에 다가왔다고?

주은은 조금 어이없다는 듯 그를 바라보았다. 그러나 속내를 드러내지 않았다.

"신경 써줘서 고마워요."

주은이 그에게 감사의 인사를 전한 후, 돌아서려 할 때였다.

"혹시 나, 기억해요?"

그가 물었다. 이전과는 다른 조금 낮은 목소리에 주은의 시선이 그에게 닿았다. 그는 그녀를 물끄러미 바라보고 있었다.

"네. 기억해요."

주은의 대답에 시우의 표정이 미묘하게 바뀌었다. 생각지 못한 대답을 들은 얼굴이었다. 아주 조금은 기뻐 보이는 듯했다.

그게 좋아할 일인가.

주은은 무심히 생각하며 입을 열었다.

"편의점에서 만났잖아요. 맥주 꺼내다가."

"……아, 편의점."

그가 생각지 못했다는 듯 중얼거렸다. 허탈한 듯 그가 소리 없이 웃었다.

"그 전에 우리가 만난 적 있었나요?"

주은이 묻자, 그가 고개를 들었다. 그의 눈빛이 아주 잠시 흔들렸다. 그러다 금세 안정을 되찾았다. 마치 그럴 줄 알았다는 포기의 눈빛이었다. 그 순간이 찰나라, 주은 자신이 잘못 본 게 아닌가 하는 생각이 들 정도였다.

"아뇨. 누나 기억에 없다면 없는 거겠죠."

그가 신경 쓰지 말라는 듯 대답했다. 뭔가 이상한 대답이었다.

기억에 없다면 없는 거라니.

"말해주면 기억날지도 몰라요."

주은이 미안한 표정으로 말했다. 그는 대답 대신 미소를 지었다. 말할 생각이 전혀 없어 보였다.

어색한 침묵이 감돌았다. 호성이 웅얼거리는 소리를 내며 몸을 뒤척이고서야 주은은 그에게서 시선을 뗐다.

"소파가 불편하면 호성이 침대에서 자요. 그럼 들어가볼게요."

주은은 그를 두고 자신의 방으로 향했다. 어쩐지 등에 그의 시선이 따라붙는 기분이었다.

* * *

"어머, 주은 씨 오늘 좀 색달라 보인다. 늘 화장도 하는 둥 마는 둥 하더니 왜 이렇게 진해?"

휴게실 자판기에서 커피를 뽑아 마시는 주은에게 선유가 다가와 말을 붙였다.

"그냥 하다 보니 진해졌어요."

주은이 습관적인 미소를 지으며 말했다. 출근하기 싫어서 화장대 앞에서 미적거리다 보니 화장이 점점 진해졌다. 지우려고 보니 시간이 없어서 서둘러 나왔다. 그러고는 화장이 짙다는 사실을 잊어버렸다.

"예쁘네. 앞으로도 이렇게 하고 다녀. 주은 씨 얼굴이 한결 화사해 보여."

선유가 오늘따라 유난스럽게 말했다.

"고마워요. 대리님도 오늘따라 예뻐 보이세요."

"어머, 입에 침이나 바르고 그런 소리를 해."

"진짜예요."

"어휴, 주은 씨는 같은 말을 해도 믿음이 가게 해서 큰일이라니까. 하긴, 오늘 내 화장도 잘 먹긴 했지."

선유가 유리에 비친 자신의 얼굴을 보며 장난스럽게 말했다. 장난기가 많고 농담을 잘하는 선유 덕에 주은의 얼굴에 희미한 미소가 그려졌다.

"아, 맞다. 오늘 옆 팀에 새로운 대리 온다는 거 들었어? 경력직 뽑는다더니 벌써 뽑은 모양이야."

"그래요?"

"응. 굉장한 미인이라던데."

"아아."

주은이 힘없이 맞장구를 쳤다. 옆 팀에 새로운 대리가 오는지, 누가 오는지 그녀는 별 관심이 없었다. 당장 오늘 아침 태현을 볼 생각만으로도 머리가 아팠다. 자신이 어떻게 해야 하는지도 정하지 않았다.

헤어지는 게 답인데.

그 답을 실행한다는 게 쉽지 않았다. 출근길에 몇 번이나 엄마에게 전화를 걸려다가 실패했다. 아버지에겐 더더욱 전화할 수 없었다. 아버지는 요즘 부쩍 사업이 힘들어 발바닥에 불이 나도록 뛰어다니고 있었다. 그래도 태현의 실체에 대해 알게 된다면, 결혼을 극구 반대하긴 할 거다. 하지만 그랬다간 지금보다 두 배로 힘들어질 게 뻔했다.

"기획팀에 새로 온 그 대리 말인데……."

선유의 말이 의미 없이 귓가를 스쳐 지나갔다.

"그 대리가 우리 팀……."

달칵.

선유가 조잘거림과 동시에 휴게실 문이 열렸다. 당장이라도 엄청난 비밀을 털어놓을 것처럼 굴던 선유가 누군가를 발견하곤 입을 다물었다.

또각또각.

하이힐 소리가 들렸다. 그 소리가 주은의 등 뒤에서 멈췄다.

"자판기 사용 안 하실 거면 비켜주실래요?"

"죄송합……."

자신이 자판기를 가로막고 있었다는 사실을 알게 된 주은이 사과하며 한 발자국 물러설 때였다. 그녀의 말이 채 이어지지 못했다. 주은의 시선이 여자에게 닿았다. 지폐를 들고 있던 여자도 주은을 발견하곤 한쪽 눈썹을 치켜올렸다.

"어머."

여자가 의외라는 목소리를 냈다. 그 짧은 목소리로 주은은 알아챘다. 자신이 여자를 알아본 것처럼, 여자도 자신을 알아봤다는 것을.

긴 생머리에 가느다란 목선, 오피스 셔츠를 입고 있으나 고스란히 드러난 글래머러스한 몸매. 은은한 향수 냄새가 잘 어울리는 여자였다.

그러나 주은은 여자를 보자마자 어젯밤 사무실에서 보았던 광경밖에 떠오르지 않았다. 동시에 마음이 쿵 하고 내려앉았다.

무려 출근도 하지 않은 여자를 사무실로 끌어들여 그런 짓을 한 거였나. 누군가에게 들키면 어쩌려고?

선유가 놀란 눈으로 여자와 주은을 번갈아 보았다. 두 사람이 구면일 줄 몰랐다는 표정이었다.

"여기서 보네요."

말을 먼저 꺼낸 건 여자였다. 잠시 눈을 크게 뜬 주은이 금세 무표정한 얼굴로 돌아왔다. 무슨 말을 해야 할까. 자신의 애인과 사무실에서 스킨십을 하던 여자에게.

주은은 저도 모르게 주먹을 꽉 움켜쥐었다.

"그러게요. 그럼 실례할게요."

주은이 아무렇지 않은 척 대답한 후, 그녀를 지나치려 할 때였다.

"잠시만요."

주은이 못 들은 척 지나가려 하자, 여자가 그녀의 앞을 가로막았다.

"우리, 잠시 이야기할까요?"

여자가 웃었다.

"저는 할 말 없어요."

주은이 여자의 눈을 똑바로 응시하며 대답했다.

"정말 없어요? 뭐, 그래요. 그쪽은 없을 수도 있죠. 하지만 내가 있어서 말이에요. 단둘이 이야기할래요? 아니면 여기서 이야기할까요? 나야 상관없는데……. 그쪽은 좀 그렇지 않겠어요?"

여자의 시선이 주은의 어깨 너머 선유에게 닿았다. 이런 소문이 퍼져도 괜찮겠냐는 듯 여자의 입가에 당당한 미소가 떠올랐다. 주은이 얼굴을 찌푸렸다. 이 여자는 그런 소문이 나도 된다는 건가. 자신의 상식으로는 납득이 되지 않았다.

"후우."

주은이 낮은 한숨을 내쉬었다. 답답해서 숨이 막혔다.

"어떻게 할래요?"

여자가 재촉하듯 물었다.

"그래요. 그럼 따로 이야기하죠. 어디가 좋겠어요?"

"점심시간에 옥상 휴게실로 와요."

"그러죠."

"그럼 그때 봐요."

여자가 싱긋 웃으며 자판기 앞으로 걸어갔다. 자판기가 지폐를 삼키는 소리를 들으며, 주은은 휴게실 문을 열고 나왔다.

"두 사람, 뭐야?"

선유가 주은의 뒤를 따르며 궁금해서 못 참겠다는 듯 물었다.

이걸 무슨 사이라고 해야 하는 걸까.

주은이 곤란한 듯 미간을 좁혔다.

"그냥, 어쩌다가 알게 된 사이예요."

"딱히 사이는 좋아 보이지 않던데……."

"……."

주은이 입을 다물자, 그녀의 눈치를 살피던 선유도 곧장 입을 다물었다. 사무실로 가는 내내 선유의 시선이 뒤쫓았지만, 주은은 끝까지 모르는 척했다.

주은은 하루 종일 일이 손에 잡히지 않았다. 좀처럼 실수하는 법이 없는 주은이 실수를 하자, 지켜보던 선유가 "주은 씨, 오늘 어디 아파?"라고 물어볼 정도였다.

밀린 업무를 마감한 주은이 고개를 들었다. 파티션 너머의 팀장 자리가 보였다. 오전 내내 불편하게 얼굴을 마주 봐야 할지도 모른다는 예상과 달리, 그는 하루 종일 외출상태였다. 외근과 회의로 오후에도 자리를 비울 거라고 했다.

차라리 태현이 바빠서 다행이다.

주은은 안도하며 고개를 돌렸다. 시곗바늘이 12시를 가리키고 있었다. 순간 숨이 턱 막혔다. 잘못한 건 그 여자인데, 왜 고통은 자신이 받아야 하는 걸까. 아니면 자신이 잘못한 걸까. 그래, 어쩌면 태현이 바람피우는 걸 보고서야 그에게 호감이 있었다는 사실을 깨달은 자신의 잘못인지도 모른다.

주은이 쓰게 웃으며 몸을 일으켰다.

어쨌거나 사무실에서 소란스럽게 사건을 일으킬 게 아니라면, 그 여자를 따로 만나보는 게 좋을 것 같았다.

옥상 휴게실로 향하는 내내 발등이 묵직했다. 오전 내내 듣기 싫은 말들을 들어야 했다. 옆 팀의 아름다운 대리는 사무실 직원들에게 좋은 이야깃거리였다. 남자직원들은 들뜬 얼굴이었으며, 여자직원들은 시기하기도 했고 나이에 비해 높은 직급을 부러워했다. 낙하산일 거라는 소문이 돌았다. 몇몇은 허탈감에 한숨을 내쉬었으나, 드러내놓고 불만을 표할 만큼 어리석은 사람은 없었다.

계단을 오르는 동안 주은은 여자에 대해 떠올렸다. 그녀는 주은이 보기에도 아름다웠다. 오랜 시간 관리를 받아온 여자만이 풍길 수 있는 분위기가 있었다. 거기에 천성적으로 타고난 외모도 있었다.

태현의 취향은 그런 여자였을까.

주은 자신도 웬만한 여자들만큼 관리하며 살았다고 생각했는데, 허무했다.

달칵.

옥상 문을 밀자 환한 빛이 쏟아져 들어왔다. 조화로 꾸며진 옥상 한가운데에 큰 나무가 한 그루 서 있었다. 바람이 날리면 푸른 잎사귀가 흔들렸다. 언뜻 보기엔 생목 같으나, 자세히 다가가서 보면 가짜인 게 티가 났다. 주은이 얼굴을 찌푸리며 옥상으로 들어섰다. 자신을 쳐다보던 남자직원들을 지나쳐 빙 둘러 갔다.

"왔어요?"

이미 도착해 있었던 여자가 싱긋 웃으며 아는 체를 해왔다. 그녀에게선 여유로운 분위기가 풍겼다. 마치 이 상황의 주도권을 자신이 갖고 있다는 듯이.

순간 주은은 여자의 뺨이라도 때려야 하나 고민했다. 그러나 잘못의 우선순위를 매기자면 태현이었다. 그에겐 아무 말 못 하면서, 이 여자의 뺨을 때리고 싶지 않았다. 굳이 소란을 일으키고 싶지도 않았고.

"무슨 말을 하고 싶어서 부른 거예요?"

주은이 침착하게 물었다. 그러자 여자가 의외라는 듯 눈썹을 치켜올렸다. 주은을 위아래로 살피는 시선이 미묘했다.

"굉장히 이성적인 사람인가 봐요. 어쨌든 이야기하기는 편하겠어요. 태현 씨랑 나, 별 사이 아니에요. 그러니까 우리 신경 쓰지 말라고요."

"……."

"그저 즐기는 사이예요. 어차피 결혼은 집안이 정해준 사람과 해야 하니 누군가를 절절하게 사랑하는 일은 못 할 테고, 그런데 억울하기는 억울하고……. 그래서 억울한 마음 맞는 사람끼리 종종 즐기듯이 연애해요. 대신 깔끔하게 헤어지니까 그 점은 걱정하지 않아도 돼요."

"그런 이야기를 왜 제게 하시는데요?"

"오늘 처음 발령받아 왔는데 사람들 보는 앞에서 머리채 잡히고 싶지 않아서요. 굳이 사람들 입방아에 오르내릴 필요 없잖아요. 또, 궁금한 점 있어요?"

여자의 말에 주은의 얼굴이 딱딱하게 굳었다. 이 여자는 '네 물건 잠시 쓰다가 깨끗하게 돌려줄 테니 걱정하지 마.'라고 말하는 듯 태연했다.

잠시 바람이 멎었다. 머릿속에서 휘몰아치던 생각도 멎었다. 주은의 입술이 제멋대로 움직였다.

"그냥, 가져요."

"네?"

주은의 말을 알아듣지 못한 여자가 눈을 가느스름하게 뜨고서 물었다. 주은이 여자의 눈을 똑바로 쳐다보며 말했다.

"그 남자, 그쪽이 가지라고요. 난 필요 없으니까."

주은의 딱 부러지는 말에, 여자의 표정이 미묘해졌다. 생각지 못한 대답을 들은 얼굴이었다.

"태현 씨랑 말이 다르네요. 그쪽이 태현 씨랑 못 헤어질 거라고 했는데……."

여자의 한쪽 입꼬리가 비스듬히 올라갔다. 마치 그녀의 집안 사정과 태현의 관계를 모두 알고 있는 듯한 얼굴이었다.

소문으로 들은 걸까, 태현에게서 들은 걸까. 태현에게서 들었다면 어떻게 들었을까.

순간 수치심이 몰려들었다. 들키고 싶지 않은 비밀을 들킨 기분이었다. 주은은 속에서 울컥 치솟아 오르는 감정을 꾹 내리밟았다. 이곳에서 어리석게 감정을 드러내고 싶지 않았다.

"이런 관계도, 이런 상황도 도무지 이해할 수 없거든요."

주은이 최대한 차분한 얼굴로 말했다.

"정말 들은 대로네."

여자가 작은 목소리로 중얼거렸으나, 분명히 들릴 정도의 크기였다. 고리타분한 사람을 만난 듯 여자는 피곤한 표정을 지어 보였다.

"제가 드릴 말씀은 여기까지인 것 같네요."

주은이 먼저 돌아섰다. 바람이 불어 잠시 머리가 얼굴을 가렸다. 그녀가 손으로 머리를 쓸어올리며 한 발 내딛었다. 그러나 더 이상 걷지 못했다.

단단한 어깨와 무표정한 얼굴. 고집스러워 보이는 날카로운 눈이 이쪽을 바라보고 있었다.

"지금 이게 뭐 하는 거야."

태현이 날카로운 목소리로 물었다. 이 상황이 대단히 불쾌한 얼굴이었다. 약혼할 여자와 내연녀가 마주한 상황이니 불편하고 불쾌하겠지.

"태현 씨."

여자가 그의 이름을 부르며, 주은을 스쳐 지나갔다. 여자가 자연스럽게 태현의 곁으로 다가갔다. 그녀는 그가 올 줄 알고 있었다는 얼굴이었다. 설마 부른 건가. 더 이상 표정관리를 하지 못한 주은의 표정이 굳어졌다.

"왜 이 여자를 만나?"

태현이 물었다. 주은은 그 질문이 여자를 향한 것이라 생각했다. 자신을 불러낸 건 그 여자니까. 주은은 여자의 대답이 궁금해서 기다렸다. 머리를 쓸어넘기며 기다렸는데, 어떤 대답도 들리지 않았다.

“이주은.”

태현이 부르고서야, 주은은 그 질문이 자신을 향한 것이라는 걸 알았다. 고개를 돌린 주은이 태현을 바라보았다. 여자와 나란히 서 있는 태현의 모습은 완벽한 연인 같아 보였다. 자신은 절대로 끼어들 수 없는 어떤 견고함까지 보였다. 그제야 주은은 태현이 불쾌한 목소리를 내는 이유가, 자신 때문이라는 것을 알았다.

대체 왜?

순간 목이 확 졸리는 기분이 들어, 그녀는 아무 대답도 하지 못했다.

“네가 왜 이 여자를 만났냐고 물었어.”

태현의 다그침에 여자의 입꼬리가 느슨하게 올라갔다. 마치 이 상황을 기다리고 있었다는 듯이. 더군다나 그는 처음으로 말을 놓았다.

주은은 그제야 이 여자가 자신을 부른 이유를 알아챘다. 여자는 자신을 안심시키려고 한 게 아니었다. 이런 상황을 보여줌으로써 자신이 우위에 있음을 노골적으로 드러내고 싶었던 거였다.

네 자리는 거기야. 그러니까 내가 이 남자를 쓰다가 돌려줄 때까지 얌전히 입 다물고 그곳에 있어.

여자의 눈빛과, 태현에게 가까이 다가가는 제스처가 말해 주고 있었다.

"하."

주은의 입술이 삐딱해졌다. 도저히 못 견딜 것 같았다. 가슴이 두근거리고 손바닥에서 땀이 났다. 태현과 있으면 자신이 알고 있던 기본 상식들이 엉망진창이 되는 기분이었다.

"내가 부른 거 아니에요."

"내가 불렀어, 태현 씨."

주은이 대답하기가 무섭게 여자가 대답했다. 태현의 시선이 여자에게 닿았다.

"왜?"

"입조심해달라고 말할 필요가 있었어. 어떤 여자인지 알아야 나도 태현 씨를 계속 만날지 말지 결정할 거 아냐. 안 그래?"

여자의 말에 태현의 눈이 가느스름해졌다. 여자의 말이 불편한 듯 그가 미간을 좁혔다. 그러다 한결 누그러진 표정으로 말했다.

"먼저 내려가. 나는 잠시 이야기 좀 하고 내려갈 테니까."

"그래, 그럼. 대신 저녁엔 시간 좀 내줘. 오늘 집에서 밥 먹기로 했잖아."

"알았어. 먼저 가."

"응."

여자가 손을 흔들며 사라졌다. 주은은 이 기가 막힌 상황을 물끄러미 지켜봐야 했다. 걸음을 떼고 싶은데 발바닥이 땅에 붙은 것처럼 꼼짝도 하지 않은 탓이었다. 이제 그가 무슨 소리를 하는지 들어보고 싶은 삐딱한 마음이 생겼다. 주은이 고개를 들어 무기질적인 눈으로 태현을 바라보았다.

"할 말 있으면 해요."

"네가 윤정이를 왜 만나?"

"그 여자 이름이 윤정인가 봐요."

"이주은."

말장난하지 말라는 듯 그가 엄한 목소리로 그녀를 불렀다. 그는 바지 주머니에 두 손을 푹 찔러넣은 채 무서운 표정으로 주은을 바라보았다. 고압적이고 압도적인 분위기를 풍기며 사람을 몰아대는 이런 모습은 처음이었다.

"그 여자가 불렀어요."

"알아. 들었으니까. 불렀다고 다 와?"

"그것도 내 잘못이에요? 보통은 부른 쪽에게 화를 내지 않나요?"

주은이 조용한 목소리로 물었다. 지금 네가 화를 내는 대상이 잘못된 게 아니냐고. 그러나 태현은 눈 한번 깜빡이지 않았다. 오히려 더 냉랭해진 시선으로 주은을 바라보았다. 주은이 몸을 돌려세웠다. 태현과 마주 섰다. 이토록 가까운 거리에서 마주 선 것이 무척 오랜만의 일처럼 느껴졌다. 가까이서 보니 태현의 얼굴이 굳어져 있는 게 보였다.

시선이 오갔다. 서로를 바라보고 있는데, 서로가 어떤 생각과 감정을 갖고 있는지 알 수 없었다. 마치 아주 먼 별에서 온 사람들처럼, 다른 시스템을 갖고 있는 듯했다. 그러나 주은은 단 한 가지는 알 수 있었다.

「그저 즐기는 사이예요. 어차피 결혼은 집안이 정해준 사람과 해야 하니 누군가를 절절하게 사랑하는 일은 못 할 테고, 그런데 억울하기는 억울하고……. 그래서 억울한 마음 맞는 사람끼리 종종 즐기듯이 연애해요. 대신 깔끔하게 헤어지니까 그 점은 걱정하지 않아도 돼요.」

그 여자의 말이 거짓말이라는 것.

그 여자가 이 남자를 어떻게 생각하든, 이 남자는 윤정에게 꽤 관심이 많아 보였다. 말과 눈빛을 뛰어넘어 자신의 감이 그렇게 말하고 있었다. 그래서 이 남자는 이런 상황에 처한 불편함을 자신에게 화풀이하고 있는 것이다. 일방적이고 폭력적인 상황에 처했는데, 이상하게 화가 나지 않았다. 감정의 한계치를 넘어 가슴과 마음이 굳어버린 것 같았다.

주은이 감정이 완전히 사라진 눈으로 태현을 바라보았다. 그는 그런 그녀의 표정이 마음에 들지 않는 듯 미간을 좁혔다.

"그 여자랑 내가 무슨 이야기 나눴는지 궁금하죠? 이제 막 온 거 같은데, 처음부터 듣지 못했을 거 아니에요."

그러고 보니 이 남자, 점심도 못 먹을 만큼 바쁜 상황이라고 하지 않았나. 여자의 부름에는 없는 시간도 만드는 듯했다. 허탈한 웃음을 되삼키며, 주은이 입을 열었다.

"그 여자한테 말했어요. 이 남자, 당신이 가지라고. 나는 필요 없다고."

"……이주은."

"나는 내가 감당할 수 있는 남자가 좋거든요. 태현 씨는, 내가 감당할 수 없는 사람이에요. 그러니까……."

태현의 눈빛이 점점 차갑게 굳어갔다. 화가 난 얼굴을 할 때였다.

디리링, 디리링.

그의 벨 소리에 주은이 입을 다물었다. 그가 그녀에게 시선을 못 박듯이 둔 채, 주머니에서 휴대전화를 꺼냈다. 액정을 발견한 그의 표정이 미묘해졌다. 한쪽 눈썹이 올라가더니, 고개가 비스듬히 기울어졌다. 이 전화를 어떻게 해야 하나 하는 표정이었다. 주은은 태현이 어서 전화를 받거나 끊길 바랐다.

'그러니까 우리 헤어져요.'

그래야 준비해둔 이 말을 할 수 있을 테니까.

"……네 아버지야."

태현의 낮은 목소리에 주은의 어깨가 뻣뻣하게 굳었다. 그의 시선이 느릿하게 주은에게 닿았다. 얼어붙은 그녀의 얼굴을 무심하게 바라보았다.

"아, 말하지 않았네. 어제도 네 아버님께 전화가 왔었어. 우리 아버지를 만나 뵙게 해달라고. 그래서 확인 후 오늘 연락드리기로 했었는데, 이렇게 전화를 주셨네."

자신의 아버지가 태현에게 전화를 하는 이유를 그녀는 잘 알고 있었다.

「이번에 대출받지 못하면 네 아버지 사업 정말 큰일이다. 어휴.」

어머니의 목소리가 들리는 듯했다. 주은은 안간힘을 다해 다리에 힘을 주었다.

"그 전화, 받지 마요."

"……."

"할 말이 있으니까, 그 말 듣고 받아요."

태현이 아버지의 전화를 받으면, 영원히 헤어질 수 없을 것 같은 기분이 들었다. 마지막 바닥을 보기 전에, 조금이라도 자존심이 남아 있는 이때에 이별을 고하고 싶었다.

"태현 씨, 나는……."

"네, 아버님."

그의 입에서 다정한 목소리가 흘러나왔다. 얼음같이 굳은 주은의 얼굴이 퍼석 소리를 내며 깨어졌다. 그가 전화를 받았다. 순간 눈앞이 아득해졌다.

"네. 아버지께 말씀 전했습니다. 일주일 후에 뵙자고 하시더군요. 아닙니다. 제가 한 게 뭘 있다고 그러십니까. 한 가족이 될 텐데 이 정도는 해드려야죠. 아무 일도 없다면 말이죠."

"……."

"아닙니다. 저희 사이에 무슨 일이 있겠습니까. 아무 일도 없습니다."

정중한 목소리로 대답하는 내내, 태현의 시선은 주은을 향해 있었다. 마지막 불씨가 꺼진 듯, 그녀의 표정이 어두워져 있었다. 툭 치면 와르르 무너질 것 같은 얼굴이었다. 이런 얼굴까지 보고 싶었던 건 아니라, 태현의 미간이 좁아졌다.

"네. 그럼 일주일 후에 뵙겠습니다."

주은은 통화를 마친 후, 태현이 휴대전화를 주머니에 챙겨 넣는 모습까지 지켜보았다.

"통화 내용 알려줄까?"

그의 물음에도 주은은 아무 말을 하지 못했다. 아무 생각도 나지 않고, 아무 말도 나오지 않았다.

"하긴, 네 집안 사정은 네가 더 잘 알겠지."

"……."

"이런 상황인데도, 그 말을 하려고?"

무슨 말을 하려고 한 건지 다 안다는 듯 그가 물었다. 그의 목소리가 얼음송곳처럼 차갑게 가슴을 뚫고 지나갔다. 마음에 구멍이 나는 기분이었다. 아무리 손으로 움켜쥐고, 괜찮다고 덮어도 찬바람이 보란 듯 가슴을 뚫고 지나갔다.

목이 메었다.

그사이 태현이 주머니에서 담배를 꺼내 입에 물었다. 몇 번 주머니를 뒤지던 그는, 라이터가 없었는지 담배를 손가락 사이에 걸쳤다. 그의 눈썹이 한곳으로 모였다. 날카롭게 벼린 칼날처럼 서늘한 분위기가 풍겼다.

"내가 너라면 그 말을 하지 않아."

"……."

"고작 얼마 안 되는 자존심 챙기려고 가족을 고통스럽게 할 필요는 없잖아?"

그의 목소리가 차갑게, 그리고 음습할 정도로 낮게 느껴졌다.

"……왜, 나예요?"

주은이 저도 모르게 물었다. 목이 졸리는 듯한 고통을 느끼면서도, 말이 술술 나온다는 게 이상하게 느껴졌다. 주은은 물기 어린 눈으로 태현을 보며 물었다.

"왜…… 그렇게까지 해서 나랑 결혼하려고 하냐고요."

"전에도 묻지 않았나?"

"대답 안 해줬잖아요."

"꼭 들어야겠어?"

"네."

"기분이 안 좋을지도 몰라."

"이것보다 안 좋을 순 없을 거 같으니까, 말해요."

그거라도 알아야 할 것 같았다. 여기서 더 엉망진창일 수도 없었다.

태현이 난처한 표정을 지었다. 사실을 이야기해야 할지,

돌려 말해야 할지 고민하는 얼굴이었다. 그사이, 그는 쥐고 있던 새 담배를 반으로 톡 부러뜨려서 쓰레기통에 집어 던졌다.

"부모님이 널 마음에 들어 하셔."

그의 건조한 목소리가 들렸다.

"나도 쇼윈도 부부로 네가 좋다고 생각했고."

"……."

"넌 어디에 둬도 잘 어울리는 꽃 같거든."

집 안, 행사장, 하물며 회사에서까지 그녀는 어디에 두어도 화사한 빛을 내며 잘 어울렸다. 수많은 여자를 만나봤지만 장소를 가리지 않고 잘 스며드는 여자는 찾기 힘들었다. 그러면서도 초라하지 않았다.

그의 새까만 눈이, 주은을 뚫을 듯이 바라보았다.

"다만, 내 침대에는 안 어울려."

"……."

"난 야한 꽃만 안거든."

태현의 말을 듣는 순간, 주은의 표정이 탁 풀렸다. 그가 그녀와 결혼은 하고 싶되, 연애는 하려 하지 않는 이유까지 들어버렸다. 그는 자신을 처음부터 여자로 보고 있지 않았다.

그의 말이 맞았다. 이 질문을 해서는 안 되는 거였다.

엉망진창이던 기분이, 미칠 것 같은 기분으로 바뀌었으니까.

주은이 커피잔을 만지작대며 카페 창밖을 바라보았다. 점심까지만 해도 화창하던 하늘에 먹구름이 드리워져 있었다. 금세 굵은 빗방울을 떨어뜨릴 것 같은 하늘을 물끄러미 응시했다.

오늘 하루가 어떻게 흘러갔는지 알 수 없었다. 주은은 그녀답지 않게 번번이 실수를 했고, 그때마다 선유의 걱정스러운 눈초리가 뒤따랐다. 사무실은 하루 종일 옆 팀의 새로운 대리 이야기로 왁자지껄했다. 단 하루 출근했을 뿐인데, 어떻게 한 것인지 칭찬일색이었다.

「예쁜 사람이 성격도 좋아 보여.」

「그러게. 화끈해 보이더라고요.」

「아, 맞아요! 그 말 들었어요? 들고 있는 가방이 명품이래요. 얼마짜리라더라? 1,000만 원인가? 그 정도 한다더라고요.」

「정말?」

그녀의 일거수일투족이 화제가 되었다. 그럴 때마다 주은은 힘이 꽉 들어가는 주먹을 풀기 위해 애써야 했다. 그나마 불행 중 다행인 것은, 그녀가 퇴근하기 전까지 태현이 나타나지 않았다는 거였다.

달그락.

손에서 미끄러지듯 찻잔이 떨어졌다. 꽤 시끄러운 소음이었으나, 카페에 흐르고 있는 음악에 묻혀 타인의 이목을 끌지 않았다. 주은은 커피에 비친 제 얼굴을 보았다. 태어나서 자신의 얼굴이 이토록 낯선 건 처음이었다. 이토록 스스로가 무기력해 보이는 것 또한 처음이었다. 활발한 건 아니었지만, 이렇게 기운 없는 사람도 아니었다.

왜 이렇게 되었을까. 어디서부터 잘못된 걸까.

주은이 진지하게 고민할 때였다.

"주은아."

때마침 저를 부르는 소리에 주은이 고개를 들었다. 익숙하면서도, 낯선 이의 얼굴이 보였다.

"엄마, 얼굴이 왜 그래요?"

주은이 벌떡 일어나 다가오는 엄마를 향해 물었다. 엄마의 안색이 파리할 정도로 안 좋았다.

"얼굴이 왜?"

"어디 아파요? 얼굴색이 굉장히 안 좋아요."

주은이 걱정스러운 기색을 띠었다.

"얘는, 뭐 그렇게 호들갑이야. 깜짝 놀랐네."

"아픈 거 아니에요?"

"아프긴, 뭘. 안 아파."

선숙은 손을 내저으며 딸을 안심시키려는 듯 웃어 보였다. 그러자 선숙의 홀쭉해진 뺨에 긴 주름이 생겼다. 나이에 비해 비교적 동안이던 엄마는 홀로 10년의 세월을 떠안은 듯했다. 그 모습이 괜히 자신 때문인 것 같아 마음이 아팠다.

선숙이 계모라는 사실을 알게 된 건 열여섯 살이 되던 해였다. 주은의 친모가 생을 달리한 후 1년이 지나 아버지인 성태가 선숙을 집으로 들였다고 했다. 호성만 선숙의 친아들이고 자신은 선숙의 친딸이 아니라는 사실이 무척 괴로웠지만, 주은은 얼마 못 가 현실을 받아들였다. 자신에게 선숙이 엄마로 와준 것만 해도 감사하다는 마음이었다. 다만 그 후로 선숙에게는 늘 미안한 마음이 들었다.

"한약이라도 해 먹어야 하는 거 아니에요? 내가 보내준 건 챙겨 먹고 있어요?"

"그럼. 열심히 챙겨 먹고 있어."

"다 먹어가죠?"

"응."

"새로 보낼게요."

"아냐, 됐어. 뭐 그런 걸 자꾸 보내고 그래. 괜찮아."

선숙의 상한 얼굴에 말문이 막힌 주은이 눈을 굴리며 엄마를 바라보았다. 자신도 모르는 일이 벌어진 것만 같았다. 그러나 선숙은 전혀 말할 생각이 없어 보였다. 일단 차를 시키고 찬찬히 대화를 나눠야겠다는 생각에 그녀가 지갑을 들고 일어날 때였다.

"엄마, 카페 모카 좋아하죠? 내가 주문하고 올게요."

"아냐. 엄마가 주문하고 올게."

평소라면 딸에게 맡겼을 선숙이 웬일인지 벌떡 일어나 계산대로 향했다.

"벨이 울리면 찾으러 오래."

선숙이 환하게 웃으며 말했다. 애써 밝은 모습을 보여주려 애쓰는 것 같아, 주은의 마음이 편치 않았다.

"내가 집으로 간다는데 왜 여기까지 나와요? 길도 멀잖아요."

"집에 먹을 것도 없고, 이참에 나도 산책 좀 하는 거고."

"택시 타고 왔어요?"

"응? 아, 응."

선숙이 잠시 머뭇대다가 웃었다. 그 모습이 여간 이상해 보이는 것이 아니었다.

그치만 엄마는 버스를 타기 싫어하니까…….

결혼하자마자 사업이 잘되었고, 이후 선숙은 아버지의 차나 택시를 타고 다녔다. 아버지는 운전기사를 붙여주겠다고 했지만, 그건 너무 사치라며 선숙이 번번이 거절했었다.

"그래, 무슨 일이야? 너야말로 얼굴이 안 좋은데, 무슨 일 있어? 혹시…… 태현 씨랑 싸웠니?"

"엄마."

"응, 그래."

"엄마는 내가 태현 씨랑 결혼했으면 좋겠어요? 진심으로?"

주은이 진지한 얼굴로 물었다.

"갑자기 그게 무슨 말이야?"

"그냥, 궁금해서요."

"결혼 이야기가 오가니까 마음이 복잡해져서 그래? 괜찮아. 원래 여자는 결혼 이야기 오갈 때가 제일 마음 심란한 법이야. 걱정하지 마. 벨 울렸다. 커피 가져올게."

선숙이 계산대로 달려가 커피를 가져왔다. 커다란 쟁반에 담겨 있는 건 에스프레소였다.

"엄마, 에스프레소 안 먹잖아요."

"아, 요즘 먹다 보니 맛있더라고."

선숙이 희미하게 웃으며 에스프레소 잔을 들었다. 한입 대더니 선숙의 미간이 좁혀졌다가 펴졌다. 쓴것을 못 마시는 그녀는 에스프레소는 절대로 마시지 않았다.

"하여튼 너무 걱정하지 마. 결혼하고 나면 다 괜찮아질 거니까. 태현 씨 보니까 좋은 사람 같더만. 네가 결혼하고 나면 다 잘될 일밖에 없어. 아버지 사업도 잘될 거고, 그러면 우리도 지금처럼 어려운 상황에서 벗어날 수 있는 거고. 또 철없는 네 동생 하고 싶다는 거 시켜줄 수도 있고. 너도 좋은 시댁에 들어가서 사랑 듬뿍 받으면서 지내면 좋잖아. 안 그래? 그러니까 엄마 믿어."

선숙이 손을 뻗어 그녀의 손을 도닥였다. 그 손을 바라보던 주은이 어금니를 꽉 깨물었다. 손등에 닿은 어머니의 손이 거칠었다. 초췌한 어머니의 얼굴, 거칠어진 손, 가장 싼 에스프레소가 그녀에게 말하고 있었다.

선숙은, 그리고 그녀의 집안은 괜찮지 않다는 것을. 자신이 생각하는 것 이상으로 상황이 악화되어 있다는 것을. 이 집안의 동아줄은 슬프게 자신의 결혼이라는 것까지도.

선숙이 이 카페에 와서 진심을 다해 웃은 건, 그녀의 결혼 이야기를 할 때뿐이었다. 그만큼 이 결혼에 사활을 걸고 있었다.

"엄마, 나는……."

그래도 그 사람과 결혼하고 싶지 않아요.

있는 힘을 다해 입을 열 때였다.

"응. 그래. 말해봐."

선숙이 말하며 에스프레소 잔을 들었다. 시럽을 듬뿍 넣었을, 그렇지만 그녀의 취향이 전혀 아닌 에스프레소를 억지로 한 모금 마시는 모습을 보자 울컥했다.

"엄마, 너무 쓰면 마시지 마요."

"아냐. 괜찮아. 주문해놓고 안 마시면 어떻게 해? 돈 아깝잖아."

"……."

훌쩍거리는 선숙을 보자 목이 메었다. 선숙의 모습은, 어린 시절 자신을 눕혀놓고 어려웠던 과거를 이야기할 때와 똑같아 보였다.

「엄마가 어렸을 땐 집이 가난해서 먼 길 걸어다니고 그랬어. 대학 다닐 때도 형편이 어려워서 카페 가면 가장 싼 메뉴 시켜서 억지로 다 마시곤 했어.」

「왜 다 마셔요? 버리면 되잖아요.」

「돈 아깝잖아.」

어렸을 때 듣기만 했던 어려웠던 시절의 어머니를, 이렇게 만나게 될 줄은 몰랐기에 더는 보지 못하고 주은이 시선을 내리깔았다. 목이 메고 눈으로 열기가 몰렸다. 커피잔에 비친 제 모습이 더없이 초라해 보였다.

"호성이랑은 잘 지내지?"

애써 밝게 엄마가 물었다.

"……네."

목이 멘 주은이 힘겹게 대답했다.

"엄마가 챙겨줘야 하는데, 미안해. 요즘 아버지 일이 바빠서……. 그거 수습하러 다니느라 너희를 신경 못 썼네."

"괜찮아요. 그건 내가 알아서 하면 돼요. 호성이 밥도 잘 먹고, 나도 밥 잘 먹고 다녀요."

"태현 씨도 잘 있고?"

"……네."

"왜 고개를 푹 숙이고 있어? 응?"

선숙의 걱정스러운 목소리를 듣자 참았던 울음이 왈칵 터지려 했다. 오늘 주은은 선숙에게 태현과 있었던 일을 낱낱이 말하려 했다. 결혼 못 할 것 같다는 말도 하려고 했다. 이 사정을 다 듣게 된다면 선숙도 결혼을 말릴 게 분명했다.

그치만 그 뒤에는?

태현에게 전화했다던 아버지의 모습, 거칠어진 엄마의 손,

눈을 감아도 보이는 에스프레소 잔. 그리고 철없는 호성까지도 떠올랐다.

나만 참으면 되는 거 아닐까. 나만……. 그래, 나만…….

주은이 주문 같은 말을 외면서 손에 힘을 주었다. 반듯하게 펴져 있던 치마가 손 아래에서 구겨졌다.

태현은 이 사실을 전부 알고 있었던 게 분명했다. 어쩌면 자신보다 더 자세하게 자신의 집안 사정을 알고 있을 터였다. 그렇기에 그토록 자신만만하고 고압적이었던 거였다.

"왜 그러고 있어, 주은아. 응?"

엄마의 걱정스러운 목소리가 닿았다. 주은은 서러운 울음을 삼키며 고개를 들었다. 돌이라도 단 듯 무거운 입꼬리를 힘겹게 끌어올렸다.

"아니에요, 아무것도. 그냥 조금 생각할 게 있어서요."

주은이 미소를 지었다. 분명 이상할 텐데, 선숙은 아무것도 묻지 않았다.

"그래. 한창 생각할 거리가 많은 때긴 하지."

그러고는 깊은 시선으로 그녀를 바라보다 알 듯 말 듯한 말을 꺼냈다. 선숙은 주은의 일그러진 미소를 보면서도 왜 그러냐고 더 묻지 않았다. 주은이 대답하지 않을 거라 생각한 건지, 아니면 자신의 고통이 너무 커서 딸의 고통을 듣고 싶지 않은 건지 알 수 없었다.

"……엄마."

조금 긴 침묵을 끊고, 그녀가 입을 열었다.

"응."

한 박자 늦게 선숙이 대답했다. 미묘하게 달라진 분위기를 감지한 듯 선숙의 시선이 조심스러웠다. 조금 걱정스러워 보이는 선숙의 눈빛에 주은은 다시 한 번 서러움을 삼켰다. 선숙의 표정이 너무나 조심스럽고 위태로워 보여서 목이 메었다.

"……그냥, 결혼 준비 잘해달라고요."

주은이 말하자 선숙의 얼굴에 환한 미소가 걸렸다. 마음에 걸리던 무거운 짐을 내려놓은 듯 홀가분한 얼굴이었다.

"그럼, 당연하지. 결혼보다도 약혼 준비가 우선이지. 두 달 후가 약혼인 건 알고 있지?"

"……네."

주은이 조금 늦게 대답하며 미소 지었다.

"그래, 종종 팩도 하고. 여자애 피부가 이렇게 거칠어서 되겠니?"

선숙이 그녀의 손등을 매만지며 말했다. 그건 선숙의 손이 거칠어서 그런 거였지만, 주은은 모르는 척 "네, 꼭 챙겨서 할게요."라고 대답했다. 목이 메고 속이 시커멓게 타들어갔지만 주은은 아무렇지 않은 척 미소 지었다. 그럴 수밖에 없었다.

울음을 꾹 참으며 웃고 있는 엄마가 있었기에.

엄마는 결국 에스프레소를 다 마셨다. 입이 써서 표정관리가 제대로 되지 않았지만, 주은은 그런 선숙의 표정을 못 본 척했다. 그것이 엄마를 위한 방법 같았다. 엄마는 한사코 그녀가 먼저 가길 바랐다.

「오랜만에 딸 뒷모습 보고 싶어서 그래. 어서 가. 엄마가 여기서 지켜보고 있을 테니까.」
「내 마음도 같아요. 엄마가 먼저 가세요.」
「아냐. 얼른 가.」

지쳐 보이는 선숙의 표정에 주은은 더 권하지 못했다. 그녀가 먼저 돌아섰다. 가는 내내 두어 번 뒤돌아보니, 선숙은 한자리에 서서 그녀의 뒷모습을 바라보고 있었다. 겨울바람이라도 스민 것처럼 스산하던 표정은, 그녀와 눈이 마주치면 금세 방긋 웃어 보였다.
차라리 웃지 말지.
주은은 씁쓸한 마음을 삼키며 골목을 돌아가다가 걸음을 멈췄다. 엄마에게 택시비를 드린다는 걸 깜빡했다. 서둘러 지갑에서 3만 원을 꺼내 다시 골목길을 돌아 나올 때였다. 자신을 보며 서 있던 엄마가 온데간데없이 사라졌다. 이리저리 둘러보던 주은은 무언가를 발견하곤 팔을 축 늘어뜨렸다. 막 다가오는 버스에 몸을 싣고 있는 엄마가 보였다.

「엄마는 버스 타는 게 싫어. 힘들었던 때가 생각나거든.」

언젠가 엄마가 했던 말이 떠올랐다. 퇴근시간이라 이리저리 치이며 버스를 탄 엄마는 결국 반대쪽 창가에 섰다. 그마저도 인파에 가리어 보이지 않게 되었다. 주은은 버스가 완전히 사라질 때까지 꼼짝도 하지 못했다.

어디선가 선선한 바람이 불어 그녀의 머리카락을 헝클어 놓았다. 머리카락에 가리어 앞이 완전히 보이지 않게 되었을 때에도 그녀는 그 자리에서 꼼짝도 하지 못했다.

미리 택시비를 드릴걸. 그랬더라면…….

가정을 하던 주은이 입술을 깨물었다.

엄마는 택시비를 받았더라도 버스를 타고 갔을 거다.

자신이 모르고 있던 집안 사정을 완전히 날것으로 본 기분이었다. 주은이 주먹을 꽉 쥐었다. 3만 원이 그 손안에서 처참하게 구겨졌다. 감은 눈으로 열기가 몰려들었다.

태현에게 아버지가 직접 전화하고, 엄마가 버스를 타고 다닐 정도라면 어느 정도 상황인지 알 것 같았다.

더 이상 자신의 삶에 출구는 없었다.

자신이 잡을 손은 태현밖에 없었다.

늦은 밤, 거리 위로 어둠이 내렸다. 길게 뻗은 길 양쪽으로 가로등이 줄지어 서 있었다. 주홍빛 가로등 불빛이 점점이 이어진 길을 주은은 힘없이 걸었다. 엄마를 만난 이후, 자신의 삶이 바뀐 기분이었다. 깊은 수렁에 빠진 것 같았다.

태현과 살 수 있을까. 그의 외도를 버젓이 보면서, 다른 사람들 앞에서 태연하게 굴 수 있을까. 그를 조금이라도 좋아하지 않았더라면 가능했을지 모른다. 처음부터 철저한 계약관계라는 걸 알았더라면 마음도 주지 않았을 테니까. 문제는 마음을 줘버렸고, 그 마음이 철저한 미움으로 바뀌려 하고 있다는 거였다. 이런 마음으로 죽을 때까지 살아야 한다는 사실에 눈앞이 캄캄해졌다.

힘없이 시선을 내리깐 주은은, 숨을 깊게 들이마셨다. 그녀가 편의점 앞에 멈춰 섰다. 맥주라도 한 캔 마시고 들어가려고 편의점에 막 들어서려 할 때였다.

삐리릭, 삐리릭.

백 안에서 벨이 요란스럽게 울렸다. 엄마가 귀가했나 보네. 주은이 백에서 휴대전화를 꺼내 들며 목을 가다듬었다. 아무렇지 않은 척, 밝은 목소리를 내려 했다. 그러나 액정 화면에 뜬 이름을 본 순간, 얼굴이 탈색이라도 된 것처럼 하게 질렸다.

[태현 씨]

휴대전화에 뜬 이름을 보고 주은의 얼굴이 굳었다. 끊어버리고 싶었으나, 그녀는 전화를 귀에 가져다 댔다. 지금 이 상황에서 약자는 자신이었다.

"……네."

– 어디야?

"집으로 가는 길이에요."

이전이라면 '어디에요?'라고 묻겠지만, 그녀는 묻지 않았다. 그가 어디 있는지 궁금하지 않았다. 아니, 물을 자신이 들지 않았다. 그의 옆에 그 여자가 있을 것 같았다.

– 그래? 약속이 있었나 봐.

"태현 씨랑은 상관없는 일 아닌가요? 통화하게 된 김에, 몇 가지만 물을게요."

주은이 편의점의 환한 불빛이 닿지 않는 어두컴컴한 곳으로 발을 옮기며 말했다.

– 말해.

휴대전화 너머에서 들려오는 그의 목소리는 평온하고 여유로웠다. 마치 무슨 말을 하려는 건지 다 안다는 것처럼. 주은이 꼭 다물고 있던 입술을 열었다. 입술이 이토록 무겁게 느껴지는 것은 태어나 처음 있는 일이었다.

"……태현 씨는 우리가 약혼을 하든, 결혼을 하든 언제든 애인을 만들 거라고 했죠? 그 마음에 변함은 없죠?"

– 어. 이 결혼은 철저히 쇼윈도가 될 거야. 양가 부모님과 주변 사람들에겐 더없이 다정한 부부 연기를 하면 돼.

"……내가 따로 애인을 만든다고 해도, 괜찮아요?"

그 질문을 하자마자 머리가 텅 비는 기분이었다. 이건 확인 사살이었다. 자신의 마음을 겨냥하고 던지는 독약 같은 질문.

– 전에도 말한 거 같은데…….

"……."

– 상관없다고.

툭.

잔인한 말이 가슴을 뚫고 지나갔다. 가슴 한가운데로 바람이 지나쳤다. 주은은 잠시 눈을 감았다.

무슨 생각을 한 걸까. 그가 '넌 안 돼.'라고 말해주길 바란 걸까, 아니면 자신의 말에 충격이라도 받길 바란 걸까. 이 상황을 이렇게 만든 그가 절대 그럴 리 없다는 걸 알면서도 혹시나 하는 마음이 있었다.

어리석은 자신의 마음 때문에, 피식 웃음이 났다.

– 누구를 만나도 상관없어. 부모님에게만 들키지 않는다면.

"……그래요."

– 만나고 싶은 사람이라도 있나 봐?

곧 약혼할 사람에게 다른 남자가 생겼냐는 말을, 그는 아무렇지 않게 했다. 그녀는 아무 대답도 하지 않았다. 무슨 말을 해야 할지 모르겠다. 그저 비참하고 고통스러운 기분에 잠식당해 입도 벙긋하고 싶지 않았다.

– 그래서, 이주은의 결정은 뭐야? 대답을 들었으면 결론을 내줘야지.

태현의 말에 주은은 고개를 뒤로 젖혔다. 깨끗한 별과 달이 보고 싶었는데, 우중충한 먹구름밖에 보이지 않았다. 왜 하늘마저도 이렇게 어두컴컴한 걸까. 그녀는 애꿎은 하늘을 탓하며 무거운 입술을 열었다.

"……내가 결혼하면 우리 집안을 도와줄 수 있나요?"

– 어. 그걸 목적으로 하는 결혼이니까.

"그래요. 그럼, 결혼해요."

제 것이 아닌 것 같은 목소리가 흘러나왔다. 조금 더 낮고, 힘이 다 빠진 건조한 목소리였다.

"……끊을게요."

주은이 대답도 듣지 않고 통화를 끝냈다. 우르르르, 마음이 무너지는 기분이었다. 그녀는 잠시 숨을 멈췄다. 숨을 쉬면 울음이 왈칵 터질 것 같았다. 잠시 눈을 감고 있던 주은이 힘겹게 걸음을 돌려세웠다. 편의점에 들어가 맥주 세 캔을 사서 공원에서 마실 생각이었다.

종종 그러했듯이, 조금 쉬다가, 울다가 가야지.

돌아서던 주은의 걸음이 뚝 멈췄다.

단정하게 자른 머리, 하얀 피부, 고개를 뒤로 젖혀야 할 만큼 큰 키, 속을 알 수 없는 시선을 한 남자가 자신을 바라보고 있었다. 그 남자가 누군지 확인한 순간, 주은의 얼굴이 확 굳었다.

"누나."

시우가 그녀를 불렀다. 그가 애매모호한 미소를 짓고 있었다. 습관적으로 짓기는 하지만, 지금 미소를 지어도 되는 건지 헷갈려 하는 얼굴이었다. 그 표정 하나로, 주은은 시우가 자신의 이야기를 다 들었음을 알았다. 최악이라고 생각했는데, 더 최악의 일이 벌어졌다.

"……네."

잠시 얼어 있던 주은이 마지못해 대답했다.

"말 편하게 해요."

"천천히 그렇게 할게요."

"그럴래요? 그럼 그렇게 해요. 편의점 가는 길이었어요?"

시우가 아무렇지 않은 얼굴로 물었다. 그는 시치미를 떼기로 한 듯했다. 잠시나마 생각할 시간이 주어졌다는 데 주은은 안도했다.

"네."

"그럼 같이 가요."

시우가 편의점 문을 활짝 열어젖혔다. 주은은 잠시 고민하다 이대로 돌아가는 것도 우스워 안으로 들어섰다. 자연스럽게 발길이 맥주 코너로 향했다. 차가운 맥주 캔을 세 개 꺼내 돌아서던 주은은 꽤 가까이 서 있는 시우를 발견하곤 멈칫했다.

"이 맥주 좋아하나 봐요."

시우가 맥주와 주은의 얼굴을 번갈아 보며 물었다. 눈을 내리깔자 긴 속눈썹이 보였다. 그러고 보니 입술 끝엔 웃음기가 살짝 맺혀 있었다. 선한 듯, 색기 있는 얼굴이었다.

"네. 좋아해요."

"나도 좋아하는데, 세 캔만 꺼내줄래요? 좁아서 그래요. 이건 내가 갖고 있을게요."

시우가 자연스럽게 그녀에게서 맥주 세 캔을 받아들었다. 주은은 맥주 세 캔을 더 꺼내 시우에게 내밀었다.

"같이 가서 계산하죠."

시우가 고개를 까딱였다. 먼저 돌아서서 가는 시우의 뒷모습을 바라보던 주은이 걸음을 옮겼다. 계산대에 맥주 여섯 캔이 놓이자마자 시우가 카드를 점원에게 내밀었다.

"이거 전부 계산해주세요."

"잠시만요. 제 건 제가 할게요."

주은이 다급히 지갑을 찾아 백을 뒤적였다.

"그냥 같이 계산해주세요."

시우의 말에 잠시 고민하던 점원이 그의 카드를 긁었다. 순식간에 벌어진 일에, 주은이 멍한 얼굴로 시우와 그의 카드를 번갈아 보았다. 그녀의 미간이 좁아졌다. 그럴 리 없겠지만, 왠지 그가 쳐놓은 덫에 걸린 기분이었다.

그가 어느새 편의점 문을 열고 나갔다. 그녀가 나오길 기다리는 듯, 열린 문을 잡고 있었다. 얼른 편의점에서 나온 주은이 시우의 맞은편에 섰다. 눈이 마주치자, 그가 눈을 접으며 웃어 보였다. 깨끗한 미소였다. 주은은 저도 모르게 시선을 내리며 말했다.

"얼마예요? 현금으로 줄게요."

주은은 지갑을 열었다. 유난히 꾸깃해진 만 원짜리를 꺼내 그에게 내밀었다.

"괜찮아요. 얼마 전에 집에서 신세도 졌는데요."

"그래도……."

"불편하거나 신세 진 거 같으면, 오늘 술친구라도 해주든

가요."

"그건……."

주은이 돌려 거절하려 할 때였다. 문득 그가 자신의 통화 내용을 다 들었던 것이 기억났다. 호성에게 말할 것 같진 않지만, 그래도 제대로 입막음을 해놓을 필요가 있었다. 아직 어린 호성은 치기 어린 성격이었다. 태현의 일을 알게 된다면 당장 회사에 쳐들어와 난리법석을 피울지도 모른다. 그렇게 되면 더더욱 골치 아파지기 십상이었다. 상상만으로 골치가 아파, 주은이 얼굴을 찌푸렸다.

"어디 아파요?"

이마에 손이 닿았다. 하얀 손이라 차가울 거라는 예상과 달리, 따뜻하고 부드러웠다. 아주 잠깐 손이 아니라고 생각할 정도로. 고개를 들자 시우가 허리를 굽힌 채 그녀를 똑바로 바라보고 있었다.

원래 다정한 성격인 건가.

그러다 거리가 너무 가깝다는 걸 깨달은 주은이 슬며시 한 걸음 물러섰다.

"괜찮아요. 어디서 마실래요?"

주은이 주위를 둘러보며 맥줏집을 찾으려 할 때였다.

"공원에서 마실래요?"

그의 물음에 주은이 고개를 돌렸다.

"맥주 사놓은 게 아깝잖아요. 들고 다니기 짐도 되고요. 쓰레기만 분리해서 잘 버리면 상관없어 보이더라고요. 거기서 간간이 술 마시는 사람들도 있고. 안에서 술 마시는 건 답답하잖아요. 그게 아니면 우리 집이나 누나 집에서 마시든가요."

주은은 잠시 고민했다.

"공원에서 마셔요."

남녀 단둘이 술을 마시기엔 밀폐된 공간보단 공원이 안전할 것 같았다. 조용하고 한적하며, 춥다는 핑계로 자리를 빨리 파할 수 있으니 한결 나았다. 공원으로 자리를 옮긴 두 사람은 가장 한적한 곳에 나란히 앉았다. 말없이 맥주 풀 탭을 뜯고는 조용히 술을 마시기 시작했다.

선선한 바람이 불어 맥주 맛이 더 좋았으나, 그녀는 아무것도 느끼지 못했다. 맥주가 탄산수처럼 느껴질 뿐이었다.

뭐라고 말을 꺼내야 할까.

주은이 잠시 고민에 빠졌다. 어떤 말로도 시작하기가 어려웠다. 현재 애인이라는 사람이 있는데 쇼윈도 부부를 하고 싶어 한다고 할 수는 없는 것 아닌가. 결국 맥주 캔 하나가 다 비도록 주은은 아무 말도 하지 못했다. 차라리 그가 무슨 말이라도 해줬으면 하는 순간, 시우가 말을 걸어왔다.

"미안해요."

갑작스러운 사과였다.

"무슨 소리예요?"

"방금 전 통화 들었거든요."

"……."

"지나는 길에 누나가 있어서 인사하려고 기다리다가 우연찮게 들었어요."

"아……. 미안할 거 없어요. 내 잘못이 더 크니까요."

길에서 통화한 자신의 잘못이었다. 뒤에서 누가 다가오는 것도 모른 채 정신이 팔려 있었다. 다만 부끄러운 건 친한 친구들에게도 말 못 할 사정을 얼굴 한 번 본 남자에게 들켰다는 사실이었다. 주은이 묵묵히 앞을 보며 두 번째 캔을 뜯었다.

"부탁 하나만 할게요."

맥주로 바짝 마른 입술을 축인 주은이 입을 열었다. 그는 대답 대신 그녀를 바라보았다. 사람을 뚫어져라 바라보는 게 습관인 모양이었다. 고요하고, 사람을 꿰뚫어 보는 시선이었다. 그녀는 이번에도 그의 시선을 피했다.

"호성이한테는 말하지 말아주세요. 호성이랑 친하다면 성격이 어떤지 알잖아요. 설렁설렁 다니고 실실 잘 웃고 다녀도 한번 화나면 무서운 거요. 어렸을 적부터 거칠 것 없이 자란 아이라 어떤 사고를 칠지 몰라요. 부탁할게요."

"그렇게 할게요."

"고마워요."

주은이 안도의 한숨을 내쉬었다. 시우가 그래도 가족인 호성이 알아야 하는 거 아니냐며 귀찮게 굴까 봐 걱정했었다.

"대신, 하나만 물어도 돼요?"

"뭔데 그렇게 조심스럽게 물어요?"

"선을 넘는 질문이니까요."

시우의 눈동자가 잠시 반짝였다. 선한 얼굴에 어울리지 않는 날카로운 빛이었다. 다른 사람이 그런 표정을 지었다면 위협을 느꼈겠지만, 시우에게는 왠지 그 얼굴이 잘 어울렸다. 술기운이 살살 오르던 터라, 주은이 가볍게 고개를 끄덕였다.

"물어봐도 돼요. 대신 많이 곤란한 질문일 땐 대답하지 못할 수도 있어요."

"대답하길 바라는 마음으로 물어야겠네요."

"뭔데 그래요?"

"결혼할 거라는 그 남자 말고, 애인 있어요?"

"……."

생각지 못한 질문이라 주은은 말문이 턱 막혔다. 기껏해봐야 호성에게 왜 비밀로 하냐는 둥, 그 남자와는 어떻게 할 거냐는 둥의 질문일 줄로만 알았다.

"없어요."

"그럼 만들 생각은 있어요?"

"왜 갑자기 그런 걸 물어요?"

주은이 난처하다는 얼굴로 시우를 바라보았다. 벤치의 끝과 끝에 앉아 있는데도 무척 가깝게 앉아 있는 기분이었다. 이곳만 공원에서 홀로 뚝 떨어진 다른 곳인 듯했다. 그 순간, 시우가 이전보다 더 선하게 웃으며 생각지 못한 대답을 했다.

"그 애인 자리에 지원하고 싶어서요."

잠시 뻣뻣하게 굳어 있던 주은이 저도 모르게 픽 웃었다. 웃을 상황이 아니라는 걸 알면서도 웃음이 나왔다. 주은의 눈이 접히며 입꼬리가 위를 향하자 시우의 눈이 가느스름해졌다. 마치 그 모습을 눈에 새겨 넣기라도 하듯이.

그 시선을 깨닫지 못한 주은은 숨을 깊게 들이마셨다.

"미안해요. 웃을 생각은 아니었는데, 나도 모르게 나왔네요."

주은이 뒤늦게 손등으로 입술을 가리며 그에게 사과했다.

"계속 웃어도 돼요. 웃는 모습, 예쁘니까."

주은이 고개를 돌려 시우를 바라보았다. 그는 어느새 벤치에 손을 대고서 몸을 비스듬히 기울이고 있었다. 그 때문에 이전보다 한층 거리가 가까워졌다. 그녀는 티 없이 맑은 시우의 눈을 물끄러미 응시했다.

"생각지 못한 장난이라, 웃음이 나왔어요."

"누가 그래요? 장난이라고."

시우는 여전히 웃으며 말했다. 그러나 눈은 조금 더 진지한 빛을 띠고 있었다. 주은이 멍한 눈으로 그를 바라보았다.

"나는 진심인데."

시우가 못 박듯 이야기했다. 점차 주은의 얼굴에서 미소가 사라졌다. 그 말대로 그는 진심이었다. 장난이 아니라는 걸 알자마자 그녀의 몸에 힘이 들어갔다.

"나는 연하는 안 만나요."

주은이 단호하게 말했다. 이 상황을 얼른 정리하고 싶었다.

"두 살밖에 차이 안 나요."

"어쨌든요. 그리고 호성이 지인이라면서요. 어떻게 남동생 지인과 연애를 하죠?"

"무슨 상관이에요? 내가 호성이 애인도 아닌데?"

"……그래도요."

"내가 호성이 지인인 게 마음에 걸려요? 그럼 호성이랑 절교하고 오면, 나랑 만날래요?"

"……장난이죠?"

"진심이라니까요."

시우의 얼굴에서 차츰 미소가 사라져 무표정에 가까워졌다. 아주 살짝 입꼬리만 예의상 끌어올리고 있었다. 주은이 한마디만 더 한다면 완전히 미소를 걷을 것 같았다. 웃을 땐 한참 어린 동생처럼 보였는데, 무표정에 가까워지자 완벽한 남자의 모습을 하고 있었다. 새삼 시우의 넓은 어깨와 쭉 뻗은 목선이 눈에 들어왔다.

그제야 주은은 자신이 시우에게서 대시를 받는 중이라는 걸 알았다. 놀란 마음과 달리 표정은 덤덤했다. 술에 취해서일 수도 있고, 그다지 믿기지 않아서일 수도 있었다.

"왜…… 내 애인이 되고 싶은 건데요? 이런 상황에 처한 여자는 쉬워 보여요?"

주은이 자조했다. 그에게 자신이 쉬워 보일 수 있다는 생각이 들었다.

애인에게서 쇼윈도 부부로 살자는 청을 받은 여자. 곧 약혼자가 될 남자에게 애인을 가져도 되냐고 물은 여자. 전화를 끊은 후 세상이 무너질 것처럼 잠시 서 있던 여자. 비참하고 초라해 보이며 마음의 상처까지 있어 보이는 여자는 틈이 많아 보이기 마련이었다.

그 때문에 주은은 타인에게 이를 악물고 내색하지 않으려 했었다. 이렇게 허무하게 들킬 줄은 몰랐지만.

"이유를 말하면 믿어줄 거예요?"

"일단 말해봐요."

주은이 시우를 그윽하게 바라보며 말했다. 그녀의 갈색 눈동자가 담담하게 빛났다. 어떤 말을 해도 타격받지 않을 준비를 한 눈이었다. 시우는 그런 그녀의 눈을 더욱 지그시 바라보며 입을 열었다.

"이주은 씨, 예쁘거든요."

"……."

"그래서 첫눈에 반했어요."

조용한 목소리가 나긋하게 속삭였다. 다정하고 부드러운 목소리가 귀를 타고 들어와 가슴으로 스며들었다.

주은이 저도 모르게 마른침을 삼켰다. 그가 왜 이러는지, 진심인지, 뭐가 어떻게 된 건지 하나도 알 수 없었다. 다만 한 가지 확실한 것은 이 남자는 굉장히 위험한 사람이라는 거였다. 자신을 아무렇지 않게 빨아들였던 태현만큼이거나, 혹은 그 이상일 정도로.

왜 자신에겐 이런 사람들만 꼬이는 걸까.

주은이 속으로 씁쓸하게 웃었다. 자신이 아무것도 모르는 스무 살이거나, 혹은 태현을 만나기 전이었다면 이 고백에 혹했을지도 모른다. 눈앞의 남자는 그만큼 매력적이고 섹시했으니까. 그러나 지금은 이렇게 스스로의 매력을 조절할 줄 아는 남자가 싫었다. 주은의 표정이 딱딱하게 굳었다.

"미안해요. 나는 그쪽한테 아무런 매력을 못 느껴서요. 애인을 만들 만큼 다급한 상황은 더더욱 아니기도 하고요."

그녀의 단호한 목소리에 시우의 표정이 미묘해졌다. 그녀의 진심을 파악하려는 듯 눈을 가느스름하게 뜨고 있었다.

그녀는 시우가 무언가 말을 더 하기 전에 자리를 파해야겠다고 생각했다.

"그럼 이만 가볼게요. 호성이한테 아무 말 않는다는 약속은 지키시리라 믿을게요. 그리고 오늘 빚진 맥주 값은 호성이한테 전달해놓을 테니 걔한테서 받으세요. 그럼."

주은은 가볍게 고갯짓으로 인사를 한 후, 미련 없다는 듯 몸을 일으켰다. 그는 자신이 다 마신 맥주 캔을 구겨 재활용 쓰레기통에 넣은 후, 아파트로 향했다. 그가 잡으면 어떻게 하나 고민했지만, 다행히 그런 일은 생기지 않았다. 다만 등에 시우의 시선이 따라붙는 듯했다. 그녀는 기분 탓일 거라 여기며 걸었다.

얇은 이불 안에서 주은이 뒤척거렸다. 어떤 자세를 취해도 편하지 않았다. 잠은 더더욱 오지 않았다.

"후우."

억지로 눈을 뜬 그녀가 낮은 한숨을 내쉬었다. 창밖에서 환한 햇살이 스며들어왔다. 벌써 아침이었다. 어젯밤 맥주를 두 캔이나 마신 걸로도 부족해, 남은 한 캔을 집에 와서 또 마셨다. 그럼에도 잠이 오지 않아 한참이나 뒤척였다.

그러다 운 좋게 아주 잠깐 잠이 들었더니 태현이 꿈에 나왔다. 그의 옆에는 보란 듯이 윤정이 서 있었다. 두 사람은 이야기를 나누다가 다정하게 키스를 하고 있었고, 자신은 그 모습을 문 너머에서 바라보고 있어야 했다. 도망치려고 해봤지만, 발이 바닥에 붙어 꼼짝도 할 수 없었다. 눈을 감으니 눈 위로 두 사람이 엉겨붙은 모습이 떠올랐다. 그만하라고 소리치고 싶었으나 아무 말도 할 수 없었다. 누군가가 자신의 목을 조르는 것 같았다.

깨어났다가 힘겹게 다시 잠이 들어서는 또 다른 꿈을 꾸었다. 이번엔 자신이 키스를 하고 있었다. 벌어진 입술 사이로 서로의 혀가 엉겨붙었다. 질척하면서도 야했다. 태어나 처음으로 나누는 깊은 키스였다. 키스는 달콤하고 부드러워서, 자신도 모르게 그 남자를 끌어안을 뻔했다. 그러다 자신이 누군지도 모르는 이와 키스하고 있다는 사실이 떠올라 남자를 훅 밀쳤다. 그다지 세게 힘을 주지 않았는데도, 남자가 한 발자국 뒤로 물러섰다. 남자와 눈이 마주친 순간, 그녀는 자신의 입술을 손으로 가렸다.

자신과 키스를 나눈 남자는 시우였다.

그는 키스를 중단한 것이 의외라는 듯, 고개를 비스듬히 기울이고서 그녀를 바라보고 있었다.

'지금…… 뭐 하는 거예요?'

그녀가 입술을 가린 채 물었다. 키스를 물릴 수만 있다면 물리고 싶었다.

'키스했죠.'

그가 더없이 청량한 미소를 지으며 말했다. 황당할 텐데 전혀 그런 기색이 없어 보였다. 그래서 그녀는 더 당황스러웠다.

'그러니까 왜 그쪽이랑 내가 키스를 해요?'

'그야…… 애인 사이니까요.'

그의 대답을 듣자마자, 잠에서 깬 그녀가 몸을 벌떡 일으켰다. 자신도 모르게 입술을 손으로 가렸다. 꿈이었는데 실제처럼 생생했다.

그 후로는 한숨도 자지 못했다. 이리 뒤척, 저리 뒤척 하다가 아주 잠깐 졸다 깨길 반복했다. 결국 방문 밖이 소란스러운 걸 듣고서야 몸을 일으켰다. 모처럼의 주말인데 깊게 잠들지 못하다니.

자리에서 일어난 주은이 비틀거리며 방문을 열고 나섰다. 25평짜리 아파트라 화장실이 두 개였다. 화장실이 있는 안방은 호성의 차지였다. 주은은 욕조가 있는 거실 쪽 화장실을 이용했다. 넓은 것보다 아담한 사이즈의 방이 마음에 들어서 화장실 옆방을 쓰고 있었다.

달칵.

그녀가 화장실 조명을 켜고 들어갈 때였다.

"잘 잤어요?"

다정한 목소리가 들렸다.

"아니. 별로 못 잤어."

주은이 고개를 가로저으며 대답하다 멈칫했다. 호성의 목소리가 아니다. 더군다나 호성은 자신에게 존댓말도 하지 않으며, 이런 다정한 인사를 건네지 않았다. 기껏해봐야 아침 인사는 '누나, 안녕.'이거나 '밥 줘.'가 전부였다.

뒤이어 커피 향이 코끝을 스쳤다. 등골이 서늘해졌다. 그녀가 천천히 몸을 돌려세웠다. 그곳에 커피잔을 든 시우가 서 있었다. 너무 놀라 소리도 지르지 못했다.

"놀랐어요?"

시우가 눈을 크게 뜬 주은을 보며 물었다.

안 놀랄 리가 없잖아.

주은이 속으로 대답하며 잠시 한숨을 내쉬었다.

"……여긴 왜 있어요?"

주은이 잠긴 목소리로 물었다.

"호성이가 맥주 값을 줄 테니 오라고 하더라고요. 그거 좀 받으려고요."

시우의 대답에 주은의 미간이 좁아졌다. 그녀답지 않게 날이 선 목소리로 말했다.

"받았으면 돌아가지그래요."

"아직 받지 못했어요. 호성이가 문만 열어주고 옷 갈아입으러 들어가버렸네요. 잠시 커피 마시면서 기다리라고 해서, 집주인 말 들으면서 기다리는 중이에요."

주은의 미간이 확 좁아졌다. 머리를 한 갈래로 묶긴 했으나 자신은 생얼에 잠옷 차림이었다. 외간 남자에게 보여줄 법한 모습은 아니었다. 그에 비해 시우는 아침부터 완벽했다. 옅은 색 니트에 면바지를 입은 모습이 깔끔하면서 단정했다. 거기다가 커피잔까지 들고 있으니 CF가 따로 없었다.

주은은 잠시 도망갈까 했으나, 차라리 잘됐다 싶어서 몸을 완전히 돌려세웠다. 이런 모습을 보이면 자신을 향한 쓸데없는 호기심을 저버리겠지 하는 생각이 들었다.

"이런 엉망진창인 모습을 보니 어제 한 말 후회되죠?"

"그럴 리가요. 자연스러운 모습을 볼 수 있어서 좋네요. 자주 와야겠어요."

태연한 시우의 대답에 주은은 잠시 할 말을 잃었다.

"……호성이한테 돈만 받을 거죠?"

"아무 말 하지 말라는 건가요?"

"네."

"그렇게 할게요. 당분간은."

"'당분간은'은 뭐죠?"

"말 그대로예요. 어제는 잘 들어갔어요?"

시우가 다정한 목소리로 물었다. 그가 자연스럽게 말을 돌린다는 걸 알았다. 더 꼬치꼬치 캐묻고 싶었으나, 기분이 상한 시우가 호성에게 다 불어버리면 곤란했기에 주은은 마지못해 대답했다.

"……잘 들어왔어요."

"다행이네요."

자신의 차가운 목소리에도 상관없다는 듯, 시우가 다정하게 대답했다.

"그쪽은요?"

주은이 한결 누그러진 목소리로 대답했다.

"오래 앉아 있었어요."

"거기가 바람이 좋긴 하죠. 앉아서 맥주를 마시기도 좋고요."

"그러게요. 바람이 좋더라고요. 그치만 어젠, 이주은 씨 기다린 거였어요."

"……."

"드라마처럼 혹시 마음이 바뀌어서 돌아왔는데 내가 없으면 슬플 거 아니에요. 그래서 두 시간 정도 더 기다렸다가 들어갔어요."

"……."

시우가 남의 이야기를 전하듯 미소를 머금고서 말했다. 주은이 시우를 바라보았다. 할 말이 없었다. 왜인지 모르게 미안했다. 바람이 좋긴 했지만, 차가운 맥주를 마시며 두 시간을 버틸 만큼의 바람은 아니었다. 밤이 깊어갈수록 점점 추워지기 때문에 자칫하면 감기에 걸릴 수도 있었다. 다행히 눈앞의 남자는 아주 멀쩡해 보였지만.

"어제 두 시간 동안 기다리면서 생각했어요. 이주은 씨를 누나로 부르지 않는 걸로. 불리하게 내 입으로 계속 연하인 걸 상기시킬 필요 없잖아요."

"……."

"그리고 계속 기다리는 걸로."

"……."

"나는 이주은 씨가 마음에 들거든요."

그의 입술이 호를 그렸다. 다른 남자가 했다면 질척거리게 느껴졌을 말을, 눈앞의 남자는 산뜻하고 깨끗한 어투로 전했다. 순간 그녀의 시선이 그의 입술로 향했다. 꿈에서 나눴던 깊은 키스가 떠올랐다.

그냥 이 남자를 만나면 어떨까……. 그러면 태현에게 덜 화나지 않을까. 자신도 덜 비참할지 모른다.

주은이 가볍게 고개를 가로저었다. 잠이 덜 가셔 헛생각이 든 모양이다. 눈앞의 남자를 애인으로 두다니. 더군다나 자신은 몇 달 후면 약혼할 텐데. 사회에서 지탄받을 일은 하고 싶지 않았다.

"……씻으러 갈게요. 호성이랑 이야기 잘하고 돌아가요."

자리를 피해야겠다는 생각에 주은이 욕실로 들어섰다.

쿵.

문을 닫고 들어선 주은이 참았던 숨을 훅 내쉬었다. 시우와 잠시라도 연애할 생각을 하다니. 자신이 미쳐도 단단히 미친 게 틀림없다. 주은은 고개를 절레절레 내저으며 세면대로 다가가 찬물로 세수를 했다.

얼른 정신 차리라는 듯이.

⁂

회의실로 들어선 주은이 곧게 허리를 펴고 앉았다. 점심을 먹은 후, 어쩌다 보니 가장 먼저 회의실에 착석하게 되었다. 주은은 신입사원이 미리 깔아놓은 회의 자료와 자신이 챙겨온 자료를 번갈아 보며 자신이 미처 파악 못 한 부분이 있는지 주의 깊게 살폈다. 다행히 그녀가 미리 숙지하고 온 부분과 대부분 일치했다. 그녀가 주변을 살폈다

너무 일찍 온 모양이었다. 회의실이 텅 빈 걸 보면.

주은은 들고 있던 자료를 내려놓은 후, 창밖을 물끄러미 바라보았다. 새파란 하늘이 눈에 들어왔다. 문득, 익숙한 목소리가 떠올랐다.

「어제 두 시간 동안 기다리면서 생각했어요. 이주은 씨를 누나로 부르지 않는 걸로. 불리하게 내 입으로 계속 연하인 걸 상기시킬 필요 없잖아요.」

「…….」

「그리고 계속 기다리는 걸로. 나는 이주은 씨가 마음에 들거든요.」

왜 그 목소리가 생각나는지 알 수 없었다.

달칵.

문을 여는 소리에 주은이 고개를 돌렸다. 선유나 다른 사원일 거라는 예상을 깨고 빈 회의실로 들어선 사람은 태현이었다. 그도 그녀가 있었던 게 의외였는지 모호한 표정을 지었다. 달칵, 소리를 내며 문이 닫혔다. 주은이 몸을 곧게 세워 앉았다. 방금 전까지 많던 공기가 반으로 줄어든 느낌이었다.

태현이 회의실의 가장 중심 자리에 앉았다. 프레젠테이션이 가장 잘 보이는 자리였다. 주은이 짐을 챙겨 일어났다.

"어디 가?"

그가 태연하게 물어왔다.

"놔두고 온 게 있어서요."

"모레 퇴근하고 시간 있어?"

그의 물음에 주은이 돌아섰다. 턱을 괸 그가 그녀를 바라보고 있었다.

"무슨 일인데요?"

주은이 감정 없는 목소리로 물었다. 아직도 감정이 정리되지 않았는지, 태현을 보면 손끝이 가늘게 떨리며 제멋대로 입술이 움찔거렸다.

"부모님들끼리 식사하시는데 우리를 부르실 모양이야. 난 되는데, 넌?"

그는 지독하게 태연했다. 번번이 그 태연함을 목도하면서도 가시에 찔린 듯 따끔거렸다. 무례하고 오만하며 지독해 보이는 그는 그것이 본모습인 것 같았다. 주은은 윤정을 떠올렸다.

그 여자도 이 남자가 이런 사람이라는 걸 알고 만나는 걸까. 아니면 그는 그 여자 앞에선 젠틀한 모습을 유지하는 걸까.

의미 없는 생각을 하는 동안, 주은의 널뛰던 마음이 조금씩 차분해졌다.

"시간이 없더라도 만들어줬으면 해. 우리보다 바쁜 부모님들이 마주하시는 자리니까. 네 아버지가 꼭 부탁한 자리이기도 하고."

그 한마디에 겨우 가라앉던 마음에 풍랑이 일기 시작했다. 그는 잔인한 말을 던져놓은 사람답지 않게 차분한 얼굴로 회의 자료를 검토하기 시작했다. 그녀가 어떤 표정인지, 무슨 말을 할지 조금도 관심 없는 얼굴이었다.

"그러게요. 시간이 없더라도 꼭 참석해야 하는 자리네요. 그렇게 할게요."

주은이 차가운 표정으로 돌아섰다. 주은이 문을 박차고 나가자 태현이 고개를 들었다. 창문 너머로 멀어지는 주은의 모습이 보였다. 그는 그녀의 모습이 사라질 때까지 지켜보았다.

「그 여자, 당신한테 관심이 아예 없는 건 아닌 거 같던데?」

얼마 전, 섹스를 마친 후 침대에서 윤정이 일어나며 말했다. 주은에게 윤정과 함께 있는 모습을 들켰던 그날 밤이었다. 그는 대답 대신 담배를 물었다. 그러자 윤정이 그의 입에 간당간당하게 물린 담배를 확 빼앗았다.

「내 침실에선 금연이야. 몰라?」

생긋 웃는 얼굴로 경고를 한 윤정은 보란 듯 한 손으로 담배를 구겼다. 고양이 같은 눈매와 예쁘장한 얼굴. 슬립을 입고 있는 것만으로도 계속해서 눈이 갈 만큼 윤정의 몸매는 매력적이었다. 그중 태현이 윤정에게서 가장 좋아하는 건 이런 도도함이었다. 제 입에 걸린 담배를 막 빼앗고도 아무렇지 않아하는 모습. 자신이 기분 좋을 땐 애교를 부리며 안기지만, 제 기분이 상할 땐 손끝조차 허락하지 않는 제멋대로인 모습.

태현은 이런 여자를 좋아했다. 안을 때에도, 안긴 후에도, 이야기를 나눌 때에도 그를 조금 긴장하게 만들었다. 연애는 어차피 게임 같은 것이었기에, 이런 긴장감을 주는 여자를 놓칠 수 없었다.

「알아.」

태현이 윤정의 손목을 잡아 도로 침대에 앉히며 말했다.

「알아? 아는데 그렇게 막 대한 거야? 나쁜 남자네.」

「나쁜 건 내가 아니라, 걔야.」
「무슨 말이야?」
「요즘은 착한 게 나쁜 거거든. 특히 연애에서는.」
그가 나른하게 눈을 내리깔며 말했다. 그러자 윤정이 어이없다는 눈으로 바라보다가 픽 웃었다.
「정말 나쁜 남자였네. 그러고 보니 그 여자 착해 보이더라. 옷 입은 것만 봐도 음……. 뭐라 그럴까? 되게 고지식해 보인다고 해야 하나. 하여튼 착하고 고지식해. 나 같으면 사무실에 들어와서 당신 뺨이라도 때리든지, 아니면 몰래 영상이라도 촬영해서 회사에 뿌렸을 거야. 그런데 그 여자는 가만히 지켜보고만 있더라. 그런 일은 처음 당해보는 거 같던데.」
말을 하던 윤정이 무언가 생각난 듯 눈을 가느스름하게 떴다.
「그 여자가 정말 진심이면 정말 나쁜 거야. 지금 생각해보니 상처받은 눈을 하고 있었거든. 그런데 괜찮은 척 버티더라고. 혹시 그것도 알고 있었어?」
윤정이 다리를 꼬고 앉아 말했다.
「알고 있어.」
주은은 상처받지 않은 척했지만, 그 모습이 역으로 그녀가 얼마나 큰 상처를 입었는지 알려주었다.
「와, 정말 나쁜 사람이네.」
윤정이 고개를 살랑살랑 흔들었다. 그녀가 몸을 앞으로 숙이자 풍만한 가슴이 한곳으로 모였다. 그녀는 그런 자신의 자세에 아랑곳하지 않은 채 태현을 바라보았다.

「나쁜 건 걔라니까.」

「그래. 뭐, 그건 사람마다 생각이 다른 거니까. 대체 그런 여자랑 결혼하려는 이유가 뭐야? 혹시 집안에서 찬성하는 여자야?」

「어.」

「집안이 괜찮은가 봐, 이주은 씨?」

윤정이 호기심 어린 눈으로 바라보았다.

「망해가는 중견기업 딸. TA그룹에 잘 보여서 재벌가 모임에도 여러 번 참석했지. 그 집 안주인이 정말 열심히 TA그룹 사모님 심부름을 잘했거든.」

「알 만하네, 어떤 상황인지. 그런 여자랑 왜 엮여? 급 낮아지게.」

「중견기업은 망해도 건질 게 많거든.」

「하긴.」

「그리고 그 집안에 국회의원들이 꽤 많아. 경제적으로는 형편없어도 정치적으로는 써먹을 곳이 많거든. 또 우리 아버지는 여자 집안이 너무 잘나면 골치 아프다고 생각하시는 분이라서.」

「아아. 그럼 어쩔 수 없었겠네.」

윤정이 알 만하다는 듯 자조적으로 웃었다.

「집에서 정했다면 반항할 필요가 없지. 그래봤자 우리 손해니까.」

윤정이 한마디 덧붙였다.

연애는 자유롭게 해도, 결혼은 정해진 사람과 해야 하는 게 그들이 몸담은 세계의 룰이었다. 물론 못 하겠다고 어깃장을 놓을 수도 있지만, 굳이 그러고 싶지 않았다. 그럴 만큼 그는 결혼에 큰 뜻을 두지 않았다.

윤정이 씻으러 가겠다며 훌쩍 화장실로 향했다. 그때 홀로 남아 그는 생각했었다. 주은과 헤어지지 않은 건 그렇다 치더라도, 왜 자신은 주은에게 다정하게 대했을까.

결론은 아주 쉽게 났다.

그녀는 재미있었다. 그리고 신선했다. 자신이 밥을 사자 샌드위치로 보답하겠다며 찾아온 것도, 자신의 접근을 온몸으로 거부하던 모습도, 오랜만에 겪는 일이었다. 제 취향의 정반대 선상에 있는 상대에게 끌린 것은 처음이었기에 그는 그녀와 결혼해서 정착할 수 있지 않을까 생각했었다. 어쩌면 취향이 완전히 바뀌었을 수도 있겠다고 여겼다. 아주 조금 심심하긴 하지만 그럭저럭 잠자리도 괜찮겠다는 생각도 했었다.

윤정이 나타나기 전까지는.

윤정을 본 순간, 주은은 심심한 무채색이 되어버렸다. 윤정이 화려해서 주은은 밋밋해 보였다. 그러다 윤정과 있는 모습을 들킨 순간, 그는 쓰고 있던 가면을 완전히 벗어버렸다. 그녀가 자신을 떠나지 못할 거라는 걸 알고 있었다. 주은의 집안 사정은 자신 집안의 도움을 절실히 필요로 하고 있었다. 그리고 주은은 그런 집안을 외면할 만큼 못된 여자가 되지 못했다. 더군다나 자신을 좋아하는 여자라면, 더더욱 자신에게서 도망치지 못할 걸 알고 있었다.

때마침 사무실 문이 열리며 직원들이 우르르 들어왔다. 상념이 깨어진 태현이 고개를 들었다. 이때를 기다린 듯, 주은도 함께 들어왔다.

그녀는 그와 눈이 마주치지 않으려 안간힘을 다하고 있었다. 그 모습이 애처로웠다. 동시에 재미있었다. 자신에게 무반응하게 굴려고 애쓰는 그 모습이 자신을 점점 더 악랄하게 만들고 있다는 걸 그녀는 모르는 듯했다.

"회의 시작하겠습니다."

직원의 말에 태현이 주은에게 주었던 시선을 능숙하게 거둬들였다. 그는 곧은 자세로 직원들을 바라보았다.

"시작하시죠."

태현의 허락이 떨어지자마자 회의가 시작되었다. 주은은 발표하는 직원을 응시했다. 태현의 시선은 직원에게서 조용히 주은으로 옮겨갔다.

언제까지 이쪽을 보지 않을까, 궁금한 마음이 들어서.

주은은 회의가 끝날 때까지 고집스럽게 앞만 바라보았다. 그걸로 끝이었다.

2

엘리베이터 안에서 선숙은 바빴다. 자신의 옷매무새를 점검하다가 엘리베이터 벽면에 비친 주은의 옷차림을 보고 인상을 썼다.

"이 옷밖에 없니?"

선숙이 못마땅한 목소리로 물었다. 주은이 생기 없는 얼굴로 선숙을 바라보았다.

"네, 사진으로 보냈을 땐 괜찮다면서요? 이상해요?"

"사진으로 봤을 땐 그랬지. 어휴, 이럴 줄 알았으면 네 옷 한 벌 사오는 건데."

선숙이 속상하다는 듯 말했다. 주은이 엘리베이터에 비친 제 모습을 살펴보았다. 단정한 남색 투피스에 검정 재킷, 은은한 펄이 들어간 굽이 있는 구두. 어느 것 하나 튀는 구석 없이 무난했다. 어르신들이 딱 좋아할 법한 옷차림이다.

오히려 문제는 얼굴인 것 같은데. 주은이 초췌한 제 얼굴을 보았다. 그사이 선숙은 옷이 마음에 안 든다는 듯 주은의 옷을 만지작거리더니 목 끝까지 채운 단추를 풀기 시작했다.

"왜 이래요?"

"너무 꽉 잠겨서 보는 사람이 답답해."

선숙이 단추를 두어 개 풀자 쇄골이 훤히 드러났다. 타인 앞에서 몸을 드러내는 걸 좋아하지 않는 주은은 이런 선숙의 태도가 불편했다.

"이 옷도 괜찮은 것 같은데요, 엄마?"

주은이 옷자락을 거머쥐며 말했다.

"괜찮은 거 맞아? 왜? 태현이가 이 옷 마음에 든다고 한 적 있어?"

선숙의 눈이 반짝였다. 그렇다고 대답해야 옷자락을 잡은 손을 놔줄 기세였다. 주은이 대답하지 못하고 대충 고개를 끄덕이자, 선숙이 조금 안도하는 표정을 지었다.

"그럼 다행이고. 너 립스틱은 발랐어? 입술이 왜 이렇게 희게 질렸어? 어디 아파?"

"거참, 아침부터 왜 자꾸 수선이야? 정신없게."

아프냐는 말에 순간 목이 메어 아무 말 못 하고 있는 사이, 아버지인 성태가 한마디 하고 나섰다. 그에 선숙이 낮은 한숨을 내쉬며 입을 다물었다. 선숙은 성태의 말이라면 꼼짝하지 못했다.

주은은 입을 다문 채 아버지인 성태를 바라보았다. 그는 신경질적인 얼굴로 앞을 바라보고 있었다. 아버지의 인생 최대 트로피는 그의 회사였다. 그런 회사가 점점 어려워지자 아버지의 신경은 조금씩 날카로워졌다. 태현과의 결혼 이야기가 나오면서 근래에는 누그러지긴 했지만, 오늘은 태현의 부모를 만나는 게 신경 쓰이는지 잔뜩 기합이 들어가 있었다.

고급 레스토랑에 먼저 들어선 성태가 예약자 이름을 대자, 종업원은 가장 좌측의 큰 룸으로 안내했다. 주은의 가족들이 자리를 잡고 앉은 지 얼마 되지 않아 룸의 문이 열렸다. 태현과 꼭 닮은 중년 남성이 안내를 받아 들어선 후, 우아하면서도 강단 있어 보이는 중년 여성, 그리고 태현이 그 뒤를 따랐다.

"오랜만에 인사드립니다."

주은의 아버지인 성태가 활짝 웃으며 태현의 아버지에게 손을 내밀었다.

"오랜만에 뵙습니다."

태현의 부친인 동명이 성태의 손을 맞잡았다. 두 어머니 사이의 인사가 완전히 오간 후에 태현과 주은도 인사를 나눌 수 있었다. 자리를 잡고 앉아 음식을 주문하자마자, 날씨 이야기를 비롯해 형식적인 대화가 오갔다. 주은은 그 대화를 귓등으로 들으며 시선을 내리깔았다.

두 집안이 화기애애한 대화를 나누고 있어도 서로가 원하는 바는 확실했다. 성태가 바라는 것은 동명의 자금대출이었고, 동명이 바라는 것은 차후에 국회의원으로 나서기 위한 정치적 기반이었다.

오늘은 서로가 서로에게 그 패가 되어줄 수 있는지 한 번 더 확인하는 자리에 불과했다.

"얼마 전에 뵈었는데 오늘 또 뵈니 굉장히 반갑네요. 안 그래도 며칠 전에 백화점 갔다가 예쁜 스카프가 있어서 하나 사놨는데, 챙기는 걸 깜빡했네요. 다음에 만날 때 가지고 올게요. 조만간 뵈어요."

선숙의 말에 해정이 기쁨을 감추지 못하고 미소 지었다.

선숙은 재벌가 사모님들의 비위를 잘 맞췄다. 그 때문에 엄두도 내지 못할 사모님들과 종종 어울려 지내곤 했다. 그때 해정을 만나게 되었다. 수더분하고 참한 인상의 해정은 선숙을 밀어내지 못했고, 이따금씩 어울리다가 서로의 집안에 대해 깊이 알게 되면서 필요에 의한 결혼 이야기가 나오게 되었다.

대화거리가 떨어진 부모님들의 화제는 주은과 태현에게로 옮겨졌다. 두 사람에 대한 이야기가 이리저리 오가던 차, 해정의 시선이 주은에게 닿았다. 참하게 앉아 있는 주은이 마음에 든다는 듯 미소 지었다.

"우리 태현이가 주은이를 굉장히 마음에 들어 하더라고요."

태현의 모친인 해정이 환하게 웃으며 말했다.

"어머, 그래요? 어휴, 우리 주은이도 마찬가지예요. 태현이를 만나고 오는 날이면 어찌나 얼굴이 밝은지……. 이리 잘 어울리니 결혼식장에선 오죽 잘 어울릴까요?"

"그러게요, 호호."

두 어머니의 대화를 듣고 있던 주은이 쓰게 웃었다. 서로가 거짓말이라는 걸 알면서 하는 인사치레에 순간 신물이 치밀어올랐다.

선숙은 태현을 만나고 돌아오던 날 자신의 얼굴을 본 적이 없었다. 그러니 태현이 자신을 좋아한다는 해정의 말 또한 거짓일 확률이 높았다. 아니, 거짓말일 게 당연했다.

좋아하는 여자를 두고서 쇼윈도 부부를 하자는 남자는 없을 테니까.

주은의 뺨이 하얗게 굳었다.

"그나저나 태현이는 우리 주은이 어디가 그렇게 마음에 들었어요?"

"엄마."

주은이 저도 모르게 선숙을 다급하게 불렀다. 그러자 선숙이 무슨 문제 있냐는 표정으로 주은을 바라보았다.

"얘가 부끄러움이 많아서 또 이러네요. 네가 못 물으니 나라도 물어봐야지. 안 그래?"

"주은이야 좋아할 구석이 많긴 하지만, 듣고 보니 저도 궁금하네요."

선숙과 해정의 시선이 모두 태현에게로 향했다. 당황할 만도 하건만, 그는 다정한 눈으로 웃어 보였다.

"좋아할 이유야 많지만, 가장 좋은 건……."

주은이 저도 모르게 쥐고 있던 포크를 꽉 움켜쥐었다. 태현의 시선이 그 손에 닿았다. 힘을 잔뜩 주어 하얗게 질린 손을 바라보며, 그가 말을 이었다.

"착해서요. 이렇게 착한 여자, 드물잖아요."

주은은 조용히 포크를 내려놓은 후, 냅킨으로 입가를 닦았다.

태어나서 처음이었다.

'착하다'는 말이 치욕적으로 들린 것은.

"다음에 또 뵙겠습니다."

동명의 인사에 성태가 허리를 굽혔다.

"오늘은 부모님을 모셔다드려야 할 거 같아서 데이트를 못 할 것 같아."

태현이 주은에게 다가와 다정한 목소리로 말했다. 두 사람이 데이트를 하지 않은 지도 오래되었다. 그럼에도 그가 이런 말을 하는 것은, 부모님을 의식해서였다. 그의 자연스러운 연기에 저절로 감탄사가 나오려 했다. 주은은 대답 대신 입꼬리를 끌어올리며 겨우 웃었다. 이것도 그녀에겐 많은 힘을 필요로 했다.

태현의 가족을 태운 차가 멀리 사라지고서야, 성태는 넥타이를 느슨하게 풀었다. 그는 뭔가 마음에 들지 않는다는 표정을 짓고서 초조한 안색으로 주변을 둘러보며 한숨을 내쉬길 반복했다. 선숙 또한 원하는 바를 얻지 못했는지 낯빛이 어두웠다.

"주은아."

선숙이 부르는 소리에 주은이 고개를 들었다.

"너 요즘 태현이랑 잘 지내고 있는 거 맞지?"

"왜 갑자기 그런 걸 물어요?"

"그렇지 않고서야……. 에효, 아니다. 어서 가자. 아버지 기다리신다."

주은이 선숙의 뒤를 따라 걸었다. 두 사람의 축 처진 어깨가 눈에 들어왔다. 두 사람이 원하는 것은 약혼날짜였을 것이다. 약혼에 대해 말만 나오고 있을 뿐, 정확한 일정이나 진행사항이 하나도 정해지지 않으니 불안한 듯했다.

알면서도 주은은 모른 척했다. 부모님을 도와야 한다는 걸 알면서도, 쉽지 않았다. 그 자리에 멀쩡한 얼굴로 앉아 있는 것 자체만으로도 버거웠다.

자신의 삶이 모조리 팔려가는 기분이었다. 엄마를 붙잡고서 힘들다고 말하며 엉엉 울고 싶었다. 하지만 그러기엔 자신은 너무나 어른이 되어버렸다. 자신의 가족을 모른 척하기엔 너무나 많은 것들을 알아버렸다.

주은은 손으로 자신의 눈두덩을 꾹 눌렀다. 마치 이러면 눈물이 도로 들어갈 수 있을 것처럼.

주은은 이리저리 침대 위에서 뒤척였다. 모처럼 본가에서 하루 묵기로 했다. 성태와 선숙은 그녀가 집으로 돌아가 호성을 돌보길 바랐지만, 주은이 고집을 부렸다.

모처럼 부모님이 있는 집에서 잠들고 싶었다. 어린 시절 가족들끼리 행복하게 지냈던 때를 생각하면서 마음을 갈무리하고 싶었다. 그리고 지금 이런 기분으로 귀가하면 편의점에 들러 맥주를 살 것 같았다. 그러다가 또다시 시우를 마주치게 될 것 같았다.

그는 마치 자신의 안 좋은 기분을 아는 것처럼 웃는 얼굴로 나타나, 마음이 이상해지는 말들을 늘어놓겠지.

'그 애인 자리에 지원하고 싶어서요.' 같은 말들.

주은이 감고 있던 눈을 떴다. 엎치락뒤치락하는 사이 시간이 흘러 자정이 넘었다. 따뜻한 물이라도 마시면 잠이 올까 싶어 걸음을 1층으로 옮겼다. 조용히 계단을 내려가던 주은은 부엌에서 새어나오는 불빛을 보았다. 누군가가 있는 듯 자그마한 말소리가 들렸다.

주은이 부엌으로 들어섰다. 양주를 꺼내 마시고 있는 선숙의 뒷모습이 보였다. 그녀는 몹시 피곤한 듯 어깨를 웅크리고 있었다. 그녀가 홀로 술을 마시고 있는 모습은 처음이라, 주은은 심장 부근이 묵직해짐을 느꼈다. 주은이 엄마, 라며 선숙을 부를 때였다.

"그러게. 주은이가 내 맘 같지 않네. 눈치가 없는 건지, 뭔지……. 내가 그만큼 없는 티를 내고 힘든 기색을 보였으면 자기가 알아서 태현이를 꼬여내든가 해야지. 후우."

선숙의 말에 주은의 걸음이 뚝 멈췄다. 그녀의 몸이 돌처럼 굳었다. 자신의 귀를 의심했다. 선숙의 목소리는 다른 사람처럼 잔뜩 걸걸해져 있었다. 그보다 이상한 건 그녀가 하는 말의 내용이었다.

없는 티를 내고 힘든 기색을 보이다니.

선숙은 주은이 다가온 것을 모른 채 계속해서 통화를 이어 갔다.

"아아, 얼마 전에 주은이 만났거든. 일부러 버스 타고 가고, 못 마시는 에스프레소도 마시고 했거든. 응, 그렇지. 일부러 불쌍한 척한 거지. 원래 주은이가 불쌍한 걸 보면 사족을 못 쓰거든. 어렸을 때부터 불쌍한 강아지나 고양이들한테도 감정을 헤프게 쓰곤 했어. 나도 걔랑 친해지느라 불쌍한 척 꽤 많이 했지. 조금 반항하는가 싶더니 금세 고분고분해지더라고. 그 덕에 편하게 지냈지. 여튼 내가 그렇게까지 했으면 알아서 할 줄 알았는데, 이번엔 의외로 버티네. 왜 그런지 모르겠어. 태현이 정도면 자기한테는 과분한 남자인데……. 후우. 자기도 태현이랑 결혼하면 좋을 일밖에 없거든. 서로서로 윈윈하자는 건데……."

선숙의 말이 이어질수록 주은의 얼굴이 희게 질렸다. 그녀는 조용히 손을 들어 자신의 귀를 틀어막았다. 그러나 막은 손 사이로 선숙의 말소리가 흘러들어왔다.

"호성이는 안 돼. 걔는 자기 하고 싶은 거 다 하면서 살아야지. 걔를 왜 힘들게 고생시켜. 내가 어떻게 키운 아들인데……."

그만해, 엄마.

주은이 속으로 소리 없는 비명을 질렀다. 당장 돌아서서 침대로 돌아가고 싶은데 굳어버린 다리가 마음처럼 움직이지 않았다. 목이 졸린 기분이었다. 보이지 않는 폭력 앞에서 그녀의 몸은 벗어날 의지를 잃었다.

제발, 그만해. 엄마.

"사람이 어쩔 수 없더라. 아무리 애지중지 키운 딸이라도, 친자식만 못해. 친자식이 힘든 건 못 보겠더라고."

그만해…….

주은의 눈동자가 새빨갛게 물들었다. 그녀의 눈동자에 눈물이 차올랐다. 알면서도 외면하고 있었던 것들이 차곡차곡 떠올랐다.

「네가 누나니까 양보해야지.」

세상 모든 누나들이 동생에게 모든 걸 양보해야 하는 줄 알았다. 자신이 아무리 좋아하는 것이라도 양보해야 하는 줄 알았다. 자신의 시간조차도.

피아노를 치고 다른 아이들처럼 뛰어놀고 싶었으나 그녀는 호성에게 매여 있어야 했다. 유난히 누나를 좋아하는 호성 때문에 어린 동생과 놀아주느라 하루를 꼬박 보내야 했다. 호성이 원하는 거라면 신발조차 벗어줘야 했다.

왜 자신의 생일에도 호성이 먹고 싶어 하는 것만 먹어야 하는지, 영화관에선 왜 호성이 좋아하는 영화만 봐야 하는지, 방학이 되면 호성은 해외여행을 가는데 자신은 왜 할머니 집에 맡겨졌는지, 왜 자신의 삶에서 중심은 호성이어야 하는지…….

의문투성이였지만, 스스로 묻기를 포기했다.

「착하지, 주은아. 엄마 말 잘 들어야 착한 아이지.」

착하게 살면 사랑받을 줄 알았다.

「우리 주은이 착하네.」

착하다는 말이 칭찬인 줄 알았다.

「호성이랑 잘 지내는 우리 주은이, 착하고 예쁘네.」

그 칭찬들이 족쇄가 되어 온몸을 무겁게 내리누르는 지금까지 알면서도 외면했다. 이젠 그 족쇄가 호성이 아니라 태현으로 변했다는 것도 알면서 애써 모른 척했다.

투툭.

주은의 새빨간 눈동자에서 눈물이 후드득 떨어져내렸다. 자신의 삶에 자신은 없었다. 늘 '누군가'를 위한 이주은만 있었을 뿐. 자신이 이렇게 된 데에는 선숙의 보이지 않는 조종이 있었다는 것 또한 깨달아버렸다.

새빨갛게 물든 눈동자가 똑바로 선숙의 등을 바라보았다.

분노, 슬픔, 충격이 뒤엉켜 몸이 바들바들 떨렸다.

"어쩔 수 없지, 주은이가 희생해야지. 아니, 희생이랄 것도 없지. 자기한테도 좋은 혼처니까……. 남자가 바람피우는 거 아니냐고? 피우면 뭐 어때서? 지가 그 정도 집안에 어떻게 들어갈 수 있겠어? 걔도 멍청하다니까. 뭐? 얘는, 우리 남편은 그런 사람 아니야. 우리 나이 때는 안 되지. 요즘 젊은 것들 말이지, 뭐."

선숙은 계속 통화를 이어가며 고개를 기울였다. 술에 취한 듯 말을 길게 늘이던 그녀는 금세 웃으며 다른 이야기를 꺼내기 시작했다. 마침내 움직일 수 있게 된 주은이 돌아섰다. 비틀거리거나 다리에 힘이 풀릴 줄 알았던 예상과 달리, 꼿꼿한 자세로 2층까지 올라갔다.

정신을 차린 주은은 자신이 침대에 얌전히 앉아 있는 걸 알았다. 두 다리를 다소곳하게 모은 채, 그 다리 위에 양손을 올리고 있었다. 충격받은 후에조차 얌전한 스스로의 모습에 실소가 났다.

"……이게 뭐야."

주은의 입술이 비틀렸다. '착하네.', '착한 아이네.'라는 말에 길들여지는 자신이 우습다. 위를 향하던 입술이 완전히 비틀렸다. 이가 입술을 짓이겼다. 새빨개진 눈동자에서 눈물이 후드득 쏟아져 내렸다.

「사람이 어쩔 수 없더라. 아무리 애지중지 키운 딸이라도,

친자식만 못해.」

자신에겐 친엄마였다. 자신의 백을 사면 꼭 엄마의 것도 함께 샀다. 자신이 만 원짜리 화장품을 살 때, 엄마한테는 10만 원짜리를 사서 줬다.

「착하네, 우리 딸.」

그 말이 좋아서.

당신의 딸이 된 것만 같아, 너무 좋아서…… 그랬다.

주은의 감은 눈이 바들바들 떨렸다.

"흐흡."

짓이겨진 입술 사이로 서러움이 터져나왔다.

「일부러 불쌍한 척한 거지. 원래 주은이가 불쌍한 걸 보면 사족을 못 쓰거든.」

어렸을 때부터 속속들이 간파되어 길들여진 줄도 모른 채, 자신의 인생을 가족에게 양보했다. 두 손바닥에 제 얼굴을 파묻은 주은이 잘게 어깨를 떨었다.

자신이 믿고 가던 길이 실은 낭떠러지였다. 자신이 사랑한 엄마는 언제든 자신의 등을 떠밀 수 있는 사람이었다.

동이 트기 전, 주은은 조용히 집을 나섰다. 새벽녘 차가운 바람이 휘몰아쳤다. 한숨도 자지 못한 주은은 집을 등진 채 앞을 보며 걸었다. 지금은 집을 볼 자신이 없었다. 아마 아주 오랫동안 이 집에 올 일은 없을 것 같았다.

집으로 귀가하기 전, 주은은 편의점에 들러 맥주를 샀다. 자신도 모르게 공원으로 가려던 걸음을 멈춰 세웠다. 그럴 리 없겠지만, 왠지 공원에 시우가 있을 것 같았다. 지금 이런 기분으로 시우를 만나면 무슨 짓을 할지 모를 것 같았다.

집으로 돌아온 주은이 구두를 벗었다. 그제야 새끼발가락이 까진 걸 알았다. 걷는 내내 아팠을 텐데 그런 줄도 몰랐다. 어쩌면 아파도 묵묵히 참았을지도 모른다. 아플 때 우는 것보단 참는 게 착하다고 배워서 늘 그렇게 하려고 애썼으니까.

주은이 입술을 꽉 깨물었다.

달칵.

방문이 열렸다.

지금은 호성도 보고 싶지 않은데.

주은이 숨을 들이마시며 고개를 들었다.

"호성아."

"호성이는 자요."

낯익은 목소리였다. 주은이 그 자리에 멈춰 서서 방문을 닫고 나오는 시우를 바라보았다. 그는 잠에서 깨어난 지 꽤 된 듯 말끔한 모습이었다. 주은이 얼굴을 찌푸렸다.

"……왜 거기서 나와요?"

"호성이가 술 한잔하자고 해서요."

자신이 본가에 간 틈에 호성이 시우를 부른 모양이었다. 주은이 눈을 감았다. 피곤함과 짜증이 왈칵 몰려왔다. 이럴 줄 알았으면 공원에서 마실걸 그랬다. 위험한 게 차라리 피곤한 것보단 나으니까.

"……그래요. 쉬다가 가요."

주은이 억지로 짜증을 참으며 자신의 방으로 들어갈 때였다.

"그 술, 혼자 마실 거예요?"

"그쪽이랑 상관없는 일이잖아요."

주은이 저도 모르게 차갑게 말을 뱉었다. 다가오던 시우가 그 자리에 우뚝 멈춰 섰다. 그제야 자신이 시우에게 화풀이를 했음을 알았다. 그녀가 숨을 들이마시며 고개를 들었다. 그가 그녀를 고요한 눈으로 바라보고 있었다. 질책하거나 이상하게 보는 눈이 아니었다. 오히려 걱정에 가까운 눈이라, 주은은 더욱 미안해졌다.

"미안해요. 오늘은 기분이 안 좋아서요."

주은이 한 박자 늦게 사과했다.

"힘든 일 있었어요?"

"……."

따뜻한 목소리가 포근하게 감싸온다. 주은이 마른침을 삼켰다. 가슴 깊은 곳에서 알 수 없는 감정이 울컥 치고 올라왔다.

유난히 고단한 하루였다. 자신이 믿고 사랑하던 이들이 썰물처럼 빠져나갔다. 최선을 다해 살았는데, 자신의 손에 남은 건 누구도 없었다.

애인도, 가족도, 그 누구도.

편하게 안겨 울 사람이 없어서 맥주를 사면서도 몇 번이나 코끝이 시큰거렸다. 그런 자신의 마음을 다 알고 있다는 듯 물어오는 시우의 말 때문에 마음이 따가웠다. 주은이 무언가 말을 하려고 입을 벌렸다.

툭, 투툭.

그러나 그보다 더 빠르게 눈물이 떨어졌다. 입을 다문 주은의 얼굴이 조금씩 일그러졌다. 자신이 무슨 말을 하려고 했는지는 잊은 지 오래였다.

주은이 다급하게 얼굴을 숙인 채 돌아섰다. 목이 메어 황급히 문고리를 잡았다. 문이 열리자마자 닫혔다. 커다란 손이, 문고리를 잡은 주은의 손을 덮고 있었다.

"그러고 사라지면, 내가 잠을 잘 수 있겠어요?"

귓가로 나지막한 목소리가 흘러내렸다.

텅 빈 머릿속으로 흘러들어온 말이 잠시 맴돌았다.

툭.

멍하게 앞을 바라보던 눈에 맺혀 있던 눈물이 떨어져내렸다. 그제야 정신을 차린 주은이 돌아섰다. 어두컴컴한 가운데 시우의 얼굴이 눈에 들어왔다. 늘 웃고 다니던 얼굴이 오간데 없이 사라지고, 서늘한 눈으로 자신을 바라보고 있었다.

"그쪽이 못 잘 건 뭐예요?"

주은이 차가운 목소리로 물었다.

우리 부모님도, 동생도, 애인이라는 사람도 자신의 감정이나 울음 따위 상관없이 잘 자는데 타인인 네가 무슨 상관이냐고 주은이 대꾸했다. 시우에게 화풀이하면 안 된다는 걸 알면서도, 이렇듯 자신에게 접근하는 그가 불편했다.

그는 아무렇지 않게 말을 던지면 그만이지만, 그 말을 받아내야 하는 자신은 괴로우니까. 타인의 따스한 말 한마디에 눈물이 날 정도로 자신이 외롭다는 사실을 처절하게 받아내야만 했으니까.

주은이 더욱더 차가운 눈으로 시우를 바라보았다.

"걱정되니까 못 자죠."

기분 나쁠 만하건만, 시우는 거리낌 없이 대답했다. 그 말에 주은의 목울대가 한 번 더 오르내렸다. 오랫동안 굶주린 짐승이 음식 냄새를 맡은 것처럼, 따스한 시우의 목소리가 자신을 괴롭게 했다.

"……왜 걱정되는데요?"

주은이 한 박자 늦게 물었다. 해선 안 되는 질문 같은데, 해버렸다. 이 질문이 선을 넘은 것임을 알고 있었다. 그 건조한 물음에 시우의 눈이 가느스름해졌다.

"첫눈에 반했어요."

“…….”

“주은 씨가 마음에 들어요. 그러니까 걱정되는 거죠.”

“…….”

거짓말.

주은이 속엣말로 중얼거렸다. 자신을 좋아한다고 말한 사람들은 결국 자신을 필요로 할 뿐이었다. 필요한 자신을 사랑했을 뿐.

삐뚤어진 마음으로 주은이 시우를 바라보았다. 그러면서도 입술은 제멋대로 움직였다.

“왜 좋은데요?”

마치 애정을 갈구하는 아이처럼, 물었다.

“그런 건 생각해본 적 없는데…….”

시우가 중얼거리며 고개를 기울였다. 그러자 부드럽게 뻗은 머리카락이 아래로 스르륵 흘러내렸다. 창가에서 스민 달빛에 그의 얼굴이 완전히 드러났다. 인형처럼 하얀 피부에 또렷한 눈동자. 일자로 뻗은 입술은 조금만 움직여도 웃음을 지을 것처럼 아름다웠다. 그가 고민에 빠진 듯 미간을 좁혔다. 깊은 고민에 빠질 때 나오는 그의 습관인 모양이었다.

“그냥 다 좋은 거 같은데요.”

시우의 말에 주은의 미간이 좁아졌다.

이렇게 단순하고도 허술한 대답이 어디 있을까. 주은이 말없이 쳐다보자, 시우가 잠시 고민에 빠졌다가 말을 꺼냈다.

“예뻐서 좋아해요. 그리고…….”

"……."

"……착하니까요."

시우의 말에 주은은 가슴 한구석이 쿵 무너지는 것을 느꼈다. 마치 마지막 동아줄이라고 생각하고 꽉 움켜쥐고 있었는데, 썩은 줄이었던 것처럼.

그럼 그렇지.

주은이 자조적으로 웃었다. 그녀는 손으로 제 얼굴을 덮었다.

착한 이주은.

지겹게 착한 이주은.

자신의 이름 앞에 붙는 '착하다'는 말이 신물 나도록 싫어졌다.

자신은 누굴 위해서 착했던 걸까. 실은 착하다는 말은 존재하지 않는 게 아닐까. '착하다'는 있지도 않은 말에 자신의 삶을 착취당한 건 아닐까.

그녀의 한쪽 입술이 삐딱하게 휘었다. 착하지 않게 살고 싶은데, 그런 삶이 뭔지 알 수가 없었다.

"왜 그래요?"

시우가 다정하게 손을 뻗어와 그녀의 손을 감싸잡았다. 주은은 그의 손을 뿌리치고 싶었으나 꼼짝도 하지 못했다. 이 와중에 그의 손이 지나치게 따뜻한 탓이었다. 등골이 시리도록 차가웠던 외로움이 조금은 덜어지는 기분이었다. 이래서 사람들은 타인과 원나잇도 하고 껴안기도 하는 것일까. 주은이 고개를 들어 그를 바라보았다. 어두컴컴한 가운데서 유난히 그의 얼굴이 잘 보였다. 아무 말도 하고 싶지 않았다. 그저 텅 빈 눈으로 시우를 바라보았다.

"괜찮아요?"

시우의 물음에 주은은 아무 대답도 하지 않았다. 괜찮다는 말은 거짓말이고, 괜찮지 않다는 말을 하기엔 비참했다.

"이 술들 혼자 마실 거예요?"

시우가 주은의 손에 간당간당하게 매달려 있는 비닐봉지를 대신 받아들며 물었다.

"네."

"나도 같이 마셔도 돼요?"

"……."

"꼭 혼자 마시고 싶은 거라면 혼자 마셔도 돼요. 그런데 전 같이 마시고 싶네요. 주은 씨랑 시간을 같이 보내고 싶거든요."

시우가 직접적으로 함께 있고 싶은 마음을 드러냈다. 그 마음이 저도 모르게 거북했다. 주은은 잘 모르는 타인을 제 선 안으로 들이는 데 익숙하지 못했다. 오랜 시간 두고 보다가 조심스럽게 자신의 사람으로 삼곤 했다. 다치고 싶지 않았다. 철없이 마음을 주었다가 가슴 아픈 일이 생길 바에는, 곁에 사람을 조금만 두고 싶었다.

그러나 그렇게 조심스러워봤자 소용없다는 걸 알아버렸다. 20년이 넘는 세월을 함께 지내온 엄마의 속내도, 몇 개월

동안 지켜본 남자의 마음도 알아채지 못하고 이렇게 뒤통수를 맞았다. 자신은 어쩌면 사람 보는 눈이 없는 걸지도 몰랐다.

그러니 상관없는 거 아닐까.

차라리 꽤 먼 타인과 시간을 보내도.

"같이 마실래요? 술이 부족하긴 하겠지만……."

주은이 시우를 보며 물었다.

"남은 술이 있어요."

"그거 마셔요."

"그게 우리 집에 있어요."

"……."

주은이 미간을 찌푸렸다.

"가지고 올까요, 아니면 조용하게 우리 집에서 마실까요?"

시우의 말에 주은이 저도 모르게 마른침을 삼켰다. 새벽에 모르는 남자의 집에서 술을 마신다. 자신은 단 한 번도 경험해본 적 없는 일이었다. 있을 수 없는 일이기도 했다.

위험해. 남자의 집에서 단둘이 술을 마시다니.

주은이 생각하다 말고 멈칫했다. 남들은 다 하는 일인데 왜 자신은 참아야 할까.

「착해서요.」

태현의 말이 불쑥 떠올랐다. 누굴 위한 착함이었을까.

"갖고 올 테니 여기 계세요. 고민하지 마요. 혹시나 해서 물어본 거니까요. 호성이가 깨는 걸 걱정할까 봐 물어본 거였어요."

시우가 돌아섰다. 주은이 저도 모르게 그의 소맷자락을 거머쥐었다. 그가 의아한 눈으로 소맷자락과 주은의 얼굴을 번갈아 보았다.

"그쪽 집에서 마셔요. 그쪽 말대로 우리 집에서 마시다가 호성이가 깨면 곤란하니까."

마음을 다잡은 주은이 차가운 목소리로 말했다.

"그래요, 그럼."

시우가 선선하게 고개를 끄덕였다. 주은이 맥주 캔이 담긴 비닐봉지를 꽉 움켜쥐었다. 머릿속으로 떠오르는 수만 가지 생각을 옆으로 밀쳐놓은 후, 시우의 뒤를 따랐다. 그의 단단한 어깨와 길게 뻗은 팔을 바라보며 그녀는 자신의 삶을 아무렇게나 던져놓기로 했다.

시우의 집은 주은의 집 바로 아래층이었다. 구조는 같았지만, 인테리어가 완전히 달라 다른 집처럼 느껴졌다. 그는 미니멀리즘을 추구하는 듯, 인테리어 자체가 심플했다. 거실엔 2인용 검은색 소파와 테이블밖에 없다. 왠지 안방에도 침대 하나만 달랑 놓여 있을 것 같았다. 다행히 식탁은 있었다.

이럴 생각은 아니었는데.

주은이 식탁 위에 놓인 것들을 바라보며 생각했다. 시우의 집엔 술이 종류별로 꽤 많았다. 맥주, 소주 같은 기본적인 술부터 난생처음 보는 와인과 양주까지 보였다. 주은의 아버지인 성태도 꽤나 주당이라 특이한 술을 많이 보유하고 있었기에 웬만한 술은 다 본 적 있다 자부하고 있었는데, 미묘한 충격이었다.

"어떤 술을 좋아하는지 몰라서요."

시우가 이토록 많은 술을 꺼내둔 이유에 대해 설명했다.

"물어보지 그랬어요. 내가 좋아하는 게 뭔지 말해주면 되는데."

"보고 고르는 게 나으니까요. 다른 것도 먹어보다 보면 맛있을 수도 있잖아요."

시우가 냉장고에서 여러 종류의 치즈를 꺼내더니 과일, 건어물을 안주로 내어왔다. 식탁이 금세 한상 가득해졌다.

"새벽에 마시기엔 과하게 차린 게 아닐까 싶네요."

"처음으로 함께하는 술자리인데, 대충 하고 싶지 않았어요."

시우가 소맷자락을 걷으며 말했다. 낮이었으면 슈트로 갈아입고 올 기세였다. 이렇게까지 자신의 앞에서 정성스럽게 움직이는 남자라니. 어떤 여자라도 빠지고 말 거다. 주은은 시우가 인기가 많은 이유를 다시 한 번 깨달았다.

"마셔요."

시우가 와인 병을 들어 주은의 빈 잔에 부어주었다. 잘 모르는 그녀가 보기에도 술을 따르는 시우의 자세는 완벽했다.

와인에 대해 제대로 교육을 받은 듯한 몸가짐이다. 그러고 보니 그의 행동은 어린 시절부터 훈련을 받은 듯 우아했다.

꽤 잘사는 집안의 자제인가.

그럴 가능성이 높았다. 평범해 보이는 이 아파트는 이 구역에서 비싼 축에 속했다.

이런 아파트를 이렇게 꾸며놓고 혼자 산다는 건 잘산다는 뜻이 된다. 그러고 보면 시우의 옷들도 모두 명품이었다.

그래서 행동에 거침이 없는 걸지도 몰랐다. 어렸을 적부터 다 가지고 산 이들은 부족함을 모르고, 갖지 못한다는 게 어떤 건지 몰랐다. 인내와 절제를 배울지언정 끝내 원하는 것을 성취하는 데 익숙해져 있었다. 태어나서부터 그렇게 교육을 받고 자라난 그들에게는 물건이나 사람이나 별다를 바 없었다. 그들은 원하는 사람들도 어떻게든 가졌다. 시우도 마찬가지인 게 아닐까.

주은은 와인을 홀짝이며 생각했다. 아무래도 상관없었다.

"와인은 입맛에 맞아요?"

그가 테이블에 기대어 물어왔다. 저를 바라보는 눈동자가 한없이 따스했다.

"맛있어요."

와인은 적당히 달았고, 또 적당히 떫었다. 주은이 딱 좋아하는 맛이었다.

"다행이네요."

시우가 가볍게 미소 지었다.

"그쪽은 안 마셔요?"

"하시우."

"……."

"그렇게 불러줘요. 편하게 시우 씨도 괜찮고, 더 편하게 시우야도 괜찮아요."

"그래요. 나보다 어리다고 했으니까 편하게 시우라고 부를게요."

"말도 편하게 놔요."

"그래."

주은이 선선히 그렇게 하겠다고 고개를 끄덕였다. 와인으로 입술을 축인 주은이 말을 이었다. 어느새 그녀의 잔이 텅 비었다.

"오늘 우리가 술자리 가졌던 건 호성이한테 비밀로 해줬으면 좋겠어."

"그럴게요. 하지만 주은 씨 통화를 들었던 일은 아직 완전히 비밀로 하겠다고 말한 적은 없어요. 기억하죠?"

시우가 주은의 빈 술잔에 와인을 부으며 물었다. 주은이 말없이 그를 바라보았다. 시우가 식탁 위를 가득 채우는 동안 맥주 두 캔을 마시고, 연달아 와인을 섞어 마신 탓인지 머리가 멍했다. 주은은 흔들리려는 제 몸에 억지로 힘을 준 채 허리를 곧게 폈다.

"어떻게 하면 비밀로 해줄 건데?"

주은이 와인잔을 입술로 가져가며 물었다.

"왜 호성이한테는 비밀로 하려고 해요?"

시우가 되레 궁금하다는 듯 물었다. 그의 눈이 빛났다.

"호성이는 죄가 없으니까."

주은이 덤덤하게 대답했다. 엄마도, 태현도 결국 자신을 이용했다는 걸 알았지만 호성은 아니었다. 동생은 죄가 없었다. 그러니 굳이 이 고통을 받게 하고 싶지 않았다.

"그래서 호성이한테 비밀로 하는 조건으로, 뭘 원해?"

"애인 자리요."

"……."

"그 자리, 다른 놈 말고 나한테 줘요."

"……."

"누구보다 잘할 테니까."

시우의 입꼬리가 야하게 말려 올라갔다. 작정하고 유혹하기로 한 양 그의 눈빛이 나른해졌다. 남자가 야할 수도 있구나. 주은은 멍한 머릿속으로 생각했다.

애인이라…….

주은이 속으로 말꼬리를 길게 늘였다. 윤정과 뒤엉켜 있던 태현의 모습이 떠올랐다. 그는 자신의 손을 잡는 것 말고는 흔한 뽀뽀조차 한 적 없었다. 그땐 그가 예의 바르고 정중하며 진중한 성격이라 그런 거라 생각했다. 실은 자신은 꺾고 싶지조차 않은 꽃이었던 거지만.

"난, 너한테 야한 꽃일까?"

주은이 멍한 눈으로 시우를 바라보며 물었다.

"야한 꽃이죠. 매순간 사람 미치게 만드는."

시우의 목소리가 한결 낮아졌다.

순간 공기가 무거워진 느낌이었다. 온몸을 누르는 무게를 느끼며 주은은 시우를 바라보았다. 아주 멀리 서서 마주 보는 것 같기도 했고, 바짝 가까이 붙어 서 있는 것 같기도 했다. 마치 오래전에 이렇게 서로를 바라보고 서 있었던 적이 있는 듯한 기분이 들었다.

그 분위기 탓일까, 입술이 제멋대로 움직였다.

"……그럼 꺾어봐, 지금 당장."

잠시 정적이 내려앉았다. 그가 말뜻을 헤아리려는 듯 미간을 좁히고 있었다.

"네가 생각하는 그거, 맞아."

주은이 차분한 얼굴로 말했다. 시우가 몸을 일으킨 것은, 그보다도 몇 초가 흐른 후였다. 그는 물이 흐르듯 자연스럽게 일어나 한 손으로 테이블을 짚었다. 다른 한 손으로 주은의 턱을 거머쥐었다. 고개가 살짝 들리자 그의 얼굴이 점점 다가오는 게 보였다. 주은은 눈도 깜빡이지 않은 채 바라보았다. 그의 눈이 나른하게 감기는 것도, 입술이 야하게 반쯤 벌어지는 것도, 그 속의 붉은 혀까지도 슬로 모션을 건 것처럼 또렷하게 보였다. 마침내 느릿하게 다가오던 입술이 닿았다.

아.

주은이 속으로 낮게 탄성했다. 방금 전 함께 마시던 와인

향이 훅 밀려들어왔다. 입술을 가르고 들어오는 혀가 부드러웠다. 술에 취한 탓인지, 현실감각이 떨어져서 그런 건지 꿈속처럼 느껴졌다.

그의 혀가 그녀의 입안을 부드럽게 훑어내렸다. 부드러운 점막을 쓸고 갈 때마다 온몸에서 오소소 소름이 돋아 올랐다. 그의 손이 그녀의 뺨을 훑어 내려와 턱선을 쓸었다. 간지러우면서 야하게 느껴졌다. 순간 아득해지는 머릿속에 한 가지 생각이 들었다.

잘하는 짓일까. 왠지 돌이킬 수 없는 선을 넘은 것 같다. 그러다 누굴 위해서 참아야 하지, 라는 의문이 들었다. 시우의 손길은 거짓말처럼 기분이 좋았고, 그는 키스도 능숙했다. 거부할 이유가 없었다.

주은이 손을 들어 그의 뒷목을 끌어당겼다. 어설프고 미미한 손짓이라 그는 조금도 당겨지지 않았다. 그녀의 입안을 모조리 훑은 그가 고개를 떼어냈다. 코끝을 스칠 거리에서 그가 주은을 바라보았다.

왜 끝내는 거지.

주은이 불안한 눈으로 그를 바라보았다. 그의 고요한 눈동자에서 못 견디겠다는 눈빛이 배어나왔다. 순간 섬뜩하면서도, 등골이 아찔해지는 이상한 느낌이 들었다. 그가 그녀를 잡아먹을 듯한 눈으로 바라보며 속삭였다.

"방금까지만 해도 키스만으로 끝낼 자신이 있었어요."

그가 그녀의 뒷목을 지분거렸다. 어디 도망치지 못하게 하려는 듯이. 손끝이 움푹 팬 목줄기를 지분거리는데, 묘한 감각에 온몸이 움찔거렸다.

"읏."

주은이 저도 모르게 나지막한 숨소리를 뱉었다.

"이젠 그럴 자신이 없네요."

그의 열띤 눈이 섬뜩하게 빛났다.

몸을 완전히 일으킨 시우가 식탁을 빙 돌아서 주은에게 다가왔다. 그가 그녀의 뒷목을 거머쥔 채 고개를 뒤로 젖혔다. 그가 허리를 숙여 주은의 입술을 파고들었다. 깊고 농밀한 키스가 오갔다. 숨이 막혀 피하려 했지만, 그는 집요하게 그녀의 혀를 탐했다. 마치 이 모든 곳이 자신의 것이라고 선언하듯이.

뒷목에서 타고 내려온 손길이 주은의 목덜미를 훑어내렸다. 간지러우면서, 야릇해지는 손길이었다.

"음."

주은이 낮게 신음했다. 그 목소리가 도화선이 된 듯 시우의 손길이 조금 더 성급해졌다. 주은은 그의 몸을 끌어안았다.

시우의 손이 그녀의 가슴을 부드럽게 움켜쥐었다. 마음 같아선 거칠게 잡고 싶은데, 그녀를 배려하기 위해 꾸역꾸역 참는 기색이 역력했다.

주은은 가슴에 시우의 손이 닿았다는 것만으로도 놀라, 시선을 떨구었다. 그의 손이 옷을 타고 흘러내려와 재킷의 단추를 끌렀다. 그는 키스를 하면서도 자유롭게 그녀의 옷을 벗겼다. 태현과 그의 부모님을 만났던 옷이 시우의 손에 의해 벗겨지는 것을 보니 기분이 묘했다. 셔츠 단추가 몇 개 풀리고 나서야 시우가 고개를 들었다. 어느새 주은의 몸은 벽에 기대어져 있었고, 시우는 무릎을 꿇고 앉아 그녀의 다리 사이에 자리를 잡고 있었다.

그가 주은의 흐트러진 모습을 똑바로 응시하며 그녀의 셔츠 단추를 풀었다.

툭, 툭.

조용한 가운데 셔츠 단추가 풀리는 소리가 적나라하게 울렸다. 술에 취했어도 민망한 건 마찬가지였기에 주은이 고개를 돌리려고 할 때였다.

"똑바로 봐요. 누가 이 단추 풀고 있는지."

"……."

"그리고 앞으로 내가 어떻게 하는지."

명령 같은 말이었다. 주은은 외면하려던 시선을 힘겹게 시우에게로 향했다.

"앗."

주은이 흠칫했다. 셔츠 단추가 완전히 풀어지기가 무섭게 그가 그녀의 브래지어를 끌어당겨 내렸다. 순식간에 환한 불빛 속에 그녀의 가슴이 완전히 노출되었다. 하얗고 부드러워 보이는 가슴이었다. 적당한 크기의 가슴은 감싸쥐기에 적합했다.

"상상했던 것보다 더 예쁘네요."

뭐? 상상?

주은이 저도 모르게 손으로 가슴을 가리려 했으나, 그의 손이 빨랐다. 그녀의 가슴이 그의 손 아래에 완전히 놓였다. 그의 손이 움직이는 대로 가슴의 모양이 변했다. 시우가 다른 한 손으로 브래지어를 좀 더 잡아끌었다.

그의 입술이 자연스럽게 그녀의 유두를 빨았다. 아픈 듯 빨아당기다가 느슨히 놓길 반복했다. 주은의 가슴이 헐떡거렸다. 한 건 아무것도 없는데 숨이 가빠졌다. 그의 혀 움직임이 적나라하게 느껴졌다. 유륜을 따라 동그랗게 훑었다가, 강하게 빨아들이는 느낌이 아찔했다.

"하아, 아!"

주은이 신음을 흘렸다. 제멋대로 허리에 힘이 들어갔다. 이유 없이 아래가 뜨거워지면서 허벅지 쪽에 힘이 들어갔다. 마치 새어나오려는 무언가를 참고 있는 느낌이었다. 주은은 이래도 되는 걸까 같은 생각은 완전히 잊어버렸다. 아무래도 상관없다는 기분뿐이었다.

시우의 입술이 그녀의 가슴골을 타고 조금씩 내려왔다. 납작한 배와 움푹 들어간 배꼽을 훑던 입술이 마침내 떨어졌다. 주은이 숨을 돌리기도 전에, 그의 손이 그녀의 스커트를 들췄다.

"읏."

주은이 흠칫했다.

"뭐 하는 거야?"

주은이 놀란 눈으로 물었다.

"뭐 하는지는 앞으로 보면 알게 되겠죠."

시우의 손이 그녀의 허벅지 안쪽을 쓰다듬었다. 주은은 다리를 오므리려 했으나, 시우의 몸에 걸려 꼼짝도 할 수 없었다. 그사이 시우의 손이 더듬거리며 안쪽을 향해 다가왔다.

"읏. 바, 방에서 해……. 여긴 너무 환해."

"그러니까 여기서 해야죠. 다 보게."

"안 돼."

주은이 고개를 가로저으며 시우의 손목을 거머쥐었다. 그가 잡힌 손목을 바라보았다.

"그거 알아요?"

시우의 눈빛이 진득하게 낮아졌다.

뭘.

주은이 속으로 물었다. 애무를 받기만 했을 뿐인데 온몸이 기진맥진했다.

"이런 게 더 자극적이라는 거."

"……."

"그치만 처음인데 곤란하게 만들면 안 되죠."

시우가 주은의 이마에 입을 맞추며 그녀를 안아 들었다. 꽤 무거울 텐데, 그는 버거워하는 기색 하나 없었다. 조용한 걸음으로 방에 들어온 그는 그녀를 침대에 눕혔다. 사락사락. 어두컴컴한 가운데 그가 옷을 벗는 소리가 들렸다. 주은이 자신도 벗어야 하는 건지 말아야 하는 건지 어물거리는 사이 그가 그녀의 위로 올라탔다.

"주은 씨는 내가 벗겨줄게요."

마치 그녀의 고민을 알고 있었다는 듯, 시우가 낮게 웃었다. 그가 이미 풀어헤쳐진 셔츠와 브래지어를 완전히 벗겼다.

툭, 툭.

바닥으로 옷가지들이 떨어지는 소리가 마치 창밖의 빗소리 같았다. 그러나 그녀의 낭만적인 생각은 얼마 가지 못했다. 낭만적이기엔, 시우의 혀와 손끝은 직설적이며 적나라했다. 그는 입으로 주은의 가슴을 핥으며, 손으로 다리 사이를 파고들었다. 귀찮은 마음에 스타킹을 신지 않은 맨다리에 오소소 소름이 돋아 올랐다.

"흡."

시우의 엄지손가락이 팬티에 닿는 순간, 주은이 움찔했다. 가슴에서 전해지는 느낌도 미칠 것 같은데, 아래까지 자극이 가해지자 머리에 안개라도 찬 듯이 뿌옇게 변했다.

스윽.

엄지손가락이 촉촉하게 물기를 머금은 중심부를 쓸었다. 서서히 속옷이 젖어들었고 시우가 흡족한 듯 낮은 웃음소리를 냈다. 어두운 가운데 울리는 시우의 웃음소리가 더욱 자극적으로 느껴졌다.

속옷 사이로 시우의 손끝이 밀려들었다.

질척.

민망한 소리에 주은이 움찔했다.

“놀라지 마요.”

시우가 그녀의 굳은 뺨에 부드럽게 입을 맞췄다.

“듣기 좋은 예쁜 소리니까.”

자잘하게 뽀뽀를 하며 그는 그녀의 귓가에도 가볍게 입을 맞추었다.

쪽.

귀에 한 뽀뽀라 그런지 유난히 그 소리가 크게 들렸다. 목덜미를 간질이는 시우의 움직임에 주은이 몽롱한 눈으로 천장을 바라보았다. 낯설고 은밀한 기분이었다.

잠시 멈춰 있던 시우의 엄지손가락이 다시 움직이기 시작했다.

질척.

그의 엄지손가락이 안쪽으로 조금 밀고 들어왔다. 고여 있던 촉촉한 샘물이 주룩 쏟아져 나왔다.

“흡.”

“부끄러워하지 말라니까요.”

시우가 귓가에 속삭이며 엄지손가락을 서서히 밀어넣었다. 허벅지와 아랫배에 잔뜩 힘이 들어갔다. 이질적인 기분이 들었다. 동시에 속이 터질 것처럼 뜨거워졌다.

푹.

그의 엄지손가락이 완전히 꿰뚫고 들어갔다.

"흡!"

주은의 몸이 움찔하며 허리에 힘이 들어갔다. 살짝 들린 그녀의 몸을 바라보며 시우가 낮은 숨을 흘렸다.

"손가락만 넣었는데 이러면 어떻게 해요, 응?"

그가 낮게 속삭이며 허리를 움직였다. 허벅지에 단단한 물건이 닿는 게 느껴졌다. 스윽, 그가 허리를 움직일 때마다 그의 물건이 그녀의 허벅지 위를 그렸다. 그러다 뜨거운 액체가 조금 닿는 느낌이 들기도 했다.

"……한…… 거야?"

주은이 몽롱한 눈으로 조심스럽게 물었다.

"뭘요?"

"……그러니까, 남자들이 마지막에 하는 거."

차마 사정이라는 말을 할 수 없었다. 잠시 주은과 몸을 밀착한 채 허리를 움직이던 시우가 낮게 웃었다.

"아아, 쿠퍼액 보고 사정한 거냐고 물은 거예요?"

"……아니야?"

주은의 눈이 흔들렸다.

"귀여워라."

"……."

"이러는 중에 귀엽기 쉽지 않은데."

시우가 혼잣말처럼 중얼거리며 몸을 곧게 세웠다. 어둠에 익숙해지자, 시우가 보였다. 그가 자신의 물건을 잡고 있었다. 사정하면 죽는다는 기본적인 상식과 다르게 그의 물건은 꼿꼿했다. 더군다나 엄청난 크기를 자랑하고 있었다.

저게 몸에 들어온다고? 아니, 원래 남자 게 저만한 크기였어?

주은이 혼란스러운 눈으로 시우를 바라보았다. 그가 자신의 물건을 잡고서 위아래로 문지르고 있었다.

"걱정하지 마요. 아직 시작도 안 했어요. 실망시키지 않을게요."

시우가 선한 얼굴로 말했다. 이런 퇴폐적인 와중에 저런 얼굴이 잘 어울렸다. 시우가 침대를 한 손으로 짚고서, 자신의 물건을 주은의 아래에 가져다 댔다. 맞닿자마자 뜨거웠다. 주은이 마른침을 삼켰다. 온몸이 바짝 긴장됐다. 그의 아래가 서서히 그녀의 안을 가르고 들어왔다.

"으, 으읏……! 하아, 아……!"

주은의 몸에 힘이 실렸다. 방금 전까지 달달하던 퍼붓던 애무의 여운이 사라졌다. 날것의 통증 앞에서 주은이 시트를 움켜쥐었다. 생각하던 것보다 훨씬 더 부담스러웠다.

푹!

"아!"

순식간에 몸을 꿰뚫고 들어왔다. 시우의 물건이 자신의 안에 들어왔다. 미묘한 통증과 함께 기분이 미묘해졌다. 잘 알지도 못하는 남자의 걸, 받아들이다니……. 허탈할 줄 알았는데 아무 생각도 들지 않았다. 오히려 미묘한 긴장감과 흥분이 온몸을 뒤덮었다.

더 해줬으면 좋겠어.

주은이 자신의 솔직한 속내를 인정했다.

"하아."

그사이 시우가 탁한 숨을 뱉었다. 주은이 시선을 내리깔아 그를 보았다. 그녀의 무릎을 잡은 그가 한쪽 눈을 찡긋거리고 있었다.

"……하, 너무 좋아."

시우가 혼잣말처럼 중얼거렸다.

"녹을 거 같아요."

시우의 말에 주은의 얼굴이 홧홧해졌다. 그가 주은의 무릎을 살짝 벌리며 허리를 천천히 움직였다. 맞닿은 아래를 바라보고 있는 시우의 시선이 느껴졌다. 자신을 완전히 다 드러낸 것 같아 민망했다.

일정한 박자에 맞춰 살끼리 맞부딪치는 소리가 안방에 울려퍼졌다. 주은이 민망함에 고개를 홱 돌렸다. 부끄러움, 민망함, 흥분이 뒤따랐다.

"아……! 아, 아아……! 흐읏!"

입술 새로 소리가 새어나왔다. 참기가 힘들었다. 그가 조금 더 빠르게 허리를 움직이기 시작했다.

"아……!"

머릿속에 남아 있던 희미한 부끄러움이 모조리 증발했다. 아랫배가 터질 것처럼 뜨거웠다. 동시에 정신을 차릴 수가 없었다. 아래에서 무언가가 팍 터져나올 것 같은 기이한 기분까지 들었다. 베개를 거머쥐고서 몸을 비트는 주은을 시우가 바라보았다.

"하아, 하……. 미치겠네."

시우가 낮고 탁한 목소리로 말했다. 그가 그녀의 몸을 안아 들었다. 그러고는 마주 보게 한 상태에서 허리를 움직였다. 주은의 시선이 아래로 향했다. 벌어진 자신의 안으로 굵은 무언가가 깊이 들어왔다 나가길 반복했다. 그에 맞춰 온몸이 들썩거렸다. 온몸이 전기에 감전된 것처럼 찌릿하면서도 아찔했다.

빠르게 움직이던 시우가 그녀의 몸을 뒤집었다. 엎드려 누운 주은이 눈을 가느스름하게 떴다. 끝이 난 건가 생각하는 순간, 아래에서 한 번에 뚫고 올라왔다.

"흡!"

주은의 몸이 부르르 떨렸다. 갑작스럽게 꽉 조이자 시우가 낮은 숨을 뱉으며 주은의 어깨에 입을 맞췄다.

이런 자세가 가능한 거야?

주은은 도저히 믿기지 않는 눈으로 앞을 바라보았다. 꿈을 꾸는 기분이었다. 그러나 꿈이라고 하기엔 지나치게 적나라하며 노골적이었다.

살끼리 맞부딪치는 소리와 함께 온몸이 찌릿거렸다. 그의 아랫배와 그녀의 엉덩이가 맞부딪쳤다. 그럴 때마다 질척거리는 소리가 함께 났다.

"하아, 하아……."

주은이 거칠게 숨을 몰아쉬었다. 시우가 그녀의 몸에 제 몸을 포갠 채, 그녀를 끌어안았다. 완전히 밀착한 상태로 그가 허리만 움직였다. 더욱 깊고 예민한 곳을 찔렀다. 주은이 어쩔 줄 몰라 하며 몸을 떨었다. 그가 그녀의 손가락에 깍지를 꼈다.

그가 더욱 빠르게 몸을 움직이기 시작했다.

"아……! 아아! 앗!"

그녀가 눈을 질끈 감았다. 점점 눈앞이 하얗게 변하기 시작했다. 검은 반점이 생겨났다가 사라지길 반복했다. 감은 눈이 파르르 떨렸다.

"으읏!"

주은의 몸에 잔뜩 힘이 들어가며 잘게 진동했다. 발끝부터 머리끝까지 강한 쾌감이 휩쓸고 지나갔다. 절정을 맞이한 주은의 몸이 확 풀어졌다.

"으흡!"

그녀를 끌어안고 있던 시우가 물건을 빼내 그녀의 엉덩이에 하얀 정액을 쏟아냈다. 주은은 움직이고 싶었으나 꼼짝도 할 수 없었다. 등의 정액도 문제였지만, 팔다리에 힘이 들어가지 않았다.

"잠시만 기다려요."

그에 비해 계속 움직인 시우는 멀쩡하게 거실을 다녀왔다. 그는 꼼꼼하게 그녀의 엉덩이를 닦아준 후, 새 휴지를 아래에 가져다 댔다.

"내가 할게!"

움찔한 주은이 그를 말리려 했으나, 그가 한결 빨랐다.

"내가 하면 되죠."

말릴 틈 없이 그녀의 아래를 다 닦은 시우가 손가락으로 그곳을 지분거렸다. 갈라진 틈으로 다시 손가락이 들어오는 걸 알아챈 주은은 도망치려 했으나, 갈 곳이 없었다. 침대 헤드에 겨우 상체를 기댄 주은이 그를 보았다.

"뭐 하는 거야?"

"제대로 닦은 건지 확인했어요. 그런데 계속 뭐가 흘러나오는 거 같네요."

"내가 할게."

"내가 해도 돼요."

"아냐."

주은이 강경하게 나오자, 시우가 어쩔 수 없다는 듯 한발 물러섰다. 그녀가 대충 뒤처리를 한 후 옷을 주워 입으려 할 때였다. 시우가 그녀의 손목을 잡아 끌어당겼다. 엉겁결에 눕혀진 주은이 시우를 바라보았다.

"……뭐 하는 거야?"

"한숨 자요. 아직 시간 많아요."

주은이 시계를 보았다. 새벽 6시 30분이다. 시우의 집에 온 지 한 시간 반이나 흘러 있었다.

"30분만 자요. 피곤하잖아요. 내가 깨워줄게요."

시우가 그녀를 끌어안고서 등을 토닥여주었다. 큰 손이 토닥이자 등 전체가 울리는 느낌이었다. 주은은 그를 밀어내야 한다는 걸 알면서도, 그러지 못했다. 자신을 위로하는 이 손을 외면할 수가 없었다.

그렇게 생각해서인지 잠이 몰려왔다. 잠시 시우의 가슴을 바라보던 주은의 눈이 스르륵 감겼다. 그녀는 밤새 뒤척인 사람답지 않게 순식간에 잠이 들었다.

⁂

눈을 뜬 주은이 주변을 둘러보았다. 낯선 침실에 홀로 남겨져 있었다. 잠시 멍하게 앞을 주시하던 주은은, 이곳이 시우의 방이라는 사실을 기억해냈다.

아, 출근.

주은이 주변을 살피다 벽에 걸린 시계를 바라보았다. 7시가 다 되어가고 있었다. 바닥에 늘어져 있는 옷을 주섬주섬 챙겨 입고서 방문을 열고 나왔다.

“시우야.”

그녀가 그의 이름을 부르며 주변을 살폈다. 그의 이름을 하루 만에 이렇게 자연스럽게 부를 수 있다는 게 조금 이상하게 느껴졌다.

공기가 서늘했다. 혹시나 하는 마음에 화장실 문까지 두드려보았으나 돌아오는 대답은 없었다. 그는 집에 없었다.

“하.”

주은이 씁쓸한 얼굴로 웃었다. 7시에 자신을 깨워주겠다고 말한 시우가 사라졌다. 원래 잘 모르는 남녀 사이에 하룻밤을 지내면 이런 걸까. 눈을 떠서 민망해할 자신을 배려해서 그런 걸지도 모른다. 그게 아니라면 급한 일이 생겼을지도 모르고. 하지만 어떻게 생각해도 씁쓸하고 허탈한 건 숨길 수 없었다.

주은이 식탁 아래 떨어져 있는 자신의 가방을 들었다. 다행히 가방 지퍼가 잘 닫혀 있어서 쏟아진 물건은 없었다. 마지막으로 휴대전화를 확인한 후, 빈집을 바라보았다.

아침에 다시 봐도 이 집은 시우와 굉장히 잘 어울렸다. 깔끔하고, 단정하며, 군더더기가 없었다. 그의 성격이 실은 이럴지도 모른다고 생각했다. 다정한 것 같지만, 실은 맺고 끊는 것이 굉장히 확실한 성격.

처음부터 시우가 자신에게 진지하게 다가오는 것이라 생각하지 않았다. 자신에게 애인이 있다는 걸 알면서 애인을 하겠다고 지원했는데, 진심인 것이 더 이상한 상황이었다. 그런데 이 집을 보니 자신의 생각이 맞았다는 걸 확인한 기분이었다.

남자들이 흔히 가지는 관심과 호감. 친구들이 가끔 말하던 '원나잇'. 그런 것이었다. 호성의 지인과 잠자리를 가진 게 마음에 조금 걸렸지만, 그녀는 금세 그 우려를 날려버렸다. 이미 지나가버린 일을 걱정해봤자 소용없었다. 지금은 누군가를 염두에 둘 정신도 아니기도 했다.

"차라리 잘됐지."

주은이 자그마한 목소리로 중얼거렸다. 눈을 떠서 서로 민망해하며 어떤 말을 해야 할지 고민하는 것보단 이편이 훨씬 낫다. 다음에 볼 때 어떻게 해야 할지는 다음에 고민하면 되니까. 주은이 걱정거리와 씁쓸함을 억지로 털어냈다.

그녀는 자신이 이 집에 있었던 흔적을 지운 채 뒤도 돌아보지 않고 집을 떠났다.

달칵.

시우가 조용히 문을 열고 들어왔다. 그에 비해 신발을 벗는 그의 동작은 급했다. 원래 계획은 주은이 자는 걸 보고 편의점에 들러 간단히 요깃거리를 사 올 생각이었다. 그러나 주은이 잠든 모습을 지켜보다가 자신도 잠시 잠에 빠졌고, 눈을 떴을 땐 이미 10분이 흐른 후였다. 그는 그녀가 깨지 않도록 조용히 방을 벗어나 옷을 챙겨 입은 후, 서둘러 편의점을 다녀왔다.

주은이 지쳐 있던 게 생각나, 인스턴트이긴 하지만 따뜻한 국이라도 챙겨 먹여 보낼 생각이었다. 새벽녘, 부는 바람에 부서져서 사라질 것 같던 주은의 여린 몸이 자꾸만 신경 쓰였다.

시우는 침실 문을 열었다.

"주은 씨."

그가 그녀를 찾다 말고 멈칫했다. 이부자락이 반듯하게 펴져 있었다. 누워 있어야 할 사람이 사라지고 없었다. 옷가지가 너저분하게 널려 있어야 할 바닥도 말끔했다. 순간 섬뜩한 기분이 뒤통수를 훑고 지나갔다. 그의 눈빛이 짙어졌다.

"주은 씨."

시우의 목소리가 한결 낮아졌다. 화장실 문을 두드렸다. 물소리를 비롯해 어떤 기척도 들리지 않았다. 그의 시선이 마지막으로 현관에 닿았다. 지금 보니 주은의 신발이 없었다.

"하."

시우의 입술 사이로 허탈한 웃음이 새어나왔다. 그는 혹시나 하는 마음에 휴대전화를 꺼내 들었다. 주은에게 전화를 걸려다 얼굴을 찌푸렸다. 자신은 주은의 번호를 알고 있지만, 주은은 자신이 그녀의 번호를 갖고 있다는 사실을 모른다. 지금 전화하면 이상한 의심만 받을지도 모른다.

시우는 혹시나 하는 마음에 침대, 협탁, 식탁 위까지 살폈지만 그 흔한 메모 한 장 없었다. 마치 자신을 싹 잊어주길 바란 것처럼, 사라졌다.

탁!

그는 들고 있던 편의점 비닐봉지를 식탁 위로 아무렇게나 던졌다. 어제 먹다 남은 안주거리와 술병들이 자잘하게 부딪치며 사나운 소리를 냈다. 소파에 털썩 주저앉은 시우가 손바닥으로 제 얼굴을 덮었다.

"가버렸네……."

이제 조금 잡았나 생각했는데, 연기처럼 사라졌다. 잠시 그러고 있던 시우가 느릿하게 눈을 떴다. 그의 시선이 천장을 더듬었다.

아마 주은은 방에 있을 거다. 지금쯤이면 급하게 출근 준비를 하고 있을 거다. 안 좋은 일이 있어도 무조건 출근하고도 남을 여자니까.

그의 고개가 삐딱하게 기울었다.

이렇게 놓칠 거면 잡을 생각도 하지 않았다.

주은의 방이 있을 위치의 천장을 바라보는 시우의 눈이 미묘하게 빛났다.

"누나, 출근해?"

현관에서 신발을 신던 주은이 지그시 눈을 감았다. 여러 가지 이유로 호성을 보고 싶지 않았던 터였다. 그래서 조용히 출근 준비를 하고 나서던 중이었는데, 마지막에 맞닥뜨렸다. 그녀가 내색하지 않고 고개를 들었다. 이제 막 일어났는지 호성의 머리가 이리저리 뻗쳐 있었다.

"응. 이제 출근하려고."

"어제 본가에서 잔다더니 집엔 언제 왔어?"

"같은 옷을 입고 출근할 수가 없어서 갈아입으러 잠시 들렀어."

"아, 그래?"

고개를 주억거리며 말하던 호성이 갑자기 환하게 웃었다.

그러더니 커다란 키에 맞지 않게 아기처럼 달려와 주은을 와락 껴안았다.

"……뭐 하는 거야?"

주은이 굳은 얼굴로 물었다.

"뭐 하긴. 잘 다녀오라고 포옹해주는 거지."

"네가 언제부터 이랬다고."

주은은 웃고 싶었으나, 마음처럼 웃어지지가 않았다. 호성에게 죄가 없다는 걸 알지만, 자신이 희생해야 했던 이유의 전부가 호성이라는 걸 알고 나서부터 마음이 불편했다.

"누나 얼굴이 안 좋아 보여서."

"……."

"다 잘될 거야, 누나. 괜찮아. 앞으로 내가 잘돼서 누나한테 용돈도 주고, 맛있는 것도 사주고, 멋진 신랑도 소개를 해주…… 아, 태현 형이 있구나. 하여튼 누나가 원하는 건 다 해줄 테니까 걱정하지 말라고."

"……."

"누나가 웃어야 내가 웃고 다니지. 안 그래?"

호성이 몸을 흔들며 애교를 부렸다. 주은이 입술을 사리물었다. 이유를 알 수 없는 울컥거림이 계속해서 치밀어 올랐다. 이 말을 먼저 듣고 엄마의 이야기를 들었더라면 덜 아팠을까. 그랬다면 오늘 새벽 일 같은 짓은 하지 않았을까. 모르겠다.

주은이 울 것 같은 얼굴로 미간을 찌푸렸다.

"대답 안 해?"

호성이 마치 오빠라도 되는 양 채근하듯 물었다.

"……그래."

"그래. 오늘도 파이팅!"

호성이 채 떠지지도 않은 눈에 억지로 힘을 주며 말했다.

"응."

주은이 작게 대답하며 고개를 주억거렸다. 호성의 배웅을 받으면서 나온 주은은 일부러 비상구 계단으로 내려갔다. 두어 층 내려가던 주은은 그 자리에 우뚝 멈춰 서서 창밖을 바라보았다. 탁 트인 창문 너머로 새파란 하늘이 보였다. 금세 눈이 시렸다. 눈을 가느스름하게 뜬 주은은 느릿하게 흘러가는 구름을 바라보았다.

원나잇이라는 걸 해도 세상은 무너지거나 흔들리지 않았다. 의외로 이 세상은 견고하게 만들어졌을지도 모른다. 견고하지 않은 것은 자신의 마음, 그 하나뿐이었다. 착하게 살면 복을 받고 행복해질 수 있을 거라는 터무니없는 주문에 걸려 있던 마음은 허무하리만큼 쉽게 무너져내렸다.

시선을 내리깔자 잠시 눈앞으로 빛들이 점멸했다. 이윽고 초점이 잡혔다. 비상구 바닥 위로 엄마, 아버지, 태현, 호성, 그리고 시우의 얼굴이 흘러갔다. 그들은 그들 나름대로 자신을 사랑한 건지도 모른다. 다만, 본인들을 더 사랑했을 뿐이다.

주은이 시선을 계단 아래로 돌렸다.

그녀도 그 사랑에 동참하기로 했다.

세상 그 무엇보다 자신을 우선으로 두는 사랑, 스스로를 지킬 줄 아는 이기적이고도 올바른 사랑. 그러기 위해선 타인을 조금 이용할 줄도 아는 그런 사랑.

그녀가 건조한 얼굴로 계단을 밟아 내려갔다.

⁂

"오늘 분위기가 좀 다른 거 같아."

선유가 화장실 거울을 통해 주은을 바라보다 조심스럽게 말했다. 주은은 원래 고요하고 조용한 성격의 소유자였다. 선이 고운 외모와 어우러져 동양화처럼 조신하고 우아한 느낌을 자아냈다. 아무 말 없이 바라보기만 해도 그윽한 시선처럼 느껴졌다. 어렸을 때부터 혼혈 같다는 소리를 듣고 자란 선유는 그런 주은의 외모와 분위기를 부러워했다.

가만히 있어도 은은한 빛을 발하는 사람이라니.

거기다가 주은은 성격이 좋은 편이라 선유의 말에 대부분 웃어주곤 했다. 주은의 미소가 좋아서 선유는 더욱 장난스럽게 그녀에게 말을 붙이곤 했다. 선유를 받아주기만 하던 주은도 어느샌가 그녀에게 먼저 말을 붙이는 때가 늘어났다. 그러다 두 사람은 꽤 가까운 사이가 되었다.

선유는 주은을 유심히 바라보았기에 그녀에 대해 잘 안다고 자부하고 있었다. 그런데 오늘 주은은 낯선 얼굴을 하고 있다.

"제가 어떤데요?"

주은이 거울을 통해 선유를 바라보며 물었다.

"그게…… 음."

선유가 진지한 얼굴로 미간을 찌푸렸다. 굳이 설명해야 한다면 맑은 느낌의 수묵화가 묵직한 질감으로 덧발린 느낌이었다. 주은인 것 같으면서도, 주은 같지가 않았다.

"잠시 실례할게요."

등 뒤에서 들리는 목소리에 두 사람의 시선이 한곳을 향했다. 긴 생머리를 높게 묶고 있는 윤정이 도도하게 서 있었다. 점심식사를 마친 후, 들른 모양이었다. 선유는 당연히 주은이 먼저 비켜설 거라 생각했다. 그녀는 조용히, 그리고 솔선수범해서 타인을 배려했으니까. 그건 자신이 해야 할 일이 있어도 마찬가지였다. 그러나 주은은 거울을 통해 윤정을 물끄러미 바라보고만 있었다.

"죄송한데, 제가 쓰는 중이라서요."

주은이 말을 하며 세면대의 물을 틀었다. 선유가 놀란 눈으로 주은을 바라보다 한 걸음 물러섰다.

"여기 쓰세요."

"고마워요."

윤정이 주은의 뒤통수에 시선을 둔 채, 입으로만 선유에게 감사의 인사를 전했다. 또각. 날카로운 하이힐 소리가 조용한 화장실을 울렸다. 윤정이 주은의 옆에 서서 손을 씻었다.

그녀의 시선이 주은을 향해 있었다.

"여긴 배려가 없나 봐요."

윤정의 말에 주은이 느릿하게 고개를 들었다.

"그러게요. 배려가 없는 것 같네요."

주은이 입꼬리를 미미하게 올리며 말했다. 그녀에게서 반격이 돌아올 거라 예상치 못한 듯 윤정의 입매가 잠시 굳었다.

하긴 독이 오를 때도 되긴 했지.

생각을 하던 윤정이 부드럽게 웃었다. 좋아하는 남자를 빼앗은 여자를 보며 놀라는 것도 한두 번일 거다. 구석으로 몰린 쥐도 무는 법이라는데, 이렇게 히스테리를 부릴 만했다. 그래도 맹하기만 한 줄 알았는데, 이런 반격도 할 줄 아네.

윤정이 속으로 빈정거렸다. 그녀는 이런 여자를 보면 괴롭히고 싶은 마음이 솟아올랐다.

고요한 척, 청순한 척, 얌전한 척.

자신의 아버지가 입이 닳도록 말한, '여자라면 무릇 이래야지.'라는 여자의 표본. 자신은 다시 태어나지 않는 이상 되기 힘든 분위기를 뿜어내는 여자였다.

"얌전한 줄 알았는데, 내가 주은 씨에 대해 잘못 알았나 봐요."

"그런가요."

주은이 조용한 목소리로 대답하자 윤정이 피식 웃었다. 선유가 조마조마한 얼굴로 두 사람을 번갈아 보았다.

“하긴 잘못 안 게 한두 가지는 아니겠죠. 그때 하도 당차게 말해서 본인 말대로 할 줄 알았거든요. 그래도 자존심은 있을 줄 알았는데……. 하긴, 자존심보다 중요한 것들이 많으니까. 그렇죠?”

주제가 태현으로 흐르자 주은의 얼굴이 굳었다. 윤정은 돌처럼 뻣뻣한 그 얼굴이 마음에 든 듯 흡족하게 웃었다. 그녀가 주은의 얼굴을 미술품 감상하듯 빤히 바라보다 스쳐 지나갔다. 화장실에 들어오던 몇몇 여직원들의 시선이 주은과 멀어지는 윤정에게 닿았다. 두 사람이 아는 사이라는 게 의외라는 얼굴이었다.

“주은 씨.”

선유가 놀란 얼굴로 그녀를 불렀다.

“네.”

주은이 무표정한 얼굴로 대답했다. 아직 그녀는 감정을 갈무리하지 못한 듯 얼굴이 잔뜩 굳어 있었다.

“윤정 대리는……. 후우, 안 되겠다. 잠시만 나 따라와. 오늘 이야기하려고 했는데, 빨리 해주는 게 낫겠다.”

주은의 손을 잡은 선유가 사무실 회의실로 끌고 들어와 문을 잠갔다. 그러고도 마음이 편치 않은지 잠긴 문을 두어 번 흔들었다. 다 확인한 뒤에야 선유는 고개를 숙여 책상 아래를 바라보았다.

“여기 사람 있는 거 아니지? 드라마 보면 가끔 이런 데도 사람 있고 그러더라. 볼펜 줍는 타이밍이라든가.”

“무슨 말을 하려고 그러세요.”

“후우, 지금부터 내가 하는 말 기분 나쁘게 듣지 마. 내가 주은 씨 얼마나 아끼는지 알잖아. 응?”

“잘 알아요.”

주은이 걱정 말라는 듯 고개를 끄덕였다. 그러자 선유가 긴 한숨을 내쉬었다.

“그래. 주은 씨가 윤정 대리랑 무슨 사이인지는 난 몰라. 물을 생각도 없어. 주은 씨 성격에 미주알고주알 이야기할 사람은 아니니까. 어쨌든 안 좋은 사이라는 것 정도는 알겠어. 그치만 윤정 대리랑 부딪치는 부분은 조심해야 해. 나도 어쩌다가 건너들어 알게 된 건데, 윤정 대리 알고 보니 전무님 조카라더라.”

“…….”

“무려 전무님이야. 우리는 지나가다가 고개 조아리기 바쁜 그 전무님. 정년? 그래. 정년 얼마 안 남았으니 끈 떨어졌다고 볼 수도 있지. 근데 전무님 집안이 어떤 곳인지 알지? 고로 윤정 대리도 막강한 집안의 딸이라는 소리야. 그런 사람한테 찍혀서 좋을 거 없다고.”

“…….”

“그리고 전에도 말한 거 같은데, 윤정 대리랑 교제하는 사람 누군지 알지?”

선유의 말에 주은의 미간이 좁아졌다.

설마.

주은은 생각하면서도 아니길 바랐다.

“표정 보아하니 짚이는 데가 있는 얼굴이네. 지금 주은 씨가 생각하는 사람 맞을 거야. 우리 팀장님.”

“…….”

“보아하니 두 사람 교제한 지 꽤 됐다고 소문났더라. 나는 소문인 줄 알았는데, 두 사람이 주말에 호텔에서 같이 식사하는 거 본 사람이 있대. 주말에 팀도 다른 미혼 남녀가 호텔 식당에서 밥 먹을 일이 뭐가 있겠어? 미팅? 누가 주말 저녁에 미팅을 해? 그리고 왜 하고많은 식당 중에서 호텔 식당이겠어? 벌써 그렇고 그렇다는 소문이 파다해. 기분 나쁘고 아니꼽지만 회사생활이 원래 더러운 거라는 거 알잖아.”

빠르게 말을 잇던 선유가 낮은 한숨을 내쉬며 마지막엔 달래듯 덧붙였다. 주은은 선유가 무슨 말을 하고 싶어 하는지 단번에 이해했다. 윤정과 부딪쳐봤자 그녀의 손해라는 것이다. 주은의 얼굴이 미미하게 굳었다.

“기분 나쁘지? 그래. 기분 나쁜 게 맞지. 그런데 윤정 대리는 되도록 건드리지 마. 지금은 대리로 있겠지만 나중에 빠르게 승진할 거야. 괜히 트집잡혀서 괴롭힘 당하면 괴로운 건 우리라고. 후우, 더럽긴 해도 어쩌겠어. 원래 회사생활이 정글보다 더 괴로운 곳인걸.”

선유의 짐작과 달리 주은의 기분이 가라앉은 건 다른 이야기였다.

“태현 팀장님이랑 윤정 대리가 교제한다는 소문이 회사에 파다하게 났다고 했죠……?"

"응."

선유가 힘차게 고개를 끄덕였다. 주은이 조금 늦게 "아, 그렇군요."라고 허탈한 목소리로 대답했다. 주은이 알아듣는 기색을 보이자 선유가 안심한 듯 후우 하고 긴 한숨을 내쉬었다.

"이야기해주셔서 감사해요. 조심하도록 할게요."

주은의 대답에 선유가 고개를 끄덕였다. 선유가 먼저 회의실 문을 열고 나간 후, 홀로 남은 주은은 하얗게 굳어 있었다. 자리로 돌아간 주은은 무심코 고개를 돌리다 거울에 비친 제 얼굴을 보았다. 본래 하얀 피부였는데 오늘은 더욱 창백해 보였다. 얼굴의 핏기를 누군가가 다 빼앗아간 것처럼.

그러나 그보다 더 눈길이 가는 건 자신의 침착한 눈동자였다. 낯설었다. 아주 조금 무서운 기분마저 들었다. 주은은 조용히 시선을 내리깔았다. 마치 이런 자신은 보고 싶지 않다는 듯이.

자리에 앉은 주은은 잠시 시간이 남아 모니터를 물끄러미 바라보았다. 시선을 던져둔 채 의식은 저 밑바닥으로 가라앉았다.

마음이 고요해지자 가장 먼저 든 생각은, 태현과 깔끔하게 헤어져야 하는 게 아닌가 하는 거였다. 애정으로 엮인 관계는 아니었으나, 어쨌든 사귀는 사이였으니 명확한 입장 정리가 필요했다. 자신의 결정이 가족들에게 피해를 주더라도 더는 자신의 삶을 무의미하게 희생하고 싶지 않았다. 삶이 고달파지겠지만, 그로 인해 가족들에게서 지탄을 받게 되겠지만, 그편이 나으리라 생각했다.

깔끔하게 정리하고, 새롭게 살자.

아침의 독한 마음이 수그러들었다. 그런 주은의 마음이 바뀐 것은 점심시간이 조금 지나, 호성에게서 문자가 온 이후였다.

[누나 괜찮음?]

주은이 고민하다 답장했다.

[응. 왜?]

[그냥 누나 표정이 안 좋았던 게 자꾸 걸려서. 계속 생각나더라고.]

그 문자에 그녀의 마음이 아주 조금 흔들렸다. 황량한 바람이 몰아치던 가슴에 조금은 따뜻한 바람이 부는 기분이었다. 이렇게 자신을 계속 신경 써주는 가족이 있었다. 어쩌면 아버지도 보이지 않는 곳에서 자신을 신경 쓰고 있을지도 모른다는 생각이 들었다.

자신이 엄마의 통화를 잘못 들은 것이 아닐까, 자신이 오해한 게 아닐까, 차라리 그랬으면…….

[괜찮아. 어디야? 점심은?]

주은이 이전보다 가벼운 손놀림으로 문자를 보냈다.

[엄마랑 고기 먹으러 왔다가 방금 헤어짐. 내 여자친구랑

같이.]

주은이 잠시 멍한 얼굴로 휴대전화 액정을 바라보았다. 잠시 그녀의 눈빛이 흐려졌다. 아무 말 없이 액정만 보고 있자, 호성에게서 한 통의 문자가 잇따라 도착했다.

[오늘 저녁은 내가 쏘겠음. 엄마가 용돈 50만 원 줌. 엄마가 오늘 만난 거 비밀이랬으니, 쉿.]

그 문자를 보는데 주은의 한쪽 입술이 비틀렸다. 팍팍하게 메말라버린 가슴 한쪽에 피어난 희망이 무참히 짓밟혔다. 조용히 몸을 일으킨 주은이 화장실로 자리를 옮겨 엄마에게 전화를 걸었다.

– 응. 주은아.

다정한 목소리엔 힘이 없었다.

"……어디세요?"

주은이 질문을 하며 휴대전화를 꽉 움켜쥐었다. 그녀가 사실대로 말해주길 바랐다. 호성과 만났노라고, 그에게 용돈을 주었노라 그러면 자신이 들었던 통화 내용을 조금은 잊을 수 있을 것 같았다.

– 그냥 집에 있었지.

"아, 그래요? 뭐라도 챙겨 드시죠."

– 먹었어. 밥에 찬물 말아서.

그녀가 불쌍한 목소리를 냈다.

"……그래요?"

주은의 대답이 한 박자 늦어졌다. 그녀의 얼굴이 굳었다.

– 넌 어디니?

"회사예요."

– 고생이 많겠네.

"엄마, 오늘 용돈 20만 원 보낼게요."

주은이 창백한 얼굴로 말했다. 말을 하면서도 설마 하는 마음이었다. 설마.

– 어휴, 뭐 그런 걸 보내! 괜찮아. 너나 써.

"아니에요. 친구들이랑 같이 맛있는 거 드세요."

– 어휴, 괜찮은데……. 안 그래도 사실 계모임에서 내가 밥값 낼 차례가 됐는데, 알다시피 집안 사정이 좀 그래서 고민하고 있던 차였거든. 돈 잘 버는 딸을 둬서 덕분에 엄마가 어깨 펴겠구나.

"……."

– 고마워, 우리 딸.

목이 멘 주은이 입술을 꽉 다물었다. 머릿속으로 많은 기억들이 스쳐 지나갔다. 그러고 보면 엄마의 말과 호성의 말이 달랐던 적이 수도 없이 많았다. 호성의 방에 놓여 있던 새 노트북을 보고 뭐냐고 물으면, 엄마는 고장이 나서 새로 사 줬다고 대답했다. 이후에 호성의 말은 달랐다.

「엄마가 컴퓨터 낡았다고 그냥 사주던데.」

수십 켤레의 고급 운동화, 한 해에 한 번씩 바뀌던 노트북,

그 작은 차별들을 그녀는 서러워할 수 없었다.

「누나는 양보해야지. 그래야 착하지.」

그 말에 철저하게 길들여졌으니까. 그 말에 숨겨진 거짓을 모르는 척해야 했다. 무의식중에 알고 싶지 않았던 걸지도 모른다. 모르는 척하면 자신의 삶은 무난하게 유지되었으니까. 그래서…… 자신은 귀를 막고, 눈을 감았다. 차별이 아니라 자신이 양보한 거라 생각했다. 자신은 엄마의 사랑을 듬뿍 받고 자란 아이라 여겼다.

주은의 턱 끝이 파르르 떨렸다.

실은 이용당했는데.

"엄마."

그녀가 창백한 얼굴로 엄마를 불렀다.

– 응?

"난…… 엄마를 닮은 거 맞죠?"

주은이 떨리는 목소리를 억지로 참으며 물었다. 그녀는 필사적으로 그 질문에 매달렸다. 거짓말이라도 좋으니 '그럼.'이라고 대답하기를. 그러면 자신의 처절한 상황을 조금은 더 모르는 척할 수 있을 것 같았다. 그러다 보면 용서할 수도 있지 않을까. 자신이 더 잘하면 엄마가 자신을 사랑하게 되지 않을까.

– 어머, 얘는. 넌 네 아버지를 쏙 빼닮았지.

"……."

– 날 닮은 건 호성이지.

"……."

– 얘는. 말이 되는 소리를 해야지.

손에서 힘이 빠졌다. 하마터면 전화기를 떨어뜨릴 뻔했다. 가까스로 휴대전화를 움켜쥔 주은은 잠시 숨을 참았다. 안 그러면 울음 섞인 한숨이 터져나갈 것 같았다.

엄마의 목소리에 깔린 희미한 거부감과 경계가 강하게 느껴졌다. 감정이 쏟아져서 더는 서러울 일이 없을 것 같았는데, 서러워졌다. 찢어진 가슴 안으로 찬바람이 새어 들어왔다. 무슨 말이라도 해야 할 것 같아 입술을 달싹이던 주은은 입을 꾹 다물었다. 아무 말도 할 수가 없었다. 말들이 뭉쳐져서 목을 아프게 눌렀다.

– 주은아. 주은아?

엄마의 부름에도 주은은 아무런 대답을 하지 못했다. "전화가 왜 이래?"라는 선숙의 말을 끝으로 통화가 끊겼다. 주은은 뒤늦게 '일이 있어서 끊었어요.'라는 문자를 보낸 후, 시선을 내리깔았다. 얼마 지나지 않아 답장이 왔다.

[그래. 알았어. 용돈 고마워. 수고해.]

무슨 일인지 조금도 궁금하지 않은 듯했다. 주은이 보낸 용돈에만 관심이 있는 듯했다.

울고 싶은데 더 이상 눈물조차 나오지 않았다. 거울에 비친 메마른 제 얼굴을 들여다보며 주은은 눈을 내리깔았다.

머릿속이 차갑게 굳자, 뾰족한 얼음 같은 생각이 치솟아 올랐다.

어떻게 해야 이 고통을 되돌려줄 수 있을까.

그녀의 눈빛이 서늘하게 얼어붙었다. 잠시 고민을 하던 주은이 고개를 들었다. 생각을 마친 그녀의 얼굴은 결정을 내린 듯, 차갑게 굳었다.

주은은 자신이 내민 서류를 읽고 있는 태현을 물끄러미 바라보았다. 예상보다 마음이 평온해서, 이상했다.

"왜 그렇게 쳐다봅니까?"

태현이 결재서류에 도장을 찍어 주은에게 돌려주며 물었다.

"결재서류를 기다리고 있었어요."

"아아, 내 얼굴을 보면서?"

태현이 입꼬리를 당기며 웃었다. 정중하고 예의 바른 미소와는 어울리지 않는 삐딱한 말투였다. 주은은 무심한 눈으로 태현을 바라보았다.

"왜 비슷한 사람을 만나지 않았어요?"

그녀가 결재철을 받아 옆구리에 챙기며 물었다. 마치 오늘 점심이 맛있었냐는 말투라, 태현은 잠시 그 말의 의미를 파악하느라 고민해야 했다. 그러다 그녀의 질문이 '비슷한 사람 만나서 결혼하지 그랬니.'라는 뜻이라는 걸 알았다. 꽤 갑작스러운 질문이라 태현은 의아한 표정으로 그녀를 바라보았다.

"부모님이 저를 많이 좋아하신다고 하더라도, 마음만 먹으면 저 같은 이미지의 잘 맞는 여자를 충분히 찾을 수 있었을 텐데요."

"잘 맞는 여자라는 건 어떤 여자를 말하는 거야?"

태현이 말을 툭 놓으며, 의자 등받이에 몸을 파묻었다.

"말 그대로 잘 맞는 여자요. 태현 씨의 생각과 추구하는 결혼생활이 아주 잘 맞는 여자요. 굳이 자세한 설명을 하자면 쇼윈도 부부 생활을 잘하는 여자 말이에요."

"아아. 그러게."

태현이 의자 팔걸이에 팔꿈치를 댔다. 그러고는 느릿하게 턱을 괴었다. 생각에 잠긴 반듯한 얼굴이 누군가가 그린 듯 우아했다. 지금의 자세만 본다면 깊은 경영 고민에 빠진 젊은 CEO 같았다.

"굳이 찾기 귀찮으니까. 곁에 있는데 왜 찾아야 하지?"

마침내 태현이 대답했다. 대답조차도 굉장히 이기적이었다. 나오려는 쓴웃음을 참으며 주은이 그를 바라보았다.

"더 제대로 된 여자가 있을 수도 있잖아요."

"제대로 찾았다고 하더라도, 안심할 수 없고 말이야."

"……."

"그리고 그런 여자들이 보통 사고를 잘 치더라고. 위험하잖아."

태현의 말에 주은이 입술을 말아올렸다. 어울리지 않는 상황에서 짓는 미소라, 태현의 눈이 가느스름해졌다.

"왜 웃지?"

"저는 안전해 보였나 봐요."

주은이 조금 더 웃으며 물었다. 순간, 잠시 오늘 새벽에 있었던 일을 말해버릴까 고민했다.

오늘 새벽, 낯선 남자의 베개에 얼굴을 처박고 울듯이 신음을 뱉었다고. 도덕적이지 않은 일을 하면 세상이 무너질 줄 알았는데, 의외로 멀쩡해서 허무할 정도였다고. 오히려 시간이 지날수록 가뿐함을 느껴서 기분이 좋기까지 하다고. 착하다는 무거운 족쇄를 버리자 새로운 세상이 열린 것 같아서 평온함까지 느낀다고. 이제 브레이크가 사라져버려 자신이 어느 방향으로 어떻게 달려 나갈지 모르겠다고.

그 모든 말을 하면 이 남자는 어떤 표정을 지을까. 고심하며 골랐던 얌전하고 안전한 여자가 실은 가장 위험한 여자였다는 걸 알고도 우월감에 찬 표정을 지을 수 있을까.

하지만 주은은 얌전한 미소를 지으며 입을 꾹 다물었다. 아직은 일렀다. 조금 더 명확한 방향이 잡히기 전까지는 주변을 혼란스럽게 만들고 싶지 않았다. 변화는 천천히 일어나는 것이 좋다. 자신이 다치지 않을 정도로.

"오늘 저녁에 시간 있어요?"

"오늘 저녁엔……."

"윤정 씨와 저녁 약속이 있더라도 꼭 뵈었으면 해요. 정 곤란하면 잠깐 차라도 괜찮아요. 꼭 하고 싶은 말도 있고요."

주은이 태현의 말을 자르고서 제 말을 했다. 이런 일은 처음이라 태현의 표정이 미묘해졌다.

"좋아."

"나중에 뵙죠."

자신을 묘한 눈으로 바라보고 있는 태현에게, 주은이 미소를 지어 보였다.

주은이 엘리베이터에 올라탔다. 퇴근시각이라 엘리베이터는 만원이었다. 구석에 몰린 주은이 얼굴을 찌푸렸다. 숨을 편히 쉴 수 없을 정도로 빽빽한 엘리베이터는 오랜만이었다.

엘리베이터가 1층에 멈춰 서자 사람들이 우르르 내렸다. 엘리베이터가 지하 3층에 도달했을 땐 주은을 포함해 네 사람밖에 없었다. 대부분 지하 1층과 2층에 주차를 해놓기 때문에, 지하 3층으로 내려갈 일은 거의 없었다.

「그럼 같이 퇴근할까?」

태현이 돌아서는 그녀의 등에 대고 물었다. 낮은 목소리였다. 그러나 목소리의 깊이와 다르게 그 안에 깃든 것이 장난이라는 걸 알아챘다. 이전의 자신이었다면 치욕스러움을 견디지 못했을 거다. 울음을 참기 위해 주먹을 움켜쥐거나 어금니를 깨물었어야 했을 거다. 그러다 못 견디겠으면 화장실이나 혼자 있을 곳을 찾아 회사 안을 뱅뱅 돌았을 거다.

「퇴근만이라도 편하게 하고 싶네요.」

주은은 뭐 그런 말을 하냐는 듯 웃었다. 이상하게 그의 이런 태도가 더 이상은 상처가 되지 않았다. 모든 게 연기 같고 쇼같이 느껴졌다. 등에 와 닿는 태현의 시선이 집요하다는 걸 느꼈으나, 그녀는 개의치 않았다.

퇴근시각이 되어서야 태현에게서 문자가 왔다.

[차로 와. 지하주차장 3층에 있어.]

지하주차장의 습한 공기가 피부에 닿았다. 환기 시스템을 가동시킨다고 하더라도, 지하 특유의 습기까진 제거할 수 없었다. 주변을 둘러보던 주은의 눈에 익숙한 차가 들어왔다. 튀지 않으면서도, 팀장이란 직급이 타기에 가장 최고급의 기종.

똑똑.

문을 두드리자 달칵, 차 문이 열리는 소리가 들렸다. 차 문을 연 주은의 눈에 통화 중인 태현이 들어왔다.

"약속이 있어. 밤에 집으로 와."

그의 말이 들렸다. 주은이 무의식중에 행동을 조심스럽게 했다. 타인의 통화를 방해해선 안 된다는 배려가 몸에 밴 탓이다.

휴대전화 너머에서 여자의 목소리가 흘러나왔다. 주은의

시선이 무심코 휴대전화에 닿았다. 누군지 알 것 같았다. 끝이 살짝 가늘어지는 목소리, 톡톡 쏘는 말투. 윤정이었다.

그가 주은에게 시선을 흘깃 흘렸다. 눈이 마주쳤다. 그의 미소가 짙어진 것 같았다. 그가 그녀 쪽으로 몸을 기울였다. 그의 얼굴이 점점 더 가까워졌다.

밀쳐야 하나, 두고 봐야 하나 고민하며 주은이 미간을 좁힐 때였다. 그의 손이 안전벨트를 잡아당겨 꽂았다. 그에게서 훅하고 시원한 향기가 났다. 그녀가 좋아하던 향수 냄새였다.

"알았어. 조심히 와."

그가 주은에게 시선을 두고서 말했다. 그녀는 그런 그를 물끄러미 바라보았다.

처음 태현이 이런 못된 행동을 했을 때, 그녀는 현실을 부인했다. 그럴 리 없을 거라고 생각했다. 이후엔 그가 쇼윈도 부부를 원해서 자신에게 일부러 이렇게 대한다고 생각했다. 미리 이런 상황에 익숙해지라는 가혹한 훈련이라 여겼다.

그러나 모든 감정이 다 빠져나간 지금은 그가 이 상황을 굉장히 즐긴다는 게 눈에 보였다. 고양이가 쥐를 가지고 놀며 쥐의 곤란함과 필사적인 탈출을 재미있어하듯, 그 또한 그러했다. 자신을 손아귀에 놓고서 떨어뜨릴 듯 말 듯하며 그녀가 괴로워하는 걸 좋아하고 있었다. 그것도 모른 채 자신은 그의 손아귀에서 열심히 놀아났다.

쓴웃음이 나오려다 말았다. 정신을 차리고 나니, 제가 처한 상황은, 참 가혹했다. 자신을 팔아치우려는 엄마, 자신을 괴롭히며 가지고 놀려 하는 애인이라는 남자, 처참하게 무너져가는 그녀의 집안, 아무것도 모른 채 편하게 지내고 있는 호성.

처음으로 복수가 하고 싶어졌다. 모든 걸 부수고 망가뜨려 돌이킬 수 없는 지경에까지 달하고 싶었다. 단 한 번도 마주한 적 없던 깊은 곳의 새까만 어둠이 고개를 치켜들었다. 그러나 주은은 얌전한 얼굴로 그 욕구를 조용히 내리눌렀다.

아직 자신은 아무것도 결정한 게 없었다.

"어디로 갈까?"

통화를 마친 태현이 물었다.

"윤정 씨예요?"

주은이 고요한 눈으로 물었다.

"묻지 않는 편이 좋지 않아?"

묻지 않는 편이 좋았었다. 자신이 상처받았을 때에는 말이다. 묻지 않는 것이 자존심을 지키는 방법이라 여겼다. 그러나 지금은 자존심이 상하지 않았다. 애정이 사라진 관계에서 자신이 다칠 이유는 없었다.

"알아두면 좋으니까요. 쇼윈도 부부라고 할지라도 말이에요. 혹시 모르잖아요? 드라마 속처럼 말이 엇갈려서 사람들의 의심을 사게 될지."

주은의 평온한 어조에 태현이 눈살을 찌푸렸다. 자신이 원하는 반응이 아니라는 얼굴이었다.

"출발하는 게 좋지 않을까요? 다른 사람들이 보기 전에."

주은이 고요한 얼굴로 말했다.

태현이 차를 몰아 도착한 곳은 회사에서 멀찍이 떨어진 카페였다. 카페 창가를 막고 선 나무 울타리 때문에 창밖의 풍경도 완전히 차단되었다. 그는 다른 사람들의 눈을 피해 이곳을 정한 것 같았다. 윤정과 호텔 레스토랑을 갔다는 이야기가 불쑥 떠올랐다.

자신은 숨기고 싶은 여자인가.

주은이 고개를 숙여 자신의 옷차림을 살폈다. 다른 사람의 눈에 튀지 않는 단정한 차림새였다. 블라우스는 목까지 단추를 채우고 있었다. 윤정과는 확실히 다른 차림새였다. 윤정은 가슴골이 보일 듯 말 듯한 곳까지 단추를 풀었고, 본인의 몸매를 드러내는 오피스 룩을 즐겨 입었다. 그 차림새가 남자직원들을 더욱 환호하게 만들었다.

꺾고 싶지 않은 꽃.

문득 태현이 했던 말이 떠올랐다. 그런 꽃을 꺾었던 시우가 떠올랐다. 자신을 바라보던 열띤 눈동자, 정신없이 탐하던 손길까지도. 그 야하고 거침없는 손길이 이상하게도 자신을 위로했다.

"무슨 생각을 그렇게 하는 거야?"

고개를 들자 어느새 태현이 맞은편 자리에 앉아 있다. 차를 주차하고 온 모양이었다. 그가 긴 다리를 꼬고서 오만하게 자신을 내려다보고 있었다. 그는 사람을 내려다보는 데 꽤 익숙한 얼굴이다. 그의 집안 배경을 보면 충분히 그럴 만했다. 날 때부터 상당한 가격의 주식과 건물을 소유하고 있었을 테고, 돈에 궁해본 적 없었을 거다. 회사에서도 입지가 탄탄한 데다 낙하산임에도 일을 잘해서 신망이 두터웠다. 그러니 사람이 우스웠을 거다. 그걸 감추고 산 게 영악하게 느껴질 정도였다.

태현의 시선이 깊게 찌르고 들어왔다. 불편함을 느낀 주은이 시선을 내리깔았다. 긴 속눈썹이 차분하게 내려앉았다.

태현은 고요한 그녀의 얼굴을 물끄러미 바라보았다. 주은을 보고 있으면 깨끗한 백자 도자기를 보는 느낌이었다. 어린 시절 할아버지의 방 가장 깊은 곳에서 은은한 빛을 발하던 그 도자기는, 자신에게 금기였다. 그 도자기는 오로지 할아버지만이 만질 수 있고 쓰다듬을 수 있었다. 모든 것이 허락된 자신에게 유일한 금기였던 그 도자기는, 그의 잔혹한 욕구를 끊임없이 자극했다. 할아버지가 잠시 자리를 비운 틈에 그는 그 도자기를 껴안아보았고, 그날 밤 할아버지에게 들켜 하루간 금식의 벌을 받아야 했다. 그리고 그 도자기는 지금껏 그에게 허락되지 않았다.

그때 그 욕구가 주은에게로 향한 걸까.

태현이 스쳐가듯 고민할 때였다.

"여기 있어요."

주은이 가방에서 서류봉투를 꺼내 태현에게 내밀었다. 이게 뭐냐고 그가 눈으로 물었다.

"간단한 계약서예요."

"계약서?"

"네. 보면 알 거예요."

주은은 친절하게 서류봉투에서 종이뭉치를 꺼내 태현에게 내밀었다. 스테이플러로 끄트머리가 찍혀 있는 서류를 태현이 받아들어 넘겼다. 그의 표정이 점점 구겨지기 시작했다.

"이게 뭐야?"

서류를 훑은 태현의 목소리가 낮아졌다. 그의 눈빛이 단단해졌다. 분노를 무덤덤함으로 위장하고 있었다.

"쇼윈도 부부이기 전에, 쇼윈도 애인부터 할 건데 이 정도는 하고 시작해야죠. 서로가 어느 부분까지 허락할 건지, 어떻게 할 건지, 이 계약을 통해 서로가 얻을 이득은 뭔지 확실히 해둬야죠."

"그래서 계약을 하자?"

"네."

"하."

태현이 짧은 탄성을 흘렸다.

"내가 이주은을 잘못 봤나 봐."

주은은 대답 대신 미소를 지었다. 영업사원이나 지을 법한 감정 없는 차가운 미소에, 태현의 입꼬리가 비틀렸다.

"원하는 조건이 있으면 말하세요."

그녀는 계약을 포기하지 않겠다는 듯 말했다. 태현이 다시금 계약서를 살폈다.

계약이 체결된 후 양가 부모님을 포함한 타인에게 계약관계임을 발설하지 않는다. 결혼 전까지 신체적 접촉은 하지 않는다. 약혼 및 결혼을 했을 때, 새로운 계약서를 작성한다. 회사와 관련된 사람에게 애인관계임을 발설할 경우, 그 전에 상대방의 동의를 얻는다. 계약을 위반할 시 차후 야기되는 손해와 책임은 위반자가 배상한다.

조항을 읽던 태현의 입술이 비틀렸다. 그의 시선이 마지막 조항에 닿았다.

[상대방에게 다른 이성이 생겨도 간섭할 수 없다. 간접적인 방법을 동원해서 압박하는 것도 금한다.]

문구에 태현의 눈이 가느스름해졌다.

"……애인이 생겼나 봐?"

태현이 눈을 들어 주은을 똑바로 응시하며 물었다. 그의 목소리가 한층 낮아졌다.

"아뇨. 없어요."

주은이 고요한 눈으로 말했다. 시우가 생각났지만, 그와는 원나잇을 했을 뿐 애인 사이는 아니었다.

그렇게 될 일도 없을 거고.

주은은 텅 비어 있던 차가운 집을 떠올리며 씁쓸하게 웃었다. 웃는 주은을 바라보던 태현의 표정이 조금 더 굳었다.

"그럼 이 조항은 뭐야?"

"사람 일이라는 게 어떻게 될지 모르잖아요."

"이건 이주은한테 불리한 조항일 텐데. 내가 어떤 여자를, 어떻게 만날 줄 알고 넣은 거야?"

"그러니까 편하게 만나라고 넣은 거예요."

"……."

"전 저를 위한 조항은 2항으로 충분하니까요."

그의 시선이 2항에 닿았다. 결혼 전까지 신체적 접촉을 금한다는 조항이었다.

"야한 꽃이 아니라 별로 탐나지 않으실 거 같지만, 그래도 사람 일은 모르니까요. 가끔 싫어하는 것도 당기는 일이 있잖아요."

"그래. 그럴지도 모르지."

태현이 웃으며 대답했다. 비웃음이 섞인 미소에 주은의 표정이 흐려졌다. 그럴 리 없다고 단언하는 얼굴이었다. 그러나 그마저도 금세 사라졌다.

"그럼 더 잘됐네요. 결혼이나 약혼할 때 새롭게 계약을 해요. 그때 이혼 시 재산 분할 및 각기 조항을 넣는 걸로 해요. 왜 그렇게 쳐다봐요? 더 필요한 부분이 있나요?"

"아니."

"그럼 사인하세요. 지장도 괜찮아요. 혹시 몰라 인주를 챙겨 왔으니까요."

주은이 가방에서 인주와 휴지를 꺼냈다. 테이블 위에 곱게 놓이는 물건을 바라보던 태현이 눈을 가늘게 떴다.

이건 정말 생각지도 못한 진행인데. 아무리 생각해도 자신이 이주은을 한참 잘못 본 듯했다. 이렇게 깜찍한 짓을 할 줄이야.

태현이 픽 웃었다.

"이런 좋은 조건의 계약을 거절할 이유가 없지."

그는 재킷 안주머니에서 만년필을 꺼내서 카페 테이블에 놓인 계약서에 사인을 했다. 사인을 하면서도 이상한 기분에 사로잡혔다.

수많은 여자를 만나봤지만, 이런 계약은 처음이었다. 계약서를 처음 작성해본 듯 허술했지만, 서로에게 족쇄가 된다는 것만은 확실했다. 태현의 사인이 끝나자, 주은이 바로 아래에 사인을 했다. 그녀가 계약서를 챙겨 가방 깊숙한 곳에 넣었다.

"바쁠 텐데 가보세요. 저도 이만 가볼게요."

주은이 미련 없다는 듯 자리에서 일어났다.

"차라도 한 잔 마시고 가지그래?"

태현이 일어선 주은을 쳐다보며 말했다.

"다른 사람한테 들킬까 봐서요."

"그래서 먼 카페까지 왔잖아."

그는 이곳에 온 이유를 숨기지 않았다. 주은이 흘러내리는 가방을 어깨에 추슬러 올리며 태현을 내려다보았다.

"혹시나 모르잖아요. 들키면 곤란한 건 저도 마찬가지

라……. 오늘 좋은 시간 보내길 바랄게요."

주은이 상냥하게 인사한 후, 돌아섰다. 멀어지는 주은의 등을 태현이 묘한 눈으로 바라보았다.

"후우."

카페 문을 밀고 나온 주은이 긴 한숨을 내쉬었다. 어두컴컴한 밤하늘 아래 가로등 불빛이 점점이 이어져 있었다. 그녀는 길게 뻗은 길을 바라보며 희미하게 웃었다. 길 끝이 유난히 검게 보였다. 마치 짐승이 아가리를 벌린 채 다가오는 것처럼. 그녀는 그 길을 향해 걸으며 생각했다.

일방적인 이별통보에 대한 조항을 넣지 않았다는 걸, 그가 알아채지 못해서 다행이라고.

태현과의 만남을 끝으로 곧바로 집으로 향한 주은은 아파트 입구에 들어섰다. 환한 조명 아래에 한 남자가 긴 그림자를 드리우고 서 있었다.

"왔어요?"

말을 건네는 목소리가 한없이 다정했다. 주은은 걸음을 멈춘 채, 시우를 바라보았다. 눈이 마주치자 그가 환하게 웃었다. 순간 환한 조명보다 더 눈부시다는 생각이 들었다.

사람이 어쩜 이렇게 구김살 없이 웃을 수가 있을까.

조금 신기한 기분까지 들었다. 그러나 주은은 따라 웃지 못했다. 이런저런 일을 겪어 심신이 너덜너덜해지긴 했지만, 원나잇을 한 남자 앞에서 넉살 좋게 웃을 정도로 정신이 없는 건 아니다. 주은이 이도 저도 못하는 불편한 얼굴로 시우를 쳐다보았다.

"거기 서서 뭐 해요?"

시우가 왜 안 오냐는 듯 물었다. 주은이 느리게 걸음을 옮겼다. 순간 시우가 기다리는 게 자신이 아닐지도 모른다는 생각이 들었다. 친구를 기다리는 것일 수도 있고, 하다못해 늦은 시각 배달되는 택배를 기다리는 것일 수도 있다. 시우도 갑작스러운 자신의 등장에 놀랐을지도 모른다는 생각이 들었다.

"그만 가볼게."

주은이 어색하지 않게 스쳐 지나가야겠다고 생각하고, 인사를 하며 걸을 때였다. 바지 주머니에 손을 푹 찔러넣은 시우가 주은의 앞을 가로막고 섰다. 주은이 고개를 들자, 자신을 물끄러미 내려다보는 얼굴이 보였다.

"어디 가요? 기다렸는데."

"날?"

"그럼 내가 누굴 기다리겠어요. 나는 주은 씨밖에 안 기다리는데."

고개를 비스듬히 기울이며 빙긋 웃는 얼굴이 선하며 밝았다. 깨끗한 에너지를 뿜는 시우를 보며, 주은은 그가 조금 신기하기까지 하단 생각을 했다. 침대에서 그는 완벽한 남자의 모습을 하고 있었다. 마치 다른 사람 같았다.

"나를 왜?"

"아침에 왜 먼저 갔어요? 밥 먹여 보내려고 했는데."

주은이 얼굴을 찌푸리며 주변을 살폈다.

"다른 사람들이 들어."

"주변에 없다는 거 아니까 하는 거예요."

"그래도."

"그럼 다른 곳에서 이야기할까요?"

"그래. 차라리 그러자. 어디로 갈까?"

"우리 집?"

시우가 가볍게 물어왔다.

"거기 말고."

주은이 고개를 가로저었다. 한 번 허락해줬다고 해서 두 번, 세 번 허락해줄 생각은 없었다. 이왕 이렇게 된 거, 제대로 정리하는 게 낫다는 생각이 들었다.

"따라와."

주은은 시우를 데리고 아파트 단지 깊숙한 곳에 있는 놀이터로 향했다. 단지의 가장 구석에 위치한 데다가, 늦은 시각이라 찾는 이들이 없었다. 더군다나 등나무가 자리하고 있어서 그 아래쪽의 벤치가 아파트에서는 잘 보이지 않았기에 이야기를 나누기엔 최적의 장소였다.

"간단히 이야기할 거니까, 여기가 나을 거 같아서."

"그래요."

"내가 먼저 할게. 오늘 아침의 일은 잊어줘. 원래 원나잇이라는 게 그런 거잖아. 하고 잊어버리는 거. 나는 이런 일을 두 번, 세 번 반복할 생각 없어."

주은이 단호하게 말했다. 벤치에 앉은 시우는 그녀를 물끄러미 바라보았다. 선한 얼굴이 강아지 같았다. 순간 주은은 마음이 약해지려는 걸 참았다.

"그게 하고 싶은 이야기의 전부예요?"

시우가 대수롭지 않다는 듯 물었다.

"응."

"그래요. 원나잇은 이걸로 끝내요."

시우가 순순히 대답했다. 시우도 이 말을 하려고 여태껏 기다리고 있었던 건가. 조금 허무한 기분이 들면서도, 다행이라는 생각이 들었다. 그가 엉겨붙으면 곤란해지는 건, 이쪽이었다. 그는 잠시 생각에 빠진 듯 고개를 기울였다. 주은은 그가 헤어짐의 말을 고민하는 거라 생각했다. 주은은 기꺼이 시우의 말을 기다려주었다.

툭, 투툭.

그 순간, 묵직한 물방울이 떨어지는 소리가 들렸다. 주은이 시선을 돌렸다. 갑작스레 굵은 빗줄기가 쏟아지고 있었다. 가을에 보기 드문 소나기인가 보다.

"안 되겠다. 우리 이제……."

집에 가자.

주은이 그 말을 하려고 고개를 돌렸을 때였다. 방금 전까지 벤치에 앉아 있던 시우가 그녀의 코앞에 서 있었다. 그녀는 자신의 머리에 왜 빗방울이 떨어지지 않는지 알았다. 시우가 자신의 손으로 그녀의 머리를 가리고 있었다.

툭, 툭.

머리 위에서 빗소리가 들렸다. 시우의 손을 타고 흘러내리는 방울들이 보였다. 주은이 멍하니 빗방울과 시우를 번갈아 보았다.

"가을 비, 차가워요. 맞으면 안 돼요."

정작 그렇게 말하는 시우의 몸 위로 무거운 빗줄기들이 떨어지고 있었다. 그의 옷이 드문드문 짙은 색으로 물들고 있었다. 자신을 내려다보는 눈동자에도 빗방울이 떨어졌는지, 촉촉하게 젖어 있었다.

울렁.

이유도 없이 가슴 밑바닥이 뒤흔들리는 기분이었다. 시우에겐 사람의 마음을 흔드는 무언가가 있다. 이대로 있다간 홀릴 것 같았다.

"어서 집에 가자."

주은이 다급하게 시선을 돌리며 말했다.

"잠시만요. 아직 내 이야기 안 끝났어요."

그가 눈을 깜빡이자, 긴 속눈썹이 보기 좋게 오르내렸다. 그제야 주은은 자신이 시우와 무척 가까이 서 있다는 걸 알았다. 주은이 한 발 물러서자, 그가 한 발자국 따라왔다. 오히려 전보다 더 가까이 마주 섰다. 주은은 한 발 더 물러서려다 등 뒤가 바로 빗줄기 속이라는 걸 알고 그 자리에 멈춰 섰다. 더 이상 갈 곳이 없었다.

주은이 그를 바라보았다. 밤에 본 그의 눈빛은 한결 짙게 빛났다.

"이야기 끝났잖아."

"주은 씨 이야기만 끝난 거죠."

"무슨 말이 하고 싶은데?"

"주은 씨 말대로 원나잇은 여기서 관두죠. 원래부터 원나잇도 아니었지만. 우리, 그거 말고."

"……."

"제대로 애인 사이 해요."

그가 선한 얼굴로 웃어 보였다.

"……뭐?"

그거 포기한 거 아니었어?

생각지 못한 말에 주은이 되물었다. 그러자 시우가 "비가 와서 잘 안 들리죠?"라고 하더니, 허리를 숙였다. 눈높이가 같아졌다. 코끝이 스칠 만큼 가까운 거리가 되었다. 순간, 주은은 숨을 멈추었다.

시우의 눈동자가 까맣게 빛났다. 천진난만한 듯하면서, 위험했다. 상반된 두 가지 느낌을 동시에 풍기는 눈동자라니. 주은의 시선이 흔들렸다. 그사이, 시우가 나지막한 목소리로 주은이 들을 수 있게 말했다.

"내가 이주은 씨의 애인이 되어줄게요."

가까이서 본 시우의 눈은 아주 깊고 검었다. 보이는 모든 걸 다 빨아들일 것 같아 섬뜩하면서도, 고요한 평온함을 주는 특이한 눈이었다.

"무슨 소리야?"

주은이 물었다. 자신이 뱉은 숨이 시우의 입술에 닿을지도 모른다고 생각했다. 그만큼 가까웠으니까. 타인과의 가까운 거리가 불편할 만도 한데, 그는 조금 즐거워 보이는 얼굴을 하고 있었다.

"말 그대로 애인이 되어준다고요."

"잊은 모양인데, 애인 있어."

"알아요. 그리고 또 다른 애인을 가져도 된다는 것도 알고 있죠."

"……."

"그래서 나랑 잔 거 아니에요? 그 남자에게 복수하고 싶었을 테니까. 사람에게 상처받은 사람들이 다른 사람을 갈구하는 것처럼요."

시우의 대답을 끝으로 잠시 침묵이 찾아들었다. 그의 말이 틀리지 않아 주은은 잠시 아무런 대답도 하지 못했다.

빗줄기가 더욱더 굵어졌다. 바닥을 두드리는 소리가 심상찮았다. 집으로 가야 하는데, 라고 생각하는 것과 달리 발이 떨어지지 않았다.

"또 다른 애인을 만들 생각 없어."

잠시의 침묵을 뚫고 주은이 대답했다.

"만드는 게 좋을걸요? 지금 애인을 긴장시키고 싶다면. 그리고 외롭잖아요. 왜 혼자서 버티려고 해요? 옆에 도와주겠다는 사람이 있는데."

"무슨 생각이야, 대체."

결국 참지 못하고 주은이 얼굴을 구겼다. 시우의 마음을 알 수가 없으니 짜증스러웠다. 그는 명확하게 자신의 속을 드러내지 않았다. 그래서 자꾸 그의 마음을 짐작하게 되고, 그에 대해 생각하게 만들었다.

그녀가 손을 들어 머리를 쓸어넘기다가 손등에 무언가가 닿아 고개를 들었다. 그는 아직도 자신의 머리 위를 손으로 가리고 있었다.

아직까지 이러고 있었다고?

시우의 손을 보자 아주 잠깐 마음이 누그러들었다. 이제 빗물이 그의 손을 타고 흘러내려 그녀의 어깨로 떨어지고 있었다.

"별생각 없어요. 이주은 씨 애인이 되어야겠다는 생각 말고는."

그가 느릿하게 눈을 접으며 웃었다. 반달 같은 눈이 초승달처럼 휘는 모습이 예뻤다.

"애인을 자극시킬 만한 남자가 필요한 거잖아요. 그거, 내가 해준다고요."

"너한테 이득 될 게 없잖아."

"그건 내가 알아서 해요."

"혹시 돈 필요해? 애인 대행이나 호스트바 아르바이트해? 미안한데, 호성이랑 다르게 난 돈이 없어. 애인 대행을 맡길 만큼 여유롭지도 못해."

주은의 말에 시우가 피식 웃었다.

"거기까지 생각하고 있었어요? 돈 안 받아요. 호스트 일을 뛸 만큼 형편이 어렵지도 않고. 대신, 나랑 종종 데이트만 해주면 돼요."

주은이 그를 똑바로 응시하다, 쓰게 웃었다.

아아, 그거였구나.

주은은 시우가 자신을 만만하게 여겨 잠자리를 요구한다고 생각했다. 그녀가 딱딱하게 굳은 얼굴로 말했다.

"난 너랑 더 이상 잘 생각 없어."

주은이 차갑게 말했다.

"잔다고 안 했어요. 물론 나랑 자겠다고 한다면, 거절할 생각은 없지만 먼저 덤빌 생각은 없어요. 난 주은 씨랑 손잡고 싶고, 놀러 다니고 싶은 거거든요."

"……."

"그리고 그런 야한 이야기 아무 데서나 하지 말아줄래요, 작업 거는 거 아니면? 사람 함부로 설레게 하는 거 아니에요."

주은이 미미하게 얼굴을 찌푸렸다. 시우와 이야기를 하다 보면 말려드는 기분이었다. 주은은 시우를 뚫어지게 바라보았다. 웃고 있는 얼굴이 여유롭기만 하다.

대체 무슨 생각을 하는 거지?

그 속을 도저히 알 수가 없었다. 그녀가 시우의 눈을 바라보았다. 눈을 바라보고 있을 뿐인데, 마치 키스를 나눌 때처럼 바짝 긴장이 되었다. 분명 청량한 미소인데, 퇴폐적인 느낌이 들었다.

시우와 애인 사이인 걸 태현이 알게 된다면 어떻게 나올까. 덤덤하게 넘길 수도 있고, 어쩌면 충격을 받을 수도 있었다. 어쨌거나 조금은 놀라게 만들 수 있을 거다.

툭.

굵은 빗방울이 두 사람 사이를 가르고 지나갔다. 그제야 정신을 차린 주은이 시선을 돌렸다. 시우와 눈을 마주하고 있으면, 그의 말도 안 되는 제안을 받아들일 것 같았다.

"오늘 이야기는 못 들은 걸로 할게. 조심해서 가."

주은이 말을 마친 후, 빗속으로 뛰어들었다. 무거운 빗방울이 아프게 온몸을 두드렸다. 문득 그의 손이 아팠겠다는 생각이 들었다.

쏴아아아아.

빗줄기가 강하게 쏟아져 내렸다. 그 사이로 누군가의 목소리가 들렸다.

"기다릴게요."

주은은 애써 그 목소리를 못 들은 척했다.

⁂

고개를 뒤로 젖힌 채 소파에 앉아 있던 시우가, 눈을 감은 채 물었다.

"알아봤어?"

– 어. 그럼.

블루투스 이어폰을 통해 들어오는 상대방의 목소리가 들떠 있었다. 그는 시우가 채근하기도 전에 알아서 늘어놓기 시작했다.

– 네가 알아보라고 했던 사람 말인데. 이성태. 중견업체인데 과하게 규모를 키우려다가 역풍을 맞은 모양이야. 하청업체들이 두어 군데 망하면서, 그 타격을 고스란히 받았어. 결국 자금순환이 엉켰고, 대출을 받으러 갔는데 은행이 돈 냄새를 좀 잘 맡냐? 당연히 거절당했지. 그런데 요즘 들리는 말에 의하면 망하진 않을 거라고 하더라고. 그 집에 잘 알려지지 않은 딸이 하나 있는데, 그 딸과 금융가 집안 아들 사이에 혼담이 오간다고 하더라고. 돈 냄새 잘 맡는 금융가 집안에서 결혼하겠다고 나서니, 업계에서는 아직 그 회사 내실이 괜찮은가 보다 생각 중이라고 하더라고.

묵묵히 듣고 있던 시우가 눈을 떴다. 천장에 시선을 둔 그의 눈동자엔 온기가 없었다.

"그 금융가 집안이라는 곳이 어디야? 내가 알 만한 곳이야?"

– 태영금융이라고 알지?

남자의 말에 시우의 눈이 가느스름해졌다. 태영금융. 어디서 들어본 적이 있었다. 잠시 고민하던 그가 기억났다는 듯,

나른하게 "아." 하고 소리를 냈다.

태영금융은 일본 쪽 자금줄에 의지해 일수놀이를 하다가 몇 해 전 제2금융업에 뛰어든 곳이다. 전국 각지에 지점을 갖고 있지만, 그 수가 많진 않은 데다 불투명한 자금 운용방식과 주먹구구식의 관리로 더 크지 못하고 있다. 말이 금융가이지, 여전히 그들은 일수놀이를 하며 돈을 벌고 있었다.

"기업을 직접 운영해보고 싶은 친인척이 있는 모양이군."

시우가 알 만하다는 듯 말했다.

– 역시. 하나를 말하면 둘을 아는구나. 주변과 금융업계의 시선은 반반이야. 하나는 아직 이성태의 회사가 투자할 만큼의 가치가 있다, 또 하나는 태영에서 무리하게 쓰러져가는 기업에 대출을 해주는 거다. 그러니까 도박을 하는 거라고 생각하는 거지. 안 되면 큰 타격을 입는 대신에 중견기업을 고스란히 인수할 수 있고, 만약 이성태의 기업이 살아나면 대박은 못 해도 중박은 나는 거니까. 그런데 네 말대로 태영은 처음부터 손해 볼 일이 없었어. 이유는 입 아프게 설명 안 해도 알지?

남자가 다 알지 않냐는 듯 가벼운 목소리로 덧붙였다.

태영의 입장에서는 처음부터 손해 볼 게임이 아니었다. 그들로선 이성태의 회사가 성공하면 높은 대출이자를 받을 수 있었고, 만약 망해버린다고 하면 인수해버리면 된다. 사업을 하고 싶다면, 새롭게 기업을 키우는 것보다 공장을 비롯해 모든 시설 기반을 갖추고 유통망까지 갖춘 기업을 사들이는 편이 나왔다. 결과야 어찌 되었든 간에.

– 자, 이제 내가 넘길 정보를 다 넘겼어. 이제 네 차례야. 약속대로 정보를 넘겨줘야지. 주식 사두려고 미리 현금까지 확보해뒀다고.

이어폰 너머로 남자의 목소리가 한껏 들떴다.

"하나만 더. 이성태의 딸과 결혼한다는 남자에 대해 알아봐."

– 어? 야! 나한테 말하기로 한 주식 정보는?

남자의 목소리가 불안한 듯 거칠어졌다. 시우가 휴대전화를 꺼내 문자를 전송했다.

"방금 문자로 보냈어."

– 어? 여기에 투자하면 돼? 그럼 한 달 안에 오르는 거 확실하지? 하긴, 확실하겠지. 너희 집 일인데 네가 모를 리가 없지. 그럼 이번에 말한 그거 알아 오면, 또 다른 정보 줄 거냐? 알잖냐, 요즘 용돈 끊겨서 힘든 거. 너라도 도와줘야지. 어?

남자의 간교한 목소리에 시우의 미간이 찌푸려졌다.

"그럴 테니까, 이성태의 딸과 결혼한다는 남자에 대해 자세히 알아 와."

– 알았어! 그런데 그건 왜?

주식 정보를 건네받은 남자가 흥분 섞인 목소리로 대답하다, 불현듯 이상함을 느꼈는지 물어왔다.

"두루두루 다 알아두는 게 나으니까. 사사로운 부분에서 변수가 생기는 법이잖아."

– 아, 그래. 알았어. 금방 알아보고 전화할게.

통화를 마친 후, 시우는 블루투스 이어폰을 빼 소파에 아무렇게나 던져놓았다. 쨍한 목소리 때문에 귀가 아픈 느낌이었다. 얼굴을 찌푸린 채 한쪽 귀를 막았다. 피곤했다. 하지만 다른 방도가 없다.

집안 모르게 일을 진행하려니 다른 사람이 필요했다. 자신이 일을 맡긴 남자는 시끄럽고, 멍청했으며, 돈을 좋아했다. 그러나 특유의 집요함으로 원하는 정보를 잘 캐 오는 데다 별 의심이 없었다. 만에 하나 그가 어디선가 '하시우가 이런 걸 캐고 다니던데…….'라고 퍼뜨려도 상관없었다.

시우는 처음부터 남자를 믿지 않았다. 그래서 일부러 필요 없는 정보를 포함해 여러 가지를 조사하라고 시켜놓았다. 자신의 진짜 의도가 어디에 숨어 있는지 다른 사람들은 찾아낼 수 없도록 처음부터 치밀하게 준비를 해두었었다.

그 덕에 꽤 많은 비용을 지불하고 있지만.

"참 비싼 여자야."

아깝지 않다는 게 문제겠지.

시우가 피곤한 눈을 감으며 속으로 중얼거렸다. 그러자 또, 그때가 떠올랐다.

쏟아지던 빗줄기, 드문드문 들리던 등나무 잎사귀가 흔들리는 소리. 소리 없이 흔들리던 눈동자. 왠지 도로록 소리가 날 것 같은 움직임이었다. 그녀가 입술을 달싹일 때마다, 그

입술에서 흘러나오는 목소리와 숨소리가 달게 들렸다.

이렇듯 별것 아닌 소소한 상황이 사진처럼 남을 때가 있었다. 눈을 감으면 떠오르고, 무언가를 하다 불현듯 생각나곤 했다.

그 여자와 있으면, 늘 이랬다.

주은을 떠올린 시우의 표정이 한결 나른하게 풀렸다.

⁘ ✥ ⁘

말이 통하지 않는 외국 식당에 가면 이런 기분일까.

주은이 젓가락으로 밥알을 세듯이 뜨며 생각했다. 모처럼 가족끼리 모여 다 함께 하는 식사 자리였다. 활발한 호성은 쉴 새 없이 이야기를 했고, 듣고 있는 성태와 선숙은 만면에 웃음꽃이 피어 있었다. 그 자리에서 자신만 이방인처럼 앉아 있었다.

집에 들어섰을 때부터 부모님들의 관심은 오로지 호성에게만 향했다. 그때부터 지금껏 그 분위기는 이어졌고, 주은은 한마디도 하지 못했다. 입을 떼려고 할 때마다 누군가 가로챘다. 주은은 더 이상 뭔가 말할 의지를 잃은 채 식사에만 집중했다.

그사이 그녀는 잠시 다른 생각에 빠졌다. 태현과 계약을 했으니, 싫은데 억지로 잠자리를 갖는 일은 없게 되었다. 이후엔 어떻게 해야 할까. 자신이 다치지 않는 선에서 태현과 결혼하지 않고 조용히 상황을 덮을 방법이 딱히 떠오르지 않았다.

"그래, 주은아. 약혼 준비는 하고 있지?"

식사가 시작된 지 30분 만에 아버지가 물었다. 고개를 든 주은은 자신을 쳐다보고 있는 가족들을 보았다. 순간 이 상황이 몹시 낯설게 느껴졌다. 그제야 주은은 식사 자리에서 아버지가 자신에게 따로 말을 건 적이 없다는 게 떠올랐다.

이 집의 중심은 호성이었다. 그런 분위기를 조성한 건 엄마였다. 아버지가 자신에게 관심을 보일라치면 엄마는 '어머, 호성이가 말이에요.'라며 화제를 전환하곤 했었다. 주은의 시선이 이 집안에서 자신을 유령으로 만든 사람에게로 향했다. 선숙은 따스한 눈으로 그녀를 바라보고 있었다. 자신은 저 눈에 속았다. 다른 사람은 다치지 않더라도, 선숙에게 이 고통은 되돌려주고 싶었다.

"잘하고 있어요."

주은이 건조한 목소리로 대답했다. 날짜도 잡히지 않은 약혼 준비. 할 건 없었지만 주은은 대충 그렇게 대답했다.

"그래. 태현이랑 사이좋게 잘 지내야 한다. 약혼하게 되면 남자도 예민해지는 법이야. 왠지 도망치고 싶기도 하고. 그러니까 네가 옆에서 마음 잘 잡아주고 잘 다독거려야 해."

그럼 저는요?

주은이 못되게 튀어나오려는 마음을 꾹 눌렀다.

"그럴게요."

"그래. 착하구나."

착하다는 말에 젓가락을 들던 주은의 손이 멈칫했지만, 그 누구도 알아채지 못했다.

"이제 호성이 너도 뭔가를 해야 하지 않아? 이번 방학 땐 시간 내서 아버지 회사로 들어와야지. 슬슬 업무도 배워야 하고."

성태의 말에 선숙이 손을 내저었다.

"아휴, 왜 벌써부터 그래요? 이미 대학에서 경영, 경제 수업 다 받고 있는 애한테. 조금 더 지식 쌓고 들여도 늦지 않잖아요."

선숙이 필사적으로 호성을 두둔하고 나섰다. 호성은 놀기 좋아했고, 선숙 역시 아버지 회사를 정식으로 물려받기 전에는 편하게 놀아라 하고 가르쳤다.

"잘 먹었습니다."

대화의 불똥이 자신에게 튀려 하는 것을 감지한 호성이 자리에서 일어났다. 선숙도 "그래. 올라가 있어. 과일 먹을 때 부를게."라며 호성을 얼른 대피시켰다.

"아 참, 오늘 청소하다가 호성이 어렸을 때 사진을 발견한 거 있죠?"

"청소? 사람 시키지 왜."

"무슨 소리를 그렇게 하세요. 한 푼이라도 아껴야 잘 살죠."

"그러지 말라니까……."

성태가 안쓰러운 눈으로 선숙을 바라보았다. 그러자 선숙은 성태의 손을 꼭 잡으며 "아무 걱정 하지 마요. 나는 괜찮으니까."라고 다정하게 말했다. 그러면서 주은을 흘깃 쳐다보았다. 주은이 의아한 눈으로 선숙을 바라보았다.

저녁때 집에 가장 먼저 도착한 사람은 주은이었다. 그녀가 집에 막 도착했을 때 본 것은, 한 아주머니에게 8만 원을 건네고 있는 선숙이었다.

주은을 발견한 선숙은 다급하게 아줌마를 내쫓듯 보냈다. 주은이 쳐다보자, '근처 마트에서 배달시킨 게 왔거든. 쌀이 무거워서 내가 못 들고 오겠더라고.' 말하더니 얼른 화제를 돌렸다.

어느 마트에서 아줌마한테 쌀 배달을 시키냐고, 그리고 배달시킨 물건은 어디 있냐고, 설마 배달 온 아줌마가 짐 정리까지 다 해주는 거냐고 묻고 싶은 걸 꾹 참았다. 이걸 입 밖에 내기보다는 아무 말도 하지 않고 있는 편이 선숙을 더 불편하게 만들 거라는 걸 직감했다.

얼마나 수많은 거짓말을 하고 사는 걸까.

주은이 선숙을 뚫어져라 바라보았다. 그러자 선숙은 그녀의 시선을 피하기는커녕, 다정하게 미소 지었다.

"왜, 우리 딸? 뭐 더 먹고 싶은 거 있어?"

순간 비위가 상하면서 소름이 끼쳤다. 자신이 알고 있는 것보다 훨씬 무서운 사람일지도 모른다는 생각이 들었다. 주은은 저도 모르게 들고 있던 숟가락을 떨어뜨렸다.

"어머!"

선숙이 크게 소리쳤다.

"주은아, 조심성 많은 애가 왜 갑자기 이런 실수를 해? 네 엄마가 열심히 만든 걸."

"괜찮아요. 국이 문제예요? 주은아, 괜찮아? 다친 곳 없어? 국 쏟아도 괜찮아. 엄마가 다시 청소 싹 하고 만들면 돼. 이런 건 한 시간이면 만들어."

선숙의 어깨 너머에서 성태가 안쓰럽다는 눈으로 선숙을 바라보는 게 느껴졌다. 더 이상 참을 수 없었다. 주은은 저도 모르게 탁 소리 나게 선숙의 손에서 자신의 손을 빼냈다.

"괜찮아요. 제가 치울게요. 그리고 아버지, 시간 괜찮으시면 저랑 잠시 이야기하실래요?"

"어머, 엄마는?"

선숙이 웃으며 물었지만, 주은은 다시 성태에게 시선을 옮겼다.

"아버지, 괜찮으시죠?"

주은이 선숙을 무시하며 성태에게 물었다. 선숙의 안색이 싹 바뀌었으나, 그녀는 성태에게 시선을 고정했다.

"그래. 무슨 이야기인지 들어보자꾸나. 식사를 다 했으니, 서재로 자리를 옮길까?"

"네. 손만 씻고 그리로 갈게요."

"그래. 알겠다."

성태가 먼저 자리를 비킨 후, 주은이 싱크대 앞에 서서 손을 씻었다. 요리를 했다는 싱크대가 바짝 말라 있다. 오늘은 조금 특별하게 평소와 다르게 요리했다는 식탁 위의 음식들은 선숙이 한 게 아니었다. 평소 고용한 아줌마와 손맛이 달랐던 거겠지. 마치 개안한 사람처럼, 보이지 않던 것들이 모조리 보이기 시작했다.

피식 나오는 웃음과 달리, 속은 새까맣게 썩어가는 기분이었다. 애써 외면하고 눈감았던 자신이 불쌍하게 느껴졌다. 동시에 속고 있는 아버지가 불쌍했다.

"엄마랑 같이 아버지한테 갈까?"

"불안하세요?"

주은이 젖은 손을 대충 털며 선숙을 바라보았다.

"응?"

"저랑 아버지랑 단둘이 무슨 이야기 할지 불안하시냐고요."

"어머, 얘는. 내가 왜? 부녀 사이가 너무 다정한 것 같아 질투 나서 그러지."

"그러면 그냥 계세요. 제가 설마 아버지한테 '엄마 마트 갈 때 같이 가주세요. 무거운 짐 때문에 요리 맛이 달라지잖아요.'라고 말하겠어요?"

주은이 미소 지으며 건넨 말에 선숙의 안색이 점점 굳어갔다. 주은이 선숙을 지나쳤다. 그 사이로 바람이 훅 불었다. 차가운 바람이 마음을 쿡 찌르고 달아났다. 그녀의 손이 가늘게 떨리다가 멈췄다. 처음으로 사람을 때린 기분이었다.

그녀는 애써 떨리는 마음을 툭 털어냈다.

"아버지."

주은이 서재 문을 밀고 들어섰다.

"응. 그래, 우리 딸."

성태가 그녀를 '우리 딸'이라고 부른 게 언제였더라. 아마 선숙과 재혼하고 나서 얼마 지나지 않았을 때부터였을 것이다. 주은이 씁쓸하게 웃었다.

"그래. 무슨 일이니?"

주은이 책상 앞에 있는 의자를 끌어다가 앉았다. 그러자 성태가 컴퓨터 책상 앞에 있던 의자에 앉아 그녀의 말을 들을 준비를 했다.

주은은 말을 하기 전, 성태를 바라보았다. 아버지와 단둘이 앉는 게 굉장히 오랜만처럼 느껴졌다. 돌이켜 생각해보면 선숙은 자신이 성태와 단둘이 있는 걸 두고 보지 못했다. 그러다 보니 셋이 있는 시간이 많아졌고, 선숙은 늘 호성을 불러들였다. 넷이 있게 되면 분위기는 호성과 선숙 중심으로 흘러가버려, 그녀는 저만치 떨려나 있어야 했다. 어린 시절부터 보이지 않게 받아온 배척이라 지금껏 느끼지 못했다. 그게 습관이 되었고, 아주 당연하게 느끼게 되었다.

"많이 지쳐 보이시네요."

주은이 오랜만에 아버지 얼굴을 들여다보며 말했다. 그러자 성태가 까끌해진 턱을 쓸며 희미하게 웃었다.

"그런 걱정은 안 해도 된다. 그나저나 무슨 말을 하려고 이렇게 뜸을 들여?"

"아버지."

주은이 성태를 불렀다. 그녀가 마른침을 삼켰다.

"태현 씨와 결혼하고 싶지 않아요. 원래는 결혼 직전에 말하려고 했는데 지금 말씀드리는 게 맞는 것 같아서요."

고민 끝에 그녀가 말을 툭 뱉었다.

그녀는 태현과 결혼할 생각이 없었다. 결혼 직전에 가서 일방적으로 파혼을 선언할 예정이었다. 그러나 태현과 선숙이 싫을 뿐, 호성과 아버지는 죄가 없다는 게 떠올랐다. 자신의 결정 때문에 호성과 아버지가 피해 입는 걸 원치 않았다. 그래서 아버지에게만이라도 미리 언질을 주어야겠단 생각이 들었다. 그래야 최소한의 준비를 해둘 테니까. 아마 자신의 이 발언으로 아버지가 굉장히 힘들어질 거다.

딸의 입에서 나온 파혼 소리에, 성태의 안색이 하얗게 질렸다.

"이런 제 결정으로 아버지가 굉장히 힘들어지실 거라는 거 알고 있어요. 잘 알고 있지만, 다른 방법이 있을 거예요. 저도 최선을 다해서 찾을게요. 그러니까 같이 힘을 모아서 해결해요. 아버지도 제 행……."

"안 된다."

제 행복을 우선으로 여기실 거라 생각해요, 라는 말이 나오기도 전에 무참히 잘려 나동그라졌다.

서재에 찬물이라도 끼얹은 듯 사위가 고요했다. 귀에서 삐 하는 소리가 들리는 기분이었다. 주은이 제 귀를 의심하는 얼굴로 성태를 바라보았다. 그가 하얗게 질리다 못해 잔뜩 화가 난 얼굴로 그녀를 노려보고 있었다.

"안 된다고 했다."

그가 도장을 찍듯 힘주어 말했다.

"……왜요?"

주은이 떨리는 입술에 힘을 주며 물었다.

"지금 사업이 힘들다는 거 알잖아. 네가 그런 결정을 하면, 우리 네 사람 모두 다 죽는 거다. 마음에 없는 결혼 하는 게 힘들 수도 있어. 그렇지만 다 그렇게 사는 거다. 나도 네 엄마 선자리에서 만나 결혼했지만 행복하게 잘 살았어. 원래 결혼 이야기 나오면 심란해지는 법이니, 흔들리지 말거라."

"그런 게 아니에요."

주은이 이유를 이야기하려 할 때였다.

"호성이를 생각해야지."

성태가 더는 싫다는 듯 주은의 말을 잘랐다. 그러고는 새빨개진 눈을 부릅떴다. 순간 주은은 말문이 턱 막혔다.

"이 사업이 무너지면 호성이는? 너는 시집가버리면 그만이지만, 우리 호성이는 무능력한 아버지 때문에 한순간에 알거지 되는 거다. 사업체가 망하면 호성이는 하고 싶은 걸 하나도 못 하게 돼. 사람들한테 무시당하겠지. 너는 이 집안의 중심이 그렇게 되길 바라는 거냐? 그렇게 이기적이야? 그리고 네 어머니는? 젊어서 너 키우느라 고생한 네 엄마, 불쌍하지도 않아? 그리고 나는? 난 내 인생을 그 회사에 모조리 걸었다. 그 회사가 있어야 이 에비도 산단다."

……그럼 저는요? 제 인생은요?

주은은 따져 묻고 싶었지만, 목이 메어 아무 말도 할 수 없었다. 누군가에게 얻어맞은 것처럼 온몸이 얼얼했다. 아버지에게서 이런 말을 들을 거라고 한 번도 생각해본 적 없었다. 자신이 아는 아버지는, '그럼 조금 고민해보마.' 하고 신중하게 대답할 사람이었다. 그러다 결국 자신의 선택을 지지해줄 사람이었다. 자신이 잘못 알았던 걸까.

주은이 아무 말 못 하자, 성태가 얼굴을 굳히며 잘라버렸다.

"나쁜 자리도 아니고 신중하게 고른 자리다. 지금은 네가 심란해서 그런다는 거 안다. 오늘부터 마음 다잡아야 한다."

"아버지."

"그런 쓸데없는 소리 할 거면 그만하자꾸나."

성태가 더는 못 견디겠다는 듯 자리에서 벌떡 일어났다. 그는 그녀를 외면한 채 말을 이었다.

"사랑보다 돈을 선택해야 할 때도 있어. 그 돈이 모든 가족들을 먹여살리는 거라면 더더욱."

"……."

"나는 그렇게 희생하며 널 키워왔다. 그러니 이번만큼은 너도 내 말을 따라주길 바란다."

"제가 일생을 외롭고, 힘들게 살아도요?"

그래도 그 돈을 선택하실 건가요.

주은이 메인 목을 붙잡고서 억지로 물었다.

"그럴 일 없을 거다."

"만약 그러면요? 아버지가 아는 만큼 태현 씨가 좋은 사람이 아니라면요? 그래서 제가 평생 방구석에 처박혀 살아야 한다고 하면…… 그러면 그땐, 헤어져도 되나요?"

"……."

성태는 대답하지 않았다. 그러나 그는 침묵으로 대답한 거나 다름없었다.

그는 딸이 아닌 그 나머지 것들을 선택했다.

주은이 택시에서 비틀거리며 내렸다.

성태와 대화를 마친 후, 서재 문을 벌컥 연 주은은 문 앞에 붙어 서 있는 선숙을 보았다. 문이 다급하게 열릴지 몰랐다는 듯 놀란 얼굴이었다. 선숙의 입꼬리가 위를 향해 있었다. 주은의 시선이 닿자 그녀가 다급히 걱정스러운 표정을 지었다.

「걱정되어서 여기 있었어. 이제 막 온 거야.」

말과는 달리 선숙은 이미 모든 걸 아는 얼굴을 하고 있었다.

「괜찮니?」

그러며 선숙은 주은의 팔을 감싸쥐었다. 헛구역질이 치밀어 올랐다. 머리가 핑해지면서 온몸이 바들바들 떨렸다.

이 집에서 자신의 이야기를 들어주려고 하는 사람은 아무도 없었다. 자신을 위한다는 말로, 그들은 그들의 평화를 지키려 하고 있었다. 비록 그 선택으로 자신이 가시밭길을 맨발로 걷게 되더라도. 그리하여 자신의 인생이 피범벅이 되더라도, 그들은 '어쩔 수 없었다.'는 말로 외면할 준비를 하고 있었다.

주은의 눈이 새빨갛게 변했다. 그녀는 선숙을 지나쳐 현관으로 걸어갔다. 현관에서 신발을 꿰신고 나가려는 순간, 선숙과 성태의 이야기 소리가 들렸다.

「배은망덕한 것. 사춘기도 아니고 어디서 철없는 소리야!」

성태의 분노 섞인 목소리에 그녀의 가슴이 덜컹 내려앉았다. 자신의 고민이 한낱 사춘기 소녀의 투정으로 변질되었다.

어쩌다가 아버지와 자신이 이렇게 되었을까. 자신이 사랑했던 사람들은 모두 다 어디로 가버린 걸까.

눈물이 터져나오려는 걸 꾹 참은 채 돌아섰다.

「여보, 그러지 마요. 원래 결혼 전에는 그런 법이에요. 제가 잘 말할게요. 화 풀어요.」

선숙의 말을 마지막으로, 주은은 그 집을 박차고 나왔다. 택시 안에서 그녀는 가슴속에 남아 있던 가족을 향한 애정이 모래알처럼 빠져나가는 걸 느꼈다. 세상에 홀로 남겨진 헛헛한 외로움과, 지독하게 음습한 고통만이 뒤따랐다.

아파트 단지로 들어서던 주은이 비틀거렸다. 그녀는 그제야 자신이 외투를 집에 두고 왔음을 알았다. 가방을 챙기기에도 벅찼기에 깜빡했다. 으스스한 추위가 몰려들었다. 기온은 그리 낮지 않았음에도 주은은 이가 덜덜 떨릴 만큼 추위를 느꼈다. 어서 집에 가서 쉬고 싶다는 생각밖에 들지 않았다. 그녀가 고개를 숙인 채 제 팔을 문지르며 걸었다. 빨리 걷고 싶은데, 다리에 힘이 풀려 계속 휘청거렸다.

얼마 걷지 않아 누군가의 신발이 보였다. 그 신발을 피해 옆으로 몸을 비키자, 신발이 따라 움직였다.

툭.

어깨가 묵직해지면서 따뜻해졌다. 두꺼운 남자 외투였다. 주은이 고개를 들었다.

"또 사람 마음 아프게 하는 얼굴을 하고 있네요."

시우가 씁쓸한 웃음을 지으며 서 있었다.

주은이 말없이 시우를 바라보았다. 여전히 춥고, 간간이 부는 바람이 칼날처럼 매섭게 느껴졌지만 그녀는 이전처럼 떨지 않았다.

"왜……."

주은이 조용히 물으려다가 입을 다물었다.

왜 너는 내가 힘들 때마다 나타나?

그 말을 할 힘조차 없었다.

"왜 우리가 이렇게 마주치냐고요?"

시우가 대충 알겠다는 듯 되물었다. 주은이 아무 말 없이 바라보자, 그가 바지 주머니에 손을 푹 꽂은 채 싱긋 웃었다. 여전히 깨끗하고 맑은 웃음이었다.

"그야 내가 늘 이주은 씨를 기다리니까."

"……."

"드라마 속 운명적인 우연? 그런 거 아니에요. 아주 필사적으로 기다리는 거예요. 이주은 씨 만나게 해달라고 속으로 간절하게 빌면서."

"……."

"그런데 얼굴이 왜 이래요? 힘겹게 만난 보람 없이."

시우가 자연스럽게 그녀의 뺨을 감쌌다. 큰 손이 얼굴의 절반을 덮어왔다. 그 손은 크고 따뜻했다. 순간 저도 모르게 코끝이 찡해질 만큼.

"열은 없는데……. 몸이 아픈 건 아닌 거 같고, 마음이 아파요?"

"……."

"아프면 안 되는데……."

시우가 걱정스러운 목소리로 말했다. 봄볕처럼 따뜻하고 포근한 목소리였다. 얼어붙어 있던 마음이 순식간에 녹아버릴 만큼.

툭.

막을 틈 없이 눈물이 떨어져내렸다.

"아."

당황한 주은이 짧은 목소리를 냈다. 그러다 입술을 사리물었다. 걷잡을 수 없을 만큼 감정이 해일처럼 몰려들었다. 가족들조차 궁금해하지 않는 제 마음을, 잘 모르는 그가 걱정해주고 있었다. 어이없다는 걸 알면서도 주은은 눈물을 참지 못했다. 아프다는 그 말을 듣고서야, 자신이 그 말을 간절히 듣길 바랐다는 걸 알아버려서…….

"으흡."

주은이 눌러놓은 울음을 터트리자, 시우가 다가와 그녀를 끌어안았다. 밀어내야 한다는 걸 알면서도, 주은은 그의 어깨에 이마를 댔다. 이대로 홀로 버티기엔 너무 추워서, 견딜 수 없이 아파서, 이 따뜻한 품을 벗어날 수가 없었다.

탁.

주은은 자신의 앞에 놓인 찻잔을 바라보았다. 모락모락 뜨거운 김이 피어올랐다. 그 찻잔을 감싸며 주은이 멍하게 생각했다.

여기 온 게 잘한 걸까. 뒤늦은 고민이라는 걸 알면서도, 주은은 생각에 빠졌다.

거리에서 시우의 품에서 한참 울고서야 민망함이 몰려왔다. 그녀가 서둘러 고개를 떼어냈다. 눈물을 닦고 집에 가려는 찰나, 시우가 그녀의 손목을 부드럽게 감싸쥐었다.

「우리 집에 가요.」

거절하는 게 맞았다. 그의 애인 제안을 거절했으니, 그와 계속해서 엮여선 안 된다는 걸 알면서도 주은은 아무 말 하지 못했다. 저를 바라보는 투명한 눈동자에 슬픔이 고여 있었다. 어두워서 제대로 보이지 않았지만, 그 눈동자 안에 자신이 서 있을 것만 같았다.

「가요.」

그가 차라리 강압적으로 자신의 손목을 당겼거나, 화를 내듯이 말했다면 거절했을 거다. 그러나 시우의 목소리는 마음속 깊은 곳을 건드리는 힘이 있었다. 그리고 지금은 누군가의 따스함을 거절할 만큼의 힘이 없었다. 당장 한 발 내딛기도 힘든 상황에서, 자신을 잡아주는 따뜻한 손이 너무나 좋아서 그의 온기를 따라 이곳까지 와버렸다.

탁.

커피잔을 내려놓는 소리에 주은이 고개를 들었다.

"무슨 생각을 그렇게 해요?"

시우가 커피잔을 감싸쥔 채 그녀의 맞은편 자리에 앉았다.

"네 생각."

잠시 그의 입꼬리가 멈칫했다가 길게 늘어났다.

"일부러 그러는 거예요?"

시우가 상체를 앞으로 기울이며 물었다. 둘 사이가 조금 가까워졌다. 얼굴을 마주하고 있는 공간에서 산소가 사라져 버린 듯한 기분이었다. 주은은 저도 모르게 숨을 얕게 쉬며 시우를 바라보았다.

"그런 말이 나한테 어떻게 들리는지 알고서 하는 말이냐고요."

"오해하지 마. 이 집에 오기 전의 상황을 생각한 거니까."

"그래서 후회하고 있었어요?"

"……."

'응.'과 '아니.' 사이에서 마음이 오갔다. 그를 따라온 걸 후회하면서도, 그 상황에선 같은 선택을 했을 걸 알기에 아무 대답도 하지 못했다.

"나한테 정말로 원하는 게 뭐야?"

주은이 커피잔을 감싸며 물었다. 따스한 온기가 손바닥에 퍼져나가자 몸이 노곤해졌다.

"이주은 씨요."

그가 산뜻한 미소를 지으며 말했다.

"장난치지 말고."

"진심인데요?"

그가 여전히 웃는 얼굴로 말했다. 주은의 미간이 좁아졌다.

"나랑 뭘 하고 싶은 건데?"

"연애."

"……."

주은은 입을 다문 채 시우를 바라보았다. 그의 의중을 파악해보려 했으나, 가늠이 되지 않았다. 깨끗한 눈동자와 산뜻한 표정과는 달리, 그의 속은 막에 싸인 듯 보이지 않았다.

"나는 지금 애인이랑 헤어질 생각이 없어."

주은이 단호하게 대답했다. 지금이라도 태현과 당장 헤어지고 싶지만 후폭풍이 문제였다. 자신을 잡아먹으려고 달려들 어머니도 문제지만, 화를 낼 아버지를 마주할 자신이 없었다. 더욱이 자신의 결정 때문에 피해를 입을 호성도 걱정이었다.

그렇지만 이 모든 변명보다 더 큰 이유는 태현이었다. 그는 자신이 이별을 고해도 눈 하나 깜빡하지 않을 거다. 자신의 삶을 이토록 엉망진창으로 만들어놓고 잘 지낼 그를 볼 자신이 없었다. 복수하고 싶었다. 적어도 자신이 받은 고통의 절반이라도 돌려주고 싶었다. 자칫하면 행복한 거짓말에 속으면서 평생 살 수도 있었다.

그가 아니었다면……. 그랬더라면…….

커피잔을 쥔 주은의 손에 힘이 들어갔다. 그녀의 손가락

끝이 하얗게 질리는 걸 시우가 바라보았다. 그녀의 얼굴 또한 하얗게 질려갔다. 그가 손을 뻗어 주은의 손을 감쌌다. 주은이 눈만 들어 그를 보았다.

"헤어지라고 한 적 없어요. 말했잖아요, 나를 이용하라고."

"……."

"이주은 씨만을 위해 있어주겠다는데 뭐가 그렇게 걸리는 게 많아요? 왜요? 부모님한테 혼날까 봐? 아니면 양심에 찔려서?"

"……."

"왜 그렇게 남들한테만 착하게 살아요? 스스로한테는 착하지 못하면서."

푹.

시우의 말이 가슴의 과녁 정중앙에 떨어졌다. 자신도 모르게 변명하려던 주은이 입을 다물었다. 시우의 말이 아프긴 하지만, 틀리지 않았다. 자신은 단 한 순간도 자신을 위해 산 적이 없다. 누군가를 위한 이주은이었다. 그래야만 착한 사람이었고, 그래야만 사랑을 받을 수 있었으니까. 타인으로부터 존재감을 확인받기 위한 처절한 몸부림이었다. 정작 스스로 사랑할 줄도 모르면서.

주은의 눈동자가 금세 텅 비었다. 수많은 감정이 한꺼번에 부풀어 올랐다가 쓸려나간 듯했다. 그녀는 자신을 물끄러미 바라보고 있는 시우를 마주 보았다. 처음 보는 듯 낯설게 느껴졌다. 자신을 위한 누군가…… 가져보고 싶다. 이기적이고 못됐다고 하더라도, 상관없었다. 지금 느끼는 이 온기를 놓치고 싶지 않았다.

입술이 제멋대로 열렸다.

"내가 헤어지자고 할 때까지 못 헤어져. 괜찮겠어?"

주은이 낮은 목소리로 말했다.

"네."

"널 사랑할 일도 없을 거야."

시우가 작은 한숨을 내쉬더니 고개를 끄덕였다.

"알았어요."

"그럴 일 없겠지만, 날 사랑하지도 마."

주은의 말에 시우는 가볍게 고개를 끄덕였다. 당연히 그럴 생각이 없다는 듯한 그의 태도에 안도가 되면서도 미묘한 기분이 치고 올라왔다.

"대신 나한테 두 개만 약속해줘요."

주은이 뭐냐는 듯 시우를 쳐다보았다. 그가 맞잡은 주은의 손등을 엄지손가락으로 어루만졌다.

"일주일에 한 번은 만나주기."

"……."

"섹스하자는 말은 아니니까, 걱정하지 마요. 그냥 잠깐만 얼굴을 보여줘도 되니까요."

시우의 말에 주은의 얼굴에서 날 선 기색이 사위어들었다. 그녀가 가볍게 고개를 끄덕였다. 그 정도는 들어줄 수 있다.

"그리고 이 손은 날 줘요."

"무슨 소리야?"

시우가 손등을 쓸다 말고 손가락 사이로 손가락을 밀어넣었다. 스르륵 밀고 들어오는 부드러운 손길을 느끼자 등에 오소소 소름이 돋아 올랐다. 주은이 뭐 하냐는 듯 쳐다보자, 시우가 깍지 낀 손을 거머쥐며 말했다.

"둘만 있을 땐, 허락받지 않고도 이 손을 잡게 해달라고요."

생각보다 별것 아닌 조건에 주은의 어깨가 느슨하게 풀어졌다.

"그래."

그의 제안은 자신의 제안에 비해 별것 없었다.

오히려 그가 자신의 조건을 다 수락할 거라 예상치 못했다. 불합리한 조건도 수긍하는 시우의 속내가 궁금했지만, 그녀는 애써 묻지 않았다. 그도 말할 생각이 없어 보였으므로.

"오늘은 이만 가볼게."

주은이 마시지도 않은 커피잔을 내려놓았다. 이미 다 식어서, 마실 기분도 들지 않았다. 그녀가 가방을 들고 일어나자, 그가 뒤따라 몸을 일으켰다. 현관으로 걸어가 신발을 신던 주은의 몸 위로 검은 그림자가 졌다. 현관문을 밀고 나서던 주은은 저를 뒤따라 나오는 시우를 보았다.

"어디 가?"

"데려다주러 가요."

"바로 위층이니까 신경 쓰지 말고 있어."

주은의 만류에도 시우는 꿋꿋하게 운동화를 신으며 말했다.

"데려다줄게요."

"안 위험해."

"위험해서 데려다주는 거 아니에요. 더 보고 싶어서 데려다주는 거예요."

시우의 말이 바람처럼 불어왔다. 그 바람에 마음이 수런거렸다. 주은은 고요한 눈으로 시우를 바라보다가 피식 웃었다.

"여자들을 많이 만나봤나 봐. 인기 많은 이유를 알겠다. 여자들이 좋아하는 말을 잘 알고 있네."

잘생긴 외모로 저런 말을 하는 남자라면 웬만한 여자는 다 넘어갈 것 같았다.

"이런 말 하는 거 처음이에요."

"……."

"그리고 다른 여자들 말고, 이주은 씨 좋으라고 하는 말이고요."

시우가 피식 웃으며 현관문을 열었다. 엘리베이터를 기다리는 내내 그는 그녀의 손을 놓지 않았다.

"손 놓자고 해도 안 놔줄 거지?"

주은이 엘리베이터에 비친 시우를 보며 물었다.

"이 손만큼은 내 거잖아요."

시우가 천진난만하게 웃어 보였다. 얼굴은 한없이 소년 같은데, 한참 올려다봐야 할 만큼 키가 큰 데다 어깨까지 단단하게 벌어져서 어려 보이진 않았다. 한 층이라 금세 올라갔다.

"그만 가볼게."

마침내 맞잡았던 손이 떨어졌다. 서늘한 공기가 손바닥에 닿았다. 왠지 아주 조금 아쉽다는 느낌이 들었다. 그러나 계속해서 틈을 보여선 안 된다는 걸 알기에 주은은 단호하게 현관문을 열었다.

"잘 가."

주은이 인사를 한 후, 현관문을 닫을 때였다.

턱!

현관문을 도로 잡는 손길에 주은이 돌아섰다.

"무슨……."

주은이 무언가 말하기도 전에, 그가 현관문을 열고 안으로 성큼 들어섰다. 엉겁결에 주은이 한 발자국 물러섰다. 그녀의 등이 벽면에 닿았다.

"왜 이래?"

주은의 물음과 동시에 그가 손을 뻗어 그녀의 손을 거머쥐었다. 그가 능숙하게 그녀의 손가락 사이로 자신의 손가락을 밀어넣었다. 그가 그러는 바람에, 주은은 꼼짝도 할 수 없게 되었다. 그사이 그가 한 발자국 성큼 다가왔다. 어느새 코끝이 닿을 만큼 가까워졌다. 시우의 입술에 예쁜 미소가 맺혔다. 주은이 놀란 얼굴로 그를 바라보았다. 그녀의 얼굴을 바라보던 시우가 한참 만에 말했다.

"그런데, 깜빡하고 안 한 말이 있어서요."

그사이, 센서등이 꺼졌다. 누군가가 눈을 감긴 것처럼 어둑해진 가운데, 시우의 낮은 목소리가 들렸다.

"하고 싶을 때면 언제든 날 끌어안아요."

"……."

"그럼 원하는 만큼 해줄 테니까."

웃음기가 완전히 사라진 낮은 목소리가 현관을 웅 하고 울렸다. 마치 단단하고 거대한 바위 앞에 선 것처럼 막막함이 밀려들었다. 시우는 목적어를 말하지 않았지만, 그녀는 단번에 알아들었다.

엉망진창이 되었던 그날 밤처럼 만들어주겠다고, 그가 말하고 있었다.

"잘 자요."

어둠 속에서도 시우는 능숙하게 그녀의 뺨에 입을 맞췄다. 깃털처럼 가벼운 입맞춤이었다. 주은의 시선이 어두운 집 안으로 향했다. 이 어두운 곳에서 또 깊은 밤을 보내야 한다. 잠들 수 있을까. 혼자 잠들고 싶지 않다.

그 생각에 닿자마자 주은의 손이 시우의 손을 잡았다. 시우의 움직임에 센서등에 불이 들어왔다. 시우가 잡힌 자신의 손목을 바라보았다. 시우의 시선이 손목을 타고, 팔을 지나 주은의 얼굴에 닿았다. 그녀의 텅 빈 표정이 묘하게 야해 보였다. 가느다란 얼굴선과 살짝 벌어진 입술, 투명해 보이는 하얀 얼굴까지도.

"자고 가."

"……."

"이 말로 끌어안는 걸 대신하고 싶은데."

주은의 말에 시우는 가만히 그녀를 바라보다 나른하게 웃었다.

"되긴 하는데 방금은 조금 위험했어요."

"……."

"설렜거든요."

시우가 피식 웃으며 주은에게 다가가 그녀의 뒷목을 거머쥐었다. 순식간에 옴짝달싹할 수 없게 되었다. 그 힘에 밀려 주은의 등이 벽에 툭 소리 나게 닿았다.

그의 입술이 그녀의 입술을 덮었다. 뜨거운 입술 사이를 가르고 들어온 혀가, 그녀의 입안을 금세 점령했다. 뜨겁고 축축한 혀가 얽혀들었다.

"으읍."

숨을 쉴 수 없을 만큼 강한 키스였다. 헤집어지는 건 입안인데, 머릿속이 온통 엉망진창이 되는 느낌이었다. 마지막에 간당간당하게 남아 있던 이래도 되나 하는 생각이 순식간이 휘발한 순간, 주은이 시우의 목을 끌어안았다. 단단하고 반듯한 뒷목이 손바닥으로 느껴졌다. 서로의 열이 전달되어 맞닿은 곳이 뜨거워졌다.

시우의 입술이 그녀의 목덜미를 타고 흘러내렸다. 예민한 곳을 입술로 빨아들이자 온몸이 노곤해졌다. 주은의 입술 새로 나지막한 신음이 새어나가자, 시우의 눈이 가늘어졌다. 그녀의 사사로운 반응이 그를 자극시켰다.

시우의 손이 그녀의 가슴을 아래에서부터 쓸어올렸다. 그는 마치 자신의 몸이라도 되는 양, 너무나 쉽게 그녀의 가슴 중심을 엄지손가락으로 훑어내렸다.

툭, 툭.

가볍게 엄지손가락으로 긁어내리는 움직임이 더없이 자극적이었다.

"흡."

주은의 옷 사이로 시우의 손이 순식간에 파고들었다. 브래지어를 밀어올린 그의 손이 그녀의 가슴을 어루만졌다. 맨살에 닿는 느낌이 이전과 확연히 달랐다. 부드럽게 쓰다듬는 손길에서 왠지 애틋한 느낌이 들었다.

그럴 리 없는데.

그가 자신에게 애틋할 일이 뭐란 말인가.

그녀의 다리 사이로 시우가 한쪽 다리를 밀어넣었다. 주은의 다리가 벌어지자 치마가 말려 올라갔다. 그 사이로 시우의 손이 들어왔다. 그의 손바닥이 그녀의 다리 사이를 쓸어내렸다. 애태우듯 훑고만 지나가는 손길에 주은의 몸이 흠칫하며 앞으로 숙여졌다. 그런 그녀를 상체로 받쳐낸 시우가,

그녀의 목덜미에 코를 묻었다.

"어떻게 해주길 바라요?"

그가 흥분한 듯 탁한 목소리로 물었다. 그 와중에도 그의 손길이 그녀의 다리 사이를 어루만졌다.

스윽.

엄지손가락이 긁듯이 그녀의 중심부를 훑었다. 단 한 번의 경험으로도 앞으로 다가올 일을 예상이라도 한 듯, 아래가 바짝 조여들었다.

"흣."

주은이 아무 말 못 한 채 얕은 신음을 뱉었다.

덜컹.

갑작스러운 문소리에 주은의 몸이 굳었다. 그녀의 시선이 문 쪽으로 향했다. 현관문이 여전히 굳게 닫혀 있는 걸 확인한 주은이 가슴을 쓸어내렸다. 다시금 문이 닫히는 소리가 들렸다. 맞은편 집인 듯했다. 만약 하는 중이었다면, 자신의 신음이 문을 넘어갔을 거라 생각하자 등골이 오싹해졌다.

주은의 시우의 손목을 거머쥐었다. 그의 시선이 맞닿은 손에 닿았다.

"방으로 들어가자."

그는 대답 대신 고개를 끄덕였다. 시우의 손이 빠져나간 걸 확인한 주은이 뒤로 돌아섰다. 시우가 그녀를 뒤에서 끌어안았다.

"대신, 그냥 가긴 애타니까……."

그가 작게 중얼거리며, 그녀의 속옷 사이로 손을 슥 밀어 넣었다.

"흡!"

주은의 몸이 흠칫하며 떨렸다. 손가락이 금세 젖은 골 사이를 파고들었다.

질척.

젖은 소리에 주은의 귀 끝이 발갛게 물들었다.

"안 가요?"

시우가 그녀의 허리를 끌어안은 채 물었다.

"그, 그러면 갈 수가……. 읏."

주은이 눈을 질끈 감으며 대답했다. 자신의 예민한 그곳에 이물감이 느껴졌다. 가만히 있어도 슬쩍 움직이는 움직임에 아래가 짜릿해졌다. 다리에 힘이 풀려 자꾸만 휘청거렸다.

그런데 이 상태로 걸으라니.

주은이 속으로 원망했다.

"도와줄게요."

시우가 낮게 말하며 한 발 앞서 걸었다. 주은이 떠밀리다시피 한 걸음 걸었다. 그러자 아래에서 움직이는 예민한 손길이 느껴졌다.

"흣."

주은의 감은 눈이 파르르 떨렸다. 시우는 자신의 팔 안에서 거부하지 않고 자신의 손길을 받아들이는 주은을 바라보았다. 자신의 손가락을 감싸는 따스한 아래가, 주은의 몸이라는 게 아직도 믿기지 않았다. 그 때문에 저절로 손가락이 움직였다. 마치 조금 더 주은을 느끼고 싶다는 듯.

"으읏."

주은이 숨을 가쁘게 내쉬었다.

쪽.

시우의 입술이 주은의 목덜미에 부드럽게 내려앉았다.

"어서 가지 않으면, 여기서 할지도 몰라요. 참기가 힘들거든요."

주은은 그의 말이 진심이라는 걸 알았다. 천천히 걸음을 옮겼다. 걸을 때마다 시우의 손가락이 뒤로 빠졌다가 깊은 곳으로 들어왔다.

어느새 손가락이 피스톤질을 시작했다.

"아…… 아앗!"

주은이 참지 못하고 신음을 흘렸다. 시우의 행동은 제멋대로이긴 하지만, 차라리 그래서 좋았다. 그의 이런 행동에, 그녀는 아무 생각도 할 수 없었다.

덜컥.

반쯤 열려 있던 문이, 그녀가 짚자마자 열렸다. 다리에 힘이 풀린 주은을 거의 들다시피 한 시우가 방문을 닫았다. 주은의 몸을 돌려세운 그가 그녀의 입술에 입을 맞추었다.

"읏!"

그의 손이 그녀의 치마를 걷어 올리고, 속옷을 끌어내렸다. 순식간에 한기가 피부에 닿았다. 그사이 시우가 제 바지와 드로어즈를 한 번에 잡아내렸다. 그의 중심을 본 순간, 주은은 오싹함을 느꼈다. 이전에 했다는 게 믿기지 않는 크기였다. 더 이상한 건, 시우와의 경험을 기억한 몸이 묘하게 들떠 있다는 거였다. 그가 자신의 중심을 거머쥐었다. 그의 큰 손에 중심이 가득 찼다.

"침대에서 하는 거 아니야?"

그와 별개로 주은이 혼란스러운 눈으로 당장이라도 시작할 것처럼 구는 시우를 바라보았다.

"침대에서도 할 거예요."

"응? 읏!"

주은이 난감해하는 사이, 그의 중심이 아래로 파고들었다. 주은이 시우의 어깨에 이마를 댔다.

"하…… 하아."

갑작스럽게 밀려든 뻐근함에 주은이 숨을 제대로 뱉지 못했다. 시우가 제게 안겨 있는 주은을 감싸 안았다. 그 손길이 따뜻했다. 마치 사랑하는 사람을 껴안는 듯한 다정함에 주은은 저도 모르게 피식 웃었다.

사랑하는 사람이라니. 그럴 리가.

시우는 자신을 가지고 싶은 거다. 그리고 자신도 시우를 이용하는 것뿐이고. 차갑고, 무의미한, 그래서 이어질 수 있는 관계였다.

"설마, 다른 생각 해요?"

"……."

"나랑 있으면서 무슨 생각 해요?"

"……."

"그건 조금 섭섭한데요."

탁!

시우과 말을 함과 동시에 아래에서부터 위로 쳐올렸다.

"으읏!"

순식간에 몸이 관통당하는 느낌에 주은이 시우의 옷을 거머쥐었다. 어느새 서로의 옷이 엉망진창이 되었으나, 거기까지 신경 쓸 겨를이 없다.

시우가 주은의 골반을 감싸쥐고는 서로의 몸을 찰싹 밀착시켰다. 벽과 시우의 사이에 갇힌 주은은 오갈 곳이 없는 상태로, 그에게 기댔다.

"아…… 아아!"

주은이 신음을 뱉었다. 마찰될수록 아래에서 불꽃이 피어오르는 듯했다. 눈앞이 아찔해지면서, 자꾸만 아랫배에 힘이 실렸다. 아래에서 뭔가 터져나올 것 같은 기분이었다.

"으…… 으읏! 하, 하아……."

주은이 눈을 감은 채 파르르 떨었다. 그의 몸이 빠르게 움직였다.

"아…… 아아! 앗!"

몸이 정신없이 흔들렸다. 시우가 주은의 블라우스를 다급하게 풀어젖혔다. 보기 좋은 가슴이 제 움직임에 따라 흔들렸다. 그가 더는 못 참겠다는 듯 눈을 지그시 감았다. 헝클어진 채 어쩔 줄 몰라 하는 하얀 얼굴이 자극적이었다.

시우가 주은을 돌려세웠다.

"뭐 하는…… 읏!"

주은의 물음은 끝까지 이어지지 못했다. 주은의 하얀 엉덩이를 끌어당긴 그가, 뒤에서부터 들이밀었다. 이전과 다른 느낌에 벽을 붙잡은 주은의 손끝에 힘이 바짝 실렸다. 이전과는 비교할 수 없는 깊이감이었다. 예민하고 여린 어딘가를 쿡쿡 찌르는 기분에, 엉덩이와 아랫배에 힘이 잔뜩 들어갔다.

"읏."

시우가 어금니를 깨물며 낮은 숨을 토했다. 갑작스럽게 아래가 조여들자, 눈앞이 아득해지는 기분이었다. 그녀의 아래는 무서울 정도로 사람을 빨아들였다. 정신을 차릴 수가 없었다.

"이미 충분히 예쁜데, 이런 거까지 예쁠 필요 있어요? 응?"

시우가 주은의 상체를 끌어안은 채, 속삭였다. 그가 그녀의 가슴을 움켜쥐었다. 손끝으로 바짝 솟은 유두를 집듯이 잡았다.

"흣. 하아……."

몽롱한 가운데, 예리한 감각이 몸을 관통했다. 시우의 목소리가 귓가에서 웅웅거렸다. 웃음기와 얕은 숨소리가 섞인 그의 목소리가 섹시했다. 남자의 목소리가 이토록 자극적일 수 있다는 게 신기할 정도였다.

시우의 움직임이 점차 빨라졌다. 온몸이 흔들리다 못해 머리까지 어지러웠다. 주은이 벽을 잘못 짚어 휘청거리자, 시우가 그녀를 뒤에서 끌어안았다. 그녀의 팔을 쥐고서 허리를 움직였다. 질척거리는 습한 소리와, 입술 사이에서 흘러나오는 더운 공기가 더 흥분하게 만들었다.

"으읏."

주은이 숨을 뱉으며 눈을 감았다. 눈앞이 어질어질해서 참을 수가 없었다. 그 순간, 아랫배가 바짝 조이며 까만 눈앞에 하얀 반점이 생겨났다. 등허리부터 머리끝까지 순식간에 훑고 지나가는 찌릿한 감각에 주은이 잠시 움직임을 멈췄다. 이후 바르르 떨며 허물어졌다. 시우가 잡고 있지 않았다면 그 자리에서 주저앉을 뻔했다.

"혼자 해버렸어요?"

시우가 나지막하게 속삭이며, 난처하다는 듯 웃었다.

시우가 빠르게 움직이다 제 몸을 빼냈다. 그녀의 하얀 엉덩이에 사정한 그가 금세 휴지를 가져왔다. 잠깐 사이에 다리로 흘러내린 애액을 닦아냈다. 다리부터 엉덩이까지 휴지로 훔쳐낸 그가, 새 휴지를 그녀의 다리 사이에 가져다 댔다.

"흣."

바짝 예민해져 있던 주은이 흠칫했다.

"뭐 하는 거야?"

주은이 원망하듯 시우를 쳐다보았다. 그러나 더는 따져 물을 수가 없었다. 저를 바라보고 있는 눈동자는 한없이 따스하고, 다정했다. 주은이 민망함에 시선을 떨구자, 시우의 웃음이 조금 더 짙어졌다.

"걸을 수 있어요?"

시우가 물었다.

"응."

그녀가 치마를 내리며 대답했다.

"거짓말."

시우가 휘청거리는 주은을 보며 피식 웃었다. 그가 그녀를 안아 들어 침대로 옮겼다.

"옷 갈아입어야 해."

"그럼 벗어요. 내가 입혀줄 테니까."

"……."

저렇게 선한 얼굴로 야한 소리를 아무렇게나 하다니.

주은은 대답 대신 조용히 이불을 덮었다. 이대로 쉬다가 다리에 힘이 돌아오면 갈아입을 생각이었다. 시우가 그 곁에 누웠다.

"……안 가?"

주은이 잠긴 목소리로 물었다.

"자고 가라면서요."

"……."

"그 대가로 방금 한 거면서 잊은 거 아니죠?"

"정말 자고 가게?"

"네."

"……."

"주은 씨가 자고 가라고 할 때마다 그렇게 할 거예요."

"……."

그의 깨끗한 눈동자가 반짝 빛이 났다. 귀한 보석처럼 보이는 그 눈동자가 진심을 이야기하는 것 같았다. 그녀는 시우의 선한 얼굴을 바라보았다. 방금 전까지 야하게 자신을 몰아붙이던 사람이 아닌 것처럼 느껴졌다. 시우가 착할수록, 자신은 못된 사람이 된 것 같았다.

"내가 못됐지?"

"왜 그렇게 생각해요?"

시우가 다정한 연인처럼 주은의 머리카락을 쓸어넘겨주며 물었다.

"그냥……."

딱히 설명할 순 없으나, 자신이 이기적이라는 건 느껴졌다.

"나한테는 기회니까, 신경 쓰지 마요. 그리고 더 이기적이어도 돼요. 써먹기로 했으면, 철저히 써먹어야죠. 안 그래요?"

시우가 선선하게 웃으며 남 일처럼 대답했다. 그는 아무렇지 않아 보였다. 자신의 이기적인 행동도, 지금 이런 상황도 모두 다. 주은은 시우가 자신을 조금도 사랑하지 않는다고 생각했다. 그렇기에 자신의 이런 행동에 다치지 않는 것일 테니.

"……먼저 잘게. 내가 잠들면 돌아가줘."

"그럴게요."

그는 기분 나쁘다는 기색 하나 없이 가볍게 대답했다. 그래서 조금 미안한 마음이 들었다. 주은은 자신이 덮고 있는 이불을 시우에게 덮어주려다가 관두었다. 사사롭게 정을 주고 싶지 않았다.

주은이 눈을 감자, 시우가 조용히 손으로 머리를 괴었다. 그러고는 눈을 감은 주은을 바라보았다. 그녀는 피곤했는지 금세 잠이 들었다. 그는 가야 한다는 걸 알면서도, 그곳에 남아 잠든 주은의 얼굴을 하염없이 바라보았다.

* * *

달칵.

방문을 여는 소리에 주은의 눈이 뜨였다. 고개를 돌리자 옷을 모두 챙겨 입은 시우가 방문을 열고 나가는 뒷모습이 보였다. 인사를 할까 했으나, 몸이 천근만근이라 베개에 얼굴을 파묻었다. 그러다 이상함을 느낀 그녀가 창가를 바라보았다. 커튼 사이로 밝은 빛이 새어 들어오고 있었다. 고개를 홱 돌려 시각을 확인했다.

7시.

잠깐 눈을 감았다 뜬 것 같은데, 벌써 7시다. 주은이 마지못해 몸을 일으켜 침대에 걸터앉았다. 무거운 눈꺼풀과 달리 몸은 가뿐했다. 깊게 잠들었던 모양이었다. 시우도 깜빡 잠이 든 모양이었다.

덜컹.

"어…… 형?"

현관문 열리는 소리와 함께 호성의 목소리가 들렸다. 옷을 주우려고 허리를 숙였던 주은의 몸이 뻣뻣하게 굳었다.

"형이 이 시간에 여기 왜 있어?"

방문 너머로 들리는 목소리에 의아함이 가득했다. 주은이 숨을 죽인 채 방문을 바라보았다. 시우와 호성이 마주칠 거라고 생각지 못했다. 보통 집에 가면 오후에나 귀가했기에, 방심하고 있었다. 주은이 다급하게 외출복을 돌돌 말아 침대 아래에 넣어놓고, 잠옷을 걸쳐 입었다.

"토스트기가 없어서 빌리러 왔어. 근데 생각해보니까 집에 식빵을 안 사놨더라. 그래서 그냥 돌아가는 중이었어."

시우의 차분한 목소리가 들렸다. 마치 이 순간을 예상했던 것처럼, 능숙한 대답이었다. 그러면서도 주은은 조마조마했다. 호성이 시우의 말을 믿을까.

"아, 그래? 어떻게 들어왔는데?"

"너희 누나가 열어주던데."

"그래? 역시, 우리 누나 여기 있지?"

"응. 피곤한지 문만 열어주고 다시 자러 들어가더라. 나중에 죄송하다고 전해줘."

"에이, 누나도 참. 손님한테 부엌을 뒤지게 만들고 말이야.

하여튼 알았어. 잘 가. 조만간 술 마시자."

"그래."

두 사람의 대화가 끝나가자 주은이 참았던 숨을 길게 내쉬었다. 호성에게 시우와 자신의 관계를 들키고 싶지 않았다. 이 관계는 조용히 묻어둘 참이었다.

"아, 형!"

호성이 시우를 다시금 불러 세웠다. 시우가 말하라는 듯 쳐다보았다.

"아침거리는 있는 거야? 우리 집에 식빵 있는데 줄까?"

"아니. 됐어."

"배고픈 거 아냐?"

호성의 물음에 시우가 흘리듯 주은의 방문을 바라보았다. 일어났을까, 아니면 잠들어 있을까. 문득 시우는 궁금해졌다. 그의 눈이 가느스름해졌다.

"괜찮아. 어젯밤에 포식했거든."

"그래? 뭐 먹었는데?"

순진한 호성이 눈을 말똥말똥하게 뜨고서 물었다.

"그런 거 있어. 내가 좋아하는 거."

시우가 싱긋 웃으며 돌아섰다.

"그런 건 같이 먹지?"

"됐어. 가볼게."

시우가 잡을 틈 없이 현관문을 밀고 사라졌다. 홀로 남은 호성은 뒷머리를 벅벅 긁었다.

"뭐지? 저 형, 별로 식탐 없는데?"

주은과 시우를 전혀 연결 짓지 못한 호성은 금세 시우의 말을 잊어버렸다.

덜컹.

방문을 열고 주은이 나왔다.

"누나."

주은을 발견한 호성이 미간을 확 좁혔다. 그녀가 대답 대신 호성을 쳐다보았다.

"왜?"

"꼴이 그게 뭐야? 옷은 갈아입었는데, 화장은 안 지운 거야?"

"아……."

그제야 주은은 자신이 화장도 지우지 않은 채 잠들었다는 걸 깨달았다. 어젯밤 씻을 틈 없이 시우에게 붙잡혔었으니까. 주은이 제 손으로 얼굴을 감싸쥐었다. 그사이 호성은 손님이 부엌을 뒤지게 하면 어쩌냐고 잔소리를 쏟아냈다. 평소라면 그만하라고 말렸겠지만, 찔리는 구석이 있어서 주은은 가만히 듣고만 있었다.

"너무 피곤해서 그랬어. 웬일로 이렇게 일찍 왔어?"

주은이 부엌으로 들어가 물을 한 잔 따르며 물었다.

"학교 가야 하는데, 준비를 안 해 갔더라고. 그러는 누나는 어제 왜 그냥 갔어? 누나 가고 나서 엄마랑 아버지랑 계속 기분 안 좋았는데. 무슨 일인지 모르겠지만, 참지 그랬어?"

참지 그랬어, 라는 그 말이 아슬아슬한 마음 위에 놓였다. 우르르, 마음이 무너졌다.

"무슨 일인지 모르면 훈수 두지 마."

"……누나?"

주은의 차가운 대답에 호성이 깜짝 놀란 얼굴로 그녀를 바라보았다. 이렇게 냉정하게 끊어내는 대답은 처음이었다. 평소라면 '그러게. 나중에 부모님한테 전화드릴게.'라고 대답했을 그녀였다.

주은의 얼굴을 바라보던 호성은 한 번 더 놀랐다. 자신을 바라보는 주은의 표정이 말보다 더 냉담했다.

"누나, 갑자기 왜 그래?"

"이번 일은 내가 알아서 할게."

주은이 치솟아 오르는 감정을 지르밟으며 차분하게 대답했다.

"알아서 한다고 해놓고 집안 분위기만 엉망으로 만드니까 그렇지."

"방금도 말했지? 무슨 일인지 모르면 아무 말 하지 말라고."

"누나, 무슨 말을 그렇게 해?"

호성이 얼굴을 찌푸렸다.

"그럼, 내가 어떻게 말해야 하는데? 무조건 너한테 미안하다고 해?"

"그건 아니지만……."

호성이 말문이 막혔는지 더는 말을 잇지 못했다. 주은 역시 입을 꾹 다물었다. 잠시 잊었던 어젯밤의 감정이 새롭게 솟아올랐다. 아니, 그보다 더 짙은 감정이었다. 잠시 외면하고 있던 사이에 깊어지고 진득해진 분노와 서러움. 가족 중 누구도 자신의 이야기를 들으려고 하는 사람이 없었다. 용기 내어 다가간 순간, 그녀의 손은 내쳐졌다.

'너만 참으면 돼.'

그들이 자신에게 준 해답은 그것뿐이었다.

"너도, 나만 참으면 된다고 생각해?"

주은이 호성을 물끄러미 바라보며 물었다.

주은은 고요한 표정이었다. 그런데 이상하게도 살얼음판 위에 서 있는 사람처럼 호성의 눈에는 위태로워 보였다. 툭 건들면 금세 수면 아래로 쑥 사라질 것 같았다. 호성은 그런 이상한 위기감을 느끼면서도, 그 생각을 밀어냈다.

설마. 자신의 누나가 그럴 리 없다. 자신의 누나는 순종적이고, 다정하며, 착한 사람이니까.

"참으면 편하잖아. 부모님이랑 싸워서 뭐할 거야? 안 그래?"

호성의 말에 주은이 입을 다문 채 눈을 내리깔았다.

"……그래."

그녀가 무언가 포기한 듯 낮은 목소리로 대답했다. 호성은 자신을 지나치는 주은을 붙들었다.

"누나, 오늘 진짜 이상해. 무슨 일 있었던 거야?"

"아니."

"엄마 아버지랑 무슨 일 있었는지 말 안 해줄 거야?"

"태현 씨랑 결혼 안 하겠다고 했다가, 싸웠어."

아니, 싸움이 아니라 일방적인 거절이었다. 주은은 그러나 구구절절 설명하지 않았다. 그저 자포자기한 얼굴로 대답했다.

"뭐? 왜? 왜 결혼을 안 해? 그 좋은 자리를? 결혼 전에 여자들이 싱숭생숭하다던데, 그거야? 에이. 그거 시간 지나면 괜찮아진대. 태현 형같이 조건 좋은 사람이 어딨어. 결혼해! 누나가 결혼해야 나도 편하지."

호성의 농담 섞인 대답에 주은이 쓰게 웃었다. 자신이 결혼을 안 하겠다고 하면 '무슨 일이야?'라고 물어야 하는 게 먼저 아닐까. 왜 그런 생각을 했는지, 태현과 무슨 일이 있는 거 아닌지, 혹시 힘든 건지……. 그러나 호성마저도 자신의 결혼으로 득 볼 생각부터 하고 있었다.

"그런 거 때문에 엄마 아버지랑 싸운 거야? 난 또 뭐라고. 그냥 누나가 사과해. 엄마 아버지랑 싸워서 누나가 이길 수 있을 거 같아? 못 이기잖아."

가슴에 싸한 바람이 불었다.

너도 그렇게 생각하고 있었구나.

주은은 금세 웃던 얼굴을 지워내고, 호성의 손을 밀어냈다.

"놔. 회사 갈 준비 해야 해."

주은이 차가운 표정으로 방문을 열고 들어갔다. 쿵 소리 나게 방문을 닫았다. 주은은 방문에 기대섰다. 호성의 중얼거리는 목소리가 들렸다.

"혹시 그날인가."

울컥하고 무언가가 치솟아 오르자 목구멍이 아팠다. 잠시 눈을 감은 채 그곳에 서 있던 주은이 힘겹게 몸을 떼어냈다.

딩동.

울리는 벨 소리에 주은의 고개가 돌아갔다. 자신의 휴대전화가 화장대에 놓여 있었다. 휴대전화를 이곳에 둔 적이 없었기에 주은이 의아한 얼굴로 집어 들었다.

[내 번호예요.]

낯선 번호로 문자가 도착해 있었다. 시우라는 걸 단번에 알 수 있었다. 자신의 가방에서 휴대전화를 꺼내 번호를 가져간 모양이었다. 주은은 답장을 하려다가 관두었다.

그에게 연락하면, 지금 보자는 말이 나올 것 같았다.

3

점심시간을 코앞에 둔 때, 휴대전화가 잘게 진동했다.

[바쁘니? 안 바쁘면 엄마한테 전화 한 통 해줘.]

주은이 휴대전화를 뒤집어놓은 채 남은 일을 할 때였다.

"주은 씨."

선유가 등 뒤에서 그녀를 불렀다.

"네."

"팀장님이 찾으셔. 가봐."

선유의 말에 주은의 시선이 팀장실로 향했다. 보고할 일도, 급하게 이야기를 나눌 일도 없었다. 그렇다는 건 사적인 이야기라는 소리였다. 주은이 조용히 한숨을 내쉰 채 자리에서 일어날 때였다. 선유가 자리로 돌아가다 말고, 그녀에게 다가와 속삭였다.

"아, 맞다. 나 방금 메신저로 주 대리한테서 들었는데 오늘 팀장님, 윤정 대리랑 같이 출근했대. 주 대리가 봤다더라. 두 사람 진짜 심상찮은 사이인가 봐."

"……."

"표정이 왜 그래?"

"아니에요. 오늘 좀 피곤해서요."

더 놀랄 것도 없다고 생각했는데, 이런 이야기가 새삼 충격으로 다가왔다. 돌이켜보면 주은은 태현의 집에 가본 적이 없었다. 그가 초대하지 않았고, 그녀 또한 감히 생각지도 못했다. 그는 함부로 스킨십을 하지 않았기에, 자신을 아껴준다고 생각했었다. 실은 조금도 마음이 없었던 건데. 서걱, 유리 칼날이 마음을 베고 지나간 듯 시렸다.

주은이 쓰게 웃었다.

잘 알고 있던 사실인데, 왜 새삼스럽게 이러는 건지.

주은이 팀장실 문을 똑똑 두드리자, 문 너머에서 "들어와." 라는 목소리가 돌아왔다. 문을 열고 들어서자 태현이 그녀가 올 줄 알고 있었다는 듯 물끄러미 바라보고 있었다.

"부르셨어요."

주은이 무심한 얼굴로 물었다.

"빨리 왔네."

"말씀하세요."

"많이 차가워졌네. 다른 사람인 줄 알겠어."

태현이 농담하듯 말을 걸어왔다.

"그편이 좋으신 거 아닌가요?"

"아니. 무심해도 나를 좋아하던 이주은이 좋은데 말이야."

태현이 웃어 보였다. 그녀의 눈이 태현을 훑었다. 여전히 깔끔한 스타일에 단정한 헤어스타일을 하고 있었다. 그런데 어딘가 조금씩 평소와 달라 보였다. 마치 누군가의 손을 탄 것처럼. 주은은 그 누군가가 윤정이라는 걸 알았다. 다른 여자의 손을 탄 채, 이전처럼 자신을 좋아하라고 강요하는 남자라니. 최악이었다.

그러나 화낼 생각은 없었다. 어젯밤, 자신도 다른 사람의 손을 탄 건 마찬가지였다.

“하실 말씀 없으시면 나가보겠습니다.”

주은이 고개를 꾸벅 숙였다.

“오늘 아침 일찍부터 아버님께 전화가 왔어.”

주은이 멈칫했다.

“네가 많이 흔들려 하는데, 진심이 아닐 테니 곁에서 잘 잡아주라는 당부의 말씀을 하시던데. 무슨 일이라도 있었던 건가?”

그런 연락은 딸인 자신에게 했어야 했다. 어젯밤 집을 뛰쳐나간 딸에게 전화해서 마음을 붙잡으라고 이야기했어야 했다. 이렇게 구질구질하게 빌듯이 태현에게 전화할 일이 아니었다. 마치 자신의 딸이 실수하더라도 이해해달라는 뉘앙스가 아닌가. 주은이 쓰게 웃었다.

“……아무것도 아니에요.”

주은이 눈을 내리깔았다.

“나랑 헤어지겠다고 말했던 건 아니지? 설마?”

태현이 떠보듯 물었다. 그가 대답을 기다리는 듯 한쪽 눈썹을 치켜올렸다. 평연한 태도였으나, 조금 화가 난 듯한 분위기였다.

"아니에요."

말도 못 꺼내보고 거부당했다. 왜 헤어지려고 하는지조차 아버지는 들을 생각이 없어 보였다.

"그럼 다행이고."

태현이 그제야 미소를 그렸다.

"오늘 출근길에 다른 여자랑 출근하는 거 직원한테 들켰다고 들었어요."

"아아. 그래? 그래서, 신경 쓰였어?"

"네."

주은의 대답에 태현의 표정이 느슨하게 풀어졌다. 실제로 태현은 주은의 대답이 만족스러웠다. 그녀가 자신에게 반응하는 것이 재미있었다.

"쇼윈도 부부를 하려면 제대로 해야죠. 누구랑, 어디서, 뭘 하든 상관은 없는데 적어도 나를 불쌍한 사람으로는 만들지 말아야죠. 안 그래요? 앞으로 조심해주세요."

"미안하게 됐어. 늦게 일어나서."

"그런 무성의한 태도로 쇼윈도 부부가 가능할지 모르겠네요. 혹시 서로의 애인을 인정해주는 부부로 소문낼 거면 미리 말해주세요. 그래야 저도 좋은 남자를 알아보죠."

주은이 가볍게 웃으며 독한 말을 쏟아냈다. 미련 없이 돌아서는 주은의 뒷모습을 바라보던 태현의 눈이 가느스름해졌다.

가시에 찔린 듯 따끔했다. 순한 백합인 줄 알았는데, 가시가 있는 장미였던가.

“다른 남자라…….”

태현은 그녀의 곁에 다른 남자가 있는 걸 상상해보았다. 어떤 남자일지 상상이 되질 않았다. 하나 확실한 건, 썩 좋은 기분은 아니라는 거였다. 어쨌든 상관없었다. 이주은은 다른 남자의 손을 잡을 만한 여자가 아니다.

혹시 만에 하나 주은이 다른 짓을 한다면, 그 말도 안 되는 계약은 파기하면 되는 거라 그는 크게 신경 쓰지 않았다.

그럼에도 태현은 뭔가 찝찝해져 멀어지는 주은의 등을 가만히 보았다.

⁂

늦은 밤, 고급 클럽의 2층에 삼삼오오 사람들이 몰려 있었다. 2층은 1년에 얼마 이상의 금액을 지불한 사람들만 드나들 수 있는 VIP 클럽이었다. VIP의 혜택은 다양했지만, 그중 가장 특이한 점은 2층에선 1층을 내려다볼 수 있지만, 1층에선 2층을 볼 수 없도록 일방투명경으로 되어 있단 점이다. 그 때문에 2층의 존재를 모르는 사람들도 많았다.

넓은 2층 공간에 테이블이 드문드문 놓여 있었다. 시끌벅적한 아래와 달리, 2층은 대화를 나눌 수 있을 정도의 볼륨으로 음악이 흘러나왔다.

"다들 미쳤네. 미쳤어."

인우가 혀를 끌끌 차며 1층을 바라보았다. 음악에 맞춰 정신없이 몸을 흔들고 있는 사람들이 보였다.

"안 그래?"

그가 곁에 서 있는 남자를 쳐다보며 다시 한 번 물었다. 아래를 바라보는 남자의 눈동자가 무심했다. 인우가 말 대신 한숨을 내쉬었다. 가끔 시우는 저런 표정을 지을 때가 있었다. 다른 생각에 잠겨 있다는 뜻이었다.

"무슨 생각을 해? 남의 생일파티에 왔으면 놀아야지."

인우가 얼굴을 찌푸렸다. 귀국 후 처음으로 맞이하는 생일이라 겸사겸사 클럽 2층에서 하게 되었다. 통째로 빌리려던 계획은 절반을 미리 대여한 사람 때문에 망가졌다. 어찌 되었든 신나게 놀아야겠다는 두 번째 계획은 시우가 등장하면서 엉망이 되었다.

주변 사람들이 흘깃거리며 시우를 쳐다보았다. 시우가 누군지 못 알아보는 이들조차도, 그를 신경 쓰는 눈치였다.

아무것도 하지 않고 있어도 시우는 늘 이렇게 사람들의 시선을 끌어모았다. 큰 키, 눈에 띄게 잘생긴 얼굴에다 어디에 있어도 휩쓸리지 않는 독보적인 분위기 때문이었다. 그의 배경에 대해 알게 된다면 사람들은 더더욱 시우의 눈치를 살필 게 분명했다.

"이번 생일은 최악이다, 진짜."

인우가 난간에 아슬아슬하게 기댄 채 하소연했다.

"노래가 마음에 안 드는데."

시우가 고개를 돌리며 말했다.

"넌 모처럼 내 생일에 와서 할 말이 그것밖에 없냐?"

"우리가 생일 선물을 주고받을 나이는 아니잖아."

"그건 그렇지만……."

인우가 할 말은 없지만, 마음에 안 든다는 듯 얼굴을 찌푸렸다.

"노래도 마음에 안 들고, 분위기도 축축 처지고. 후우."

인우가 얼굴을 찌푸렸다.

"노래는 왜?"

모처럼 시우가 관심을 가지자, 인우가 참아왔던 일을 꺼내놓기 시작했다.

"여기 시스템이 돈을 가장 많이 내는 놈이 2층 클럽 노래를 좌지우지할 수 있거든. 근데 알잖냐, 나 이번에 차 바꾸면서 한도 다 쓴 거. 아버지한테 더 달라고 했다간 주식 회수 조치될 것 같아서 참고 있거든. 그랬더니 노래가 이따위다."

인우가 짜증난다는 듯 미간을 좁혔다. 귀가 아플 정도로 시끄러운 음악이 흘러나왔다. 리드미컬하고 부드러운 음악을 좋아하는 인우로서는 피곤한 노래였다. 시우의 시선이 인우의 어깨 너머로 향했다. 인우와 함께 클럽 2층을 빌린 사람들이었다. 여섯 명의 여자가 꽤 많은 수의 남자들과 모여 있었다. 남자들은 누가 봐도 호스트였다. 시우는 여섯 명의 여자 중 가장 중심에 앉아 있는 긴 생머리의 여자를 보았다.

여자는 클럽과는 어울리지 않는 점잖은 옷차림을 하고 있었다. 어색한 조합임에도 여자의 화려한 외모와 당당한 분위기 탓에 그럴싸해 보였다. 다른 여자들이 호스트들과 질척한 스킨십을 하는 동안, 여자는 다른 사람들의 행동을 지켜보기만 했다.

시우가 카운터로 걸어가자, 직원이 바짝 긴장했다. 오래도록 이런 곳에서 일을 하면 가장 크게 영향력을 미치는 사람이 누군지 빠르게 파악이 되었다. 한쪽 무리에선 중심에 앉아 있는 여자였고, 다른 무리에선 저 남자라고 감이 외치고 있었다.

"노래 바꾸는 데 얼마죠?"

"현재 530만 원입니다."

"650만 원 결제하고, 노래 바꿔요. 강인우 씨가 원하는 대로."

그가 카드를 내밀었다. 뒤늦게 쫓아온 인우가 놀란 얼굴로 시우를 쳐다보았다. 아무리 돈이 많은 그들이라지만, 클럽의 노래를 바꾸는 데 몇백을 쓰는 건 쉽지 않았다. 더욱이 카드 내역이 부모한테 가는 상황이라면 더더욱.

"야!"

인우가 소리쳤다.

"노래 바꿔. 선물이야. 그리고 건드리지 마. 쉬다가 가려고 온 거니까."

시우의 말에 인우가 우물쭈물하는 얼굴로 쳐다보았다. 노래를 제멋대로 바꿀 수 있다니 좋긴 한데, 자신을 건들지 말라는 시우의 말에 의아했다.

"대체 그럴 거면 왜 온 건데?"

인우가 얼굴을 구기며 물었다.

"시간이 안 가서."

"뭐?"

"집에 있으니까 시간이 안 가."

시선은 자꾸 위를 향했다. 휴대전화를 손에서 놓지 못했고.

시우는 뒷이야기를 더 하지 않았다.

"알겠습니다. 노래는 이틀 전 신청하신 내역대로 진행해도 괜찮겠습니까?"

직원이 계산하며 공손하게 물었다. 인우가 고개를 끄덕이자, 노래가 금세 바뀌었다.

"그래서 말이야, 어? 노래 바뀌었다."

갑작스레 노래가 바뀌자, 웃고 떠들던 여자들이 행동을 멈추었다. 여자들의 시선이 중심에 앉아 있는 여자에게 쏠렸다. 방금 전까지 웃고 있던 여자의 얼굴에서 차츰차츰 웃음이 사라졌다. 윤정이 신경질적으로 머리를 쓸어넘기며 고개를 돌렸다. 카운터에 서 있는 남자의 뒷모습을 발견한 윤정은 얼굴을 찌푸렸다.

이런 일은 종종 있었다. 남자들은 돈을 쓰고 자신에게 다가와 으스대곤 했다. 그러면서 은근슬쩍 원하는 노래를 틀고 싶으면 합석하자고 권유했다. 윤정은 그럴 생각이 없었다. 남자들이 자신의 위에서 군림하는 걸 원치 않았다. 자신이 남자들을 가지고 노는 이런 상황이면 모를까.

그녀가 카드를 들고 카운터로 다가갔다. 카운터로 다가갈수록 윤정의 표정이 미묘해졌다. 그러다 시우가 완전히 몸을 돌려세운 순간, 윤정의 걸음이 뚝 멈추었다. 남자와 눈이 마주친 순간, 가슴이 술렁거렸다. 남자는 아름다웠다. 여자인 자신이 다가가기 힘들 만큼. 자신이 봐왔던 그 어떤 사람보다 아름다워, 윤정은 순간 말문이 막혔다.

그사이, 시우가 걸어왔다. 윤정은 그가 자신에게 말을 걸 거라고 생각했다. 애써 표정관리를 할 때였다.

스윽, 남자가 그녀를 아무렇지 않게 스쳐 지나갔다. 윤정이 믿기지 않는다는 얼굴로 뒤돌아섰다. 자신이 먼저 남자를 외면한 적은 있어도, 남자가 자신을 무시한 건 처음이었다. 종종 이런 식으로 자신을 도발하려고 한 남자들이 있긴 했지만, 그들은 티가 났다. 이렇게 완벽하게 건조한 눈으로 자신을 본 남자는 없었다.

"저기요."

윤정이 시우를 불렀다. 그가 돌아섰다. 윤정은 그에게 다가갔다. 생각보다 키가 훨씬 컸다. 그리고 가까이서 본 얼굴은 훨씬 더 아름다웠다. 자신의 취향이었다. 오랜만에 갖고 싶은 남자가 생겼다.

"이름이 뭐예요? 돈 쓰는 걸 봐선 호스트는 아닌 거 같고……. 뭐 하는 사람이에요?"

시우가 무심한 얼굴로 그녀를 보았다.

"그건 왜?"

시우가 반말을 툭 던졌다. 그러자 윤정의 표정이 구겨졌다. 선한 외모와 달리 무서운 기세가 느껴졌다. 동시에 슬쩍 흘리는 시선이 야릇했다. 윤정은 눈앞의 남자가 더욱더 마음에 들었다.

지잉.

손에 쥐고 있던 휴대전화가 진동했다. 그가 휴대전화를 꺼냈다. 문자를 확인한 그의 표정이 대번에 바뀌었다. 표정이 환해졌다.

"누구예요? 애인?"

윤정이 말을 걸어도, 그는 아무런 대답이 없었다.

"야. 너, 사람 말이 말 같지 않냐?"

윤정에게 다가온 호스트가 시우의 손에서 휴대전화를 빼앗았다. 시우가 남자에게 손을 내밀었다.

"내놔."

시우의 목소리가 한층 음산하게 가라앉았다.

"이리 줘."

윤정이 시우의 눈을 똑바로 본 채, 호스트에게 손을 내밀었다. 시우의 휴대전화를 달라는 제스처에 호스트가 기분 상한 듯 윤정의 옆얼굴을 바라보았다. 어느새 윤정의 관심이 시우에게로 옮겨진 것이 확연했다. 그러나 윤정은 자신의 가장 큰 돈줄이었다. 꾹 참으며 윤정에게 휴대전화를 내밀었다. 시우의 휴대전화가 윤정의 손끝에 닿았다.

퍽!

순식간에 벌어진 일에 윤정의 눈이 크게 벌어졌다. 방금 전까지 자신의 곁에 서 있던 호스트가 저만치 날아갔다.

"히익."

"무슨 일이야?"

사람들이 놀란 얼굴로 쳐다보았다. 윤정의 손에 넘어갈 뻔한 휴대전화를 낚아챈 시우가 그대로 호스트의 옆얼굴을 주먹으로 찍어버렸다. 윤정은 돌이 된 듯 굳었다. 사람을 때려 놓고도 시우는 태연하게 자신의 휴대전화를 살폈다. 휴대전화가 멀쩡하다는 걸 확인한 시우가 테이블 위에 놓인 잔을 들어 바닥에 집어 던졌다.

쨍그랑!

강한 파열음에 2층이 순식간에 고요해졌다. 그걸로 성에 안 차는지 잔을 들어 호스트의 얼굴로 던지려 할 때였다.

"하시우!"

뒤늦게 상황을 파악한 인우가 시우의 손을 잡았다.

이 미친놈.

인우가 속으로 이를 으득으득 갈았다. 사람들은 선한 시우의 겉모습에 속곤 했다. 다정하고 따뜻한 사람일 거라 생각하지만, 실상은 손속이 잔인하고 무서운 성격이었다. 시우의 물건에 제멋대로 손을 댔으니 이 남자는 무사하지 못할 거라고 생각했다. 그러나 시우가 손을 뿌리치더니 무서운 눈으로 윤정을 바라보았다.

"남의 물건 만질 땐 조심해."

시우가 소름 끼치도록 차가운 눈으로 말한 후 돌아섰다. 생각보다 일이 빨리 끝나자 당황한 건 인우였다. 시우는 급하게 건물을 뛰어나갔다. 눈이 한번 돌아가면 쉽사리 제정신으로 돌아오지 않는 놈이 저러니 이상하게 보였다.

"저…… 저 새끼가…… 도망을 쳐? 저 미친놈이!"

뒤늦게 호스트가 자리에서 일어나 소리쳤다.

"입 다물어."

윤정이 차가운 눈으로 호스트에게 일갈했다. 그가 그녀의 눈치를 살피며 입을 다물었다. 그러나 화를 못 참겠다는 듯 이를 바득바득 갈았다.

"저 남자, 누구예요?"

윤정이 멍하게 서 있는 인우에게 물었다.

"왜요? 관심 있어요?"

"네. 아주 많이요."

"관심 꺼요."

인우의 무성의한 대답에 윤정이 미간을 좁혔다. 그는 윤정의 위아래를 주욱 살피며 말했다.

"그쪽으로는 안 돼요. 이미 주인 있는 미친개니까, 탐내지 말라고요."

인우는 고개를 절레절레 흔들며 본래의 자리로 돌아갔다.

이미 흥이 다한 듯, 그는 자리를 마감하고 있었다.

"괜찮아요, 언니?"

상황이 다 끝난 후에야 후배 하나가 슬그머니 그녀에게 다가왔다.

"괜찮아."

윤정은 대답과 달리 손끝을 가늘게 떨었다. 호스트의 머리를 주먹으로 가격할 당시, 남자의 시선은 정확히 그녀를 향해 있었다. 마치 한 번만 더 건들면 다음은 네가 될 거라는 경고처럼. 그런 섬뜩하고 무서운 경고는 처음이었다.

그런데…….

"방금 그 남자에 대해 알아볼 수 있어? 이름이 하시우라던데……."

이미 생겨버린 관심이 꺼지질 않았다.

하시우.

그 이름이 입안에서 뱅뱅 맴돌았다. 왠지 이름이 낯익었다. 어디선가 본 적이 있는 걸까. 한 번 보면 잊히지 않을 외모라, 아닌 것 같았다. 이유야 어찌 되었든 다시 보고 싶었다.

"알겠어요, 언니."

여자가 알겠다는 듯 고개를 끄덕였다.

서늘한 바람이 정처 없이 떠도는 시각, 주은은 고개를 숙여 자신의 신발코를 바라보았다. 시선만 그곳에 두었을 뿐, 그녀의 생각은 다른 곳을 떠다녔다. 공원의 가로등은 고장이 났는지 꺼져 있었다. 어둠에 폭 파묻힌 느낌이 들었다. 이대로 누구도 자신을 발견하지 않았으면. 주은은 무심한 눈을 감았다 뜨며 생각했다.

평소라면 귀가해서 편한 옷을 입고 있었을 시간이다. 그녀의 발길을 잡은 것은, 호성의 연락이었다. 무슨 일이냐고 묻는 주은에게, 호성은 불편한 기색을 풀풀 풍기며 물었다.

– 누나, 집에 엄마 와 있어.

「아, 그래?」

주은은 태연하게 대답했으나, 걷다 말고 그 자리에 멈춰 섰다. 자신도 모르는 사이에 몸이 반응했다.

얼마 전까지만 해도 엄마가 집에 있다는 말을 들었으면 더 빨리 돌아갔을 텐데…….

주은이 쓰게 웃었다.

– 엄마가 누나랑 전화가 안 된다는데?

「일하느라 바빴어.」

– 얼마나 바쁘길래 연락이 안 되니?

휴대전화에서 선숙의 목소리가 흘러나왔다. 호성의 전화기를 빼앗은 모양이었다. 곁에 서 있던 호성이 '엄마.' 하고 투덜거리는 목소리로 불렀다.

「……많이 바빴어요.」

– 퇴근하고 연락하지 그랬어. 나는 무슨 일이라도 생긴 줄 알고 걱정했잖니.

다정한 선숙의 목소리를 들으며 주은은 쓰게 웃었다.

「아직 태현 씨랑 안 헤어졌어요. 그러니까 걱정하지 마세요.」

– 얘는 무슨 말을 그렇게 해? 섭섭하게. 엄마가 너한테 섭섭하게 한 거 있니?

선숙의 조심스러운 목소리에, 곁에 서 있던 호성이 '누나는 엄마한테 왜 자꾸 저래? 사춘기 왔어?'라며 툴툴대는 게 들렸다. 과연 호성이 곁에 없어도 선숙은 이런 목소리를 냈을까. 문득 궁금해졌다.

「농담인데, 그렇게 받아들이셨나 봐요.」

– 농담이었어? 농담을 안 하던 네가 하니까 이상해서 그랬나 봐.

「그런가요? 오늘은 집에 늦게 들어갈 거 같아요. 일이 많거든요. 그러니까 그만 돌아가세요.」

– 오늘은 얼굴을 좀 봤으면 하는데……. 언제 오니?

「언제 마칠지 몰라요. 자정이 넘을 수도 있고요.」

– 기다릴게. 딸 기다리는 게 뭐 힘들겠니? 안 그래?

「돌아가시라고요.」

주은이 피곤한 목소리로 말했다. 그녀는 손으로 자신의 이마를 짚었다. 지금은 선숙을 만나고 싶지 않다.

– 기다릴게. 얼굴 좀 보고 이야기하자. 응?

「무슨 이야기요? 태현 씨랑 헤어질까 봐 그래요?」

– 너, 정말 그럴 거니?

더는 못 참겠다는 듯 선숙의 목소리가 높아졌다. 그러다가 금세 '그러지 말고…….'라며 설득하기 시작했다. 지금 선숙을 만나면 무슨 말을 들을지 뻔히 보였다. 태현과 결혼하라며 자신을 끝없이 다독이겠지. 자신의 입에서 '그럴게요.'라는 말이 나올 때까지. '너를 위해서.'라는 말로 시작한 설득은 끝내 '우리 가족을 살려줘.'로 끝날 거다.

주은의 텅 빈 눈동자가 허공에서 맴돌았다. 문득 어머니의 마음에 자신을 위한 마음이 한 톨이라도 남아 있는지, 궁금했다.

「저 말고 호성이를 좋은 집안에 장가보내는 건 어때요?」

주은이 낮은 목소리로 물었다.

– 뭐?

선숙의 목소리에 날이 섰다.

「충분히 가능성 있잖아요. 성격도 좋으니 처가살이도 잘할 거고. 호성이 정도 인물이면 데려가겠다는 사람 많을 거 아니에요. 얼마 전에 꽤 대단한 집 여자가 호성이를 만나보고 싶어 했다면서요. 오히려 저보단 호성이가 낫죠. 안 그래요?」

– 너, 무슨 말을 그렇게 하니? 어린 동생을 그렇게 갖다 팔고 싶어? 남자가 처가살이라니? 얼마나 눈치 보이겠어? 그

리고 호성이 나이가 몇인데. 아직 결혼하려면 한참 멀었잖니.

「저는…… 갖다 파시나 봐요?」

– 아…….

선숙이 당황한 목소리를 냈다.

「그래도, 괜찮아 보이나 봐요?」

주은이 조용히 물었다. 알고 있었던 사실이 예리한 바늘이 되어 가슴 깊숙한 곳으로 박혀왔다. 가슴 뒤편에 아주 작게 남아 있는 희망이 관통당해 부서졌다. 아주 얇은 살얼음판에서 차가운 호수에 빠지는 기분이었다.

정말로 당신은 그랬구나. 그런 마음으로 나를 보내려고 했던 거구나.

주은이 아픈 마음을 누르며 수긍했다.

– 아니, 주은아. 그 말이 아니잖니. 처가살이랑 시집살이는 엄연히 달라. 처가살이가 얼마나 남자한테 안 좋은데. 네 소중한 동생이잖아. 착하지, 주은아. 네가 이런 건 양보하는 거야.

착하지.

급할 때 나오는 그 말이 그녀의 귀에 덜커덕 걸렸다. 목이 메었다.

당신에게 착하다는 의미는 무엇일까…….

더는 말을 길게 할 수가 없었다.

「죄송한데 일이 바빠요. 그만 끊을게요.」

– 주은아, 주은아!

통화를 끝낸 주은이 그 자리에 멈춰 섰다. 울컥거림을 삼키느라 목구멍이 홧홧했다. 그녀는 괜히 길거리를 헤매다 공원으로 들어섰다. 일부러 가로등 불빛이 꺼진 어두컴컴한 자리에 앉았다. 선선한 바람이 불었다. 바람이 훑고 지나가는 자리에서 주은은 눈을 감았다.

왈칵 외로움이 몰려왔다. 세상 끄트머리에 혼자 서 있는 기분. 아무 말 없이 누군가가 자신의 손을 꽉 잡아줬으면 좋겠다는 생각이 들었다.

이대로 있다간 땅 아래로 꺼질 것 같은 위험한 기분이 들었다. 주은은 휴대전화를 꺼내 주소록을 뒤졌다. 친구들은 있었지만, 섣불리 연락할 수가 없었다. 지금은 대화를 나눌 기분이 아니었다. 자신의 기분이 안 좋으니 얼굴만 보고 있자고 할 순 없는 노릇이었다. 손가락이 휴대전화 액정을 훑어 내렸다.

저장된 번호는 많은데, 연락할 곳은 왜 없는지.

이리저리 뒤지던 주은의 손끝이 한곳에서 멈췄다.

[우]

혹시 호성이 볼지 몰라, 시우를 '우'로 저장해두었었다. 주은의 손끝이 허공에서 머뭇거렸다. 이상하게도 시우라면 자신을 가만히 바라보고 있을 것 같았다. 아무 말 하지 않아도 자신의 손을 잡아줄 것 같기도 했다. 아무것도 하지 않아도 괜찮은 유일한 사람이었다.

「언제든 편하게 연락해요.」

시우의 속삭이는 목소리가 떠올랐다. 주은이 고민 끝에 그의 이름을 눌렀다. 이기적이라는 걸 알면서도 멈출 수 없었다.

[어디야? 나 공원인데.]

전화를 할 자신이 없어서 문자를 보냈다. 시우에게선 답이 오지 않았다.

5분 넘게 휴대전화를 들여다보며 기다렸던 주은은 고개를 숙였다. 고작해야 5분이지만, 아무것도 하지 않고 그의 연락을 기다리는 입장에선 길게 느껴졌다. 15분이 넘어갈 즈음, 주은은 휴대전화를 더는 보지 않았다.

그럼 그렇지.

체념하듯 수긍했다. 그에게도 본인의 생활이라는 게 있을 테니, 당연한 결과였다. 그가 뒤늦게 문자를 발견하고 당황하지나 않았으면 했다.

얼마간 더 앉아 있던 주은이 가방을 챙겨 들고서 몸을 일으켰다. 계속 앉아 있기엔 추웠다. 근처 카페에 가서 책이라도 읽으며 시간을 보낼 생각이었다.

늦은 시간까지 하는 창가가 잘 보이는 예쁜 카페가 어디더라.

이런저런 생각을 하며 몸을 막 돌려세울 때였다.

"어디 가요?"

익숙한 목소리가 등 뒤에서 들렸다. 주은의 걸음이 멈췄다. 설마 하는 마음과 미묘하게 두근거리는 마음이 교차했다. 자신이 제대로 들은 것이길 바라며 그녀가 돌아섰다. 시우가 머리카락을 쓸어넘기며 그녀를 바라보고 있었다. 가슴이 들썩이고 이마에 땀이 맺혀 있는 걸로 봐선 뛰어온 듯했다.

"어……."

정말 왔네.

주은이 저도 모르게 멍한 소리를 냈다.

"불러놓고 어디 가냐고요."

시우가 저벅저벅 발소리를 내며 다가왔다. 금세 주은의 목이 뒤로 꺾였다. 시우를 한참 올려다보았다.

"답이 없어서, 안 오는 줄 알았어."

"답할 시간도 없이 왔거든요."

택시에선 택시기사를 재촉했고, 택시에서 내리자마자 공원까지 정신없이 달려왔다.

"기다리면 안 되니까요."

시우가 웃으며 손등으로 땀을 훔쳤다. 전화를 할 수도 있었다. 그랬다가 '아니야. 미안. 안 와도 될 것 같아.'라는 말을 들으면 참을 수가 없을 것 같았다.

주은이 손수건을 꺼내 시우에게 내밀었다.

"땀 많이 난다. 닦아."

시우가 손수건과 주은을 번갈아 보다가 허리를 숙였다.

"닦아줘요."

그의 얼굴이 코앞에 있었다. 분명 어두운 공원인데, 이상하리만치 시우의 얼굴은 또렷하게 보였다. 주은의 손끝이 움찔거렸다. 땀을 닦아주고 싶었다. 자신을 위해서 흘린 땀이니까. 생각과 동시에 손이 뻗어나갔다. 주은이 손수건으로 그의 이마를 톡톡 두들겨 닦아주었다. 시우는 그녀가 닦아주는 대로 얌전히 몸을 맡기고 있었다. 다만 눈을 뜬 채 그녀를 빤히 바라보았다.

"왜 그렇게 쳐다봐?"

주은이 땀을 닦아주며 물었다.

"예뻐서요."

"……그런 말, 대체 어디서 배운 거야?"

"안 배워도 나와요. 진심이라서."

시우가 싱긋 웃으며 고개를 기울였다. 선한 얼굴이 아름다웠다. 주은이 시우의 얼굴을 마주 보았다.

"진심이야?"

"네."

"날……."

좋아해?

그 말을 물으려다가 주은이 입을 다물었다. 그럴 리가 없다. 매사에 이렇게 가볍게 예쁘다는 말을 하는 남자에게, 사랑은 깃털처럼 가벼운 것일 거다. 그 가벼운 놀음에 휘둘리고 싶지 않았다.

"왜 말을 하다가 마요?"

"그냥. 다 닦았어. 일어서."

"이렇게 상냥하게 닦아줄 줄 알았으면, 더 열심히 뛸걸 그랬어요."

시우가 아쉽다는 듯 몸을 일으켰다. 그러더니 낚아채듯 주은의 손을 거머쥐었다. 주은이 놀란 얼굴로 쳐다보자 "이건 내 거잖아요."라고 태연하게 대답했다. 주은이 저도 모르게 피식 웃었다. 정말로 이 손의 소유권이 자신에게 있다고 믿는 태도였다.

"어디 갈까요?"

"……."

주은이 맞잡은 손과 시우를 번갈아 보았다.

"무슨 일인지, 왜 불렀는지 안 물어?"

주은이 웃음기를 거두며 시우에게 물었다.

"이유를 아니까 안 묻죠."

"……."

"내가 보고 싶어서 불렀겠죠."

시우가 당연한 거 아니냐는 듯 웃으며 물었다.

"내 입장에선 기도가 이루어진 거고."

"기도?"

"주은 씨를 보게 해달라고 빌었거든요. 의외로 기도발이 잘 받네요. 매일 해야겠어요."

시우가 기분 좋다는 듯 눈을 가느스름하게 뜬 채 웃었다. 살짝 입술까지 깨무는 그의 모습이 야하게 느껴졌다. 주은이 손수건을 꽉 움켜쥐었다. 이러지 않으면 그의 말을 모조리 믿어버릴 것 같았다. 그러나 주은은 금세 후회했다. 촉촉하고 따뜻한 손수건이 손바닥을 따뜻하게 채워서, 기분이 더 이상해져버렸다.

주은이 소파에 앉아 시우의 집을 둘러보았다. 최상의 피난처를 고른 건지, 최악의 피난처를 고른 건지 구분이 되지 않았다. 바로 위층에 선숙과 호성이 있었다. 불편하면서도, 그들은 자신이 이곳에 있는 것을 모른다고 생각하니 한편으로 편했다. 시우의 말에 의하면 호성은 그의 집 도어록 비밀번호를 모른다고 했다. 그러니 갑작스레 들이닥칠 일은 없을 거다.

「주은 씨를 위해서 호성이 연락은 받지 않을게요. 어차피 호성이는 내가 친구들 만나러 간 줄 알거든요.」

시우가 그렇게 말하기도 했다.

땀을 잔뜩 흘린 시우가 샤워를 하러 들어간 동안, 주은은 핸드백을 내려놓고 부엌으로 들어갔다. 텅 비어 있을 거라는 예상과 달리 냉장고는 가득 차 있었다. 누군가가 해놓은 반찬거리였다.

「햇반 있어? 아니면 밥이라도. 우리 집에 밥이 없어서.」

「야채가 없거든.」

「물은 있어?」

시우는 종종 이런 식으로 자신의 집에 무언가를 빌리러 오곤 했다. 무심코 고개를 돌리던 주은은 신형 토스트기가 놓여 있는 걸 보았다. 오븐, 전기레인지, 정수기 등 없는 것이 없었다.

정말 없어서 빌리러 온 걸까.

처음으로 의문이 들었다. 그러다 생각을 접었다. 이렇게 모든 게 다 구비된 건 얼마 되지 않았을 거다. 이사 온 지 얼마 되지 않았으니까.

달칵.

욕실 문이 열리며 뿌연 김이 밀려나왔다. 시우가 트레이닝복 바지만 입은 채 젖은 머리 위에 수건을 얹고 나왔다.

"거기서 뭐 해요?"

"밥을 준비하려고 했는데, 반찬도 있고 밥도 미리 해놨네. 네가 다 한 거야, 아니면 어머니?"

"아뇨. 아줌마가 종종 와서 해놓으세요."

"가사 도우미?"

"네."

시우가 별것 아니라는 듯 고개를 끄덕였다. 주은이 식탁을 짚은 채 시우를 바라보았다. 그러고 보니 시우에 대해 아는 것이 하나도 없었다. 아들 집에 가사 도우미를 보낼 정도라면, 집안이 잘산다는 뜻이기도 했다.

"왜 그렇게 쳐다봐요?"

시우가 물을 마시러 부엌에 들어섰다가, 방향을 돌려 주은의 앞에 섰다.

"너에 대해서 하나도 모르는 거 같아서."

"드디어 내가 궁금해졌어요? 뭐가 궁금한데요? 다 대답해 줄게요."

시우가 한 발자국 바짝 다가서며 말했다. 그가 허리를 숙였다. 그러자 시원한 향기가 훅 밀려들었다. 답답하던 마음이 한결 풀리는 기분이었다. 그와 반대로 주은의 몸은 바짝 긴장했다. 시우는 자신의 얼굴과 눈빛을 잘 이용했다. 자신이 어떤 표정을 지으면 사람들이 좋아하는지 잘 아는 듯했다. 그렇지 않고서야 이런 얼굴이 나올 리 없다.

사람을 방심시키는 선한 얼굴과 사람을 홀리는 듯한 야릇함이 한 얼굴에서 공존하고 있었다.

"네가 어떤 사람인지 잘 모르겠어."

주은이 시우의 눈을 바라보며 애써 덤덤하게 말했다.

"보이는 그대로예요."

"……그러니까. 보고 있는 이 얼굴이 뭘 뜻하는지 모르겠어."

“난 늘 같은 얼굴을 하고 있었어요. 이주은 씨한테 첫눈에 반한 이 얼굴 그대로.”

“…….”

시우의 대답에 주은이 미미하게 얼굴을 찌푸리며 그를 밀어냈다. 별로 힘을 주지 않았음에도 그가 두어 발자국 물러났다. 가벼운 말장난에 속아 넘어갈 뻔했다.

그녀는 더 이상 시우에게 어떤 사람인지 묻지 않기로 했다. 포기했다. 그가 어떤 사람인지 들어도 제대로 이해되지 않을 것 같았다.

주은이 냉장고 앞으로 걸어갔다. 반찬들은 모두 새것이었다.

“냉장고 안에 반찬 있던데, 이걸로 밥 먹어도 되지?”

“네.”

“계란프라이 좋아하면 그것도 할게.”

“해줘요.”

시우가 반찬을 꺼내 식탁에 올려놓았다. 그사이 주은은 이곳저곳을 뒤져 프라이팬을 찾아냈다. 뒤에 불 자국이 하나도 없는 새것이었다. 고로 냉장고를 가득 채운 반찬들은 어디선가 해 온 것이다.

주은이 간단히 계란프라이를 해서 돌아서자 식탁엔 갓 떠 놓은 밥과 수저, 반찬이 보기 좋게 진열되어 있었다.

주은이 맞은편에 앉아 숟가락을 들 때까지 그는 계란프라이에서 눈을 떼지 못했다.

"왜? 이상한 거 들어가 있어?"
주은이 물었다.
"아뇨."
그는 턱을 괴고서 계란프라이만 바라다보았다.
"그럼 뭐 하는 거야?"
"기억해놓으려고요."
"……."
"나한테 처음으로 해주는 음식이니까."
시우가 눈을 접으며 웃었다. 전보다 입꼬리가 덜 올라가서인지, 아니면 실제로 그런 건지 그의 표정이 아련해졌다. 마치 과거의 기억 어딘가를 더듬고 있는 얼굴이었다.
사소한 계란프라이로 시우가 이런 반응을 보일 거라 예상치 못했기에, 주은은 난처한 표정을 지었다. 이러다가 계란프라이 못 먹는 게 아닌가 싶었다. 사실 못 먹어도 상관없었다. 다만, 시우의 표정이 마음에 걸렸다. 왜 자신이 해준 음식을 저렇게 소중하게 바라보는 건지, 그 표정에 왜 자신이 울컥하게 되는 건지 알 수 없었다. 그의 이런 얼굴은 왠지 보고 싶지 않았다.
"다음엔 더 맛있는 거 해줄게. 그러니까 지금 먹어."
자신도 모르게 그 말을 뱉었다. 시우가 눈만 움직여 주은을 가만히 바라보았다. 언제 해줄 거냐고 묻는 듯했다.
"네가 원할 때, 먹고 싶은 음식으로 한 번쯤 해줄게."
시우가 피식 웃었다.

"약속했어요."

"응."

주은이 고개를 끄덕이며 수저를 들었다. 시우도 뒤따라 수저를 들었다. 그의 수저가 가장 먼저 향한 곳은 계란프라이였다. 순식간에 계란프라이 하나가 뚝딱 사라졌다. 그 무엇보다 계란프라이를 맛있게 먹는 그의 모습을 보니, 왜인지 가슴이 아려왔다.

식사를 마친 후, 두 사람은 소파에 앉아 영화를 보기로 했다. VOD를 통해 슬픈 영화, 재미있는 영화 가리지 않고 보았다. 그동안 시우는 주은의 손을 꽉 잡고서 놓지 않았다. 주은도 시우의 손을 밀어내지 않았다. 손을 통해 따스한 온기가 건너왔다. 가슴 한구석에 드리우고 있던 외로움이 차차 물러나는 느낌이었다. 자신이 바라던, 아무 말 없이 자신의 손을 잡아주는 사람이 시우라는 게 이상하면서도 고마웠다. 그래서 그녀는 문득문득 영화를 보다 말고 맞잡은 손을 보았다.

주은이 핸드백을 들고 자리에서 일어난 것은 새벽 2시가 다 넘어서였다.

"가볼게."

주은이 현관문을 밀고 나섰다. 밤이 되자 반쯤 열어놓은 복도 창문으로 차가운 바람이 밀려 들어왔다. 몸을 데우고 있던 온기가 한순간에 사라졌다. 마치 마법이 풀린 기분이었다.

"데려다줄게요."

시우가 뒤따라 신발을 신으며 말했다.

"혼자 갈 수 있어. 집에 호성이도 있거든."

주은의 만류에 시우가 현관문 앞에 멈춰 섰다. 대신 현관문에 기대서서 주은을 물끄러미 바라보았다. 빛을 등진 터라 그의 얼굴이 제대로 보이지 않았다.

"오늘 나한테 연락해줘서 고마웠어요."

자신이 해야 할 말을, 시우가 했다. 주은이 시우를 물끄러미 바라보았다.

"그 말은 내가 해야 하는 거잖아."

"아뇨. 내가 아니라 다른 사람한테 연락했으면, 못 견뎠을 거 같거든요."

"……."

"이주은 씨를 많이 좋아하나 봐요."

시우가 싱긋 웃었다. 그는 좋아한다, 설렌다는 말을 참 쉽게 했다. 그 말에 멈칫하면서도, 별 뜻이 없다고 생각하면 깃털처럼 훌훌 날아가곤 했다. 가벼워서 끝을 종잡을 수 없는 이런 관계. 절대로 자신에겐 일어나지 않을 일이라고 생각했는데……. 주은이 새삼 혼란스럽다는 눈으로 시우를 바라보았다.

"그만 가볼게."

주은이 돌아서자, 시우가 손을 붙잡았다. 왜 그러냐는 말을 하기도 전에 주은의 몸이 움찔했다. 시우의 입술이 그녀의 손바닥에 닿았다. 손등보다 예민한 손바닥으로 간지러움과 뜨거움이 확 몰려들었다. 그가 손바닥에 한 번 더 입을 맞춘 후, 내려놓았다. 그가 반대편 손바닥에 한 번 더 입을 맞추었다. 순식간에 일어난 일이라 말리지 못했다. 아니, 말릴 수 있더라도 입술 밖으로 소리가 나오지 않았다. 단지 손바닥에 입을 맞춘 것뿐인데 등골이 오싹해졌다.

"뭐 하는 거야?"

시우가 손바닥에서 입술을 떼고서야, 주은이 가까스로 물었다. 별것 아닌 이런 접촉이 때로는 격한 스킨십보다 야하게 느껴질 수도 있다는 걸 알았다.

시우가 자신이 입 맞춘 손바닥을 잡더니, 동그랗게 주먹을 말게 했다.

"추운데, 따뜻하게 가라고요."

"……."

"오늘 많이 추웠잖아요."

시우가 다정한 손으로 그녀의 뺨을 쓸어내렸다. 주은이 미미하게 굳었다. 시우는 날씨 이야기를 하는 게 아니었다. 그녀의 마음을 말하고 있었다. 그는 처음부터 자신의 마음을 다 알고 있었다. 단지 모르는 척 여태껏 눈감아주었을 뿐이었다.

"또 추우면 와요."

하얀 눈처럼 그의 말이 마음으로 내려앉았다.

"언제나 따뜻하게 해놓고 기다릴 테니까."

시우의 조곤조곤하게 읊는 목소리가, 마음 위로 툭툭 떨어져내렸다. 눈인 줄 알았는데, 솜이다. 헐벗은 제 마음을 덮어주는 솜.

따뜻했다.

눈물 나도록.

주은이 눈을 내리깔았다. 그는 정말로 자신을 위해 솜을 준비해놓을 것 같았다. 헐벗고 아픈 곳을 소리 없이 치료해줄 것 같았다. 따뜻하니 알겠다. 자신이 오늘 많이 추웠다는 걸.

시우의 말간 눈을 더 보고 있으면 왜인지 모르게 울어버릴 것 같았다. 그녀는 입술을 달싹였다. 무슨 말이라도 하고 싶은데 아무 말도 나오지 않았다.

"……고마워."

마침내 주은이 입을 열었다. 수많은 말들 중 기껏 고른 게 흔한 인사였다. 그녀는 시우의 대답을 듣지 않은 채 돌아섰다. 복도를 걸어가는 내내 자신의 등을 바라보고 있는 시선이 느껴졌다. 이상하게 방금 전까지 몸을 으슬으슬하게 만들던 추위가 더는 느껴지지 않았다.

⁂

이른 아침 출근 준비를 마친 주은이 조용히 낮은 단화를 신었다. 현관문을 밀자 서늘한 바람 한 줄기가 밀려들었다. 날 선 바람이 팔을 스치자, 오소소 소름이 돋아 올랐다.

"누나."

등 뒤에서 찬바람 같은 목소리가 들렸다. 보지 않아도 목소리의 주인이 누군지 잘 안다. 호성 몰래 조용히 출근하려던 계획이 실패하자, 주은이 낮은 한숨을 내쉬며 돌아섰다. 막 일어났는지 호성의 머리가 엉망진창이었다. 그는 화가 난 얼굴로 팔짱을 낀 채 그녀를 보고 있었다.

"어제 몇 시에 온 거야? 엄마 11시까지 기다리다가 갔어. 어디 갔었어?"

"바빴어."

"전화도 못 받을 만큼?"

"응."

"후우, 그래도 그렇지. 전화 좀 받지 그랬어. 어제 태현 형도 왔다 갔는데."

"뭐?"

주은이 무슨 소리냐는 얼굴로 호성을 쳐다보았다. 그러자 그가 얼굴을 더욱 찌푸렸다.

"엄마 이야기엔 눈 하나 깜짝 안 하더니, 태현 형 이야기에는 그런 표정 짓는 거야?"

"자세히 이야기해봐. 태현…… 씨가 여길 왔었다고?"

주은이 벽을 짚고 서서 물었다.

"응. 엄마가 누나랑 연락이 너무 안 되니까 태현 형한테 전화했다더라. 회사일이 많이 바쁘냐고 물으면서, 같이 있냐고 물었는데 아니라고 했다며. 그리고 어제 어디서 일한 거야? 회사에도 없었다며? 일한 거 맞아? 진짜야?"

"……하."

주은이 기가 막힌다는 듯 한숨을 내쉬었다. 자신이 없는 틈에 이런 일이 벌어졌을지 몰랐다.

"출근한 거 맞냐고."

호성이 불만스러운 얼굴로 다가오며 물었다. 의심 가득한 표정이었다. 주은이 그만 다가오라는 듯 손을 들었다.

"일단 출근할게. 다녀와서 이야기하자."

"그래도……. 누나! 누나!"

주은은 호성의 이야기를 듣지 않고 자리를 벗어났다. 호성이 다급하게 불렀으나, 그녀는 돌아서지 않았다.

태현이 자신의 집에 다녀갔을 줄이야.

엘리베이터에 몸을 실으며 휴대전화를 꺼냈다. 어제 피곤해서 확인도 하지 않았던 휴대전화는 태현, 호성, 엄마의 부재중 전화로 가득했다. 휴대전화를 핸드백에 밀어넣은 후, 밖으로 나섰다.

차가운 가을바람 한 줄기에 낙엽이 우수수 떨어져내렸다. 주은은 자신도 모르게 그 자리에 넋을 놓고 서서 하늘을 바라보았다. 새파란 가을 하늘에 갈색의 낙엽이 드문드문 날아다녔다. 문득, 생각났다.

「또 추우면 와요. 언제나 따뜻하게 해놓고 기다릴 테니까.」

그의 말이.

온 세상을 다 데워놓을 것 같았다. 가을의 쓸쓸한 붉은 잎이 조금은 따스하게 보였다. 주은의 표정이 누그러졌다.

"이주은."

따스한 세상을 차가운 목소리가 베어냈다. 상념에서 깨어난 주은이 고개를 돌렸다. 새까만 자동차 앞에 선 남자가 그녀를 바라보고 있었다. 주은의 미간이 좁아졌다. 자신의 눈이 의심스러웠다. 이 시각, 이곳에 태현이 있을 리 없다.

"이주은."

다시 한 번 듣고서야, 주은은 자신이 제대로 보았다는 걸 알았다. 그가 저벅저벅 다가와 그녀의 앞에 섰다.

"조금 늦었으면 못 만날 뻔했네."

"……이 시간에, 여긴 무슨 일이세요?"

"여기 서서 이야기할 거야? 난 상관없는데, 괜찮겠어?"

"자리를 옮기죠."

주은이 그제야 자신들을 번갈아 보며 지나가는 이웃 주민을 발견했다. 태현이 앞장서서 걷고, 그 뒤를 주은이 따랐다. 태현이 먼저 차를 탄 후, 주은은 보이지 않게 한숨을 내쉬었다. 그와 좁은 차 안에 함께 있는 게 싫었지만 다른 방도가 없었다. 조수석에 올라탄 주은이 고집스럽게 앞을 바라보았다.

태현은 주은 쪽을 바라다보았다. 그는 멀쩡한 척하고 있지만, 조금 화가 난 상황이었다. 어젯밤 주은을 기다리는 동안, 자신이 이렇게 여자 때문에 속 썩을 날이 오는구나 싶어 어이없었다. 고분고분한 백합인 줄 알았는데, 생각지 못한 곳에서 자신의 허를 찌르는 여자라니.

자신은 아무래도 이주은이라는 여자를 한참 잘못 본 듯했다.

디리링. 디리링.

울리는 벨 소리에 태현이 재킷 안주머니에서 휴대전화를 꺼냈다.

[윤정]

오늘 데리러 가기로 했었는데, 잊었다는 걸 깨달았다. 그가 주은을 흘깃 본 후, 휴대전화를 귀에 댔다.

"어."

그가 일부러 휴대전화 스피커 소리를 높였다.

– 어디예요?

윤정의 목소리가 흘러나오자, 주은이 숨을 들이마시다가 멈칫했다. 그것도 잠시, 무심한 얼굴로 조용히 숨을 내쉬었다. 마치 두 사람을 신경 쓰이게 하기 싫다는 듯이. 이 관계에 끼기 싫어하는 주은의 태도에, 태현의 기분이 상했다. 마치 자신의 손바닥에 있던 장난감이 더는 제 뜻대로 움직이지 않는 기분.

"오늘은 못 데리러 가."

– 왜? 어젯밤에 데리러 온댔잖아.

"이주은 데리러 왔거든."

제 이름이 나오고서야 무심하게 창밖을 바라보고 있던 주은의 어깨가 굳었다. 그녀가 얼굴을 굳힌 채 태현을 쳐다보았다.

– ……아아, 그래?

윤정이 목소리가 미묘했다. 자존심이 상한 듯했다. 태현의 시선이 주은을 향했다. 얼어붙어 있을 거라는 예상과 달리, 그녀는 어느새 창밖을 보고 있었다. 통화에 신경 쓰기 싫다는 태도였다. 그가 미간을 찌푸렸다.

자신을 거부하는 듯한 자그마한 등이 오늘따라 신경 쓰였다.

– 무례하네, 태현 씨. 요즘 기분 안 좋은데.

"투정은 나중에 들을게."

윤정이 전화를 끊었다. 얼마 전 친구들과 클럽을 다녀온 후로 윤정은 한껏 예민해졌다. 그는 묻지 않았고, 그녀도 자세히 말해주지 않았다. 마음이 불편한 윤정의 콧대를 건드렸으니 한동안 더욱 예민하게 반응할 거다. 알면서도 태현은 그녀를 자극했다. 주은의 반응이 궁금했다.

어젯밤 주은이 증발이라도 한 것처럼 사라졌다. 가족도, 친구도, 자신조차 모르는 곳으로 사라진 주은은 오래도록 연락이 되지 않았다. 목에 가시가 걸린 것처럼 불편한 이물감이 들었다. 어젯밤 윤정의 집에 들러 섹스를 하는 내내 주은의 생각이 머리에서 사라지지 않았다. 그녀가 결국 집으로 돌아올 거라는 걸 알면서도, 확인이라도 하듯 새벽에 이곳으로 달려왔다. 너무나 평온한 얼굴로 하늘을 바라보고 있는 주은을 보며, 태현은 처음으로 찬물이라도 뒤집어쓴 양 뒷덜미가 서늘해졌다.

자신이 윤정과 만나는 것을 알게 된 이후, 주은은 단 한 순간도 행복해 보인 적이 없었다. 그랬던 그녀를 보며 그는 자신의 영향력을 실감하고 즐거워했다. 자신의 말 한마디에, 윤정과의 관계에 파르르 떠는 주은이 때론 귀엽기까지 했다.

그랬던 이주은이 자신도 모르는 사이에 손가락 사이로 빠져나가려 하고 있었다.

"어제 전화했었어."

태현이 불편한 감정을 익숙하게 웃음으로 감추며 물었다.

"봤어요."

말을 걸고서야 주은이 고개를 앞으로 돌렸다. 그러나 앞을 바라볼 뿐, 태현을 쳐다보지는 않았다. 이야기를 해야 하니 마지못해 이만큼은 돌려주겠다는 태도였다.

"그런데 연락을 안 했다?"

태현의 목소리가 가라앉았다.

"방금 봤어요."

"어제 집에 다녀갔었는데, 그 이야기는?"

"알고 있어요. 오늘 들었어요."

주은은 시종일관 덤덤했다. 그가 핸들을 쥔 손가락을 움직였다.

톡, 톡.

손끝에 불편한 감정을 담은 채 핸들을 두드렸다.

"야근했다고 했다면서. 회사엔 없던데, 어디 있었던 거야?"

주은은 태현의 가라앉은 목소리를 들으며 낮은 한숨을 내쉬었다. 그는 어젯밤 선숙의 부름을 받은 것 때문에 잔뜩 기분이 상한 듯했다. 그렇지 않고서야 자신의 행방을 이렇게 꼬치꼬치 캐물을 리 없었다.

"어제 우리 가족 때문에 곤란하게 된 점 사과할게요. 제가 연락을 안 받는다고 팀장님한테 전화할 줄은 몰랐어요. 앞으로 그런 일 없도록 조심할게요."

"내가 물은 건 그게 아닐 텐데?"

태현이 화가 난 듯 무서운 표정으로 물었다. 그의 이런 표정은 처음이었기에, 주은이 긴장했다.

"그럼 뭘 알고 싶은 거예요?"

"누구랑 있었냐고 물은 거야."

"……친구랑 있었어요."

주은이 고민 끝에 대답했다. 이상한 일이었다. 거짓말을 하는데, 그 대상인 태현이 아니라 시우에게 미안했다.

"친구, 누구?"

주은이 그를 바라보았다. 남자라고 대답하면 그가 뭐라고 할까 궁금했다. 하지만 주은은 그 대답을 하지 않기로 했다.

"말하면 알아요? 그러니까 내 친구 중에 태현 씨가 아는 사람이 있냐는 거예요."

주은의 한숨 섞인 목소리로 물었다.

"이제는 알게 되겠지."

"신경 쓰지 마요. 내 친구까지 알 필요 없으니까요. 먼저 가세요. 저는 버스로 갈게요."

주은이 차 문을 열려고 할 때였다.

달칵.

잠금장치가 맞물렸다. 주은이 차 문을 열다 말고 고개를 돌려 태현을 쳐다보았다.

"……뭐 하는 짓이에요?"

"나야말로 묻고 싶은데, 얌전하던 이주은이 갑자기 왜 이렇게 반항하는지. 내가 잘 대해주니까 본인의 상황을 모르는 거야?"

태현이 위압적인 목소리로 물었다.

주은의 입이 다물렸다. 누구보다 잘 알고 있었다. 저 남자의 손에 가족들의 미래가 달려 있다는 것을. 그가 움켜쥔 손을 펼치는 순간, 가족들이 나락으로 떨어진다는 것도.

결혼이 엎어지면 자신의 아버지에게 야금야금 전달되는 사업자금도 뚝 끊길 거라는 것도 잘 알고 있었다. 그 타격은 자신이 감당할 수 있는 것이 아니었다.

아니, 처음엔 자신 있었다. 자신의 인생을 팔고 싶지 않았다. 아버지만 자신에게 '괜찮다.'고 말해주었더라면……. '무슨 일이냐.'고 물어만 주었더라면…….

누구도 자신의 편이 아니라는 사실을 깨닫자마자 가슴속에서 부풀었던 희망이 사라졌다.

사업이 망해 도망칠 아버지도, 어마어마하게 남아 있을 빚도, 자신을 향해 독한 말을 퍼부을 가족들도, 그리고 그 모든 걸 감당해야 할 것도…… 자신이 없었다.

그래서 자신은 숨어버렸다. 모든 결정을 유예한 채.

매순간 치욕스러움과 비겁하다는 말이 자신을 내리쳐도, 묵묵히 참을 수밖에 없었다. 자신은 비겁한 게 맞기에.

"나한테 뭘 원하는 거예요?"

주은이 치욕스러운 나머지 새빨갛게 물든 눈으로 물었다. 자신의 인생을 저당 잡은 걸로 부족해 뭘 더 갖고 싶은 거냐고.

태현이 손을 뻗어 주은의 턱을 거머쥐었다. 마치 꽃을 감상하듯 태현의 눈이 그녀의 얼굴을 쓸어내렸다. 그의 눈이 잘 벼린 칼날처럼 날카롭게 변했다. 그녀의 깨끗하고 말간 얼굴이 마음에 들었다. 이런 얼굴이 자신의 소유욕을 자극했다.

"얌전하게 있어."

"……."

"내가 알던 이주은으로."

바람이 불면 부는 대로 흔들리고, 자신이 꺾으면 꺾이는 대로. 자신이 옮겨 넣은 화병에 얌전히 꽂혀 있다가 소리 없이 사그라지는 것. 매순간 자신이 소유했다는 즐거움을 누릴 수 있도록 해주는 것.

태현의 눈에 못된 웃음이 서렸다.

이주은과 연락이 닿지 않던 어젯밤 내내, 그는 처음으로 화가 나서 잠을 이루지 못했다.

"그리고 되도록 연락은 받도록 해."

"……."

"기다리는 게 싫으니까."

"……."

"대답은?"

그가 대답을 재촉하듯 고개를 기울였다. 당장이라도 키스할 것처럼 가까운 거리였음에도, 입술 사이에서는 냉기가 흘렀다. 애정이라곤 조금도 없는 철저한 압박이었다.

"……알았어요."

주은이 모든 걸 다 포기한 얼굴로 낮게 대답했다.

"오늘 저녁에 시간 비워둬."

"……."

"부모님이 걱정하시더라. 보여주기식이더라도 데이트는 해야지."

"……."

주은은 대답하지 않았다. 그가 턱을 풀어주자마자, 주은의 고개가 창밖으로 향했다.

보여주기식 데이트.

그 말을 곱씹다가 저도 모르게 웃었다. 그러나 그 웃음의 끝이 너무나 써서 울어버리고 싶었다. 자신의 인생에 '이주은의 결정권'은 없었다.

그가 차에 시동을 걸었다. 차가 부드럽게 움직였다. 차 안에선 어떤 대화도 오가지 않았다. 공기가 모조리 사라진 듯, 질식할 것 같은 압박이 느껴졌으나 주은은 입도 벙긋하지 않았다. 오히려 그녀는 흘러가는 창밖을 바라보며 생각했다.

차라리 이대로 숨이 막혀 죽어버렸으면.

⁜ ⁜ ⁜

"여자는 대체 왜 그럴까? 진짜 알다가도 모르겠어."

호성이 던지듯 꺼낸 말에 소파에 기대앉아 있던 시우의 눈동자가 움직였다.

호성이 찾아온 건 10분 전의 일이다. 심란해서 오전 수업에 못 가겠다며 자신의 집에 눌러앉았다. 자신의 냉장고를 뒤져 아침을 챙겨 먹은 그는, 당연하다는 듯 맥주까지 꺼내어 벌컥벌컥 들이마셨다. 그러더니 풋스툴에 걸터앉아 하는 말이 저것이었다.

무슨 말이냐고 물을 법도 한데, 시우는 아무 말 없이 호성을 지켜보았다.

"우리 누나 말이야."

호성이 묻지도 않은 말에 혼잣말처럼 대답했다.

"너희 누나가 왜?"

"자꾸 결혼 안 하겠다고 하나 봐. 그것 때문에 오늘 아침에 나랑 싸우기도 했거든."

"결혼을 안 하겠다고 한다고?"

시우가 관심 있다는 듯 되물었다.

"응."

"당사자가 싫다고 하면 안 시키면 되잖아."

시우가 상체를 일으켜 고개를 앞으로 숙이며 말했다. 그가 모처럼 대화에 관심을 가진다는 것도 모른 채, 호성은 천장을 쳐다보며 긴 한숨을 내쉬었다.

"내가 봤을 땐 태현 형이 좋은 사람이거든. 결혼하면 좋을 거 같은데, 괜히 저러잖아. 태현 형 말고 다른 좋은 사람이 있으면 몰라."

호성이 얼굴을 찌푸리며 어깨를 으쓱거렸다. 그에 비해 시우는 고민에 잠긴 표정을 지었다.

"좋은 사람 누구?"

"응?"

"너희 누나를 맡길 만한 좋은 사람이라는 게 어떤 사람인데?"

"그냥…… 뭐, 별거 있겠어? 직업 괜찮고, 다정하고, 가족들한테 잘하면 됐지."

호성이 자세히 생각해본 적 없다는 듯, 우물거리며 대답했다.

"난 어때?"

"응?"

호성이 의아한 얼굴로 시우를 쳐다보았다. 시우가 자신을 빤히 쳐다보고 있자, 호성의 표정이 기묘해졌다. 시우가 평온한 얼굴로 웃고 있었다. 선선한 바람이 창문 틈으로 불어와 머리카락까지 날리자 CF가 따로 없었다. 호성이 그 얼굴을 홀린 듯 바라보다가 고개를 가로저었다.

"형은…… 안 돼."

"왜?"

"너무 잘생긴 매형은 별로야. 여자들이 꼬일 거 아냐. 그리고 형네 집안이랑 우리 집이 가당키나 해? 우리 누나 시집갔다간 고생해. 형네 집안에서 우리 누나를 받아줄 것도 아니고."

호성이 절레절레 고개를 저었다. 여자들 만나는 자리에 데리고 나가기 무서울 정도로, 시우는 여자들에게 인기가 좋았다. 흔히 말하는 외모, 목소리, 체격 삼박자가 다 잘 어우러진 사람이었다.

거기다가 그의 어마어마한 집안을 생각하면 눈앞이 캄캄했다. 혼수를 맞추려면 자신과 누나가 거주하는 이 아파트의 보증금을 내놓아야 할지 모른다. 호성은 그것만은 피하고 싶다는 듯 고개를 가로저었다.

"근데 왜 그런 걸 물어? 우리 누나한테 관심 있어?"

"그냥 궁금해서."

"나한테 평가받고 싶은 거지? 우리 누나는 안 돼. 하긴, 이런 말 할 필요도 없이 형은 여자한테 별 관심이 없지?"

호성이 혼잣말로 중얼거렸다.

몇 년 동안 알고 지냈던 바, 주변의 관심에 비해 시우는 여자들에게 관심이 없었다. 누군가가 시우를 좋아한다거나 고백을 했다는 소문은 종종 들었다. 그에 비해 시우가 누군가와 교제를 한다거나 좋아한다는 이야기는 단 한 번도 들은 적 없었다. 그래서 호성은 가끔 시우의 성 정체성을 의심하곤 했다. 그렇지 않고서야 저렇게 멀쩡하다 못해 훌륭한 외모를 이유 없이 썩히진 않을 테니까.

"그나저나 형은 회사 안 가? 출근하는 조건으로 귀국한 거라며."

호성이 남은 맥주를 털어 마시며 물었다.

"조금 더 쉬다가 들어가려고."

"그러다가 입사하기도 전에 잘려. 어서 출근해."

"그럼 고맙고."

"아, 금수저. 부럽다."

호성이 진심으로 부럽다는 얼굴로 시우를 쳐다보았다. 시우는 무심한 얼굴로 앞을 응시하고 있었다. 세상에 별 관심도 없고 욕심도 없어 보이는 얼굴이었다. 문득 시우를 처음 만났을 때가 떠올랐다.

중학교 3학년, 호성은 어머니의 등쌀에 못 이겨 재벌가 2세, 3세들이 다닌다는 과외를 억지로 받은 적이 있었다. 그

당시 호성은 공부를 잘했고, 미리 고등학교 공부를 한답시고 중학생 주제에 고등반 과외에 들어갔다. 본래는 안 될 일이었지만, 선숙의 오랜 로비 덕에 가능했다.

처음 들어가자마자 호성은 주눅이 들었다. 모두들 이름만 대면 알 만한 집안의 자식들인 데다 나이도 자신보다 한 살이나 많았다. 우려하던 대로 사람들은 값비싼 물건들을 전시해 놓다시피 책상에 늘어놓고서 거들먹거리고 있었다.

그중 시우만이 필통 하나를 딱 올려놓고서 턱을 괴고 있었다. 명품도 브랜드 제품도 아니었기에 호성은 시우가 굉장히 공부를 잘하는 모범생인 줄 알았다. 아주 가끔 공부를 굉장히 잘하는 자식들도 함께 과외를 받는 경우가 있었기 때문이다. 모범생을 보고 자신들의 자식들이 자극받길 바라는 마음에서였다.

시우의 시선은 반쯤 열린 창문을 향해 있었다. 시선을 뗄 수 없을 정도로 매력적인 얼굴이었다. 세상에 저런 사람도 있구나 싶어서 멍하게 서 있자 시우의 곁을 에워싸고 있던 남자 셋이 키득거리며 웃었다.

「얘도 시우한테 반했네.」

「야, 너 쟤한테 관심 있냐?」

호성이 고개를 가로저었다.

「아, 아니요.」

「그럼 앉아.」

호성이 조용히 앉았다. 그러자 질문이 쏟아졌다. 어느 집안의 자식인지, 몇 학년인지, 성적은 어느 정도 되는지, 마치 입사시험을 보는 것처럼 디테일한 질문들이 쏟아졌다. 질문에 꼬박꼬박 대답할 때면 돌아오는 것은 조롱과 비웃음이었다.

「여기 수업료 감당할 순 있어? 그 정도 재력 가지고는 안 될 건데.」

「여기 들어오려고 집 한 채 팔았으면, 잘 곳은 있냐? 학교에서 노숙하는 거 아니냐?」

「진짜 별의별 거지 같은 것들이 다 들어오네, 하.」

「야, 그러지 마라. 애 울겠다.」

쏟아지는 조롱에 호성은 주먹을 꽉 움켜쥐었다. 서럽고 주눅들다 못해 화가 나기 시작했다. 공부를 하러 온 건데, 과외 선생은 왜 오지 않는지, 자신이 왜 여기서 이런 취급을 받아야 하는지 알 수가 없었다. 결국 참다못한 호성이 화를 내려고 고개를 번쩍 들었다가 그대로 굳었다.

새하얀 손이, 책상에 올려놓은 자신의 책을 들고 있었다. 여태껏 다른 세상에 있는 것처럼 창밖만 바라보던 시우가 호성의 책을 집어 든 거였다. 시우의 별것 아닌 움직임에 방정맞게 떠들던 네 사람의 입이 다물렸다. 호성은 자신의 추측이 틀렸다는 걸 알았다. 시우는 모범생이 아니었다. 자신을 괴롭히던 네 사람이 시우를 굉장히 무서워한다는 게 느껴졌다.

시우의 집안이 엄청나거나, 힘이 굉장히 세거나 둘 중 하나라는 소리였다. 그 어느 쪽이든 무시 못 할 권력이었다.

시우가 본 것은 호성의 교과서 옆면에 적힌 이름이었다.

「이호성?」

시우가 눈을 맞추며 짤막하게 물었다. 가슴이 웅, 울릴 정도로 낮고 깊은 목소리였다. 호성은 저도 모르게 마른침을 삼켰다.

「네.」

「집이 어디야?」

「다은동 131에 3번지입니다.」

호성은 저도 모르게 잔뜩 기합이 들어간 채 대답했다. 조롱과 비웃음이 쏟아져야 하는데, 시우의 곁에 있는 네 사람은 입을 꽉 다물고 있었다. 마치 시우가 절대자라도 되는 것처럼, 그들은 숨죽였다.

「아아, 사거리에 있는 그 집?」

「네.」

시우가 자신의 집 주소만 듣고 위치를 추측할 거라 예상 못 했던 호성은 크게 당황했다. 자신의 집은 규모가 작았다.

비웃으면 어쩌지.

순간 호성은 아버지가 어머니 청소하기 힘들 거라고 일부러 작은 집을 산 거라고 말하고 싶었다. 물론 가사 도우미를 쓸 수도 있지만, 어머니가 직접 하시는 걸 좋아한다는 말도 덧붙이고 싶었다. 그러나 시우는 그런 것에 별 관심이 없어 보였다.

그는 무언가 깨달은 듯, '아아.' 하고 긴 소리를 내더니 고개를 기울였다. 이 상황이 몹시 흡족한 듯 슬쩍 웃었고, 호성은 저도 모르게 숨을 멈췄다.

「나는 하시우.」

그가 책을 돌려주면서 갑작스레 자신의 이름을 밝혔다.

「아, 네……. 네.」

「친하게 지내자.」

초등학생 때나 들을 법한 인사였다. 그러나 그 인사를 비웃는 사람은 아무도 없었다. 네 사람은 경악한 얼굴로 시우와 호성을 번갈아 보았다. 호성도 어떤 파급력을 미치는 인사인지 모르지 않았다. 시우가 호성에게 인간적인 호감을 드러낸 것이었다. 호성이 얼떨떨한 얼굴로 시우를 쳐다보았다.

「아니, 시우야. 왜 저런 애랑…….」

도저히 못 참겠다는 듯, 호성을 가장 괴롭히던 남자애 하나가 시우에게 조심스럽게 물었다. 호성을 비웃을 때의 목소리와는 천차만별이었다.

「문제 있어?」

「한 살이나 어린 애잖아. 재랑 어울리면 너만 비웃음 사.」

「비웃어.」

「…….」

「감당할 자신 있으면.」

시우가 고요한 목소리로 말했다. 그러나 그 고요함 속엔 사람을 찍어 내리는 힘이 있었다. 결국 남자는 불만 가득한 얼굴로 고개를 홱 돌렸다.

호성은 무사히 과외 수업을 받기 위해선 시우가 필요하다고 판단했다. 자신에게 호감 있는 사람에게 엉겨붙는 건 자신 있었기에, 호성은 시우에게 다가갔다. 시우는 순순히 호성이 다가오는 걸 지켜보며 받아주었다.

시우가 갑작스럽게 유학을 가기 전까지 두 사람은 제법 가깝게 지냈다. 시우의 유학 이후에 과외 자리는 없어졌고, 호성은 뒤늦게야 알게 되었다. 시우가 가깝게 지내는 사람은 자신밖에 없었다는 것을.

유학 뒤에도 둘은 드문드문 연락을 주고받았다. 그러다 올해 그에게서 귀국한다는 연락을 받게 되었다.

과거의 일을 회상하던 호성이 새삼스럽게 신기하다는 눈으로 시우를 쳐다보았다.

"그런데 형은 왜 나랑 친하게 지낸 거야?"

시우는 원한다면 누구와도 친하게 지낼 수 있는 사람이었다. 그런 사람이 자신을 택했다는 게 새삼 신기했다.

"글쎄."

"형 취향도 참 특이해."

호성이 알다가도 모르겠다는 듯 고개를 흔들었다. 지금은 아무렇지 않게 서로의 집을 왕래하고 있지만, 호성은 시우가 절대로 만만한 사람이 아니라는 걸 알고 있었다. 그가 누군가에게 쉽게 마음의 문을 여는 사람이 아니라는 것도. 그는 마음먹고 움직인다면 뭐든지 다 할 수 있었다. 그럴 힘을 갖고 있었고, 그걸 다루는 데 능숙했다. 그런 모습을 자주 보이지 않을 뿐이지만.

"그래서 누나랑은 계속 그렇게 지낼 거야?"

시우가 말을 돌렸다.

"하아, 말도 마. 풀긴 해야 하는데, 요즘 우리 누나가 누나 같지 않아서 말이야."

"어떤데?"

"사춘기가 온 것처럼 예민해. 표정도 안 좋고. 진짜 태현 형이랑 무슨 일이 있는 건가? 형한테 전화를 한번 해봐야 하나? 아니면 술이라도 한잔할까? 어색한데……."

호성이 말끔히 면도한 턱을 긁적거렸다.

"아니면 내가 같이 있을게."

"어? 형이?"

호성이 뜬금없는 제안에 고개를 확 돌렸다.

"어."

"처음에 같이 술 마시다가 빠질게."

"음……."

호성이 고민하는 표정을 지었다. 어차피 주은과 심각한 이야기는 할 생각이 아니었다. 이야기를 하면 싸울 게 뻔해서 피할 생각이었다. 적당히 분위기를 풀면서 화기애애할 수 있는 상황이 필요했다. 그러려면 한 사람이라도 더 있는 게 나았다. 더군다나 시우라면, 잘생기기까지 했으니 누나의 마음이 조금은 풀리지 않을까. 호성이 철없는 생각을 하다가 결심한 듯 고개를 끄덕였다.

"좋았어. 형, 오늘 저녁에 시간 되면 우리 집에서 술 마시자. 내가 누나한테 애교 아닌 애교를 좀 부려야겠으니까."

호성의 말에 시우가 가볍게 고개를 끄덕였다.

"그래."

"고마워, 형!"

"내가 고맙지."

시우가 흘러가듯 대답했다.

"형이 왜?"

"그냥."

시우가 말을 아끼며 웃었다. 호성은 이상한 듯 고개를 갸웃거렸지만 더는 묻지 않았다.

⁂

달그락.

스테이크를 썰던 나이프가 접시를 건드렸다. 요란한 소리가 아니었음에도 강하게 들렸다. 태현이 고개를 들어 주은을 보았다.

"미안해요."

주은이 짤막하게 사과했다. 시선은 여전히 테이블 끄트머리를 향하고 있었다. 레스토랑에 와서 주은은 단 한 번도 먼저 말을 걸거나 시선을 준 적 없었다. 마치 시들어가는 꽃처럼 고개를 숙인 채 묵묵히 먹기만 했다. 그마저도 몇 점 먹지 않고서 나이프를 내려놓았다. 접시엔 스테이크의 절반 이상이 남아 있었다.

"다 먹은 건가?"

"네."

"얼마 먹지 않았는데?"

"속이 좋지 않아서요."

"식사 다 하고 뭘 할까?"

"이제 그만 집으로 돌아가죠."

주은의 대답에 태현이 눈만 들어 그녀를 쳐다보았다. 주은은 고요한 눈으로 그의 눈을 마주 보았다.

"나랑 있는 게 굉장히 지겹다는 눈이군."

"그게 드러났다면 미안해요. 꽃처럼 예쁘게 웃어야 하는데, 그럴 마음이 들지가 않네요."

주은이 뼈있는 말을 던졌다.

"투정인가?"

"그렇게 보여요?"

주은이 담담하게 물었다. 텅 빈 눈동자엔 어떤 흔들림도 없었다. 어떤 걸 보아도 동요하지 않을 것 같았다. 투정이 아니라 완벽한 체념이다. 순간 뒷덜미가 선득해지는 기분이었다. 태현이 저도 모르게 얼굴을 확 찌푸렸다.

"그럼 이런 태도를 보이는 이유가 뭐야? 이주은의 말대로 쇼윈도 커플로 지내기로 계약까지 했으면, 제대로 이행해야 하는 거 아닌가?"

"이행 안 한 게 없다고 생각하는데요."

"정말 그렇게 생각해?"

태현의 말에 주은이 낮은 한숨을 내쉬었다. 갑자기 그가 원하는 게 많아졌다. 자신이 완벽한 애인의 모습을 보여주길 바라고 있었다.

태현만이 아니었다. 자신이 사랑한다고 믿는 모든 사람들은, 그녀가 태현에게 완벽한 애인이 되길 바랐다.

이젠 궁금해지기 시작했다. 정말 그들이 말하는 대로 살면 행복해질까. 아니면 행복하다는 것조차 잊어버려서, 그저 그렇게 사는 게 행복이라고 여기게 되는 걸까. 다른 여자를 안은 후 집으로 돌아온 남편을 보고 아무렇지 않아지면, 행복한 걸까.

그녀의 눈동자에 수만 가지 생각이 스쳐 지나갔다. 태현이 닦달하듯 그녀를 바라보았다. 주은은 피곤함을 느꼈지만, 억지로 입꼬리를 끌어올리며 웃었다. 네가 원하는 대로 장단에 맞춰주겠다는 듯이, 그녀는 태현을 다정하게 바라보았다.

"맛있게 먹어요. 태현 씨, 맛있게 먹는 모습 보기 좋네요. 그리고 난 다 먹지 못해서 미안해요. 속이 좋지 않아서요. 그 정도는 이해해줄 거라고 믿어요. 괜찮죠?"

주은은 오기로 웃었다. 태현이 바라는 대로, 그리고 자신의 가족들이 바라는 대로 일단은 해줄 생각이었다. 정말 그들이 말하는 대로 이렇게 하면 행복해지는 게 맞는지 확인해 볼 생각이었다. 자신이 행복하지 않아서 죽을 것 같아도, 그래도 그들이 똑같은 얼굴로 '행복해질 거야.'라고 말할 수 있을지 궁금해졌다.

태현이 주은의 얼굴을 물끄러미 응시했다. 주은은 가끔 사람의 마음을 건드리는 표정을 짓곤 했다.

자신을 텅 빈 눈으로 응시할 땐, 턱을 거머쥐고서 자신만 보게끔 만들고 싶었다. 그러다 자신을 향해 행복한 미소를 지을 땐, 처절하게 마음 밑바닥까지 헤집어놓고 싶은 마음이 들게 했다. 자신이 이 여자에게 얼마만큼의 영향력을 행사하는지 확인하고 싶었다. 그리고 지금은 저 미소를 박제시켜버리고 싶었다.

이게 무슨 감정인지 알 수 없었다. 어쩌면 평생 가도 모를지 모른다. 그러나 확실한 건,

"이주은 씨는……."

"……."

"사람을 미치게 만드는 구석이 있는 거 같아."

자신을 한껏 삐뚤어지게 만들었다.

태현이 말을 마친 후, 냅킨으로 입가를 닦았다. 주은의 입가가 미세하게 굳었다. 태현은 그런 주은을 향해 다정한 미소를 지어 보였다. 이주은에게 처음 호감이 생겼던 그날처럼.

"조심해서 들어가."

집으로 들어가려던 주은이 인사를 건네는 태현을 바라보았다.

"쇼윈도 커플이라도 이 정도 인사는 할 수 있잖아."

"그러게요. 조심히 가요."

말을 하다 말고 주은이 태현에게 다가갔다.

"옷 구겨졌어요."

그러더니 구겨진 옷자락을 정리해주었다. 가느다란 손가락이 자신의 가슴팍에서 조심스럽게 움직이는 것을 바라보았다. 하얀 나비의 날갯짓 같은 움직임이었다.

태현이 눈을 가느스름하게 뜬 채 주은을 바라보았다.

"다른 여자한테 가더라도 말끔하게 다녀요. 내가 욕먹으니까요."

주은이 무표정한 얼굴로 말했다. 차분한 말투와 달리 말엔 가시가 박혀 있었다. 생각지 못하게 한 방 얻어맞은 듯 태현이 삐딱하게 웃었다.

"다른 사람한테 욕먹을 짓 하지 말라?"

"그게 계약의 기본이잖아요."

주은이 태현의 눈을 보며 미소 지었다. 힘이 없어 보이긴 했지만, 그녀의 미소는 아름다웠다. 태현이 손을 뻗으려 할 때였다. 주은이 한 걸음 물러섰다.

"조심히 가요."

주은은 태현이 자신을 잡을세라 아파트 입구로 걸어갔다.

멀어지는 주은의 꼿꼿한 뒷모습을 바라보던 태현은 허공에서 멈춘 자신의 손과 그녀를 번갈아 보았다.

문 앞에 선 주은이 도어록으로 손을 뻗다 말고, 아래로 축 늘어뜨렸다. 긴 하루였다. 굉장히 고되게 느껴질 만큼.

그녀는 피곤한 얼굴로 눈을 감았다. 호성이 있을지 모른다는 생각에 선불리 집으로 들어갈 수가 없었다. 공원에서 맥주를 마시자니 오늘따라 쌀쌀했다. 세상은 넓은데, 자신이 서 있을 곳이 없는 듯한 기분이었다. 마음은 푹푹 꺼지고, 발등은 무거웠다.

이런 날, 아무 이유 없이 자신에게 웃어주는 누군가가 있었으면 했다. '잘 다녀왔어?'라고 상냥하게 물으면서. 그럼 아무 일 없었다는 듯이, '응.' 하고 웃을 수 있을 것 같았다.

이런저런 생각을 하던 주은이 눈을 감은 채 픽 웃었다. 그런 사람이 자신에게 있을 리 없었다. 허튼 생각을 할 바엔 집으로 들어가서 쉬는 게 나았다. 호성에겐 아침에 유난히 까칠하게 대해서 미안하다고 사과하고 덮을 생각이었다. 태현과 헤어질 생각이 없다면, 호성과 갈등을 일으켜봐야 좋을 게 없었다.

비밀번호를 누르자 삐익 소리와 함께 도어록이 해제되었다. 문을 밀고 들어서자마자 따스한 공기가 훅 밀어닥쳤다. 신발을 벗는 사이, 쿵쿵 발소리가 다가왔다. 주은은 저도 모르게 숨을 깊게 들이마셨다. 호성아 라고 부르려던 찰나였다.

“잘 다녀왔어요?”

머리 위로 떨어지는 상냥한 목소리에 주은이 느릿하게 고개를 들었다. 자신의 머릿속에서 맴돌던 간절한 목소리가 실제로 들렸다. 믿기지 않는다는 표정으로 앞에 선 사람을 쳐다보았다. 시우가 자신을 보며 서 있었다.

“왜…… 네가?”

주은이 더듬거리며 물었다.

“기다리고 있었어요.”

시우의 말을 듣는 순간, 코끝이 찡해왔다. 시우의 곁에 있으면 제 몸을 맴돌고 있던 한기가 스르륵 사라지는 기분이었다. 그래서 자꾸만 못난 얼굴을 보여주게 되었다. 주은은 순간 울컥해 얼굴을 숙이며 물었다.

“호성이는?”

“호성이는 자요. 주은 씨 기다리다가 먼저 술 한잔했거든요. 들어와요.”

마치 제집처럼 자연스럽게 행동하는 시우 때문에, 주은은 얼떨떨한 기분으로 안에 들어섰다. 식탁 위에 술병과 간단한 안주거리가 놓여 있었다. 이미 한바탕 술자리를 가진 후였다.

“호성이는 어디 있어?”

“식탁에서 자길래 몇 번 깨워봤는데 안 일어나더라고요. 그래서 침대로 옮겨놨어요.”

"어떻게? 무거웠을 텐데?"

"부축해서 옮겼어요. 금방 옮겼으니까 신경 쓰지 마요."

"아…… 응."

주은이 고개를 가볍게 끄덕였다. 호성의 성격상 자지 않고 자신의 귀가를 기다리고 있을 거라 생각했다. 자신과 싸우면 어떻게든 하루 안에 끝을 보려고 하는 성격이었던 것이다. 그런데 이렇게 순순히 잠들어 있을 줄이야. 다행이었다. 고단한 하루의 끝이 너무나 피곤하게 끝나지 않아서.

주은이 지친 얼굴로 얕은 한숨을 내쉬었다. 그러다 곁에서 느껴지는 시선에 고개를 돌렸다.

시우가 팔짱을 낀 채 자신을 물끄러미 바라보고 있었다. 마치 제집의 한가운데 선 것처럼 여유로운 모습이었다.

그러고 보면 그는 어디에 있든, 그 공간이 제 것이라도 되는 양 행동했다. 그리고 그것이 굉장히 당연해 보였다.

"호성이가 자꾸 널 귀찮게 하지? 미안해."

주은이 먼저 침묵을 깼다.

"괜찮아요."

"다행이네."

그 말을 끝으로 잠시 침묵이 찾아들었다. 시우가 걸음을 돌려 식탁 앞으로 걸어갔다.

"내가 치울게. 내버려둬. 넌 피곤할 텐데 내려가봐."

"치우는 거 아니에요."

그럼?

주은이 의아한 눈으로 물었다. 모아두었던 쓰레기를 싹 정리해버린 시우는 당연하다는 듯이 냉장고에서 소주와 맥주를 꺼냈다.

"나랑 술 마실래요?"

물음과 달리 그는 이미 술상을 새로 차리고 있었다. 주은은 잠시 고민하다가 식탁에 앉았다. 술이 들어가지 않으면 잠이 오지 않을 것 같은 밤이었다. 시우가 맞은편 자리에 앉아 자연스럽게 주은에게 맥주잔을 내밀었다.

"너희 집인 줄 알겠어."

"우리 집처럼 익숙해요."

"호성이가 널 많이 귀찮게 굴지?"

"아니긴 한데……. 그렇다고 하면, 누나가 그 빚을 갚아줄 건가요? 그러면 그렇다고 대답해야겠죠."

시우가 주은의 눈을 똑바로 바라보며 물었다. 주은이 저도 모르게 피식 웃었다.

"진짜 선수 같아."

그러다 그가 턱을 괴고서 자신을 빤히 바라보고 있다는 걸 알고는 웃음을 멈추었다. 그의 깨끗한 눈동자가 보였다. 촉촉하고, 부드러운 눈빛은 이상하게도 한없이 야하게 느껴졌다.

순식간에 사위가 고요해졌다. 누군가의 숨소리가 들릴 것처럼. 이 침묵을 깨어야 한다는 걸 알지만 아무 말도 나오지 않았다.

주은이 앞에 놓인 맥주잔을 들었다. 반 이상 남은 맥주를 한 번에 마셨다.

"넌…… 집에만 있는 거야?"

마침내 주은이 할 말을 찾았다는 듯 물었다.

"당분간은 그럴 예정이에요. 곧 나가야겠지만."

"일자리는 구해놓은 거야?"

"네."

"대단하네."

주은이 중얼거리듯 대답했다. 그러다 자신이 시우에 대해 아는 게 없으니 물을 것도 없다는 걸 알았다. 뭔가 물어야 할 것 같은데 뭘 물어야 할지 모르겠다. 함부로 가족관계를 물을 수도 없는 노릇이다. 그렇다고 지루하게 학벌을 논할 수도 없었다. 더군다나 자신의 이야기는 어떤 것도 하고 싶지 않았다.

자연스럽게 태현과 가족들이 떠올라 가슴이 따끔거리기 시작했다. 결국 주은은 입을 다문 채 술을 마셨다. 침묵이 오히려 편해졌다. 시우는 말없이 술을 마시는 주은을 지켜보았다. 술이 점점 줄어들었다.

"드라이브 갈래요?"

갑작스러운 시우의 물음에 주은이 고개를 들었다.

"너 술 마셨잖아."

"안 마셨어요. 호성이만 마셨고, 지금은 주은 씨만 마시고 있죠."

주은이 시우의 술잔을 건너다보았다. 잔엔 여전히 소주가 가득했다. 그러고 보니 그는 자신이 술을 마시는 동안 한 번도 잔에 손을 대지 않았다.

"오늘 같은 밤은 그냥 보내면 아쉽잖아요. 같이 갈래요?"

시우의 물음에 주은은 잠시 고민했다. 이 시간에 나가면 내일 출근이 걱정되고, 호성이 깨어나 자신을 찾을까 봐 신경 쓰였다. 그러니까 안 되는 거 아닐까. 주은이 안 된다는 쪽으로 추를 옮길 때였다.

"본인이 원하는 대로 해요. 다른 이유 때문에 고민하지 말고, 스스로에게 변명하지 말고."

시우의 말이 가슴 위로 툭 떨어졌다.

원하는 대로…….

주은은 스스로의 목소리를 듣는 것에 익숙하지 않았다. 잠시 고민하던 주은이 고개를 끄덕였다.

"응. 가고 싶어."

주은의 눈빛이 또렷해졌다. 누구에게도 자신이 원하는 바를 말해본 적 없었다. 그렇게 길러졌고, 그것이 맞다고 생각했으니까. 그런데 시우의 곁에 있으면 자연스럽게 자신이 원하는 걸 말할 수 있게 되었다. 그녀에겐 낯선 경험이었다.

옷을 갈아입고 나오자, 시우가 현관에서 신발을 신은 채 기다리고 있었다. 주은이 뒤따라 운동화를 신고 나가려다 멈칫했다. 하마터면 시우와 부딪칠 뻔했다.

"안 나가?"

"나가야죠."

대답과 달리 시우는 그녀를 내려다보다 빙긋 웃었다. 그러더니 손을 들어 그녀의 머리를 쓰다듬었다.

"뭐 하는 거야?"

주은이 얼굴을 찌푸리며 물었다.

"귀여워서요."

"……."

"이제 가죠."

그가 자연스럽게 주은의 손을 감싸잡고서 현관문을 열었다. 순간 차가운 바람이 훅 몰아쳤다. 어깨가 웅크려들 정도로 강한 바람이었다. 그러나 맞닿은 큰 손이 따뜻해서, 춥지 않았다.

주차장으로 향하는 동안 시우는 한 번도 주은의 손을 놓지 않았다. 운전을 할 때도 마찬가지였다. 급할 때 한 번씩 손을 떼는 경우는 있어도, 몇 초 지나지 않아 다시금 잡아왔다. 주은이 빼려고 할 때마다 "이건 나 준 거잖아요."라며 다시 잡아왔다. 결국 주은은 포기한 채 자신의 손을 시우에게 맡겼다.

차창 밖으로 가로수들이 빠르게 흘러갔다. 그 위로 수많은 기억이 겹쳐졌다. 어린 시절의 행복했던 기억과 고통스러운 기억이 엇갈렸다. 태현의 다정한 모습과 한껏 잔인했던 모습이 교차했다. 마지막엔 가족들이 떠올랐다.

사위는 고요한데 마음이 시끄러웠다.
“무슨 생각 해요?”
“오늘 한 이기적인 선택.”
주은이 무심코 대답했다.
“그게 뭔데요?”
“그런 게 있어.”
주은이 말을 아꼈다. 오늘, 주은은 태현과의 식사 자리에서 마음을 굳혔다. 그들이 원하는 대로 살아주겠다고.
태현의 말은 틀리지 않았다. 그녀는 용기가 없었다. 아버지의 사업이 파산한 후 물밀듯이 밀려들 빚 독촉과 그 이자, 가족들의 원망을 버텨낼 수 없었다. 대신 그녀는 이전처럼 그들을 사랑하지 않기로 했다.
대신 자신이 최우선인, 아주 이기적인 사랑을 시작하기로 했다.
생각에 잠겨 있던 주은이 시선을 내리깔았다. 손가락 사이가 간지러웠다. 시우가 그녀의 손가락 사이의 여린 곳을 만지작거리고 있었다. 별것 아닌 스킨십이 미묘하게 자극적이었다. 주은이 힘주어 시우의 손가락을 움켜잡았다. 그러자 시우의 손가락이 그녀의 손가락 사이에 갇혔다.
“너는 사랑해봤어?”
문득 시우의 사랑이 궁금해졌다.
“어떤 사랑을 물어요?”
시우의 물음에 주은이 고개를 기울였다. 가끔 시우는 이렇게 자신을 놀라게 할 때가 있었다. 사랑해봤냐는 말에 대부분 연애를 떠올리기 마련인데, 그는 사랑의 형태가 다양하다는 걸 알고 있는 듯했다.

"어떤 사랑이든지. 가장 열렬하게 한 사랑 있어?"

"있어요. 첫사랑."

"아, 그래?"

주은이 덤덤하게 되물었다. 순간 그녀는 후회했다. 묻지 말걸. 설명할 수 없는 기묘한 기분이 들었다.

"어땠는데?"

이미 궁금해진 탓에 주은이 조심스럽게 물었다.

"그건 왜 물어요?"

"열렬히 사랑하는 게 어떤 건지 궁금해서."

"열렬히 사랑해본 적 없어요?"

"응. 없어."

"지금 애인이 들으면 섭섭하겠네."

"쇼윈도 부부가 될 애인 사이거든, 우리는."

"그래요?"

시우가 여상하게 되물었다. 목소리에 별다른 놀라움이 없었다. 마치 알고 있었다는 듯이. 그사이 차가 멈췄다.

주은은 눈앞이 우주처럼 새까만 풍경을 보았다. 바다라는 걸 등대를 보고서야 알았다. 꽤 오랫동안 달린 줄은 알았지만, 바다에 도착할 줄은 몰랐다. 주은의 입술이 자그맣게 벌어졌다.

“열렬히 사랑한다는 건 사람을 착각하게 만들어요.”

시우의 낮은 말소리가 들렸다. 마치 잠들기 직전에 듣는 다정한 DJ의 목소리 같았다. 주은이 그를 바라보았다. 조금 늦게 시우의 시선이 주은에게 닿았다. 순간 차 안의 공기가 모조리 사라진 기분이었다.

“마치 내가 이 사람 때문에 사는 것 같은 착각.”

“…….”

“이 사람을 만나기 위해 태어난 것 같은 착각.”

“…….”

“이 사람을 위해서라면 뭐든 다 할 수 있을 거라는 착각.”

말을 이어갈수록 시우의 검은 눈동자가 더욱 짙어지는 느낌이었다. 그 때문일까. 마치 시우의 이 말이, 자신을 두고 하는 말 같단 기분이 드는 건.

그럴 리가.

주은이 부인했다. 시우가 지금 이 나이에 첫사랑을 할 리 없다. 더욱이 저렇게 깊은 마음이었다면, 자신에게 애인이 있는 걸 그냥 두고 볼 리 없었다. 주은은 어쩌면 시우의 첫사랑이 굉장히 아프게 끝났을지도 모른다는 생각을 했다. 그래서 그는 자신과 이렇게 가벼운 관계를 시작했는지 모를 일이었다.

주은은 그 사랑이 어떻게 되었는지 묻지 않았다. 그가 지금껏 혼자 있는 걸로 봐선 좋지 않게 끝이 난 듯했다.

손등에 따스한 느낌이 닿았다. 고개를 돌리자, 시우가 그녀의 손가락에 입을 맞추고 있었다.

"뭐 해?"

"손가락이 아직 차가운 거 같아서요."

"괜찮아."

주은이 손을 빼려 하자, 그가 아프지 않을 만큼 꽉 움켜쥐었다.

"괜찮으면 가만히 있어요."

"……."

자신의 엄지손가락에 입을 맞춘 시우는 자연스럽게 검지와 중지에 입을 맞추었다. 따스한 입김이 손가락에 닿는 순간, 등허리가 저릿했다. 그의 친절한 호의를 안 좋게 받아들이는 것 같아, 주은은 애써 참았다.

자신의 손가락을 아주 귀한 것이라도 되는 양 입 맞추는 시우를 보던 주은은 입술을 꽉 깨물었다.

가벼운 관계인 자신에게도 이토록 다정한데, 정말로 사랑하는 사람에겐 얼마나 다정할지 상상이 되지 않았다. 그리고 그 사랑을 받고 있을 여자가 한없이 부러웠다.

"나, 하나만 물어봐도 돼요?"

"뭔데?"

"기분이 안 좋을지도 몰라요."

말을 하면서 시우는 입술을 새끼손가락에 가져다 댔다. 조심스럽게 물어오는 시우의 목소리에 주은이 고개를 끄덕였다.

"응. 해."

"그 남자, 사랑해요?"

"……."

"지금 애인이라는 사람."

"……."

주은이 대답하지 않자, 시우가 눈만 들어올렸다. 한없이 부드럽게만 보이던 치뜨자 날카롭게 보였다.

"……아니. 안 사랑해."

"그럼 좋아하긴 해요?"

"……."

"그래서 못 놓는 거예요?"

시우의 물음에 주은은 아니, 라고 대답하려고 입을 열었다.

"모르겠어. 그것도 잘……."

그러나 입술 사이로 흘러나온 대답은 다른 것이었다. 이후 무슨 말이라도 하려고 입술을 달싹였으나 어떤 말도 하지 못했다.

주은은 태현과 헤어지느냐 아니냐만 놓고 고민했을 뿐, 사랑에 대해선 생각해본 적 없었다.

아직도 자신은 그를 좋아하는 걸까. 아무런 생각도 들지 않았다. 좋아하는 마음조차 남아 있는지 미지수인, 그야말로 미지근한 관계였다.

"……아, 그래요?"

반문하는 그의 목소리가 이전과 비교할 수 없도록 낮아졌다. 조금 화가 난 듯한 목소리였다.

"아직도 그런 마음이었군요. 곤란하게."

"응?"

주은이 무슨 소리냐는 듯 되묻자, 시우가 그녀의 손등에 입을 맞추며 "아무것도 아니에요."라고 대답했다. 술기운이 오른 주은이 금세 창밖을 멍하게 바라보자, 시우가 무표정한 얼굴로 그녀를 바라보았다. 자신과 있을 때 다른 곳을 보는 주은의 모습이 꽤나 마음에 들지 않는다는 듯이. 그가 주은의 손을 거머쥐더니 그녀의 손가락을 살살 깨물었다.

"아."

주은이 쳐다보자, 시우가 언제 무표정했냐는 듯 선한 얼굴로 웃어 보였다.

"그래도 나랑 있을 땐 나한테 집중해줘요. 내가 주은 씨한테 집중하듯이."

웃는 얼굴이 어쩐지 무표정한 얼굴보다 더 무섭게 느껴졌다. 주은은 검은 바다 때문에 그렇게 보였을 거라 생각하며 부인했다.

"그러고 있어."

"그러면 다행이고요."

시우가 그녀의 손가락을 혀로 핥았다.

읏.

주은이 입술 밖으로 터져나오려는 소리를 꾹 삼켰다.

"이……제 손 따뜻하잖아."

"네. 이제 따뜻하죠."

시우가 알고 있다는 듯 선선히 대답했다.

"그만 데워도 되잖아."

"데우는 것처럼 보여요?"

"그럼?"

"키스하고 싶은데 못 해서 이러는 거예요."

자신을 슬쩍 바라보는 시우의 표정이 야릇해졌다. 방금 전까지 선하던 얼굴이, 이토록 달라질 수 있다는 게 놀라울 지경이었다.

"여기서는…… 곤란해."

"키스만 할 건데, 뭐가 곤란해요."

"밖에서 보일 거야."

"선팅되어 있어요. 그렇게 허술한 차를 준비하진 않았어요."

준비?

마치 자신을 위해 이 차를 준비한 듯한 느낌이었다. 뭔가 이상한 기분이 들었지만, 주은은 자신의 착각이라 여겼다. 사실 더 생각할 상황도 아니었다. 시우의 혀가 손가락 사이의 부드럽고 예민한 곳을 핥았다.

"그만해."

주은이 일부러 단호한 목소리로 말했다.

"진심이에요?"

"그래."

"그 말이 정말로 진심이라면 내 눈을 똑바로 보고 싫다고 이야기해요."

주은이 시우를 쳐다보았다. 주은이 입을 열려고 하자, 시우의 혀가 손가락 사이의 예민한 곳을 할짝 핥았다. 갑작스러운 자극에 주은이 흠칫했다. 그가 그녀의 눈을 똑바로 응시하며 붉은 혀로 그곳을 할짝댔다. 손일 뿐인데, 마치 다리 사이를 허락한 것처럼 온몸이 저릿했다. 그의 입술이 미끄러지듯 손바닥에 입을 맞추었다.

"읏."

"……정말 싫은 거 맞아요? 이렇게 예민한데?"

시우가 부드럽게 웃어 보였다.

"여기선…… 곤란하잖아."

"어차피 아무도 없어요. 있어도 보이지 않을 거고."

시우가 손을 뻗어 주은의 뒷목을 부드럽게 감싸쥐었다. 악기를 두드리듯 부드러운 손놀림으로 그녀의 뒷덜미를 간질였다. 조금씩 얼굴 사이가 가까워졌다.

"정말 싫으면 밀쳐내요. 그럼 안 할 테니까."

"……."

"억지로 해서 주은 씨 미움을 사고 싶진 않거든요. 그러면 마음 아파서 밤새 잠을 못 자요."

시우가 싱긋 웃으며 다가왔다. 그가 느릿하게 다가오는 모습이 또렷하게 보였다. 주은이 거절해야 한다고 생각하는 순간, 시우의 고개가 비스듬히 기울었다. 주은이 그의 얼굴을 훑었다.

살짝 벌어진 입술, 나른한 표정, 내리깐 눈, 입술 사이로 보이는 붉은…… 혀.

그것이 그녀가 본 마지막이었다. 입술이 닿았다. 그 순간, 거짓말처럼 눈이 감겼다. 주은은 입술을 가르고 들어오는 시우의 혀를 맞이하고서야 자신이 시우와 하고 싶었다는 걸 알았다. 그것도 시우가 자신의 손바닥에 입을 맞춘 그때부터 줄곧.

혀가 엉겨들었다. 갈급하게 엉겨오는 혀가 그녀의 혀를 옭아맨 채 놓아주지 않았다. 마치 모든 곳을 빨아먹으려는 듯 강하면서도, 지저분하지 않았다. 그사이 시우의 큰 손이 주은의 목을 모조리 감쌌다. 차 안의 공기가 금세 뜨거워졌다.

춥.

머리가 몽롱해져갈 즈음, 민망한 소리와 함께 입술이 떨어졌다. 자세가 불편한 듯 의자를 뒤로 젖힌 시우가 다가오려 할 때였다. 주은이 그의 가슴을 손으로 밀었다.

"일단, 집으로 가자. 여기는…… 안 돼."

시우가 눈을 가늘게 떴다.

"이렇게 만들고, 그런 말을 해요?"

"그래도 여긴 아무래도 아닌 것 같아."

주은의 말에 그가 곤란한 듯, 뒷목을 쓸어내렸다. 낮은 한숨을 내쉰 그가 가볍게 고개를 끄덕였다. 차 시동을 켜자, 자그맣게 "미안해."라는 말이 들렸다. 시우가 고개를 돌리자, 주은이 미안한 표정을 짓고 있었다. 분위기를 달구어놓고 갑작스레 찬물을 부은 게 미안한 얼굴이었다.

잘못 들은 줄 알았는데, 진짜인 모양이다.

그녀의 얼굴에 시우의 입꼬리가 위를 향했다. 피식, 웃음이 났다. 방금 전까지 못 참을 것 같았는데, 이젠 버틸 수 있을 것 같았다. 미안해, 그 한마디에 견딜 수 있게 되었다. 자신보다 스스로를 더 잘 컨트롤할 수 있는 여자.

주은을 담은 시우의 눈빛이 금세 부드럽게 풀어졌다.

"나를 이렇게 만들 수 있는 건, 이주은 씨뿐이에요."

그게 무슨 말이냐는 듯 주은이 시우를 쳐다보았다. 그는 대답 대신 차를 몰았다. 그녀도 더는 꼬치꼬치 캐묻지 않고 창밖을 바라보았다.

덜컹.

주은이 먼저 시우의 집으로 들어섰다. 그가 문을 잡고서 먼저 들어가라고 한 덕분이었다.

온몸에 매너가 배어 있구나.

그런 생각을 하며 주은이 신발을 벗으려 허리를 굽혔다. 스르륵 문이 닫히며 찬바람이 훅 밀려들었다. 그리고 문이 채 닫히기도 전이었다. 허리를 끌어안는 것과 동시에 목덜미에 뜨거운 입술이 닿았다. 주은이 흠칫했다.

"시우야."

주은의 목소리가 가늘게 떨렸다.

"그렇게 부르면 더 하고 싶은 거 모르죠?"

"아니, 그래도 아직 신발도 안 벗었는데……."

"벗어요. 나머지는 내가 다 벗겨줄 테니까."

"……저기."

주은이 신발을 벗다가 휘청거렸으나, 넘어지지 않았다. 얇은 치마를 사이에 놓고 시우의 중심이 닿았다. 힘겹게 신발을 벗은 주은이 한 발 내딛었으나, 얼마 못 가 벽에 부딪쳐 멈춰 섰다.

"으흥."

목 안에서 나지막한 신음이 흘렀다. 시우의 손이 브래지어를 끌어내린 후, 가슴을 강하게 거머쥐었다. 오는 길에 식었던 몸이 시우의 손길에 금세 반응했다. 차분하고 얌전할 것 같은 이미지와 달리, 섹스할 때의 시우는 마치 다른 사람 같았다. 거칠고, 강했으며, 거침없었다. 어떤 쪽이 진짜 시우의 모습인지 알 수 없었다.

그녀는 이런 시우의 행동이 마음에 들었다 그가 헤집어놓을 때마다 그녀는 어떤 생각도 들지 않았다. 그저 그가 이끄는 대로 따라가면서, 복잡했던 머릿속을 비우면 그만이었다. 그래서 자신답지 않게 시우와 이런 관계를 유지해가는 거라고 생각했다.

그가 그녀를 뒤에서 바짝 끌어안았다.

"흣."

시우의 손이 치마를 걷고서 속옷 사이로 들어섰다. 어느새 셔츠가 말려 올라가 가슴이 훤히 드러났다. 손가락으로 솟아오른 유두를 지분거리며, 남은 한 손은 뜨거운 아래를 비볐다. 비스듬히 문지르던 손가락이 서서히 살점을 가르고 파고들었다. 손가락으로 왈칵 뜨거운 애액이 쏟아져 내렸다.

"이렇게 반길 줄은 몰랐네요."

시우가 뒤에서 그녀의 귓가에 다정하게 속삭였다. 주은이 민망한 듯 슬쩍 얼굴을 찌푸렸다. 그가 말하지 않아도, 자신의 몸에서 무언가가 흘러나간 느낌을 받고 있었다. 그의 손가락이 빨려들어가듯 안으로 들어왔다.

"흡."

주은의 몸이 앞으로 고꾸라지려 했다. 시우가 붙들고 있어서 옴짝달싹할 수 없는 게 다행인지 불행인지 알 수 없었다.

질척, 질척.

젖은 물소리를 내며 손가락이 그녀의 안에서 헤엄치듯 움직였다.

"하아, 으읏……! 아아!"

"여기 되게 따뜻한 거 알아요?"

시우가 낮은 숨소리를 내며 물었다. 알 리가. 자신의 몸이지만 그곳에 손을 넣어본 적은 없었다. 주은이 아무 말 하지 않자, 시우가 손을 조금 더 빠르게 움직였다.

"으흡."

주은이 흠칫거렸다. 시우가 그녀를 뒤에서 끌어안은 채,

그대로 침대로 향했다. 순식간에 주은의 옷들이 벗겨졌다. 시우는 자신의 옷을 벗으며 발가벗은 주은의 몸을 응시했다.

하얗고 부드러운 피부, 부끄러운 듯 살짝 오므리고 있는 다리, 몽롱하게 풀어진 시선, 촉촉한 눈동자.

주은은 본인이 어떤 얼굴을 하고 있는지 모르는 듯했다. 모르는 게 나았다. 알면 감춰버릴 테니까.

시우가 그녀의 몸에 겹쳐 올랐다. 그의 입술이 그녀의 목덜미를 타고 내려왔다. 봉긋하게 솟은 가슴 사이에 잘게 입을 맞춘 그가, 배꼽을 타고 내려갔다. 입술이 닿는 곳마다 열꽃이 피어오르는 듯했다. 발긋하게 변한 피부를 흡족하게 바라보며 시우의 입술이 그녀의 허리를 스쳤다.

"읏!"

그의 손가락이 그녀의 중심으로 미끄러지듯 쑥 들어왔다. 질척거리는 소리와 함께 손가락이 부드럽게 움직였다. 내부를 살살 문지르듯 이곳저곳을 찌르는 감각에 주은의 몸이 이리저리 비틀렸다. 손가락에서 벗어나려고 버둥거렸지만, 조금도 뒤로 물러설 수 없었다. 그사이 그가 손가락을 구부려 한곳을 쿡 찔렀다.

"읏."

주은의 다리가 오므라들면서 아랫배에 바짝 힘이 들어갔다. 이전보다 더 강한 느낌에 그녀의 몸이 움찔 굳었다가 풀렸다. 시우가 그녀의 표정을 가만히 바라보며 그곳을 살살 문질렀다.

"으흣…… 하아, 아아!"

주은이 어쩔 줄 몰라 하며 이리저리 몸을 비틀었다. 하얀 몸이 자신의 품 안에서 바르작거리는 모습을 보며 시우는 눈을 가늘게 떴다. 이 야한 여자는 모르고 있었다. 벗어나려고 할수록 더 만지고 싶고, 다른 곳을 보려고 할수록 자신을 보게 만들고 싶다는 것을.

"그…… 그만."

주은이 힘겹게 신음을 삼키며 한마디를 뱉었다. 그러나 그 뒷말은 시우와 맞닿은 입술 사이로 사라졌다. 그는 그녀가 그 말을 뱉게끔 허락하지 않았다. 주은이 시우의 어깨를 거머쥐었다. 그사이에도 몸을 파고든 손가락이 부지런히 이리저리 움직였다.

"하아, 하앗! 읏……."

주은이 신음을 삼키며 눈을 질끈 감았다. 마치 예민한 스위치를 건든 것처럼, 시우가 어느 한곳을 건들 때마다 머릿속에서 스파크가 튀는 듯했다. 등허리부터 올라간 전기가 온 머리를 엉망진창으로 만들었다. 고통스러우면서도 그만큼 강한 쾌감이 뒤따랐다. 눈앞이 아찔해서 이대로 쓰러질 것 같으면서도 그만두라고 하지 못했다.

마치 몸의 쾌락을 뒤따르는 짐승이 된 것 같았다. 그래도 좋았다. 무언가를 해야 한다는 압박감과 헛헛한 외로움이 모조리 사라진 것 같아서.

푹!

시우의 중심이 그녀의 몸을 꿰뚫고 들어왔다.

“흡!”

주은이 잠시 숨을 삼켰다. 순간 아래가 빠듯해진 느낌에 숨이 뱉어지지 않았다. 그가 주은의 입술에 입을 맞춰 강제로 입을 벌리게 한 뒤에야, 풍선에 바람이 빠지듯 숨을 뱉어냈다. 시우는 주은이 적응할 때까지 기다렸다. 당장이라도 내달리고 싶지만, 그는 주은이 이 순간을 완벽하게 즐기길 바랐다. 자신의 몸에 적응하고, 자신과의 관계에 길들여지기를.

탁, 탁.

주은이 숨을 느릿하게 들이마셨다가 내쉬자, 시우의 허리가 천천히 움직였다. 시우가 아랫입술을 사리물며 주은을 끌어안았다.

주은의 안은 너무나 따스했다. 동시에 강하게 빨아들였다. 자신이 아닌 다른 누구에게도 겪게 하고 싶지 않은 달콤함이었다.

시우의 허리가 조금 더 빠르게 움직였다. 방 안의 공기가 후끈하게 데워졌다. 살끼리 맞부딪치는 소리, 나지막하게 터져나오는 신음이 방을 가득 채웠다.

주은은 흐릿하게 눈을 떴다. 자신을 끌어안은 어깨와 목덜미가 보였다. 자신의 몸을 데우는 뜨거운 열기와 맞닿은 몸에서 흘러나오는 땀이 뒤늦게 느껴졌다. 뜨거웠다. 아니, 따뜻했다. 주은이 입술을 깨물었다. 이유는 알 수 없지만, 왠지 울컥하며 눈물이 나려 했다.

주은이 시우의 목을 끌어안아, 제 얼굴을 볼 수 없게 만들었다.

그사이 시우가 강하게 내달렸다. 주은은 이전과 비교할 수 없을 만큼 정신이 아득해졌다. 온몸이 움찔거리며 아랫배와 허벅지에 잔뜩 힘이 들어갔다. 어느 순간 아래가 꽉 조여들었다. 주은의 눈앞이 하얗게 변했다. 누군가에게 묻지 않아도 주은은 본능적으로 알 수 있었다. 자신이 절정에 달했다는 것을.

"읏!"

한 박자 늦게 그의 입술에서 낮은 신음이 새어나왔다. 그가 제 중심을 빼어내 손으로 문질렀다. 그러자 그녀의 배 위로 하얀 액체가 울컥 쏟아졌다. 주은은 가느스름하게 뜬 눈으로 그 상황을 바라보았다. 남자가 자신의 것을 잡고 문지르는 행위가 퇴폐적으로 보였다. 모든 행동을 마친 후, 무릎을 꿇고 앉은 그가 자신을 쳐다보았다. 스탠드의 노르스름한 불빛 때문인지 그의 눈빛이 촉촉하게 물들어 있었다.

"피곤하면 자요."

그가 다정한 목소리로 속삭였다.

'아니. 집에 가야 해.'

주은이 입술을 달싹였다. 그러나 입술 새로 어떤 말도 흘러나오지 않았다. 말하려 했지만, 나오지 않았다. 아니, 말하고 싶지 않았다. 이곳에 조금 더 머물고 싶었다.

시우가 몸을 일으켜 티슈로 주은의 배를 닦아주었다. 물티슈로 꼼꼼하게 한 번 더 닦은 후, 그는 침대에 걸터앉아 주은을 바라보았다. 그녀가 느릿하게 눈을 감았다 뜨며 쳐다보자, 시우가 손으로 그녀의 머리카락을 쓸어넘겨주었다.

시간이 멎은 듯했다. 시간과 시간 사이 정적인 틈새에 갇혀버린 사람들처럼 그들은 서로를 바라보았다. 부드러운 노란 불빛 때문일까, 그의 다정한 눈동자가 쓸쓸해 보였다. 마치 욕심내선 안 되는 걸 욕심내는 사람의 눈 같았다.

주은이 저도 모르게 손을 뻗어 시우의 왼쪽 눈두덩을 만졌다. 시우는 가만히 그녀에게 얼굴을 맡겼다.

"쓸쓸해 보여서."

공허한 눈동자에 따스한 걸 채워줄 수가 없어서, 그녀는 그렇게 그의 눈두덩을 살살 문질렀다. 이러면 눈 안에 고인 쓸쓸함이 날아갈까 싶어서.

이 복잡한 마음을 이해한 건지, 시우가 느슨하게 웃었다. 그러더니 그녀의 손에 제 얼굴을 기댔다. 주은이 눈두덩을 문지르던 손을 관두고, 그의 뺨을 가만히 데워주었다. 그가 눈을 감았다. 평온해 보이는 얼굴이었다. 마치 자신이 있어야 할 곳을 찾은 아기처럼.

"……자고 갈래요?"

시우가 눈을 감은 채 물었다.

"돌아가야 해."

호성이 언제 깨어나서 자신을 찾을지 모른다. 그러다 태현에게 전화라도 하면 골치 아파진다. 엄마가 찾을지도 모르고, 내일 출근도 해야 하고……. 여러 가지 이유가 떠올랐다. 그러니 지금 당장 일어나서 옷을 챙겨 입어야 했다.

"그렇겠죠?"

시우는 조금 씁쓸한 목소리로 되물었다. 차라리 가지 말라고 잡았더라면, 그녀는 그를 뿌리칠 수 있었을 거다. 이렇듯 자신을 순순히 보내는 그를 보자 더 마음이 아파왔다. 마치 자신을 보내고 남은 감정을 묵묵히 감수하겠다는 것처럼 보여서.

"이리 와."

주은이 시우의 팔을 끌어당겼다. 시우가 눈을 떠 그녀를 보았다.

"잠들면 갈 테니까."

시우가 의외라는 얼굴로 그녀를 바라보았다.

"너도 전에 그래줬잖아. 그러니까 이리 와."

주은의 부름에 시우가 순순히 그녀의 옆자리로 왔다. 시우가 옆으로 누워 주은의 어깨에 턱을 댔다. 팔은 허리에 둘렀다.

이러면 나중에 나갈 수가 없을 것 같은데.

주은은 난처했으나 시우를 막지 않았다. 몸이 노곤해질 만큼 따스했다. 침대는 푹신했고, 시우에게선 은은하게 좋은 향기가 났다. 갑자기 피로가 풀리며 졸음이 쏟아졌다. 일정한 간격으로 내쉬는 시우의 숨소리가 가슴을 다독여주는 것처럼 느껴졌다.

조금만 잘까.

주은이 졸린 눈을 깜빡이며 생각했다. 그러나 그 생각의 결론을 내기 전에, 그녀는 스르륵 잠에 빠졌다.

주은은 쫓기고 있었다. 거친 숨이 턱까지 차올랐다. 살려주세요, 라는 말도 할 수가 없을 만큼 숨이 찼다. 입을 열자 헉헉거리는 숨소리만 튀어나갔다.

죽을힘을 다해 달리던 주은이 막다른 골목에 몰렸다. 벽은 높고 두꺼워 보였다. 다른 길은 없었다. 넘어가고 싶지만, 손을 뻗어도 끝이 닿지 않았다. 어느새 어두컴컴한 그림자가 달려와 그녀의 목을 졸랐다.

'흡!'

숨이 막혔다. 심장이 터질 것처럼 뛰었다.

'너만 참았으면 되잖아. 너만.'

남자인지 여자인지 구분되지 않는 목소리였다. 감기려는 눈을 억지로 부릅떠 위를 쳐다보았다. 주은의 얼굴이 충격으로 굳었다. 그녀의 엄마였다. 동시에 태현이었다. 두 사람이 자신의 목을 졸랐다.

아니야, 주은이 눈을 감았다가 뜨자 이번엔 아버지가 자신의 목을 조르고 있었다.

'버르장머리 없는 년. 너만 참았으면 돼! 너만!'

왜 나만……!

주은의 눈꼬리를 타고 눈물이 흘러내렸다.

왜 나만 참아야 해요.

주은은 묻고 싶었다. 아니, 실은 다른 걸 묻고 싶었다.

'……나를 사랑하긴 하나요.'

매순간 버림받았다는 걸 느낄 때마다 묻고 싶었다. 그러나 그때마다 묻지 못했다. '아니.'라는 대답이 나올까 봐 확인하고 싶지 않았다. 그렇게 간절한 진심을 가슴 밑바닥에 파묻고 원망과 미움으로 덮었다. 이래야만 자신이 살 수 있으니까.

눈을 질근 감은 그녀가 비명을 지르려고 할 때였다.

"하!"

주은이 거친 숨을 뱉으며 눈을 번쩍 떴다. 새파란 천장이 보였다. 창문 틈에서 새파란 새벽빛이 밀려들고 있었다.

"하아……."

주은이 거친 숨을 토하듯 뱉어냈다.

주르륵.

눈꼬리에서 눈물이 흘러내렸다. 그리고 가슴속에서 무언가가 새어나간 듯 허전했다.

그랬구나.

주은은 그제야 깨달았다. 자신은 가족들과 태현을 아직까지 사랑하고 있었다. 원망과 분노조차 사랑이 있어야 할 수 있는 일임을 알았다. 그리고 그 사랑이 아주 느리게 끝나가고 있음을 느꼈다.

주은이 입술을 사리물었다. 그들에게서 잔인한 말로 얻어

맞을 때보다, 가슴속 불길이 사라져가고 있는 걸 목격한 것이 더 마음 아팠다. 그건 완벽한 이별이니까.

주은이 눈을 지그시 감았다가 몸을 일으키려 할 때였다. 이불을 움켜쥐고 있는 시우의 손이 보였다. 고개를 돌리자, 눈을 질끈 감은 채 땀을 흘리고 있는 시우가 보였다. 주은은 시우의 몸을 살폈다. 악몽을 꾸는 듯 그가 고통스러워하고 있었다.

주은이 시우의 어깨를 쥐었다.

"시우야. 시우야."

그녀가 그의 어깨를 흔들었다. 그러나 그는 더욱더 깊은 고통으로 빠져드는 듯했다. 생각지 못한 상황에 정신이 번쩍 들었다. 몸을 벌떡 일으킨 주은이 시우를 응시했다. 베개에 얼굴을 반쯤 파묻은 그가 얕은 숨을 빠르게 내쉬었다. 당장이라도 죽을 것 같은 얼굴이었다.

왜 이러지?

주은은 초조한 얼굴로 그를 바라보았다. 땀에 젖은 시우의 얼굴 위로 낯익은 얼굴이 겹쳤다. 뚜렷하게 생각나지 않는, 희미한 얼굴.

누구지?

그 얼굴의 주인이 생각나기도 전에, 손이 먼저 움직였다. 그녀가 시우의 등을 어루만지며 토닥였다.

"괜찮아. 괜찮아. 괜찮아."

주은이 주문을 걸듯 일정한 목소리로 속삭였다. 온몸을 비틀던 시우의 움직임이 거짓말처럼 멈췄다. 반응이 있다는 걸 알자, 주은이 허리를 굽혀 속삭였다.

"괜찮아. 정말 괜찮아. 다 괜찮을 거야."

주은은 작게 중얼거리면서도 이상함을 느꼈다. 강한 기시감이 느껴졌다. 언젠가 이렇게 누군가를 달래본 적이 있는 것 같은 느낌이었다. 그런데 누군지, 어디에서인지 명확하게 기억이 나지 않았다.

시우의 뒤척거림이 잦아들었다. 마치 자신의 목소리를 듣고 있는 듯했다.

"괜찮아, 시우야."

그녀가 그의 이름을 말한 순간, 그가 거짓말처럼 눈을 떴다. 공포에 질린 그의 눈이 주은을 찾았다. 그의 눈동자에 수만 가지의 감정이 스쳐 지나갔다. 놀라움, 의심. 그가 손을 뻗어 주은의 뺨을 감싸쥐었다. 이윽고 찾아오는 안도.

한 박자 늦게 허물어지듯 내려앉는 시우의 표정을 보는 순간, 주은은 마른침을 삼켰다. 허공을 바라보는 텅 빈 그의 얼굴이 마치 자신의 얼굴 같았다.

너는 또 왜 이런 얼굴을 하고서…….

울컥 눈물이 나려 했다. 시우가 주은의 어깨를 당겨 끌어안았다. 그가 아직도 얕게 헐떡거렸다. 맞닿은 가슴이 부풀었다 가라앉았다.

"또……네요. 또."

"……."

"또 이렇게……."

그가 모를 소리를 웅얼거리듯 뱉었다.

주은은 그게 무슨 말이냐고 묻지 못했다. 왜인지 모르게 마음이 먹먹해져서.

4

주은은 회의실에 들렀다가 잠시 화장실로 향했다. 오늘따라 문득문득 넋을 놓는 바람에 선유에게서 번번이 지적을 당했다. 차가운 물에 손을 씻자 정신이 조금 돌아오는 기분이었다. 손을 씻은 후 고개를 들자, 거울을 통해 한 여자가 보였다.

"오랜만이네요. 한 회사에 다녀도 얼굴 볼 일이 참 드물어요. 그죠?"

윤정이 싱긋 웃으며 인사를 건넸다. 다른 사람들이 봤다면 좋은 사이라고 오해할 법한 다정함이었다.

"그러게요."

주은이 미미하게 입꼬리를 끌어올리며 대답했다. 주은의 반응에 윤정이 의아하다는 얼굴로 바라보다가 더 환하게 웃었다.

"이렇게 웃으니까 얼마나 예뻐요. 자주 이렇게 웃고 다녀요. 보기 좋으니까."

"감사합니다."

윤정이 조롱하고 있다는 걸 알았으나, 주은은 아랑곳하지 않고 덤덤하게 대답했다. 자신을 자극하려고 하는 말에 일일이 상대하고 싶지 않았다.

"뭐 그런 걸 가지고요. 태현 씨랑은 언제 결혼해요?"

윤정이 뻔뻔하게 물어왔다.

"언젠가 하겠죠."

주은이 대수롭지 않다는 듯 받아쳤다.

"결혼식에 가도 돼요?"

윤정이 주은을 보며 물었다. 하지 않아도 될 말이라는 걸 알면서도 뱉었다. 주은이 괴로워하는 걸 보고 싶었다. 정확히 말해 괴로우면서도 괴롭지 않은 척하는 모습을 보고 싶었다. 그게 퍽 귀여웠다.

"오지 말라고 하면 안 오실 건가요?"

"오지 말라고 하면 못 가겠죠. 대신 신랑 쪽에 서서 사진 찍어야겠네요."

"그렇게 하세요. 신랑 쪽 분은 맞으시니까."

주은이 덤덤하게 대답하며 티슈로 손을 닦았다. 생각만큼 별 반응이 돌아오지 않았다. 오히려 자신이 진 기분이었다.

"결혼해도 우리 만나도 돼요?"

윤정의 말에 주은의 걸음이 멈췄다. 그녀가 핑글 몸을 돌려세우더니 주은의 등을 보며 말했다.

"아직 결혼하기 전인데 이걸 논의하긴 이른가? 그럼 결혼 후에 이야기해볼까요? 미리 이야기해두려고 했죠. 그래야

나도 다른 남자를 찾아보니까요."

윤정이 웃으며 말했다. 주은이 돌아서서 윤정을 물끄러미 응시했다. 화가 나야 할 타이밍 같은데 이상하리만치 차분해졌다. 오히려 저급한 말인데도 우아한 목소리 탓에 싼 티 나 보이지 않는구나 하는 이상한 생각이 들었다.

"만나세요."

"……."

"원하는 만큼 만나셔도 돼요. 대신 반납은 안 돼요."

"……."

"제가 전에 말했잖아요. 그런 남자, 그쪽이나 가지라고. 이젠 제가 싫거든요. 뭐, 알다시피 필요해서 결혼은 하겠지만요. 고리타분하게 애정도 없는 사이끼리 지조 지키라는 말은 하고 싶지 않네요."

주은이 별 관심 없다는 듯 대답했다. 윤정이 그녀의 얼굴에 구멍을 낼 것처럼 빤히 쳐다보았다. 그러나 주은의 얼굴엔 어떠한 흔들림도 없었다. 오히려 이전보다 여유로워 보였다. 자신이 던진 돌이 그녀에게 별다른 파장거리가 되지 못한다는 점에서, 윤정은 되레 기분이 상했다.

"그럼 수고하세요."

주은이 가볍게 인사한 후 돌아섰다. 여유로워 보이는 그녀의 뒷모습을 바라보던 윤정의 눈이 한껏 가늘어졌다.

잔잔한 음악이 흐르는 카페에서 차를 홀짝이던 영주가 고개를 들었다. 두 달에 한 번 있는 계모임 날, 주은이 평소보다 더 조용한 게 신경 쓰였다. 그녀는 시선을 카페 모서리에 둔 채 상념에 잠긴 얼굴이었다.

"무슨 생각을 그렇게 해?"

영주가 물었으나, 주은에게선 어떤 반응도 돌아오지 않았다.

"주은아."

"응?"

이름을 부르자, 주은이 반응했다. 그녀의 눈동자는 여전히 생각에 잠긴 듯 멍했다. 주은의 반응에 미영과 혜연이 의아한 듯 그녀를 쳐다보았다. 주은은 평소에도 말이 없는 편이긴 했다. 하지만 오늘처럼 아예 딴생각을 하는 건 처음이었다.

"무슨 생각을 그렇게 하냐고."

"아냐. 아무것도."

주은이 가볍게 고개를 가로저으며 찻잔을 거머쥐었다. 깨끗한 녹차 향이 코끝을 스쳤다. 친구들의 이야기에 집중하고 싶어도, 자꾸만 생각이 다른 곳으로 흘러갔다.

오늘 새벽, 시우의 얼굴이 잔상처럼 남아 머릿속을 떠다녔다.

시우는 왜 그렇게 힘들어했을까. 무슨 일이 있었던 걸까.

자신과 같은 그 얼굴이 신경 쓰이면서도, 의문이 뒤따랐다. 땀에 젖어 고통스러워하는 시우의 얼굴 위로 뭔가가 겹칠 듯 말 듯했다. 이런 일은 처음이라 계속 신경 쓰였다.

"태현 씨는 잘 지내?"

영주가 그의 안부를 물었다. 친구의 물음에 주은이 적잖이 당황했다. 그러고 보니 오늘 하루 종일 시우를 신경 쓰느라 태현의 생각은 조금도 하지 않았다. 그러고 보니 회의실에서 태현이 자신을 빤히 쳐다본 거 같기도 했다. 시답잖은 이유로 자신을 부르긴 했으나, 신경 쓸 겨를이 없었다.

"잘 지내."

주은이 짤막하게 대답했다. 좋아하는 친구들이지만, 태현과의 복잡한 관계를 구구절절 설명하고 싶지 않았다. 드물게 만나는 만큼, 친구라는 관계도 많이 변해버렸다. 예전처럼 시시콜콜 모든 이야기를 떠들고 공유하기엔, 그들의 삶은 너무나 달라져버렸다. 완전한 이해를 바랄 수 없다면, 주은은 침묵하는 쪽을 택했다.

"태현 씨랑 언제 결혼해?"

"아직 미정이야."

"그래? 얼른 했으면 좋겠다. 약혼부터 한다고 했지?"

"응."

주은이 대답하며 앞에 놓인 녹차를 한 모금 마셨다. 태현의 이야기를 해도 이전처럼 따끔거리거나 힘들지 않았다. 조금 거슬리긴 했지만. 다시금 이야기가 다른 곳으로 흘러갔다. 그러다 다들 지친 듯 차로 입술을 축일 때였다.

"저기."

주은이 말문을 열자, 친구들이 그녀를 쳐다보았다.

"혹시 너희들 하시우라고 알아?"

주은이 조심스럽게 말문을 열며 친구들을 바라보다 물었다. 어렸을 때부터 함께해온 그들이기에 혹시나 하는 마음에 시우에 대해 아는지 물었다. 자신이 기억 속에서 놓쳤다 하더라도, 친구들은 기억할 수 있으니까.

"하시우? 그게 누군데? 너 알아?"

"아니. 나도 모르는데. 누구야?"

"나도 몰라."

친구들이 그게 누구냐는 듯 서로의 얼굴을 쳐다보았다. 주은이 모르면 어쩔 수 없다는 듯 고개를 주억거렸으나 아쉬운 표정을 감추지 못했다.

"갑자기 웬 남자 이름이 나와? 누군데? 아는 사이야? 우리한테 말 안 한 옛날 남자친구? 뭐, 그런 거야?"

영주가 신난 표정으로 물었다.

"아냐. 그런 거."

주은이 미소 지으며 고개를 가로저었다.

"그럼 뭔데 말을 하다가 말아? 궁금하게. 우리는 네 주변 남자라곤 딱 넷밖에 몰라. 너희 아버님, 호성이, 태현 씨, 그때 민태인가 뭔가 하는 그 나쁜 새끼."

"미영아!"

영주가 소리쳤다.

"어머."

미영이 깜짝 놀라 자신의 입을 틀어막았다. 그러나 이미 주은의 표정은 걷잡을 수 없이 굳어져 있었다.

"미안해, 주은아."

미영이 어쩔 줄 몰라 하는 얼굴로 사과했다.

"괜찮아."

주은이 힘겹게 입술을 끌어올리며 웃었다. 영주를 비롯해 다른 친구들이 주은의 표정을 살폈다. 민태는 주은의 앞에서 절대로 꺼내서는 안 되는 금기의 이름이었다.

고등학생 시절, 민태는 주은의 여고 바로 옆에 있는 남고의 학생이었다. 주은에게 반한 민태가 쫓아다녔지만, 그녀는 번번이 거절했다. 민태는 옆 학교인 여고에 소문이 날 정도로 양아치였다. 오토바이를 타고 등교하는 건 물론이고, 건달로 보이는 남자들과 어울려 다니는 걸 목격했다는 사람들도 몇 있었다.

주은은 민태를 최대한 피해 다녔다. 그럴수록 민태의 집착은 강해져만 갔다.

그러다 양쪽 학교에 소문이 쫙 퍼질 만한 사건이 터졌다.

「내가 널 좋아한다고!」

하굣길에서 기다리고 있던 민태가 그녀의 앞을 가로막고 버럭 소리지르듯 고백한 것이다. 주은이 못 본 척 외면하려고 하자, 그가 그녀의 앞을 다시 가로막았다.

「씨발, 사람 말 무시하냐? 내 말이 좆 같냐고.」

민태가 험한 말을 뱉으며 위협적으로 다가섰다. 그가 주은의 손에 들린 문제집을 확 빼앗았다. 그때까지만 해도 일방적으로 피하기만 하던 주은이 그의 눈을 똑바로 쳐다보았다.

「내 말을 무시하는 건 너잖아. 전에도 말했어. 나는 너 싫다고.」
「뭐, 뭐? 내가 왜 싫은데?」

거절당한 그가 얼굴이 시뻘겋게 변했다.

「나는 고등학생 때 연애할 생각도 없고, 너 같은 애 싫어해. 그러니까 앞으로 이러지 마. 또 이러면 신고해버릴 테니까.」

주은이 단호하게 말하며 그의 손에 들린 문제집을 도로 빼앗았다. 그렇게 끝날 줄 알았던 일이 그날 밤 더 커질 거라곤 예상치 못했다.
독서실에서 공부를 마치고 나오던 주은이 민태에게 납치당하다시피 끌려간 것이었다. 다행히 독서실 총무 남자 대학생이 구해줘서 무사히 구출되긴 했지만, 얻어맞은 온몸에 피멍이 들었다. 그날부터 주은은 일주일간 입원을 해야 했다.

영주는 병문안을 갔다가 본 주은의 얼굴을 아직도 잊지 못했다. 하얀 얼굴에 넋이 나가 있었다. 자그마한 소리에도 흠칫 놀랐다. 영주가 몇 마디 말을 붙여보았지만 주은은 아무런 대답도 하지 않았다. 영주는 주은이 이대로 영영 병원에 입원하거나, 아니면 전학을 갈 거라고 생각했다. 결국 그녀는 주은과 대화 한마디 못 해보고 집으로 돌아와야 했다.

그사이 민태는 신고로 경찰서에 끌려갔으나 미성년자라서 금방 풀려났다. 그 소식을 전해 들은 여고생들은 두려움에 떨었다. 언제 자신들에게 불똥이 튈지 모른다는 두려움이 일었다. 영주 또한 걱정이었다. 풀려난 민태가 주은에게 더욱 집착하면 어쩌나. 이대로 주은이 해외로 가버렸으면 하고 바랄 정도였다.

그런데 의외로 민태는 경찰서에서 풀려난 다음 날부터 어디서도 보이지 않았다. 폭력사건에 휘말려 병원에 입원했다고 했다. 상황이 심각한지 얼굴 함몰에다 갈비뼈를 비롯해 허벅지 뼈까지 부서졌다고 했다. 장애 후유증이 남을 정도의 큰 부상이었다. 어쩌면 영영 제대로 걷지 못할 수도 있다고 했다. 이후 그에 관한 소식은 누가 감추기라도 한 것처럼 싹 사라졌다.

2주 정도가 지난 후, 주은은 다시 등교했다. 악질적인 소문이 뒤따랐으나, 주은이 무반응으로 대응하자 금세 그 소문은 사그라졌다. 얼마 지나지 않아 수능이 최대 화두로 떠오른 후부턴 아예 모두의 기억에서 사라져버렸다.

"정말로 괜찮아. 언제 적 일인데. 이젠 기억도 잘 안 나. 그러니까 신경 쓰지 마."

주은이 그들을 안심시키려고 말했다.

"그렇게 생각하면 다행이고……."

미영이 여전히 그녀의 눈치를 살폈다.

"그런데 그때 걔는 어떻게 된 거야?"

주은이 미영의 미안함을 덜어주고자, 먼저 그 이름을 말했다.

"누구? 민태?"

"응. 걔."

주은이 조심스럽게 물었다. 그땐 고통스러운 상황을 잊는 데 집중하느라 상황이 어떻게 마무리되었는지도 몰랐다. 부모님과 친구들 또한 민태에 관한 이야기를 일절 하지 않았고, 그녀도 묻지 않았다. 그러고 보니 그때 사라진 민태는 이후로 영영 모습을 드러내지 않았다.

"폭력사건 이후로 학교에 안 돌아왔잖아."

"전학 간 거야?"

영주의 대답에 미영이 물었다.

"그것도 모르지. 갑자기 증발한 것처럼 사라졌으니."

"그러게."

"그러고 보니 좀 이상하긴 하네."

영주가 고개를 갸웃거렸다.

"뭐가?"

주은이 영주를 보며 물었다.

"갑자기 사라진 게 말이야. 그럴 녀석이 아닌데……. 이상하단 말이지. 사라진 게 잘된 일이긴 한데, 그 당시에 다들 의아해하긴 했어."

"그러게. 나도 되게 이상하다고 생각했거든."

혜연이 뒤늦게 동의했다.

"아! 근데 나 예전부터 궁금했던 건데 물어봐도 돼?"

미영이 동그랗게 눈을 뜨고서 입을 열었다. 그러자 영주가 얼굴을 찌푸렸다.

"또 무슨 눈치 없는 소리를 하려고?"

"아, 왜? 말 나온 김에 한다는 건데."

"물어봐."

주은이 말하자, 영주는 입을 다물긴 했으나 못마땅한 표정으로 미영을 쳐다보았다.

"그때 그 꽃다발, 누구였어?"

"꽃다발?"

주은이 무슨 소리냐는 듯 되물었다.

"왜 있잖아. 무슨 날마다 네 책상 위에 꽃다발 놓여 있었잖아. 예전부터 궁금했는데, 네가 남자 이야기면 질색을 해서 못 물어봤거든."

"그거 민태인가 하는 그 미친놈 아냐?"

혜연이 심드렁한 얼굴로 되물었다.

"아냐. 민태인가 뭔가 하는 애 입원하고 나서도 꽃다발 배달이 왔었단 말이야. 그리고 그 미친놈이 꽃다발을 선물할 거 같아? 담배면 몰라도…….”

“하긴.”

영주가 고개를 주억거리며 동의했다. 그사이 주은은 잠시 고민하다, 생각났다는 듯 짧게 “아.” 소리를 냈다. 딱 세 번, 그녀의 책상 위에 꽃다발이 놓여 있었던 적이 있었다. 보내는 이가 없는 꽃다발이었다.

그것도 여러 종류의 꽃이 모두 다 엮여 있는 꽃다발이었다.

처음 꽃다발이 책상에 놓여 있었을 땐 민태와 별 접촉이 없을 때였다. 그래서 생일을 며칠 앞두고 온 꽃다발이 생일선물처럼 느껴졌다.

두 번째 꽃다발이 배달되었을 땐, 민태의 짓이라 생각해 당장 쓰레기통에 처박았다.

세 번째 꽃다발이 선물로 온 건 민태의 입원 소식이 들린 지 일주일 후의 일이었다. 여전히 받는 이만 적혀 있었다. 꽃다발을 놓고 반 친구들 사이에선 의견이 분분했다. 민태의 짓일지도 모르니 버리라는 친구도 있었고, 민태가 아닐 거라는 친구들도 있었다.

주은은 자신이 좋아하는 꽃들로 이루어진 꽃다발을 보며 민태의 짓이 아닐 거라고 생각했다. 몇 번밖에 보지 않았지만, 민태는 꽃을 살 만한 사람이 아니었다. 그리고 보이기를 좋아하고 허세가 강해서 자신에게 직접 내밀 사람이었다.

그렇다면 누굴까.

꽃다발을 보낸 이가 궁금했다. 그러나 그것이 마지막 꽃다발이었다. 이후 영영 오지 않았고, 주은도 그 일을 잊었다.

"나도 잘 모르겠어. 누가 보낸 건지."

"그래? 아직까지 안 밝혀진 거야?"

"응."

"대단하다."

혜연이 혀를 내둘렀다.

"그러고 보면 우리 주은이 참 인기도 많았어."

영주의 말에 주은이 미소 지어 보였다. 대화의 주제가 금세 변했다. 영주가 새롭게 사귄 애인 이야기였다. 잘생기고 다 괜찮은데 집이 가난하다며 결혼이 걱정이라고 했다. 친구들의 의견은 반반 갈렸다. 결혼해도 좋다는 쪽, 결혼은 현실이니 헤어지라는 쪽.

친구들이 격하게 이야기를 나누는 사이 주은의 시선이 창밖을 향했다. 어둑한 밤이 차올라 있었다. 그녀는 눈으로 어둠을 더듬으며 새삼스럽게 생각했다.

그 꽃다발 예뻤는데 사진이나 찍어놓을걸 하고.

친구들과 헤어진 주은이 길을 따라 내려와 버스 정류장 앞에 섰다. 시간이 남기도 했고 돈도 아낄 겸 버스를 타고 갈 생각이었다. 버스를 기다리다가 무심코 고개를 돌린 주은은 엄마 손을 꼭 잡고 있는 여자아이를 보았다. 그 위로 어린 그녀의 모습이 겹쳤다.

비가 추적추적 오던 날, 버스를 기다리며 선숙은 호성의 손을 잡고 있었다. 그 모습이 너무 부러워 주은은 긴 고민 끝에 조심스럽게 말했다.

「엄마, 나도 손잡아주세요.」

주은이 주춤거리며 손을 내밀자, 선숙은 고개를 가로저었다.

「주은이는 다 커서 엄마 손을 안 잡아도 돼요.」
「호성이는요?」
「아직 어리잖니.」

그날을 끝으로 주은은 선숙에게 손을 잡아달라는 말을 더는 하지 못했다. 거절당하는 게 아파서, 더는 요구하지 않게 되었다. 호성이 자라서 손을 잡아달라고 했던 자신보다 더 나이를 먹은 뒤에도 선숙은 그의 손을 잡아주었다. 호성이 손 좀 잡지 말라고 할 때까지.

그때를 생각하던 주은이 쓰게 웃었다. 새삼 그날을 생각하자, 외로워졌다.

주은이 휴대전화를 만지작거렸다. 이렇게 외로운 순간에 시우에게 전화를 하고 싶은데, 그럴 구실이 없었다.

지금은 괜찮은 건지, 아프지는 않은지 묻고 싶었다.

하지만 괜히 늦은 시간에 전화했다가 잠을 깨울까 봐 신경 쓰였다. 결국 통화를 포기하고 휴대전화를 챙겨 넣었다.

도착한 버스에 몸을 실은 주은이 창밖을 바라보았다. 늦은 시각이라 버스가 빨리 달렸다. 자그맣게 열어놓은 틈으로 가을바람이 불어 들어왔다. 모처럼 쐬는 기분 좋은 바람이었다.

문득 시우와 함께 드라이브 했을 때도 좋았다는 생각이 떠올랐다. 차창 너머로 바라본 밤바다는 검은 도화지처럼 짙었다.

띠리릭.

휴대전화 벨이 울렸다.

[팀장님]

태현이었다. 태현 씨에서 이름을 팀장님으로 바꾼 이후 처음으로 먼저 걸려온 전화였다. 시우의 전화가 아니라는 사실에 주은은 실망했다.

"하아."

낮은 한숨이 새어나왔다. 주은이 긴 한숨을 내쉬다 멈칫했다. 시우의 전화가 아닌 것에 왜 자신이 실망한 걸까. 주은은 전화를 받을까 하다가 액정을 바라보았다.

「얌전히 있어.」

자신이 키우는 애완견에게나 할 법한 명령이었다. 태현의 말이 떠오르자, 전화를 받기 싫었다. 그사이 버스가 집 근처에 도착했다. 버스에서 내리자마자 벨 소리가 끊겼다. 주은이 시간을 확인하려고 휴대전화 액정을 밝히려고 눌렀다가 동시에 전화가 걸려와 받고 말았다. 저도 모르게 얼굴이 찌푸려졌다.

"네."

이미 받은 전화를 끊을 수는 없는 터라, 주은이 마지못해 대꾸했다.

– 어디야?

"친구들이랑 헤어져서 집에 가는 중이에요."

– 아아. 누구?

"여자 친구들이요. 어차피 말해도 모를 거예요."

주은이 야트막한 길을 올라가며 대답했다.

– 어차피 말해줘도 지금은 모르겠지만, 다음엔 알 테니까.

태현이 웃음기 섞인 목소리로 말했다.

"어릴 적부터 친하게 지낸 애들이에요. 이름은 영주, 혜연, 미영이에요."

프레젠테이션을 하듯 그녀가 딱딱하게 대답했다.

– 그래?

"무슨 일로 전화한 거예요."

– 집 근처인데 어디쯤이야?

태현의 말에 주은의 발걸음이 뚝 멈췄다. 그녀가 저도 모르게 얼굴을 찌푸렸다. 태현이 자신의 집 근처에 올 일이 뭐가 있지?

"혹시 호성이가 연락했어요?"

– 아니. 처남이 나한테 연락할 일이 있어?

처남.

그 단어가 덜거덕 걸렸지만, 주은은 애써 모르는 척했다.

"아직 도착하려면……."

한참 남았어요, 라는 말을 하려고 할 때다.

– 보이네. 기다려.

주은이 고개를 들었다. 편의점 근처에 차 한 대가 주차돼 있다. 골목 양쪽에 서 있는 자동차들 중 단연 눈에 띄는 그 차에서, 태현이 내렸다. 그는 이제 막 퇴근한 듯 정장 차림이었다. 지나가던 여자가 흘깃 쳐다볼 정도로 근사했으나, 다가오는 그를 바라보는 주은은 무감각했다.

"무슨 일이에요?"

주은이 고개를 들어 제 앞에 선 태현을 쳐다보았다.

"일단 차에 타지그래?"

"피곤해서요. 간단히 용건만 말하세요."

주은의 단호한 태도에 태현의 눈이 가늘어졌다.

윤정의 말이 맞는 건가.

그는 퇴근하기 직전 윤정을 만났다. 업무 때문에 만나 간단히 상의를 하고 헤어지려 할 때였다.

「아직도 그 여자가 태현 씨를 좋아한다고 생각해?」

윤정이 주은의 이야기를 꺼냈다.

「무슨 말을 하고 싶은 거야?」
「이미 그 여자는 당신이랑 다 끝낸 거 같던데.」
「그럴 리가. 그리고 오히려 그러면 좋지. 자유는 좋은 건데.」

태현이 피식 웃었다. 주은이 그럴 리 없었다. 자신의 감정을 잘 드러내지 않으려고 할 뿐이었다.

「정말 그런 거 같아? 오늘 보니까 완전히 끝난 거 같더라. 나한테 결혼 후에 만나도 좋대. 반납도 하지 말라던데. 자긴 이미 다 끝났다고. 이러다가 태현 씨가 버림받는 거 아냐? 아니면 영영 섹스리스 부부로 살게 되거나.」

태현은 쓸데없는 소리 말라며 무시했으나, 그 말이 이상하게 거슬리면서 화가 났다. 주은이 자신을 좋아하지 않을 수도 있다. 아니, 그래도 된다고 허락한 것은 자신이었다. 그런데 주은이 자신을 벗어나려고 하자 다시금 화가 치밀어 올랐다. 그래서 그답지 않게 이곳까지 찾아왔다.
"출장 가기 전에 얼굴 보려고 들렀어."

"……출장요? 아……."

주은이 기억났다는 듯 짤막하게 대답했다. 그녀는 자신이 출장 간다는 것조차 잊은 듯했다. 태현이 어금니를 사리물었다.

그사이 바람이 불어 그녀의 머리카락이 날리었다. 주은은 머리카락을 쓸어넘기며 바람이 불어오는 쪽으로 시선을 옮겼다. 가느스름하게 뜬 눈으로 먼 곳을 응시하는 옆얼굴이 청초했다. 바람을 느끼는 듯 안온한 표정이 마음에 들었다.

태현의 표정이 풀어졌다. 하, 짧은 웃음이 나오려고 했다. 동시에 걷잡을 수 없이 화가 나려 했다.

왠지 이러니 자신이 이주은의 관심을 받고 싶어 하는 것 같았다.

"날 봐."

"그냥 말해요."

"이주은."

태현이 한 번 더 강하게 말하자, 주은이 마지못해 고개를 돌렸다. 청초한 눈동자엔 어느새 지루함이 가득했다. 그녀의 그 시선이 태현의 마음을 건드렸다.

이주은은 자신만 보고 있어야 했다. 자신이 무엇을 하든 간에. 그녀가 자신이 아닌 다른 곳에 관심을 두려고 한다는 사실이 거슬렸다.

기분이 상했지만, 그는 내색하지 않았다. 한 번 좋아하게 만들기가 어려울 뿐, 두 번은 쉬웠다. 이미 자신을 좋아한 주은이었다. 상처를 받아서 조금 시간이 걸리긴 하겠지만, 불가능한 일은 아니었다.

그가 주은이 좋아하는 다정한 미소를 지었다.

"가기 전에 얼굴 보고 가려고."

태현의 다정한 목소리에 주은이 고개를 돌려 그를 보았다. 반듯한 얼굴에 정중한 미소가 걸려 있었다. 마치 처음 봤을 때와 같은 얼굴이었다.

"제 얼굴을 왜요?"

주은이 건조한 목소리로 물었다.

"계약까지 했잖아. 이 관계 유지에 성실하게 임하겠다고."

"귀찮을 텐데, 이러지 않아도 돼요. 이런 걸 원한 게 아니니까요. 그리고 제가 말하는 성실함은 이것과 달라요."

주은의 눈동자가 유리알처럼 반짝였다. 동시에 차가웠다.

"그럼 네가 원한 성실함은 뭐지?"

"적어도 이렇게 서로 귀찮게 구는 건 아니죠."

주은이 더는 말 걸지 말라는 듯이 딱딱한 표정으로 말했다. 태현은 그런 주은의 말을 무시한 채 제 말을 꺼냈다.

"파티가 있기 전까진 도착할 거야."

"무슨 파티를 말하는 거예요?"

"아아, 어머님이 말씀 안 하셨나 봐. 호성이 생일파티를 크게 하실 건가 보던데. 그 자리에 날 초대하셨어."

태현의 말에 주은의 얼굴이 서늘하게 식었다. 자신도 모르는 호성의 생일파티 애기를 태현으로부터 전해 들을 줄은 몰랐다.

"표정 보니 몰랐던 모양이네."

"……."

"의외로 가족들과 친하지 않은 모양이야."

주은은 아무 말도 하지 못했다. 왠지 상처를 받은 얼굴을 하고 있었다. 태현이 그 얼굴을 빤히 바라보며 말을 이었다.

"그 자리에서 주변 사람들에게 날 소개하고, 이 관계를 확고히 하시려는 생각이시겠지."

태현이 자세히 설명하지 않아도 대충 상황이 파악되었다. 호성의 생일파티를 핑계로 주변 사람들에게 자신과 태현의 관계를 알리려는 생각인 거다. 동시에 집안이 아직도 건재하다는 사실을 알리고, 멀게는 호성을 많은 사람들에게 소개시켜 인맥을 넓혀놓을 속셈이겠지. 그 자리에서 자신은 들러리가 될 거라는 게 훤했다.

"피곤할 텐데 오시지 않아도 돼요. 제가 어머니한테 말씀드려놓을게요. 태현 씨가 바빠서 못 오신다고요. 그러니까……."

"아니. 가보려고. 재미있을 것 같아서."

태현의 반듯한 얼굴에 정중한 미소가 어렸다. 여직원들은 그런 그의 얼굴을 무척 좋아했다. 주은도 그러했다. 저 미소가 진실하다고 믿은 적이 있었다. 어리석게도.

"별로 재미있진 않을 거예요."

"그건 가보면 알겠지. 기억 못 하나 보니 말해줄게. 아마 그날까진 돌아올 거야. 그동안 잘 지내고 있어."

"그건 걱정하지 마세요. 누구보다 잘 지내니까요. 하실 말씀 끝나셨으면 저는 그만 가볼게요."

주은은 태현이 잡을세라 빠르게 그 자리를 떴다. 뒤도 돌아보지 않고 멀어져가는 주은의 뒷모습을 바라보던 태현이 얼굴을 굳혔다. 설명할 수는 없지만, 감이 좋지 않았다.

덜컹.

주은이 피곤한 얼굴을 쓸어내리며 집 안으로 들어섰다. 언젠가부터 태현을 만나고 나면 두 배로 피곤함이 몰려왔다. 동시에 기분이 나락으로 떨어졌다. 이제 그와 있으면 윤정과 함께 있는 기분이 들었다.

태현의 머리끝부터 발끝까지 그 여자의 손이 닿지 않은 곳이 있을까. 자신은 지척에 와도 그에게 손을 뻗지 못했다. 그 또한 마찬가지였고.

이제 상관없다고 생각하면서도 알싸한 패배감이 들었다.

"후우."

주은이 긴 한숨을 쏟아냈다.

"무슨 한숨을 그렇게 쉬어? 땅 꺼지겠네."

호성이 얼굴을 찌푸리며 다가왔다. 얼마 전 있었던 다툼은 호성이 '미안해. 내가 지나쳤던 거 같아.'라고 하면서 해결되었다. 그날부터 두 사람은 짠 것처럼 선숙의 이야기를 하지 않았다.

"집에 있었구나."

호성이 그러하듯, 주은도 아무렇지 않은 척 대답했다.

"나는 요즘 늘 집에 있어. 늦게 오는 건 누나지."

호성의 말이 맞아서 할 말이 없었다. 주은은 머릿속으로 호성의 생일을 떠올렸다. 이틀 후면 평일이었다. 평일이라 파티를 주말에 하는 모양이었다.

"이번 주말에 네 생일파티 한다며."

"어? 누나가 어떻게 알았어? 오늘 결정 난 건데? 엄마가 연락했어? 화해했어?"

환하게 웃으며 건네는 호성의 말에 주은이 쓰게 웃었다. 태현으로부터 들었다는 말을 하면 어떤 표정을 지을까. 어쩌면 호성은 '그게 뭐 어때서?' 하고 반문할지도 모른다. 호성에겐 그다지 별일이 아닐 테니.

누구도 공감하지 못할 외로움. 소리 내어 말하는 순간, 자신이 이상해지는 이런 상황이라니. 주은은 어쩌면 오랫동안 이런 일이 반복되었는데 그녀만 자각하지 못한 걸지도 모른다는 생각이 들었다.

"안녕하세요."

부드러운 남자의 목소리에 주은이 고개를 들었다. 시우가 캔 맥주를 든 채 그녀를 보고 있었다. 주은이 놀란 표정을 짓자, 시우가 미소 지으며 고개를 기울였다.

"호성이랑 술 한잔하고 있었어요."

"형이 마시자고 하도 졸라서 내가 하는 수 없이 마셔주고 있었어. 누나도 한잔할래?”

아니.

무심코 반사적으로 대답하려던 주은은 저를 보고 있던 시우와 눈이 마주쳤다. 자신을 보자 눈꼬리를 접으며 환하게 미소를 지었다. 눈이 부실 만큼 깨끗한 미소였다. 순간 가슴 속에 고여 있던 외로움이 한달음에 사라지는 기분이었다. 주은의 얼굴이 저도 모르게 편안하게 풀어졌다.

“같이 마시죠.”

시우가 모르는 척 권해왔다.

실수하면 어쩌려고.

호성에게 자신들의 관계를 들켜선 안 된다. 그러니 최대한 함께 있는 시간을 줄여야 하는데…….

“같이 마시고 싶은데요.”

한 번 더 권하는 시우의 목소리가 듣기 좋았다. 그러자 곁에 있던 호성이 “형이 웬일로?”라며 의아한 표정을 지었다.

“그러죠.”

결국 주은이 고개를 주억거렸다.

“술상을 새로 준비해야 할 거 같은데.”

시우가 넌지시 꺼낸 말에 호성이 “어? 그러게.” 하며 부엌으로 향했다. 옷을 갈아입으러 방으로 들어가려던 주은이 멈칫했다. 시우가 손을 잡았다. 주은이 부엌 쪽을 쳐다보았다. 호성에게 들키면 어쩌려고.

조마조마한 주은의 표정을 보면서도 시우는 대담하게 그

녀의 손가락 사이로 손을 밀어넣었다. 손을 놓으려고 했으나, 꼼짝도 할 수 없었다.

"뭐 하는 거야? 놔."

주은이 자그맣게 속삭였다. 시우가 못 알아듣겠다는 듯 고개를 기울였다.

"놓으라고."

주은이 다시 한 번 말했다. 그러자 시우가 허리를 굽혀 그녀의 얼굴 쪽으로 다가왔다. 코끝이 닿을 정도로 가까운 거리에서 시우가 물었다.

"뭐라고요?"

못 알아들을 거리가 아닌데도 불구하고, 시우가 시치미를 뚝 떼며 물었다.

"……놓으라고."

"3초만 보고 놓을게요. 하나."

그가 자그맣게 속삭이더니 숫자를 세기 시작했다.

"둘. 셋."

숫자를 센 그가 피식 웃더니 주은의 이마에 입을 맞추었다. 따스한 숨결이 이마에 닿았다. 시우에게서 나는 시원한 향기가 코끝을 스쳤다.

울렁.

주은이 저도 모르게 빈손을 꽉 움켜쥐었다. 가슴에 물이라도 든 것처럼 울렁거렸다. 동시에 눈앞이 아찔해졌다.

"형, 뭐 해?"

부엌에서 호성이 소리쳤다. 주은의 어깨가 흠칫하며 온몸이 굳었다. 호성이 시우와 자신의 관계를 알게 되면 가만히 있지 않을 것은 불 보듯 훤했다.

"신발 정리."

그가 대답했다.

"한가하면 이것 좀 옮겨줘."

"응. 갈게."

당황할 법도 하건만, 시우는 침착하게 대답하며 주은의 손을 놓았다. 손에서 사라지는 온기가 아쉬운지 그가 주먹을 그러쥐는 걸 보았다.

다시금 눈앞이 아찔해졌다. 더 이상 있다간 표정관리를 못 할 것 같아, 주은은 방으로 들어섰다. 닫힌 방문에 기대 서서는 참아왔던 숨을 길게 내쉬었다. 그녀의 손이 이마를 덮었다. 이마가 불이라도 난 것처럼 후끈거렸다.

호성이 볼지도 모른다는 불안함 때문이었을까, 아니면 생각지 못한 키스 때문이었을까. 심장이 거세게 뛰었다.

주은은 심호흡을 여러 번 하고서야 옷을 갈아입을 수 있었다.

쿵.

기어코 호성의 몸이 뒤로 넘어갔다. 다행히도 등 뒤에 소파가 있어서 뒤통수를 부딪치진 않았다. 술을 마신 지 30분도 채 되지 않았을 때였다.

"으. 누구야."

혼자 넘어가놓고, 다른 누군가를 찾아 두리번거리던 호성이 갑자기 시우와 주은을 홱 쳐다보았다. 그러더니 해실해실 웃기 시작했다.

"형이랑 누나 언제 왔어? 한 잔 더 마셔."

호성이 빈병을 들더니 이미 잔이 가득 차 있는 주은과 시우의 잔에 붓기 시작했다. 금세 다 찼네, 중얼거리던 호성이 병을 내려놓더니 소파로 올라갔다. 엎드려 누운 호성은 금세 얕게 코를 골며 잠에 들었다. 평소라면 호성을 깨워 방으로 보냈을 주은이지만, 그녀도 몸을 제대로 가눌 상태가 아니었다. 주은이 이마를 짚었다. 평소보다 술을 많이 마셨더니 머리가 아팠다.

"취했어요?"

시우가 소주 한 잔을 비우더니 물었다. 그의 앞엔 빈 소주병이 셋 있었다. 모두 시우가 마신 술이었다. 그는 세 병을 마시고도 끄떡없었다. 이제 막 술자리에 참석한 사람처럼 말짱한 얼굴이라 주은은 조금 억울했다. 상황이 이렇게 된 것은 호성이 시우의 취한 모습을 본 적 없다고 말한 것 때문이었다. 그는 오늘 기필코 시우의 취한 모습을 보겠다며 전투적으로 덤볐다. 그러면서 주은에게도 참여하라며 다그쳤다. 평소라면 거절했겠지만, 주은도 궁금해졌다.

시우의 취한 모습이라니.

가끔 사람답지 않게 느껴질 만큼 완벽한 모습을 유지하는 시우가 헝클어지는 모습이 보고 싶었다. 그래서 얼마 되지 않는 주량으로 덤볐는데 자신이 졌다. 이길 수 없는 상대에게 괜한 도전을 한 듯했다.

"왜 이기지도 못할 술을 마셔요?"

시우가 손끝으로 주은의 입가를 훔치며 말했다. 주은이 흠칫하며 입술을 안으로 말아넣었다. 그녀가 그의 손을 밀어냈다.

"괜찮아."

"아직 덜 닦였어요."

시우가 주은의 손을 가볍게 피하며 다시 한 번 입술을 닦아냈다. 칠칠치 못한 모습을 보여줬다는 민망함과 함께, 입술을 덮는 손끝이 야하게 느껴져 심장이 거세게 뛰었다.

"괜찮대도. 그리고 호성이 있는 데서 그러지 마."

호성이 얕게 코를 골며 잠들어 있긴 했지만, 깨어나 들을지도 모르니 조심스러웠다.

"호성이가 깰까 봐 그래요?"

"응. 그러니까 이제 그만 마시자."

주은이 고개를 끄덕이더니 일어날 준비를 했다. 시우가 주은의 손목을 잡아 앉혔다.

"잠시만요."

시우가 호성에게 다가가더니 고개를 소파 쪽으로 돌리게 한 후, 호성의 주머니에서 휴대전화를 꺼냈다. 이어폰으로 호성의 귀를 막은 후, 노래까지 켠 그는 이제 됐냐는 듯 주은을 보았다.

"이젠 조금 더 마셔도 되겠죠?"

시우가 주은의 앞에 안주거리를 밀어주며 말했다. 주은은 술잔을 만지작거리다가 시우를 보았다. 어느새 그는 거실 테이블에 엎드려 누워 그녀의 얼굴을 빤히 쳐다보고 있었다.

"왜 그러고 있어?"

"이러면 더 잘 보이거든요."

"밑에서 위를 보면 별로야. 흉해."

"예쁜데요?"

"……내가 몇 번이나 물은 거 같은데, 다른 여자들한테도 이래?"

이렇게 흘리고 다니면 여러 여자 울렸겠다 싶었다.

"아니요."

시우가 고개를 가로저었다. 그의 부드러운 머리카락이 살랑살랑 보기 좋게 흔들렸다.

쓸어넘기고 싶다.

주은이 무심코 생각하며 입을 열었다.

"그럼 왜 나한테만 이래?"

"좋아서요."

맥주 캔을 쥐고 있던 주은의 손이 멈칫했다.

"이전부터 꾸준히 말한 거 같은데?"

"……."

"이주은 씨 좋아한다고요."

"……."

"되게 좋아하는데, 아직까지 못 믿나 봐요."

시우의 고백에 주은이 마른침을 삼켰다. 그의 촉촉한 눈빛이 아이처럼 순진해 보였다.

진심……일까.

주은이 조심스럽게 생각했다. 그러다 피식 웃었다.

그럴 리가. 자신도 누군가를 좋아해봐서 안다. 정말로 좋아한다면 그 사람을 소유하고 갖고 싶다. 다른 사람과 공유하는 것에 이토록 관대할 리 없었다. 시우가 자신을 좋아한다면, 태현과 헤어지라고 하거나 경계하는 것이 옳았다. 하마터면 또 오해할 뻔했다.

가슴이 쌉싸래해졌다. 주은이 술잔을 들어 한 번에 들이켰다. 쓴 술이 들어가니 아주 조금 마음속 쓴맛이 사라진 느낌이었다.

"앞으로는 호성이 있는 데서 입을 맞춘다거나 그러지 마. 호성이한테 들키면 너랑 나는 못 만나니까."

"그럴게요."

시우가 순순히 대답했다. 주은이 쓰게 웃었다. 담백한 그의 태도는 어딜 봐도 고백한 사람 같지 않았다. 그는 자신의 마음을 조금도 궁금해하지 않았다. 주은은 살짝 돋아나는 의심의 싹을 밟아 눌렀다.

차라리 잘된 일이었다. 그녀는 지금의 시우가 좋았다. 가벼운 안부를 나누듯, 좋아한다는 말을 하는 것도 괜찮았다.

연락은 하지 않아도 만나게 되면 기다렸다는 듯이 반가워하는 모습도 만족스러웠다. 그때만큼은 외로움이 없어졌다. 그리고 자신조차 내팽개쳐둔 자신의 삶이, 조금은 반짝거리는 것 같으니까.

"그만 일어나자. 술상은 그대로 둬. 내일 호성이랑 내가 치우면 되니까."

"괜찮아요."

시우가 치우려고 하자, 주은이 그의 손을 잡았다.

"나도 괜찮으니까 그냥 둬. 내가 치울게. 네가 치우면 내가 어쩔 수 없이 움직여야 하잖아."

"알았어요."

주은의 말에 시우가 들고 있던 술병을 내려놓았다. 어차피 술상이라고 해봤자 마른안주 몇 개와 술병이 전부였다.

"그럼 난 들어가서 잘게. 내일 출근해야 해서."

주은이 방으로 들어가려고 하자, 시우가 그녀의 손을 거머쥐었다. 주은이 맞잡은 손과 시우를 번갈아 보았다.

"왜?"

"3초만 얼굴 보여주고 가요."

"……."

주은이 남은 손으로 자신의 이마를 덮었다.

"왜 그러고 있어요?"

시우가 귀엽다는 듯이 웃으며 물었다.

"이마에 뽀뽀하지 마."

"왜요?"

"그냥…… 하지 마."

주은이 중얼거리듯 대답했다. 이마에 입술이 닿는 순간 울렁거렸던 것이 떠올랐다. 또 한 번 그런 느낌을 겪는다면, 취기에 시우를 붙잡을 것만 같았다.

"알았어요. 안 할게요. 대신 제대로 얼굴 보여줘요."

시우의 말에 주은이 고개를 들었다. 눈이 마주치자, 시우의 눈이 휘었다. 봄볕처럼 따뜻한 눈이었다. 문득 시우와 결혼할 사람이 부러워졌다. 매순간 이런 눈과 마주할 수 있다면, 죽을 때까지 외롭지 않을 테니까…….

"이제 그만 봐도 되잖아. 삼 초 지났어."

속에서 열기가 확 치솟는 게 느껴졌다. 주은이 그의 눈을 피했다. 그러자 시우가 고개를 비스듬히 기울이며 따라왔다.

"아직 숫자 안 셌어요."

"……."

"셋, 둘……."

주은이 일부러 이마를 꽉 눌렀다. 그가 제 이마에 뽀뽀를 하지 못하게끔 할 생각이었다.

"하나."

시우는 이마를 덮은 주은의 손을 치우지 않았다.

쪽.

그의 입술이 주은의 입술에 닿았다가 떨어졌다. 입술에 남았던 온기가 금세 휘발했다. 주은이 놀란 눈으로 시우를 바라보았다. 그가 귀엽다는 눈으로 주은을 바라보았다.

"잘 자요."

"너……."

주은이 말문 막힌 표정을 지었다.

"왜요?"

시우가 잘못된 게 있냐는 얼굴로 그녀를 바라보았다.

"이마에 하지 말라고 했지, 입술에 하지 말라는 말은 안 했잖아요. 안 그래요?"

"……."

주은이 어떤 반박도 못 하자, 시우가 부드럽게 미소 지었다. 울렁. 한 박자 늦게 멀미라도 나듯 속이 일렁거렸다. 상황이나 입술이 닿는 위치가 중요한 게 아니었다. 시우가 한없이 사랑스럽다는 듯 입을 맞추는 그 순간이 모두 아찔했다.

주은이 마른침을 삼키며 돌아섰다.

"배웅은 못 해주겠어. 좀 어지러워서……."

시우와 같이 있기엔, 위험했다.

"그래요. 그럼 내가 여기서 배웅해줄게요."

시우의 말에 주은이 그를 흘깃 쳐다보더니 방문을 열고 들어갔다.

쿵.

닫힌 방문을 바라보던 시우의 얼굴에서 차차 웃음이 사라졌다. 예상은 했지만 3초는 참 짧았다. 수십 시간을 기다려

얻은 3초는 더더욱.

⁕ ⁜ ⁕

주은이 외투를 여미며 고개를 들었다. 일이 많아져 아침 일찍 출근했다가 저녁 늦게 퇴근하는 일상이 반복되었다. 그렇게 나흘쯤 지나자, 주말이 덜컥 다가왔다. 그사이 기온은 더 떨어졌다. 쌀쌀하다는 말보다 춥다는 말이 더 어울리는 날씨였다.

"완전히 겨울이네."

앙상한 가지를 드러낸 나무들을 바라보며 주은이 작게 중얼거렸다. 모처럼의 주말이지만 호성의 생일이라 쉴 수 없었다. 번화가로 나가 호성이 좋아하는 브랜드의 겨울 신발을 샀다. 일부러 단정하고 깔끔한 운동화로 골랐다. 피어싱을 할 정도로 요란한 차림새를 좋아하는 그에게 없을 신발 같아서 일부러 택했다.

생각보다 시간이 남아 카페에 들러 시간을 보냈다. 일찌감치 본가로 가봤자 마음만 소란스러울 것 같았다. 그녀는 창가에 앉아 밖을 물끄러미 바라보았다.

띠리링.

울리는 휴대전화를 보았다. 엄마였다. 받을까 하다가 전화기를 뒤집어놓았다. 몇 번 벨 소리가 이어지다가 끊어졌다.

주은은 일부러 선숙의 전화를 피하고 있었다. 눈치 빠른 선숙은 그걸 감지했는지 얼마간 전화하지 않다가, 오늘이 되어서야 전화를 시작했다. 이제야 자신에게 '호성의 생일파티'가 있다는 사실을 알리지 않은 게 생각난 걸까. 어떤 쪽이든 주은은 선숙과 대화할 생각이 없었다.

돌이켜 생각해보면 그녀가 독립한 후, 선숙에게서 전화가 오는 것은 대부분 호성과 관련된 일이 있을 때였다.

「호성이랑 전화가 안 되어서 연락했어.」

「호성이 밥은 잘 먹지? 잘 챙기고 있는 거야?」

호성에 관련된 연락이 아니라면, 대부분 '몸이 좋지 않아서 병원을 가보려고…….'라며 한약 값을 바라며 돌려 말하는 용건이었다. 그땐 미처 알지 못했다. 선숙은 최선을 다해 자신을 사랑하고 있다고 믿었고, 자신은 그런 선숙에게 늘 미안했으니까. 친자식도 아닌 자신을 이만큼 키워준 것만으로도 고맙고, 미안했으며, 불안했다. 선숙이 자신을 훌쩍 떠나버릴까 봐서.

주은의 눈동자에 헛헛한 슬픔이 맴돌았다. 생각을 떨치려 고개를 돌렸더니 창밖에 팔짱을 낀 커플들이 여럿 보였다. 이십 대 초반의 어린 커플이 활짝 웃으며 지나갔다. 뒤따라오는 커플은 가볍게 입을 맞추다 주은과 눈이 마주치곤 얼굴을 붉혔다.

귀여운 모습에 미소가 그려졌다. 주은이 스트로로 잔 안을 휘휘 저었다.

문득 궁금해졌다. 사랑하는 사람과 팔짱을 끼고 걷는다는 건 어떤 기분일까. 상상이 되질 않았다. 한 번도 겪어본 적 없는 일이니까. 그리고 그녀에겐 그걸 상상할 여유조차 없었다.

독서실에서 나오다가 민태에게 구석진 곳으로 끌려간 그녀는 강제로 추행을 당할 뻔했다. 그녀가 옆에 있던 쓰레기봉투로 그의 머리를 내리쳤다. 기분이 상한 그가 돌변해 폭행을 시작했다.

다행히도 몇 대 맞지 않았을 때, 소란을 듣고 독서실 총무가 찾아오고서야 구출되었다. 그 일이 있고 난 후, 주은은 한동안 모든 남자를 경계하고 두려워했다. 이후 증상이 나아지긴 했지만, 남자에 대한 거부감은 잔재했다. 그래서 그녀는 대학시절 변변찮은 연애도 해보지 못했다.

꽤 괜찮은 남자가 고백해오면 '사귀어볼까.' 생각은 했지만, 막상 사귀려고 하면 거부감이 들었다. 그랬기에 진중하고 고요하게 자신을 지켜보는 태현에게 처음으로 마음이 끌렸는지도 모른다. 실은 자신에게 관심이 없었던 것이지만.

주은이 쓰게 웃었다. 시간이 다 되어갔다. 지금 출발하면 호성의 생일파티에 아슬아슬하게 맞춰 도착할 수 있을 것 같았다. 휴대전화와 짐을 챙기던 주은의 시선이 다시금 창밖을 향했다. 앙상한 가지를 길게 뻗은 나무들 사이로 수많은 커플이 스쳐 지나갔다. 그녀는 저도 모르게 그려보았다.

팔짱을 끼고 걸어갈 자신과 시우의 모습을.

"무슨 생각을 하는 거야."

주은은 실없는 생각이라며 고개를 가로저었다.

주은은 출입구부터 왁자지껄한 자신의 집을 바라보았다. 이미 몇몇 사람들이 도착했는지 골목에 못 보던 외제차가 주차되어 있었다. 주은이 대문을 열고 집에 들어섰다. 넓은 마당에 긴 테이블이 깔려 있었다. 마당 한구석에서는 셰프들이 각종 요리를 하고 있었다. 화려하게 장식된 상 위로 코스요리가 올라갈 모양이었다.

주은이 눈으로 의자의 개수를 세었다. 어림짐작으로 서른 개는 넘어 보였다. 집에 비해 마당 큰 집을 구매한 보람이 여기서 발휘되었다.

"주은이 왔니?"

모처럼 차림새를 꾸민 선숙이 환하게 웃으며 주은에게 다가왔다. 높게 틀어 올린 머리에, 수수한 듯 고급스러운 브라운 컬러 원피스였다. 들어서자마자 선숙을 마주친 주은의 표정이 딱딱하게 굳었다.

"어서 오렴. 늦었구나."

선숙의 시선이 말과 달리 그녀의 등 뒤를 헤매었다. 다른 사람을 찾는 얼굴이었다.

"누구 찾으세요?"

주은은 선숙이 태현을 찾는다는 걸 알면서도 물었다.

"태현 씨는?"

"글쎄요."

주은이 일부러 모르겠다는 듯 대답했다.

"어머, 뭐라고? 오늘 분명히 온다고 했는데."

"오늘 출장에서 돌아와요."

"그래서 늦는가 보구나. 오기만 하면 되지. 바쁜 사람이니 처음부터 있을 필요도 없고."

선숙의 얼굴이 눈에 띄게 풀렸다. 이 파티의 주인공은 호성이고, 호성을 빛내주기 위한 사람이 태현인 모양이다. 그리고 태현을 초대하기 위한 징검다리가 자신이었고.

"호성이 생일파티에 태현 씨는 왜 부르셨어요? 아직 약혼 날짜도 제대로 안 나왔잖아요."

"그래도 이제 가족 될 사이인데 와봐야지. 그나저나 네 말대로 약혼날짜 때문에 큰일이구나. 네가 시부모님들 찾아가서 마음 풀어드리고 예쁨 받을 짓 좀 하렴. 그래야 어서 약혼 날짜도 잡고, 너희도 편해지지."

"불편한 거 없어요. 천천히 해도 상관없으니까요."

"얘는. 아버지 생각도 해드려야지. 네 약혼 때문에 기다리고 있는 우리도 좀 생각하고 말이야."

"……."

선숙은 얼마 전 있었던 일을 모두 잊은 듯했다. 결혼을 하지 않겠다는 주은 자신의 발언은 아예 없던 일이 되어 있었다.

가족들을 그토록 생각한다는 엄마가 왜 자신은 조금도 생각하지 않을까. 감정이 말라비틀어져서 이제 화도 나지 않았다.

“그때 집까지 찾아갔는데 얼굴도 못 보고……. 엄마가 많이 기다리다가 돌아갔어.”

“바빴어요.”

주은이 먼 곳을 바라보며 딱딱하게 대답했다.

“전화도 못 받을 만큼?”

“네. 앞으로도 종종 전화는 못 받을 거예요. 그렇다고 태현 씨한테 전화하거나, 호성이 닦달하지 마세요. 엄마 말대로 저 때문에 다른 사람들이 피해 볼 순 없으니까요.”

주은의 건조한 대답에 선숙의 얼굴이 굳었다가 풀어졌다.

“얘는, 무슨 말을 그렇게 섭섭하게 하니. 어쨌든 아무리 일이 바빠도 엄마가 찾아가면 얼굴 정도는 비쳐줘. 알았지?”

선숙은 딸이 전화를 받지 않겠다고 나서는데도 별다른 동요가 없었다. 환하게 웃을 뿐이었다. 마치 잘 만들어진 가면 같았다.

“올라가서 옷 갈아입으렴. 네가 대충 입고 올까 봐 엄마가 미리 옷 사뒀단다.”

“괜찮아요. 어차피 제가 주인공도 아닌걸요.”

“그래도 그렇지. 호성이 체면도 생각해줘야지. 올라가서 갈아입으렴. 알았지?”

결국 호성의 체면을 생각해서 옷을 갈아입으라는 소리였다.

"엄마."

"착하지, 주은아."

선숙의 말에 주은의 몸이 빳빳하게 굳었다. 주은의 태도가 싸늘해질수록 선숙의 태도는 더욱 상냥해졌다. 마치 자신의 목적을 이루기 전까지 납작 엎드리고 있는 듯했다. 주은이 한마디 하려고 할 때였다.

"엄마."

활기찬 목소리가 들렸다.

"어머, 호성이 왔니?"

대번에 선숙의 목소리가 밝아졌다. 주은이 입을 꾹 다문 채, 한숨을 내쉬었다. 손님들이 드나드는 장소에서 선숙과 말다툼을 벌이고 싶지 않았다. 어차피 말다툼을 해봤자 자신만 손해다.

"어머, 이 잘생긴 청년은 누구야?"

"어제 통화할 때 말했잖아. 친한 형이랑 온다고."

"안녕하세요."

2층으로 향하는 계단을 밟는 주은의 귀에, 익숙한 목소리가 들렸다. 고개를 돌린 주은의 눈이 커졌다.

헤어스타일이 달라지긴 했지만, 확실히 시우였다. 못 본 지 사흘이 지난 탓일까, 아니면 자신이 모르는 새에 그의 헤어스타일이 달라져서일까. 아주 오랜만에 본 기분이 들었다.

"정말 잘생겼네. 어휴, 와줘서 고마워요. 호성아, 너는 여기 서서 들어오는 손님들 맞이해야 해. 어제 엄마가 왜 그래야 하는지 설명해줬지?"

"아, 귀찮은데……."

평소의 요란한 차림새와 달리 깔끔한 옷을 입은 호성이 불편한 표정을 지었다. 목 끝까지 올라오는 셔츠 단추가 답답해 미칠 것 같은 얼굴을 하고 있었다.

"호성아."

선숙이 엄한 표정으로 호성의 이름을 불렀다.

"아! 알았어요. 알았어. 여기 붙박이처럼 서서 인형같이 웃고 있을 테니까 볼일이나 보세요, 엄마는."

"그래. 호성이만 믿어."

선숙이 웃으며 마당으로 나갔다.

"누나."

"……어, 응."

시우를 쳐다보고 있던 주은이 얼떨떨한 표정을 숨기며 호성에게 다가갔다. 그사이 선숙은 뒤따라 들어온 손님들을 접대하기 위해 나갔다.

"이거 뭐야? 내 생일선물이야?"

호성이 주은의 손에 들려 있는 것을 낚아채듯 가져갔다.

"응. 네 거야."

"생큐. 조금 있다가 풀어볼게."

"그래. 나는 올라가볼게."

주은이 사람 눈들을 피해 2층으로 올라갔다.

"아, 나도 2층에 가서 쉬고 싶은데……."

"파티 주인이 그러면 곤란하지."

시우가 2층으로 올라가는 계단에 시선을 둔 채 말했다. 사흘 만에 본 거라 그런지, 반가웠다. 잠시 귀퉁이에 서 있던 호성이 바닥에 쭈그려 앉았다.

"시간이 남으니까 선물이나 풀어볼까?"

호성이 신난 얼굴로 포장을 풀다가 얼굴을 찌푸렸다.

"에이, 이게 뭐야? 이걸 누가 신어?"

단정하고 깔끔한 운동화였다. 호성의 스타일과는 정반대였다. 특이하고 요란하지 않으면 취급하지 않는 호성이었다. 호성이 실망한 얼굴로 운동화를 챙겨 넣었다.

"화장실이 어디야?"

"화장실? 저 끝에."

"좀 조용한 곳을 쓰고 싶은데."

"아, 그래? 그럼 2층 써."

호성이 손가락으로 위층을 가리켰다.

"그래야겠네."

시우가 단정한 미소를 지었다. 마치 기다리던 답을 받았다는 듯이.

이윽고 손님들이 들이닥쳤다. 시우는 그사이 조용히 2층으로 올라갔다.

주은은 선숙이 준비해놓은 옷으로 갈아입으며 방금 전 상황을 떠올렸다. 시우를 바라보는 선숙의 반응이 불꽃 같았다. 시우의 화려한 외모에 지대한 관심을 갖다가 화르륵 사라졌다. 호성과 친하게 지내는 사람들을 미리 알아놓는 선숙의 입장에서, 시우는 별 관심 가는 사람이 아니라는 말이었다.

흔히 말해 별 볼일 없는 집안.

「주은아, 너희 반에 지영이라고 있지? 걔랑 친하게 지내렴.」

선숙은 이렇듯 새 학기가 시작되면 친해질 아이를 골라주곤 했다. 대부분 잘사는 집안의 아이들이었다. 그 아이와 친해지면, 선숙은 자연스럽게 그 아이의 엄마와 교류를 시작했다.

왜 그땐 몰랐을까.

자신이 사랑하는 엄마가 그럴 리 없다고, 단점들을 모조리 외면해버려서일까. 사랑하는 사람이 생기면 그녀는 그 사람의 장점만 바라보았다. 자신의 곁에 나쁜 사람이 있을 리 없다고 믿었기에.

하지만 선숙과 태현을 겪은 후, 주은은 주변 사람들을 더 이상 믿지 않게 되었다. 사랑한 만큼 아파야 한다면, 누구도 사랑하지 않는 편이 좋았다.

주은이 거울 앞에 섰다. 선숙이 골라준 원피스는 베이지색으로 몸매가 은근히 드러났다. 치마도 꽤 짧아서 허벅지의 절반 이상이 드러났다. 거기다가 검은색 스타킹이라니. 주은은 잠시 할 말을 잃었다. 엄마가 딸에게 권해주기엔 지나치게 야한 복장이었다.

주은은 다시 옷을 갈아입었다. 본래 자신이 입고 온 남색 원피스를 이리저리 살핀 후, 문을 열고 나갔다.

"아."

주은이 짤막한 감탄사를 뱉었다. 시우가 계단에서 막 올라오고 있었다. 눈이 마주치자, 시우가 빙긋 웃으며 눈인사를 건네왔다. 언제 봐도 다정한 웃음이었다.

주은이 반사적으로 주변을 살폈다. 아무도 없다는 걸 알곤 안도했다. 그사이, 시우가 주은에게 성큼 다가왔다.

"오늘 예쁘네요."

그가 주은이 입고 있는 남색 원피스를 훑어보며 말했다.

"고마워."

주은은 대답하면서 시우를 살폈다. 셔츠에 남색 정장바지를 입은 그의 모습은 평소와 달랐다. 조금 더 깔끔하고 근사했다.

"왜 올라온 거야?"

"화장실 핑계로요."

"그래. 난 먼저 내려갈게."

주은이 계단을 내려가려 하자, 시우가 그녀의 팔을 잡았다. 두 계단이나 높게 섰더니 눈높이가 맞아떨어졌다. 왜 잡냐는 듯 쳐다보자, 시우가 말했다.

"핑계라니까요."

"……."

"주은 씨 보러 온 거예요."

"사람들이 볼지도 몰라."

"보면 어때요? 이야기 좀 하자는 건데. 창가에서 바람이나 쐬지 않을래요?"

시우가 발코니를 가리켰다. 주은은 잠시 고민했다. 1층에서 왁자지껄한 소리가 밀려 올라왔다. 저 소란함 속에 자신의 공간이 없다는 것은 알고 있었다. 더욱이 아버지라도 마주쳤다간 껄끄러워질 게 분명했다. 이런저런 핑계를 다 빼고서라도, 주은은 시우와 있는 게 편했다. 그는 자신에게 부담을 주는 법이 없었다.

주은이 가볍게 고개를 끄덕였다.

"그래."

1분 정도야 상관없겠지, 라는 마음이었다.

발코니 창문을 열자 바람이 들어왔다. 초겨울치곤 그다지 차갑지 않은 바람이었다. 그러니 마당에서 파티를 하는 거겠지. 거대한 화로도 두 개나 있으니 더더욱 춥지 않을 게 분명했다. 주은은 마당에서 오가는 사람들을 바라보았다.

"호성이랑은 어떻게 친해진 거야?"

주은은 문득 시우와 호성의 관계가 궁금해졌다.

"원래 알던 사이였어요. 그러다가 잠시 유학 다녀왔거든요. 그 후에 연락해서 다시 만나게 되었어요."

"아, 그랬구나."

주은이 덤덤하게 대답했다.

"우리 엄마는 처음 봐?"

"네."

"엄마는 호성이 친구들이 누군지 다 알아놓는 분인데……."

"한 살 많아서 그런가 봐요."

"그래. 그렇겠지."

그러다 옆얼굴을 빤히 쳐다보는 시선이 느껴져 고개를 돌렸다. 시우가 웃고 있었다.

"나에 대해서 궁금해졌어요?"

"응. 넌 네 이야기를 잘 안 하니까."

"더 궁금한 거 없어요?"

"음……."

주은이 잠시 고민했다. 수많은 질문들이 머릿속을 스쳐 지나갔다. 그러나 입 밖으로 소리 내어 할 만큼의 질문은 없었다.

"없으면, 내가 해도 돼요?"

"응. 해."

주은이 고개를 끄덕였다.

"오늘 밤에 데이트할래요?"

"……."

"그러고 보니 우리 멋진 곳에서 데이트한 적이 없잖아요. 같이 데이트하러 가요."

시우가 따스하게 눈을 맞추며 말했다. 드라이브도 하고, 그가 작게 덧붙였다.

데이트…….

별것 아닌 그 단어에 묘하게 심장 박동이 빨라졌다. 시우와 이런저런 일로 종종 만나왔지만 정식으로 데이트를 신청하는 건 처음이었다. 주은이 홀린 것처럼 '그러자.'라고 대답할 때였다.

"데이트?"

주은이 흠칫했다. 익숙한 목소리였다. 이곳에서 들을 리 없다고 생각했던 그 목소리. 주은이 뻣뻣한 목을 힘겹게 돌렸다. 그곳에 거짓말처럼 태현이 서 있었다.

"……태현 씨."

주은의 부름에 시우가 그녀를 흘깃 쳐다보았다. 그러나 정작 부름을 당한 태현의 시선은 시우에게 박혀 있었다. 그가 저벅저벅 다가와 시우의 앞에 섰다. 그가 시우를 스윽 훑었다.

"데이트라니. 데이트 신청 전에 애인이 있는 여자인지 아닌지 확인해보는 게 기본이 아닌가 싶군요."

"관둬요."

주은이 태현과 시우 사이에 파고들었다.

"제 손님이에요."

주은이 시우를 두둔하고 나서자 태현의 반듯한 미간이 좁아졌다.

"아는 사이야? 두 사람, 무슨 사이지?"

태현이 여전히 시우에게 시선을 둔 채, 주은에게 물었다. 순간 주은은 말문이 턱 막혔다.

"호성이의 친한 선배예요."

시우가 대신 대답했다. 그러자 태현이 알 만하다는 듯 웃었다. 호성의 친구라면 뻔했다. 머리부터 발끝까지 치장한 제법 알려진 브랜드처럼, 이름만 몇 번 들어본 중견기업의 몇째 아들 정도일 게 분명했다.

"내가 물은 건 주은이와의 관계야."

시우는 대답 대신 주은을 바라보았다. 그녀의 얼굴이 하얗게 질려 있었다. 그는 속에서 거품처럼 차오른 말들을 조용히 삭였다.

"오며 가며 몇 번 얼굴 본 사이예요."

주은이 조용히 시우의 옆얼굴을 바라보았다.

"그럼 별 사이 아니라는 말인데. 여자에게 데이트 신청을 할 땐, 그 여자에게 애인이 있는지 없는지부터 꼭 확인해봐야지."

태현이 여유로운 얼굴로 웃었다. 초면에 말을 툭 놓는 무례함에도 시우는 개의치 않는 표정을 지었다.

"그렇군요. 제가 실례를 했군요."

시우가 가볍게 웃으며 대꾸했다.

"상당한 실례고 무례지."

"태현 씨, 그만해요. 초면에 말을 놓는 거야말로 실례고 무례예요."

주은이 시우를 편들고 나서자 태현의 미간이 확 좁아졌다. 방금 전, 태현은 주은과 시우가 함께 있는 모습을 보았다. 때마침 시우가 '데이트할래요?'라고 물을 때였다. 태현은 주은이 당연히 거절할 거라고 생각했다. 제법 거리를 둔 채 서 있는 두 사람은 그다지 친해 보이지 않았으니까. 그러나 주은은 멍한 얼굴로 시우를 바라보았다. 그의 두 눈을 번갈아 보던 주은의 표정이 금세 평온해졌다. 자신에게 보여준 적 없는 편안함이었다. 금방이라도 '좋아요.'라고 대답할 것 같은 얼굴이었다.

다른 사람이 주은을 꺾어 가려 했다. 그 순간 누군가에게 얻어맞은 기분이 들어 헛웃음이 나왔다. 그마저도 금세 싸늘하게 증발했지만.

지금은 뒷덜미가 선득할 정도로 화가 치밀어 올랐다.

"지금 누구 편을 들고 있는 거지?"

태현이 주은을 차갑게 쳐다보며 말했다.

"누구 편을 드는 게 아니라, 태현 씨의 잘못을 지적하고 있는 거예요. 태현 씨야말로 무례한 거예요. 호성이의 초대를 받아 온 사람이에요. 태현 씨가 함부로 하대할 사람이 아니라는 말이에요."

주은이 물러서지 않겠다는 듯 시우를 감싸고돌았다. 주은이 한 발 내딛으면서 그녀와 시우의 어깨가 겹쳤다. 서로의 어깨가 닿았는데도 떨어지지 않았다. 마치 닿는 것이 익숙한 것처럼.

태현의 눈이 핏발이 섰다.

"정말 두 사람 아는 사이인 거 맞아?"

두 사람 사이에 풍기는 분위기가 이상했다. 뭔가 기분 나쁜 감이 왔다. 주은이 입을 꾹 다물고 있는 모습이 그의 기분을 상하게 만들었다.

"이주은, 이런 취향이었어?"

태현이 시우를 쳐다보았다. 185가 넘는 자신과 비등해 보이는 키에, 어딜 가도 눈에 띌 만큼 잘생긴 외모였다.

"이렇게 남자의 외모만 따질, 그럴 상황이 아닐 텐데? 한시가 급한 거 아니었어?"

"……."

태현의 굴욕적인 말에 주은이 입술을 꽉 깨물었다.

"이름이 뭐지?"

태현이 시우를 쳐다보며 물었다.

"이름, 이요?"

시우가 뚝 끊어 물으며 입꼬리를 끌어올렸다. 상황에 맞지 않는 웃음이었다. 허세라고 하기엔 그의 눈빛이 지나치게 고요했다. 오히려 감당할 수 있겠냐는 태도였다.

태현의 미간이 좁아졌다.

"왜? 이름을 말할 자신은 없어? 그럼 아버님 성함이라도 말해봐. 어느 집안에서 이따위로 교육을 하는지 알아야 할 거 같아서 말이야. 아니, 교육이랄 것도 없는 집안인가?"

"그만둬요."

태현의 빈정거림을 듣다 못한 주은이 주먹을 꽉 쥐고서 말했다. 태현의 모욕적인 발언이 도를 넘고 있었다.

"그만둬야 할 건, 이주은 너야. 어떻게 행동했기에 이런 남자들이 꼬여드는 거야? 잘생기면 다 되는 건가? 조심해서 놀아야지. 허튼 소문으로 결혼이 파투나면 어쩔 거야. 곤란해지는 건 네 쪽일 텐데?"

태현의 말에 주은은 마음 깊은 곳에서 뚝 하고 무언가 분질러지는 소리가 났다. 감정의 한계를 찍자 오히려 표정이 사라졌다.

"그만하라고 했어요. 태현 씨가 그런 말 할 만한 사람 아니니까."

"꼭 무슨 사이라도 되듯이 말하는군. 나한테 숨기는 거라도 있나 봐?"

"내 애인이에요."

주은이 조용한 목소리로 말했다. 순간 2층 거실이 고요해졌다. 시우가 놀란 눈으로 주은을 바라보았다.

"그러니까 그만해요."

주은이 한 자 한 자 꾹꾹 누르듯 말했다.

"……뭐?"

태현이 눈을 부릅뜬 채 짤막하게 되물었다. 자신의 귀를 의심하는 표정이었다.

“태현 씨가 만나는 윤정 씨처럼, 이 남자…… 제가 만나는 사람이라고 했어요.”

태현이 숨을 멈추었다. 화가 나서 모든 감각이 일시정지된 것처럼 보였다. 주은 역시 감정의 한계치에 도달해 입이 제멋대로 움직였다.

“각자 애인을 가져도 된다는 말은 태현 씨가 먼저 했어요. 설마 이제 와서 그런 말 한 적 없다고 부인할 거 아니죠? 난 쇼윈도 부부가 되기 위한 모든 조항은 다 지키고 있어요. 태현 씨처럼 요란하게 누군가를 만나는 것도 아니고 말이죠. 그러니까…….”

“…….”

“내 앞에서 이 남자 몰아붙이지 마요.”

“…….”

“태현 씨가 윤정 씨를 소중하게 생각하듯이, 나도 마찬가지니까요.”

주은이 한없이 무감각한 표정으로 말을 마쳤다. 그에게 애인이 있다는 걸 말하면 통쾌할 줄 알았는데 어떤 마음도 들지 않았다. 오히려 더 잔인하게 굴지 못한 게 아쉬웠다.

“먼저 가 있어.”

주은이 시우를 쳐다보며 말했다. 태현에게 말할 때와 판이하게 다른 다정한 목소리였다.

“같이 있는 게 나을 것 같은데요.”

시우가 태현을 쳐다보며 말했다.

"내가 해결할게. 먼저 가 있어."

주은이 등을 떠밀자, 시우가 낮은 한숨을 내쉬었다. 그러더니 허리를 굽혀 주은의 귓가에 속삭였다.

"집 앞에서 기다릴게요."

시우가 발길이 떨어지지 않는 듯 느릿하게 걸었다.

"만나도, 어디서 저런 호스트 같은 새끼를 만나는 거야?"

태현이 화를 억누르는 목소리로 물었다. 억지로 감정을 추스르려는 목소리가 역력했다.

"제 애인은 제가 알아서 만나요. 제 눈엔 굉장히 괜찮은 사람이에요. 혹시 비밀이 유출될까 봐 그러는 거면 신경 쓰지 않아도 돼요. 그 정도는 생각하고 만나니까요. 그러니까 내 일에, 내 애인한테 더는 간섭하지 마요."

주은의 눈이 형형하게 빛났다. 더 간섭하면 가만히 두지 않겠다는 표정이었다. 태현이 어금니를 꽉 깨문 채 아무 대꾸도 않자, 주은이 말을 이었다.

"잘 놀다가 가세요. 저는 이만 가봐야겠네요."

"이주은."

지나치는 주은의 손목을 태현이 낚아채듯 잡았다. 강하게 당기는 탓에 그녀의 몸이 순식간에 딸려갔다.

"윽."

주은이 얼굴을 찌푸렸다. 시우가 자신의 손목을 잡을 때와 천차만별의 강도였다. 손목이 끊어질 것처럼 아팠다. 주은이 그를 노려보았다. 순간 화가 치밀어 올랐다. 그는 한순간도 자신을 인간답게 대한 적이 없었다. 지금 이 순간마저도, 자신을 물건 다루듯이 하고 있었다. 주은이 새빨개진 눈으로 태현을 노려보았다.

"대체 왜 화를 내는 거예요? 그쪽이 말하는 대로 얌전히 시키는 대로 했고, 각자 애인을 가져도 된다는 말에 그렇게 한 거잖아요. 설마 내 애인이 마음에 안 들어서 이래요? 어떤 애인을 가져야 하는지에 대한 세부조항은 없었잖아요. 안 그래요? 그리고 태현 씨와 달리 애인이 있다는 사실을 비밀스럽게 지킨 건 나예요. 그러니 화를 내도 내가 내야죠. 안 그래요?"

주은이 차갑게 말했다.

"놔요. 소리지르기 전에."

"그럴 자신은 있고?"

태현의 물음에 주은이 차갑게 웃었다.

"왜요? 못 할 거 같아요?"

웃는 얼굴과 달리 눈동자가 얼음장처럼 차가웠다. 마치 다른 사람 같았다.

"내가 알던 이주은 같지가 않네."

태현이 자조적으로 웃으며 말했다.

"이렇게 만든 건, 태현 씨예요."

"……."

"처음엔 원망스러웠는데, 지금은 고마워요. 날 이렇게 변하게 만들어줘서요."

태현의 눈썹이 구겨졌다. 따끔. 그녀를 거머쥐고 있는 손이 따가웠다. 그가 저도 모르게 손을 놓자, 주은이 벌게진 손목을 감쌌다.

그녀는 뒤도 돌아보지 않고 2층 계단을 내려갔다. 홀로 남은 태현이 짤막하게 한숨을 내쉬었다.

"하."

허탈한 웃음 끝에 정적이 찾아왔다. 이윽고 열린 문틈으로 서늘한 바람이 불어들었다. 태현은 제 옷자락을 날리는 바람이 끝난 후에야, 재킷 안주머니에 손을 밀어넣었다. 무심코 습관적으로 담배를 찾아 헤매다 담배가 없다는 걸 깨닫고 손을 거둬들이려고 할 때였다.

덜거덕. 손끝에 걸린 케이스를 꺼냈다. 출장이 끝나는 날, 주은에게 주려고 했던 목걸이였다. 에메랄드빛의 목걸이를 본 순간, 주은이 떠올랐다. 구매한 후 비행기에 탑승하고서야 윤정에게 줄 선물을 사지 않았다는 걸 깨달았다.

그랬었는데 이런 상황을 보게 될 줄이야.

그는 목걸이 케이스를 꽉 움켜쥐었다.

"누나, 어디 가?"

1층 거실에 서서 손님과 이야기를 나누던 호성이 다급하게 걸어 나가는 주은을 불렀다.

"급한 일이 있어서 먼저 가볼게."

"뭐? 얼마나 급한……."

호성의 목소리가 금세 멀어졌다. 마당으로 나오자 때마침 지나가던 선숙과 마주쳤다.

"어디 가는 거니? 옷은 왜 이걸 입고 있어? 태현 씨는? 너 만나러 2층에 갔는데 못 봤어?"

"만났어요. 저는 이만 가볼게요."

"그게 무슨 소리야? 벌써 가기는 왜 가! 주은아, 주은아!"

선숙이 멀어지는 주은의 등을 보며 애타게 불렀다. 주은은 선숙의 목소리를 못 들은 척 대문을 열고 나갔다. 길을 따라 내려가며 연신 주변을 둘러보았다. 혹시나 하는 마음에 아래쪽 골목까지 내려갔지만 시우는 어디에도 보이지 않았다.

"하아."

그녀는 무릎을 짚고 서서 가쁜 숨을 몰아쉬었다. 하이힐을 신고 달렸더니 발목이 저릿했다.

벌써 갔을지도 모른단 생각이 이제야 들었다. 왜 이 생각을 이제야 하는 건지.

주은이 복잡한 마음으로 감았던 눈을 떴다. 고개를 들어 참았던 숨을 뱉으려 할 때였다. 몇 발자국 떨어진 곳에서 시우가 다가오고 있었다. 그의 등 뒤로 출발하는 택시가 보였다. 그 택시에서 내린 것처럼 보였다.

저벅저벅 다가온 그가 한쪽 무릎을 꿇고 앉아 그녀의 발목을 감쌌다. 시린 발목으로 뜨거운 열기가 밀려들었다.

"아……."

"아파요?"

"아니."

"아플 것 같은데요. 여기. 구두를 신고 뛰어오면 발목 아프잖아요."

그가 아무 일 없다는 듯 물어왔다. 자신 때문에 처음 보는 남자에게서 갖은 모욕을 다 당하고도, 그는 태연했다. 순간 주은은 가슴 밑바닥에서 무언가가 울컥 치솟는 걸 느꼈다. 시우가 화가 났을 거라 생각했다. 그러나 그는 전혀 개의치 않는 얼굴이었다.

"지금 날 걱정할 때가 아니잖아!"

주은이 메인 목으로 힘겹게 소리쳤다.

"걱정에 때가 어디 있어요? 걱정되면 하는 거죠. 치마를 입어서 업을 수는 없을 것 같고……. 택시 부를게요."

덤덤하게 말한 시우가 몸을 일으키더니 휴대전화를 꺼냈다. 주은이 휴대전화를 꺼내 뒤적거리는 시우의 옆얼굴을 바라보았다. 그는 아무 일 없다는 듯 덤덤했다.

자신도 모르게 시우를 따라 나오긴 했는데, 막상 얼굴을 보니 무슨 말을 해야 할지 감이 잡히지 않았다. 괜히 속이 따갑고, 뭔가 울컥 터져나오려고만 했다.

"저기 택시 오네요."

시우가 골목을 따라 올라오는 택시를 불러 세웠다. 시우가 택시 뒷문을 열더니 가리켰다. 주은이 고민하다가 택시에 올라탔다. 뒤이어 시우가 탔다. 택시 문을 닫은 그가 창밖을 바라보았다. 태현이 이곳을 보며 서 있다.

"출발하시죠."

시우는 주은이 볼 수 없게끔 몸으로 창문을 가린 채 말했다. 택시가 출발한 지 얼마 되지 않아 주은이 창밖을 바라보았다. 차 안이 고요했다. 택시기사도 앞을 본 채 아무 말도 하지 않았다.

"……화내지 그랬어, 태현 씨한테."

그녀가 턱을 괴고서 한풀 꺾인 목소리로 말했다.

"내가 그러면 주은 씨가 곤란해질 수도 있잖아요."

다정한 목소리가 날 선 마음을 넉넉히 감싸주었다. 그토록 화나는 상황에서도 자신을 먼저 생각했다는 말이 고마우면서도, 마음 아팠다. 주은이 고개를 돌려 시우를 바라보았다. 그가 한 박자 늦게 자신을 바라보았다.

"네가 기분 나쁘잖아."

"내가 기분 나쁜 것보다, 주은 씨가 곤란해지는 게 더 싫어서요."

"……."

"말 같은 건 듣고 흘려버리면 되니까."

"……."

"그리고 사실, 지금은 기분 좋아요. 내가 애인이라면서요."

"아……. 미안해. 너한테 허락도 없이 공개해서."

화가 나서 이성을 잃었다. 태현이 시우에게 함부로 말하는 게 싫어서 그의 입을 틀어막았다. 시우가 피식 웃었다.

"괜찮아요. 그런 말은 어디 가서 백 번이든, 천 번이든 해요. 들을 때마다 좋아할 테니까."

그의 말에 주은이 시선을 내리깔았다. 다시금 울렁거렸다. 시우의 말은 언제나 넉넉하고 따스했다. 그 말을 완전히 믿어버리고 싶을 만큼.

차 안이 조용해졌다. 시우는 어느새 창밖을 바라보고 있는 주은을 물끄러미 응시했다. 주은이 화를 내는 건 처음 보았다. 소리를 지르는 분노보다 안으로 조용히 삭혀 뱉는 목소리가 섬뜩했다. 주은이 분노한 이유가 자신 때문이라는 것이 더없이 만족스러웠다.

그는 등받이에 몸을 파묻고서 태현을 떠올렸다. 주은이 자신을 애인이라 소개한 순간, 찬물이라도 뒤집어쓴 것처럼 굳더니 이윽고 희미하게 분노를 표출했다. 앞으로 가만히 있지 않을 게 분명했다.

"태현 씨가 가만히 있었으면 좋겠지만, 그렇지 않을 수도 있어."

같은 생각을 하고 있는 중이었는지, 주은이 조용히 덧붙였다.

"걱정돼요?"

"응."

주은이 고개를 미약하게 주억거렸다.

"시우 네가 귀찮아질까 봐 걱정돼, 네 이름을 일부러 말 안

하긴 했는데, 알아내려면 충분히 알아내고도 남을 사람이니까."

"……."

주은이 덧붙인 말에 시우의 눈이 보기 좋게 접혔다. 그녀가 자신을 걱정하는 게 좋았다. 이전의 냉랭함과는 전혀 다른 온도차가 느껴졌다.

그가 손을 뻗어 주은의 손을 감싸쥐었다. 그러자 주은이 놀란 듯 쳐다보았다. 맞잡은 손과 자신의 얼굴을 번갈아 보는 눈동자를 빤히 쳐다보았다.

"귀찮은 건 괜찮아요."

그보다 자신을 더 귀찮게 하는 사람과도 가족으로 살았었다. 자신을 죽이고자 하는 사람과도…….

날카로운 기억이 스치고 지나갔다. 그러나 시우는 표정으로 드러내지 않았다. 지금의 달콤함을 놓고 싶지 않았다.

주은이 자신을 걱정하고 있었다. 그것도 다정하고 상냥한 원래의 눈으로.

"내가 할 말은 아닌 거 같지만, 넌 너무 착한 거 같아."

"그렇게 보여요?"

시우가 고개를 기울이며 물었다.

"응. 너무 착해."

"태어나서 처음 듣는 말이네요."

"정말?"

되레 주은이 의아한 얼굴로 바라보았다. 시우가 웃으며 고개를 끄덕였다.

"의외구나."

주은은 알아채지 못했다. 자신의 상냥함과 다정함이 그녀에게만 한정적이라는 사실을. 그러나 시우는 그 사실을 알려줄 생각이 없었다.

"귀찮은 게 괜찮을지 몰라도, 자존심이 상할 일이 생길지도 모르니까……."

주은이 자그맣게 중얼거리듯 말했다. 태현이 칼날 같은 말로 사람을 다그치는 건, 부하가 큰 실수할 때를 빼곤 처음이었다.

호스트 새끼.

그는 그런 말까지 하곤 했다. 다음에 시우를 만난다면 그보다 더한 말을 할지도 모른다. 이런저런 생각을 하던 주은이 문득 이상함을 느꼈다.

그러고 보니 그는 왜 그렇게까지 화를 낸 걸까. 오히려 애인을 만들라고 재촉한 건 그였다. 그랬는데 이제 와서 화라니.

주은이 쓰게 웃었다.

"내 자존심이 상할까 봐 걱정이에요?"

시우가 주은의 손을 만지작거리며 물었다.

"응. 깎아내릴 테니까. 오늘처럼."

주은이 자그맣게 한숨을 내쉬었다.

그러다 시우를 바라보았다. 시우는 좋은 사람이었다. 자신의 삶을 통틀어 이런 사람을 다시 만날 수 있을까 싶을 만큼.

그래서 그가 태현에게 당하는 모습을 두고 볼 수가 없었다.

"시우야."

주은의 목소리가 낮아졌다. 살짝 목이 멘 목소리가 들렸다. 시우가 느릿하게 그녀의 얼굴을 바라보았다. 그녀가 무언가 말할 듯 입술을 벌렸다.

끼익.

그 순간 택시가 멈췄다.

"도착했습니다."

"감사합니다."

주은이 계산하려고 지갑을 꺼내는 순간, 시우가 만 원짜리를 내밀었다. 잔돈도 받지 않고 시우가 문을 열고 나갔다. 주은이 거스름돈을 받아야 하나 고민하다가 뒤따라 내렸다. 택시기사가 등에 대고 "감사합니다!" 소리쳤다.

"잠깐 공원에 갔다가 갈래?"

주은이 시우에게 물었다.

"맥주는 필요 없어요?"

시우가 웃으며 물었다. 주은이 웃으며 고개를 가로저었다.

"필요 없어. 넌?"

"저도 괜찮아요."

두 사람의 발길이 공원으로 향했다. 날씨가 추운 탓에 오가는 사람이 몇 없었다. 주은은 늘 즐겨 앉는 자리에 앉았다. 시우가 그 곁에 바짝 붙어 앉았다. 쳐다보자 "추우니까."라며 싱긋 웃어 보였다. 날카로운 바람이 불었다가 멎길 반복했다. 마치 날 선 일들이 몰아쳤다가 잠잠해지는 인생처럼.

“시우야.”

주은이 멍하니 푸른 하늘을 바라보며 그를 불렀다. 그가 대답 대신 바라보는 게 느껴졌다. 따뜻했다. 시선이 닿는 것만으로도.

“힘들어질지도 몰라.”

이유는 모르겠지만, 태현은 상당히 화가 난 얼굴을 하고 있었다. 그는 이 상황을 묵시할 것 같지 않았다.

“자존심이 상하는 것 이상으로 기분이 나쁠 거야. 널 깎아내리고, 비참하게 만들 테니까.”

자신에게 그러했듯이. 그는 그러고도 남을 사람이었다.

주은의 눈이 푸른 하늘을 더듬었다.

“그러니까, 힘들 거 같으면 말해.”

“…….”

“못되게 널 잡을 생각 없어. 그러니까…….”

“주은 씨 생각은 어떤데요?”

시우가 그녀의 말을 자르며 물었다.

“응?”

주은이 고개를 돌렸다. 시우의 얼굴이 생각보다 가깝게 있었다. 그가 무표정한 얼굴로 주은을 바라보았다. 다정하면서도 날카로운 눈빛을 하고 있었다.

“나는…….”

주은이 말을 꺼내려다가 입을 다물었다. 환한 낮에 그의 얼굴을 정면으로 바라본 건 처음이었다. 옅은 낙엽처럼 그의 눈동자가 갈색으로 빛나고 있었다. 하얀 얼굴에 잘 어울리는 눈동자 색이었다. 더없이 아름다웠다. 가능하다면 소유하고 싶을 만큼.

"나는……."

그녀가 다시 한 번 머뭇거렸다.

"편하게 진심을 말해줘요."

그가 낮게 속삭였다. 사람을 현혹시키는 부드러운 목소리였다. 그 말에 제멋대로 진심이 입술 밖으로 흘러나왔다.

"……좋겠어."

그 순간 바람이 불었다. 세차게 부는 바람에 순간 귀가 먹먹해졌다. 바람 탓에 눈을 감은 주은은 그가 자신의 말을 못 알아들었을 거라 생각했다.

네가 내 옆에 있었으면 좋겠어.

그 말을 하긴 했지만, 한 번 더 뱉을 자신이 없었다.

네가 편한 대로 해, 라고 대답해야겠다고 생각하며 주은이 느릿하게 눈을 떴다. 그가 꿰뚫을 것 같은 눈으로 그녀를 보고 있었다. 갈색 눈동자가 예리하게 빛났다. 그가 자신의 말을 들었다고, 주은은 생각했다.

울렁. 다시금 속이 일렁거렸다.

"그러려고 했어요."

시우가 말했다.

"주은 씨의 대답과 상관없이 곁에 있으려고 했어요."

그가 다정하게 주은의 머리카락을 귀 뒤로 넘겨주었다. 주은은 아주 잠깐 시우를 보내줘야 할지도 모른다는 생각이 들었으나, 금세 제 마음을 다잡았다. 그가 괜찮다고 하면 괜찮은 거 아닐까. 지금은 시우가 필요했다. 그래서 그녀는 눈을 질끈 감고 이기적인 선택을 하기로 했다.

"이미 호성이한테 물었을 수도 있지만, 태현 씨가 너에 대해 모르도록 최대한 노력해볼게. 만약 그게 힘들면……."

"날 깎아내릴 수 없는 곳으로 가면 되죠."

시우가 상냥하게 웃었다.

그게 가능할 리가…….

주은은 시우가 태현의 집안에 대해 잘 모른다고 생각했다. 시우도 분명 잘사는 축에 드는 것 같지만, 태현과는 비교할 수 없었다.

시우가 만약 태현만큼 잘사는 집안의 자제라면, 선숙이 그런 반응을 보일 리 없다. 자신과 같은 아파트에서 살 일도 없고, 가장 중요한 건 태현이 시우를 못 알아볼 리 없다. 의외로 재벌가들의 네트워크는 긴밀하게 연결되어 있었기에 일면식은 없어도 서로의 얼굴 정도는 알고 있었다.

"걱정하지 마요. 앞으로는 이런 일이 없을 테니까."

걱정이 안 될 리가 없었다. 하지만 주은은 이기적이게 시우의 손을 잡았고, 놓지 않기로 했다.

"응."

믿기지 않았지만, 주은은 믿는 척했다.

그 말을 곧이곧대로 믿고 싶긴 했으니까.

⁂

윤정이 호텔방을 가로질러 창가에 섰다. 도시의 풍경이 모조리 눈에 들어왔다. 여느 때 같았으면 커피를 마시며 풍경을 즐길 테지만, 윤정은 그럴 여력이 없었다.

"사람 하나 찾는 데 뭐가 이렇게 오래 걸려? 한참 기다렸잖아. 이번 주 내로 연락이 안 오면 사람을 풀까 했어."

윤정이 나긋하게 다그쳤다. 윤정이 사람을 찾아달라고 부탁한 후배는 대한민국에서 가장 사람을 잘 찾아내기로 유명했었다. 그런 그녀가 이토록 오래 걸린 건 처음이었다.

– 언니, 말처럼 쉬운 상대가 아니었어요. 더군다나 이번엔 인상착의랑 이름밖에 몰랐으니까요. 어쨌든 오래 기다리게 해서 죄송해요.

상대방이 기를 못 펴고 우물쭈물했다.

"후우, 그래. 됐고, 찾긴 했어?"

– 네. 그런데 정말 장난 아니던데요?

후배의 목소리가 확 달라졌다. 설명을 듣던 윤정의 눈이 점점 커졌다.

"……뭐? 그 사람이라고?"

– 네. 저도 깜짝 놀랐어요.

"그때 사라졌던 그 남자? 하…… 하하."

– 네, 확실해요! 찾고 나니까 언니가 전에 말했던 그 남자인 거 있죠?

"하!"

윤정이 기가 막힌다는 듯 웃었다.

탄탄한 대기업을 배경으로 둔 윤정에겐 고등학생 때부터 중매 제안이 물밀듯 들어왔다. 일찌감치 윤정을 찜해놓고자 하는 곳들이 많았다. 그중 그녀의 집안에선 다섯 명의 약혼자 후보를 뽑아 윤정에게 고르라고 했다. 후보자들마다 두 장의 사진과 약력이 적힌 프로필이 딸려 있었다.

「여기서 네가 만나고 싶은 두 사람을 고르렴. 만나서 마음에 들면 선택하면 되잖니.」

윤정은 이름도 제대로 보지 않았다. 다섯 개의 선택지 중 어차피 답은 하나였다. 윤정은 가장 잘생긴 사진 한 장을 뽑아 엄마에게 내밀었다.

「이 남자랑 약혼할래요.」

「만나는 봐야지.」

「그냥 할래요. 어차피 사랑해서 결혼하는 거 아닌 데다 집안까지 비슷하면, 잘생긴 남자랑 하는 게 좋잖아요. 딱 봐도 이 남자가 저랑 딱 맞는 것 같아요.」

윤정의 당돌한 대답에 그녀의 엄마는 혀를 내둘렀다. 윤정은 한 장의 사진은 엄마에게 넘기고, 또 다른 사진 한 장은 자신이 가졌다

「약혼자가 될 사람이니까 이 사진은 내가 가져도 되죠?

「아직 확정된 거 아니야.」

「어차피 약혼하게 될 거예요. 미치지 않고서야 절 거절할 리 있겠어요? 설령 제가 싫어도 이 집안을 거절할 사람은 없죠.」

윤정의 엄마는 무언가 말을 하려다가 긴 한숨으로 대신했다. 윤정은 사진 속의 남자를 바라보았다. 새하얀 얼굴에 반듯한 이목구비. 무표정한 증명사진이었지만, 웃으면 상당히 예쁠 미남이었다.

이왕이면 이런 남자랑 결혼해야지.

윤정은 시시할 것만 같던 약혼이 퍽 재미있어질 것 같다며 즐거워했다. 그러나 계획은 윤정의 마음대로 흘러가지 않았다. 중매를 서는 마담이 어쩔 줄 몰라 하며 쩔쩔맸다.

「죄송해요. 이 파일은 여기 들어갈 게 아니었는데 제가 왜 이런 실수를 한 건지. 다른 분으로 하시겠어요? 그분과는 꼭 만남을 주선하겠습니다.」

마담이 건넨 열다섯 개의 파일 중 윤정이 고른 남자가 잘못 섞여 들어갔다고 했다.

「그래도 이 남자와 만나게 해줘요. 실수를 했으면 책임을 져야죠.」

귀갓길에 마담과 엄마의 대화를 들은 윤정이 차갑게 말했다.

「그게…… 그럴 수 있는 상황이 아니라서요. 죄송해요. 이분이 한국에 계시면 만나게 해드릴 텐데, 지금 외국으로 유학을 가신 데다가 언제 귀국할지 미정이라고 해서요.」

「하…….」

윤정은 기가 막혀 할 말을 잃었다. 기분이 상한 그녀의 엄마 역시 마담을 돌려보냈다. 윤정은 마담의 말을 믿지 않았다. 자신이 갖고 있는 사진을 주변 사람들에게 모조리 뿌렸다. 이 남자가 어디 있는지 알아오라고 명령한 지 얼마 되지 않아 답이 돌아왔다.

「유학 갔답니다, 미국으로.」

「급하게 가서 정확히 미국의 어느 지역인지 알려진 바가 없다고 하네요.」

「완전히 사라져서 연락처조차 찾을 수 없어. 아무래도 현대판 유배를 간 모양이야.」

유배.

그들만이 쓰는 은어였다. 집안에서 감당할 수 없는 사고를 칠 경우, 그 당사자는 한국과 연락할 수 있는 모든 방법을 차단당한 채 외국으로 유학을 가게 된다. 그곳에서 집안의 허락이 떨어질 때까지 꼼짝도 할 수 없었다.

무슨 사고를 친 건지 알아볼까 하다가 윤정은 기분이 상해 관두었다. 어차피 물 건너간 약혼인데, 알아서 무얼 할까 하는 마음이었다. 그렇게 윤정은 자신이 처음으로 꼽은 약혼자를 포기했다.

이후 성급하게 처리하려다가 일이 꼬인 거라며, 그녀의 모친은 당분간 약혼 이야기를 꺼내지 않았다. 이후 이른 약혼을 반대하는 아버지의 의사로 인해 여태껏 결혼 이야기는 보류 중이었다.

"그랬는데 이렇게 나타났단 말이지."

윤정의 입술이 부드럽게 휘었다. 다시 만날 거라고 생각지 못했다. 다시 만나서 이토록 멋지게 자랐을 거라곤 더더욱 생각하지 못했고.

그의 집안은 여전히 내로라하는 대기업이었고, 결혼 적령기인 자신은 약혼자를 골라야 했다. 여러모로 신이 주신 기회라는 생각밖에 들지 않았다.

– 어떻게 할까요, 언니?

"어디 사는지, 어디에서 일하는지 알아봤어?"

– 귀국한 내내 집에서 칩거 중이래요.

"유배가 아직 덜 끝난 건가……."

– 네?

"아냐. 혹시 다른 일이 생기면 바로 전달해줘."

– 네. 알겠어요. 언니. 저…… 그런데 조사하려니까 자금이 좀 많이 필요해질 것 같은데, 괜찮으세요?

"돈이야 상관없어. 오늘 중으로 적당한 금액 보내놓을 테니까 조사하고, 네 가방도 하나 사."

– 고맙습니다, 언니.

여자의 목소리가 확 밝아졌다. 통화를 마친 후, 윤정은 경

멸스럽다는 눈으로 휴대전화를 바라보았다.

"밝히기는."

돈만 밝힐까. 색도 밝히고, 술도 밝혔다. 그런데도 곁에 두는 이유는 이런 때에 요긴하게 써먹을 수 있기 때문이었다. 사람은 도구와 같았다. 필요한 곳에 적당히 두고 있으면 된다. 그 도구의 성격이나 생김새가 어떻든 간에.

하지만 약혼자는 달랐다. 자신의 가장 가까이에 있을 도구로는, 이왕이면 아름다운 게 좋았다. 그중 시우는 최적격이었다. 자신이 본 남자들 중 가장 아름다웠다. 다른 여자가 곁에 둔다면 배가 아플 정도로.

달칵.

문이 열리는 소리에 윤정이 돌아섰다. 태현이 피곤한 얼굴로 들어섰다. 윤정은 모처럼 태현의 얼굴을 감상했다.

그는 어디 가서도 빠지지 않을 만큼 수려한 외모를 갖고 있었다. 그래서 섹스 파트너를 제안했었다. 외모만큼이나 그는 침대 위에서도 우수했다. 비슷한 포인트에 절정을 맞이했고, 원하는 횟수나 체위도 비슷했다. 하지만 외모나 분위기는 시우가 압도적으로 아름다웠다. 그녀는 강하고 단단한 남자도 좋지만, 깨끗하게 빛나는 남자가 더욱 좋았다. 보석은 강한 것보다 빛나는 게 더욱 아름다우니까.

"무슨 일이야?"

태현이 넥타이를 풀며 말했다. 그의 시선이 창밖을 향해 있었다.

"요즘 통 나를 안 보는 거 알아?"

윤정이 벽에 기대서며 고개를 까딱였다.

"이미 다 아는 얼굴인데, 볼 필요 있어?"

"말 한번 참 잔인하게 해. 이런 식으로 그 여자한테 말해? 상처받겠다. 물론 나는 이런 말에 상처받지 않지만."

윤정이 피식 웃으며 대답했다. 주은이 거론되자 태현의 미간이 좁아졌다.

"그 여자 이야기는 꺼내지 마."

"그 여자랑 무슨 일이라도 있었어? 표정이 안 좋네."

"무슨 이야기를 하려고 여기까지 날 부른 거야?"

태현이 의자에 걸터앉아 윤정을 올려다보았다. 몸에 딱 붙는 붉은색 니트 원피스 때문에 그녀의 굴곡진 몸매가 유감없이 드러났다. 남자들이라면 한 번씩 시선을 더 줄 수밖에 없는 몸이다.

윤정은 자신의 몸매에 자신이 있었고, 그걸 드러내는 데 거침이 없었다. 자신의 장점을 숨길 필요가 있냐는 게 그녀의 생각이었다.

예전엔 그런 점이 태현의 마음에 들었다. 답답한 것보단 화끈한 게 좋았다. 그런데 지금은 아무런 감흥도 들지 않았다.

문득 수수하고 고요한 주은이 떠올랐다. 그녀는 자신의 몸매를 드러내는 일이 없었다. 몸매에 자신이 없어서도, 다른 사람의 시선이 부끄러워서도 아니었다. 그녀만의 심플하고 단출한 스타일이 있었다.

처음엔 지나치게 수수해서 눈길이 가지 않지만, 오랜 시간 두고 보면 편안함이 전해졌다. 가끔 언뜻 스칠 때 보이는 목선이나 가느다란 손목이 드러난 다리보다 섹시하게 느껴지곤 했다.

그러나 당장 가질 만큼 큰 흥미를 느끼진 못했다. 결혼하게 되면 어차피 죽을 때까지 함께 살아야 할 사람들이었다. 언젠가 섹스는 하게 될 테니, 질리지 않게 보류해둘 생각이었다. 적어도 오늘 주은의 애인을 보기 전까진, 그러했다.

"무슨 생각을 하는데 그렇게 무서운 얼굴을 해?"

윤정이 태현의 맞은편 자리에 앉았다. 그녀가 다리를 꼬고 앉자 허벅지가 훤히 드러났다. 그런데도 별 동요가 일어나지 않았다.

주은과 그 남자의 모습이 머릿속에 각인되어 뱅뱅 돌았다.

"할 말 있으면 빨리 해."

"그래야겠네. 집에서 약혼자를 찾기 시작했어. 물론 내 약혼자."

"그런데?"

태현이 흥미 없다는 눈으로 물었다. 왜 이런 이야기를 하는지 모르겠다는 얼굴이었다. 태현은 초반 몇 주를 제외하곤, 그녀의 일에 별 관심이 없었다.

"엄마가 그러더라. 약혼자를 찾아서 결혼을 하든지, 아니면 지금 만나고 있는 남자랑 결혼하든지. 일주일 내로 결정하지 않으면 엄마가 움직인대. 어떻게 했으면 좋겠어?"

"……."

태현이 대답 대신 윤정을 쳐다보았다. 둘 사이에 싸한 침묵이 돌았다. 윤정이 입꼬리를 끌어올리며 웃었다. 그녀가 여유로운 얼굴로 발끝을 까딱거렸다.

"설마 나랑 결혼할 거니? 평생?"

"……."

"그것도 나쁘진 않겠다. 서로의 애인을 존중해가면서 부부로 유지하는 거. 그런데 그게 최선의 선택은 아니잖아."

"……."

"지금부터 내가 무슨 소릴 할지 알겠지?"

"……."

"우리 엄마가 아주 무서운 사람이라는 것도 잘 알지? 우리 엄마, 내가 노는 걸로는 뭐라고 안 해. 아마 내가 난교파티 했다고 소문나도 크게 신경 안 쓸걸? 그런데 결혼처럼 중요한 비즈니스는 안 그래. 아주 철저하고 집요해. 그 결혼에 지장 주는 소문은 아주 질색하시지. 편하게 살고 싶으면 우리 엄마랑 척지지 않는 게 좋을 거야."

말을 마친 윤정이 테이블에 놓여 있던 핸드백을 들었다.

"내가 할 말은 끝났는데, 더 할 말 있어? 이별섹스라도 하자면 하고. 시간이 별로 없으니 한 시간 안에 끝내야 할 거야."

마치 업무상 이야기를 나누듯, 윤정은 한결같이 담백한 어투였다. 이별과는 거리가 멀어 보이는 풍경이었다.

태현이 고개를 들어 그녀를 보았다. 윤정과 이런 식으로 빨리 이별하게 될 거라 생각지 못했기에 조금 기분이 묘했다. 하지만 끝까지 갈 거라고는 생각도 하지 않았다.

"없어."

의외로 대답은 쉽게 나왔다. 마음의 동요도, 상처도 입지 않았다.

"그래? 다행이네. 옷 벗기 귀찮은 것도 있었는데."

윤정이 빙긋 웃었다.

"먼저 가. 난 쉬다가 갈 테니까."

"이 방에 다른 여자 부를 건 아니지? 헤어지자마자 다른 여자 부르면 내가 얼마나 상처 입겠어. 안 그래?"

말과는 달리 윤정의 얼굴은 여유로웠다. 이런 사사로운 데 그녀가 상처받지 않을 거라는 건 태현도 잘 알고 있었다. 그는 대답 대신 시선을 창밖으로 돌렸다. 끝이 난 관계에 더는 관심 없다는 태도였다.

"어어. 이건 좀 상처받네."

윤정이 냉담한 태현의 태도에 살짝 얼굴을 찌푸렸다.

"그동안 재미있었어. 잘 지내. 그 여자한테도 안부 전하고."

"허윤정."

태현의 부름에 윤정이 "응?" 하고 돌아보았다. 태현의 뒷모습이 눈에 들어왔다. 널찍한 어깨와 길게 뻗은 팔은 여전히 멋졌다.

"끝났으니까 더 이상 이주은 자극하지는 마."

"어머, 들켰네. 놀리는 맛이 있는 여자였는데."

윤정이 주은을 떠올리며 빙긋 웃었다. 조금만 건드려도 파르르할 것 같은 그 여자는 의외로 강단이 있었다. 자존심이 있어서 쉽게 지는 법이 없었다.

문제는 그 점이 상대를 더 자극한다는 점이다. 누를수록 치고 올라오는데, 다시 안 누를 수가 있나. 윤정이 주은을 생각하며 속으로 웅얼거렸다.

"그럼 이만 가볼게. 수고해."

윤정이 붉은색 하이힐을 신고서 문을 열고 나갔다. 덜컹. 문이 닫히자 주변이 고요해졌다. VIP들이나 드나들 만한 방인 데다, 청소하는 사람도 정해진 시간 외엔 지나치는 법이 없는 곳이다.

이별은 담백했다. 누구 하나 다치지 않고, 감정 상하지 않은 깔끔한 이별. 예정되어 있었기에 그런 건지도 모른다. 그렇다면 이주은을 생각할 때마다 속이 엉키는 것 같은 기분은, 생각지 못한 걸 봤기 때문일까.

태현의 눈이 가늘어졌다. 자신이 꺾을 거라 자신만만하게 내팽개쳐두었던 꽃이, 제멋대로 다른 사람의 손을 탔다. 그것도 자신이 보는 앞에서 그 사람의 편을 들었다. 그토록 별것 아닌 놈 따위…….

까드득. 태현이 어금니를 깨물었다. 화가 치밀어 올랐다.

이걸 어쩌면 좋을까.

주은에게 자유를 허한 건 자신이었다. 그건 방종과 오만의 결과였다. 그렇다면 앞으로 어떻게 해야 할까. 주은을 건드리는 건, 약속과 달랐다. 그렇다면……. 순간 태현의 눈빛이 날카롭게 변했다.

그가 휴대전화를 꺼내 누군가에게 전화를 걸었다.

"사람 하나만 알아봐줘. 이름은 하시우. 이호성 근처로 뒤지면 나올 거야."

– 이호성요? 누구? 이주은 씨 동생이요?

"어."

– 직접 물어보지 그래요?

휴대전화 너머에서 건들거리는 목소리가 넘어왔다.

"내가 한곳과 너무 오래 거래를 했지?"

태현의 목소리가 서늘해졌나.

– ……죄송합니다.

"호성이 선배라고 하니까 그 주변으로 알아보면 될 거야. 대학교부터 시작해서 거슬러가."

– 알겠습니다. 그건 우리 전문이지요. 알아내겠습니다.

"알아내는 즉시, 밤도 좋고 새벽도 좋으니 바로바로 즉각 보고해."

– 네.

통화를 마친 후, 태현은 휴대전화를 재킷 깊숙한 곳에 넣었다. 자신의 꽃은 죄가 없었다. 자유를 허한 것이 자신이기 때문에. 그렇지만 그 꽃을 탐한 바람은 죄를 지었다. 그러니 바람의 뿌리만 뽑으면 될 일이었다. 아주 처절하고, 강하게.

태현의 눈빛이 소름 끼치게 차가워졌다.

– 2권에서 계속.